Eva Woods
*Und mit Polly kam das Glück*

*Buch*

Annie ist schon so lange traurig, dass sie schon gar nicht mehr weiß, wie es ist, glücklich zu sein. Bis sie Polly kennenlernt.

Polly ist alles, was Annie nicht ist. Sie ist bunt, voller Freude, *glücklich*. Denn die letzten Ereignisse in ihrem Leben haben sie eins gelehrt: Das Leben ist zu kurz, um auch nur einen einzigen Tag zu verschwenden.

Polly hat einhundert Tage, um Annie zu helfen, das Glück wiederzufinden. Annie ist überzeugt, dass das unmöglich ist, aber sie findet es ebenso unmöglich, Polly etwas abzuschlagen. Auf einer unvergesslichen Reise beginnt Annie zu verstehen, dass vielleicht, ganz vielleicht, das Leben doch wieder schön werden kann.

Doch dann wird klar: Auch Polly braucht ihre neue Freundin mehr, als man sich vorstellen kann …

*Autorin*

Eva Woods lebt in London, wo sie schreibt und Creative Writing unterrichtet. Sie liebt Wein, Popmusik und Urlaub, und sie ist sich sicher, dass Onlinedating das schlechteste Spiel ist, das je erfunden wurde. Nach *Die Glücksliste* und *Gib mir deinen Ex, ich geb dir meinen* ist *Und mit Polly kam das Glück* Eva Woods' dritter Roman bei Blanvalet.

Besuchen Sie uns auch auf www.facebook.com/blanvalet und www.twitter.com/BlanvaletVerlag

Eva Woods

# Und mit Polly kam das Glück

Roman

Deutsch von
Ivana Marinović

**blanvalet**

Die Originalausgabe erschien 2018 unter dem Titel »How to be Happy«
bei Sphere, an imprint of Little, Brown Book Group,
an Hachette UK Company, London.

Sollte diese Publikation Links auf Webseiten Dritter enthalten,
so übernehmen wir für deren Inhalte keine Haftung, da wir uns
diese nicht zu eigen machen, sondern lediglich auf deren Stand
zum Zeitpunkt der Erstveröffentlichung verweisen.

Verlagsgruppe Random House FSC® N001967

1. Auflage
Copyright © der Originalausgabe 2018 by Eva Woods
Copyright © der deutschsprachigen Ausgabe 2018 by Blanvalet Verlag
in der Verlagsgruppe Random House GmbH,
Neumarkter Str. 28, 81673 München
Redaktion: Ulrike Nikel
Umschlaggestaltung und -motiv: www.buerosued.de
LH · Herstellung: sam
Satz: KompetenzCenter, Mönchengladbach
Druck und Bindung: GGP Media GmbH, Pößneck
Printed in Germany
ISBN: 978-3-7341-0564-7

www.blanvalet.de

*Für Scott, mit all meiner Liebe*

## Prolog

Es ist nicht immer möglich, den genauen Moment auszumachen, an dem das Leben die falsche Richtung nimmt. Meist geschieht es beinahe unmerklich – Jahr für Jahr, Stunde für Stunde –, bis man sich eines Tages umsieht und einem bewusst wird, wie weit man sich von dem Menschen entfernt hat, der man einst war. So weit, dass man das Gefühl hat, nicht mehr derselbe zu sein. Für gewöhnlich ist es ein schleichender Verfall, ganz allmählich – ein Steinchen hier, ein Kiesel da –, eine langsam fortschreitende Erosion der Person, die man ist ... Nach und nach, Stück für Stück.

Dann wiederum gibt es diese Momente, bei denen du ganz genau sagen kannst, wann dein Leben in die Brüche ging. Momente, in denen all deine achtsam gelegten Karten heruntersegelten, dein Haus zusammenfiel und du wusstest, dass nichts je wieder so sein würde wie zuvor. Es war dieser Augenblick, in dem du dir nicht einmal mehr sicher warst, ob du überleben oder für immer untergehen würdest.

Aber du überlebtest. Irgendwie.

## Tag 1: Finde eine neue Freundin

»Verzeihung?«

Keine Antwort. Die Schwester in dem kleinen Büro hackte unbeirrt weiter auf ihre Computertastatur ein.

Annie versuchte es noch einmal. »Entschuldigen Sie.«

Das war Stufe zwei auf ihrer Empörungsskala, die etwas ungehaltener ausfiel als jene, mit der sie Touristen bedachte, die die Rolltreppe blockierten, etwas nachsichtiger jedoch als jene, die sie sich für Leute aufsparte, die in der U-Bahn freie Sitzplätze mit ihren Taschen blockierten.

»Hören Sie mal!«, schaltete sie jetzt auf Stufe drei: Parkplatz wegschnappen, Regenschirm ins Gesicht schlagen und so weiter. »Könnten Sie mir *bitte* helfen? Wie lange soll ich noch warten?«

Die Frau tippte unbeirrt weiter. »Wie bitte?«

»Ich muss die Adresse auf einer Patientenakte ändern lassen. Man hat mich mittlerweile zu vier verschiedenen Stellen geschickt.«

Die Schwester hinter dem Empfangstresen streckte die Hand aus, ohne aufzublicken, um von Annie das Formular entgegenzunehmen. »Geht es um Sie?«

»Nein.«

»Die Patientin muss die Anschrift selbst ändern.«

»Das kann sie leider nicht«, gab Annie ungehalten zurück und fügte spitz hinzu: »Was mehr als ersichtlich wäre, wenn jemand in diesem Krankenhaus sich die Mühe machen würde, einen Blick in die Akte zu werfen.«

Das Formular segelte auf die Theke. »Ich darf sie nicht

von einer anderen Person ändern lassen. Datenschutz, Sie verstehen.«

»Aber …« Entsetzt spürte Annie, dass sie drauf und dran war, in Tränen auszubrechen. »Sie muss geändert werden, damit die Post an mich geschickt wird. Die Betroffene selbst ist nicht mehr geschäftsfähig. Deswegen bin ich hier. Bitte! Sie müssen nur die Adresse ändern. Ich verstehe nicht, was daran so schwierig sein soll.«

»Tut mir leid.« Die Schwester rümpfte die Nase und zupfte an einem ihrer Fingernägel.

Annie griff nach dem Blatt Papier. »Hören Sie, ich bin inzwischen seit Stunden in diesem Krankenhaus, wurde von einer Stelle zur anderen geschickt. Patientenarchiv. Neurologie. Ambulanz. Empfang beim Eingang. Verwaltung. Zurück in die Neurologie. Keiner hier scheint einen blassen Schimmer zu haben, wie man diese simple Angelegenheit erledigt. Ich habe heute noch nichts gegessen, habe nicht geduscht, und ich kann nicht nach Hause, bis Sie nicht ein paar Zeilen in Ihren Computer getippt haben. Mehr müssen Sie nicht tun.«

Die Frau mittleren Alters schaute immer noch nicht auf. *Klack, klack, klack.* Annie spürte Wut in sich aufwallen, Schmerz, Verzweiflung.

»Würden Sie mir vielleicht endlich zuhören?«

Sie streckte den Arm aus und drehte abrupt den Monitor herum. Die Augenbrauen im Gesicht der strengen Schwester verschwanden empört unter ihrem toupierten Haar.

»Ma'am, wenn Sie das nicht sofort unterlassen, werde ich den Sicherheitsdienst rufen …«

»Und ich verlange, dass Sie mich anschauen, wenn ich mit Ihnen spreche. Ist das denn zu viel verlangt? *Bitte*, helfen Sie mir.« Jetzt weinte sie wirklich, bittere, salzige Tränen. »Es tut mir leid. Wirklich. Ich möchte ja nur, dass Sie diese Adresse für mich ändern.«

»Hören Sie, Ma'am …«

Die mürrische Frau plusterte sich schon zur Abwehr auf, und ihr Mund öffnete sich – vermutlich um Annie mitzuteilen, wo sie sich ihre Adresse hinstecken konnte. Doch in dem Moment passierte etwas Seltsames: Statt sie anzuschnauzen, verzog sich ihr faltiges Gesicht zu einem Lächeln.

»Hey, Polly. Alles in Ordnung?«

Annie wirbelte herum. In der Tür des schäbigen Kabuffs stand eine große, schlanke junge Frau, die in sämtliche Regenbogenfarben gehüllt war. Rote Schuhe. Lila Strumpfhose. Ein Kleid im leuchtenden Gelb sizilianischer Zitronen. Dazu eine grüne Strickmütze. Ihr Bernsteinschmuck schimmerte in einem warmen Orange, und ihre Augen waren von einem intensiven Blau. Eine derart wilde Farbkombination hätte eigentlich nicht aufgehen dürfen, dennoch passte es aber irgendwie.

Die Papageienbunte beugte sich vor und berührte Annie, die unwillkürlich zusammenzuckte, am Arm. »Tut mir leid, ich muss lediglich einen klitzekleinen Termin ausmachen.«

»Nächste Woche, passt das?«, antwortete die vorher so ungnädige Schwester beflissen, bevor sie wieder auf ihre Tastatur einhackte, diesmal indes in einem beschwingten Rhythmus.

»Danke, du bist ein Schatz, Denise«, sagte die Besucherin. »Ist die nette junge Dame hier noch nicht versorgt?«

Es war eine Ewigkeit her, seit irgendwer Annie nett oder jung genannt hatte. Sie blinzelte ihre Tränen weg und gab sich Mühe, gefasst zu klingen.

»Nein, anscheinend ist es zu schwierig, die Adresse auf einer Patientenakte zu ändern. Ich war bereits in vier verschiedenen Abteilungen.«

»Oh, Denise kann das bestimmt im Handumdrehen für Sie erledigen – sie hütet sämtliche Geheimnisse dieses Krankenhauses.«

Wie um das zu unterstreichen, vollführte sie tippende Fingerbewegungen in der Luft. Auf ihrem Handrücken schaute ein großer lila Fleck unter einem Verband hervor.

Tatsächlich nickte Denise, wenngleich widerwillig. »Na schön. Geben Sie her.«

Annie reichte ihr das Formular. »Könnten Sie die Post bitte zu meinen Händen schicken lassen? Annie Hebden ist mein Name.« Denise gab rasch etwas ein, und innerhalb von Sekunden war erledigt, worauf Annie seit Stunden gewartet hatte. »Äh, danke schön.«

»Gern geschehen, Ma'am«, entgegnete Denise, aber Annie konnte ihre Missbilligung spüren.

Sie war unhöflich gewesen, das war ihr klar. Bloß war alles so schrecklich frustrierend und so verdammt schwierig.

»Genial! Tschau, Denise.« Die bunt Gekleidete winkte der Schwester zu, berührte dann erneut Annies Arm. »Hören Sie, tut mir echt leid, dass Sie einen miesen Tag hatten.«

»Wie bitte?«

»Na ja, Sie scheinen wirklich einen schlimmen Tag hinter sich zu haben.«

Annie war einen Moment sprachlos. »Ich befinde mich in einem Krankenhaus. Meinen Sie, irgendwer hier hat einen guten Tag?«, meinte sie spöttisch, während sie Denise und ihr Büro verließen.

Die Regenbogenfrau blickte sich im angrenzenden Wartebereich der Ambulanz um – Gehbehinderte mit Krücken, etwa die Hälfte der Anwesenden, andere mit kahl rasierten Schädeln und bleichen Gesichtern, eine zusammengeschrumpfte Frau im Krankenhauskittel, die kraftlos in einem Rollstuhl hing, gelangweilte Kinder, die die Handtaschen ihrer Mütter durchwühlten, während diese stumpf über ihre Handydisplays wischten.

»Ich sehe keinen Grund, warum nicht.«

Annie trat entnervt einen Schritt zurück. »Hören Sie, danke für Ihre Hilfe, obwohl ich sie eigentlich nicht hätte brauchen sollen. Dieses Krankenhaus ist eine echte Schande. Egal, Sie können ja nicht wissen, warum ich hier bin.«

»Stimmt auch wieder.«

»Dann werde ich jetzt mal gehen.«

»Mögen Sie Kuchen?«, fragte die andere.

»Was? Natürlich mag ich … Warum?«

»Warten Sie einen Moment«, erwiderte sie und flitzte davon.

Annie sah noch einmal zurück zu Denise in dem winzigen Büro, die erneut ihren ausdruckslosen Monitorblick aufgesetzt hatte und den nächsten Bittsteller unfreundlich abfertigte.

Sie zählte bis zehn und ging dann, weil die seltsame Fremde nicht zurück war, den trostlosen Flur mit seiner Farbgebung aus majestätischem Blau und galligem Grün hinunter, begleitet von den Geräuschen rollender Krankenbetten, zufallender Türen und entferntem Weinen. Ein alter Mann lag winzig und grau auf einer Liege. Gott sei Dank war sie hier endlich fertig. Sie musste unbedingt nach Hause, sich vom Fernseher ablenken lassen, sich unter der Bettdecke verkriechen und …

»Annie Hebden! Warten Sie!« Annie drehte sich um. Die nervige Frau kam atemlos auf sie zugeeilt und hielt einen Cupcake mit welligem Schokotopping hoch. »Für Sie«, keuchte sie und drückte ihn Annie in die Hand.

Zum zweiten Mal innerhalb kurzer Zeit war Annie von der Rolle. »Warum?«

»Einfach so. Weil Cupcakes alles ein bisschen besser machen. Na ja, außer man hat Typ-2-Diabetes vielleicht.«

Annie betrachtete den kleinen, leicht angematschten Kuchen in ihrer Hand. »Danke.«

13

»Gern geschehen.« Die freundliche Spenderin schleckte ein bisschen zerlaufene Schokocreme von der Hand, wobei Annie zum ersten Mal bemerkte, dass jeder Fingernagel in einer anderen Farbe lackiert war. »Igitt, ich hoffe, ich fang mir keinen multiresistenten Krankenhauskeim ein. Nicht dass es einen Unterschied machen würde. Ich bin übrigens Polly. Darfst gerne Du zu mir sagen. Und du, du bist Annie.«

»Äh, ja.«

»Schönen Tag noch, Annie Hebden. Oder zumindest einen etwas besseren. Und denk immer dran: Wenn du den Regenbogen willst, musst du mit dem Regen leben.«

Fröhlich winkend hüpfte sie beschwingt davon. War das womöglich das erste Mal, dass jemand diesen Flur der Verdammnis entlanghüpfte?

Annie musste im Regen auf den Bus warten, in der grauen Brühe, auf die sich Lewisham, dieses triste Londoner Viertel, spezialisiert zu haben schien. Sie dachte daran, was für einen Unsinn die junge Frau von sich gegeben hatte – Regen hatte schließlich nicht automatisch einen Regenbogen zur Folge. Normalerweise führte er lediglich zu durchnässten Socken und strähnigem Haar. Aber immerhin hatte Annie einen trockenen Ort, an den sie heimkehren konnte. Anders als der Obdachlose, der unter dem schmalen Dach der Bushaltestelle saß, das ihn nicht mal notdürftig zu schützen vermochte – das Wasser tropfte ihm erbarmungslos vom Kopf und sammelte sich in einer Pfütze um seine dreckige Hose.

Bei seinem Anblick fühlte sich Annie erbärmlich, doch was konnte sie dagegen tun? Nichts. Schließlich war sie nicht mal in der Lage, sich selbst zu helfen.

Der Bus war rappelvoll, und sie musste sich zwischen einen Kinderwagen und einen Haufen Einkaufstüten quetschen, die in jeder Kurve gegen ihre Waden stießen. Eine ältere

Dame mit Einkaufstrolley stieg ebenfalls ein und bahnte sich auf wackligen Beinen ihren Weg durch den Bus. Keiner der Fahrgäste auf ihren Sitzen löste den Blick vom Handy, um ihr einen Platz anzubieten. Annie riss der Geduldsfaden. Was war nur los mit diesen Menschen? Gab es denn kein Fünkchen Anstand mehr in dieser Stadt?

»Herrgott noch mal!«, entfuhr es ihr. »Könnte bitte jemand für die Dame hier aufstehen?«

Immerhin rappelte sich ein junger Mann mit riesigen Kopfhörern verlegen von seinem Platz auf.

»Kein Grund, den Namen des Herrn zu missbrauchen«, bemerkte die alte Dame mit einem missbilligenden Schnalzen in Annies Richtung, während sie sich setzte.

Das hatte sie nun davon. Betreten starrte Annie zu Boden, bis sie ihre Haltestelle erreichte.

Wie hatte sie in ihrem Leben so tief sinken können, fragte sie sich. Wegen einer Adressänderung in aller Öffentlichkeit die Nerven zu verlieren? Vor wildfremden Leuten zu heulen? Früher wäre sie diejenige gewesen, die lediglich eine Augenbraue gehoben hätte, wenn jemand anders ausgerastet wäre. Sie hätte Taschentücher angeboten und besänftigend den Arm getätschelt. Was um Himmels willen war mit dieser Person passiert, die sie einst gewesen war?

Annie wusste es nicht. Manchmal kam es ihr vor, als hätte ihr Leben sich mit einem einzigen Wimpernschlag verändert.

Wenn sie die Augen schloss, sah sie sich wieder an jenem letzten sonnigen Morgen im Schlafzimmer ihres hübschen Hauses liegen, glücklich und zufrieden und auf einen weiteren perfekten Tag in ihrem perfekten Leben hoffend. Jetzt hingegen würde sie sich in eine schreckliche Wohnung schleppen und stundenlang deprimiert und frustriert wach liegen, ohne etwas zu haben, woran sie sich aufrichten konnte.

Ein Wimpernschlag, alles gut. Zwei Wimpernschläge, alles kaputt. Egal, wie oft sie ihre Augen schloss und wieder öffnete, nie würde es so sein, wie es einmal war.

## Tag 2: Lächle eine Fremde an

Es klingelte an der Wohnungstür. Annie wurde aus dem Schlaf gerissen, ihr Herz machte einen erschrockenen Satz. Was war das? Schon wieder die Polizei, der Notarzt? Aber nein, das Schlimmste war ja bereits passiert.

Sie setzte sich auf und bemerkte, dass sie mal wieder auf dem Sofa eingeschlafen war, in den Klamotten, die sie im Krankenhaus angehabt hatte. Sie konnte sich nicht einmal daran erinnern, was sie sich gestern Abend im Fernsehen angeschaut hatte. *Tattoo Fixers* vielleicht? Das mochte sie gerne. Es war immer tröstlich zu sehen, dass es Leute gab, die noch schlechtere Entscheidungen in ihrem Leben getroffen hatten als sie.

Das Klingeln wurde aufdringlicher. Sie schob die Decke beiseite, die Costas über sie gelegt haben musste, und als sie aufstand, fielen Krümel, Taschentücher und eine Fernbedienung zu Boden. Es sah aus, als wäre sie betrunken heimgekommen – betrunken von Kummer, Trauer und Zorn.

»Herrgott noch mal, ich komme.«

Wie spät war es überhaupt? Die Uhr am Fernseher zeigte kurz vor halb zehn. Sie musste sich beeilen, sonst würde sie die Besuchszeit verpassen. Costas war längst aus dem Haus, um die Frühstücksschicht in der Kaffeebar zu übernehmen – jedenfalls war nichts mehr von ihm zu sehen. Sie verspürte einen Anflug von Scham – die alte Annie wäre nie in ihren Klamotten eingeschlafen.

»Annie Hebden! Bist du da?«

Oh nein! Hinter der Milchglasscheibe machte sie eine

smaragdgrüne Gestalt aus, die seltsame Frau aus dem Krankenhaus. Polly irgendwer.

»Äh, ja?«, sagte sie und öffnete die Tür einen Spalt.

»Ich habe hier einen Brief vom Krankenhaus für dich.« Eine Hand tauchte auf, diesmal mit silbernen Fingernägeln, und wedelte mit einem Umschlag vor Annies Nase herum. Darauf stand zwar ihr Name, jedoch eine falsche Adresse – eine in einem schöneren Teil der Stadt. »Du hast wahrscheinlich meinen bekommen«, flötete die frühe Besucherin gut gelaunt.

Annie warf einen Blick auf den Stapel Post zu ihren Füßen. Rechnungen. Eine Ausgabe des *Gardening-Monthly*, dessen Abo sie längst hätte kündigen sollen. Und ein weißer Umschlag, der an eine gewisse Polly Leonard adressiert war.

»Wie ist das denn passiert?«

»Denise ist bei der Adressenänderung offenbar durcheinandergekommen. Ich habe sie gleich angerufen, um es korrigieren zu lassen, also halb so wild.«

Durfte das Krankenhaus überhaupt ihre Adresse herausgeben?

»Und du bist den ganzen Weg hier rausgefahren, um mir das zu geben?«

Es musste über eine halbe Stunde gedauert haben, um von Pollys Zuhause in Greenwich zu Annies Wohnung nach Lewisham zu gelangen, vor allem im Berufsverkehr.

»Klar. Ich war noch nie in diesem Teil der Stadt, deshalb dachte ich mir, warum nicht.«

Es gab Millionen Gründe, warum man *nicht* in diese Gegend fuhr. Die schwindelerregende Kriminalitätsrate beispielsweise. Das monströs hässliche Einkaufszentrum im Stil der Siebzigerjahre. Die Tatsache, dass die Stadt seit Jahren dabei war, das Zentrum des Viertels umzugestalten und dabei ein verkehrstechnisches Höllenloch aus dröhnenden

Pressluftbohrern und geschmolzenem Asphalt geschaffen hatte.

»Danke fürs Vorbeibringen, und hier ist dein Brief.« Sie schob den Umschlag durch den Türspalt. »Also dann, einen schönen Tag.«

Polly rührte sich nicht vom Fleck. »Gehst du heute wieder ins Krankenhaus?«

Sämtliche Alarmglocken schrillten, sämtliche Instinkte signalisierten Annie zu lügen, aber aus irgendeinem Grund tat sie es nicht.

»Ja, ich gehe, allerdings …«

»Termin?«

Sie zuckte die Schultern, war nicht in der Stimmung, die Situation zu erklären.

»Ich muss auf jeden Fall hin. Da dachte ich mir, wir könnten vielleicht zusammen fahren.«

Annie war eher für ihr mangelndes Interesse an sozialen Kontakten bekannt. Manchmal blieb sie sogar eine Viertelstunde länger im Büro, um ja nicht mit ihren Kollegen denselben Bus nehmen zu müssen.

»Ich bin noch nicht angezogen«, wandte sie ein.

»Macht nichts, ich kann warten.«

Mit ihrem benommenen Kopf fiel ihr irgendwie keine einzige Ausrede ein, um diese nervige, viel zu bunte Fremde nicht in ihre Wohnung zu lassen. »Na gut … komm rein.«

»Hier wohnst du also.«

Polly stand in Annies tristem Wohnzimmer wie ein üppig dekorierter, glitzernder Weihnachtsbaum. Heute trug sie ein knöchellanges pfefferminzgrünes Cocktailkleid aus Satin und dazu klobige Bikerboots und allerlei Geklimper um Hals und Arme. Eine Kunstpelzjacke und eine grellbunte Strickmütze vervollkommneten den Look. Der Saum ihres Kleides war nass und schmutzig, als hätte sie Lewisham zu

Fuß im Regen durchquert. Sie sah aus wie ein Model bei einem schrägen Subkulturfotoshooting.

»Ich darf hier nichts ändern, der Vermieter erlaubt es nicht«, entschuldigte sie sich fast. Die Wohnung im zehnten Stock hatte immer noch die deprimierenden Laminatböden und die Raufasertapeten einer längst vergangenen Epoche. Die Luft war feucht und muffig und vermengte sich mit den penetranten Küchengerüchen der Nachbarn. »Ich müsste rasch duschen. Willst du einen Tee … oder etwas anderes?«

»Lass mal. Ich warte einfach hier und lese oder so.« Sie sah sich in dem schäbigen Zimmer um, in dem auf einem Wäscheständer einige nicht weniger schäbige Leggins und Shirts hingen. Ihr Blick fiel auf den staubigen Beistelltisch, auf dem eine Broschüre lag. »*Wie Sie eine Patientenvollmacht beantragen.* Klingt interessant.«

War das ironisch gemeint? überlegte Annie. Auf der Vorderseite waren zwei Personen abgebildet, wobei die jüngere die Hand der älteren hielt. Dabei ging es bei einer Vollmacht im Grunde eher darum, ebendiese Hand zu packen und sie ans Bett zu fesseln, bevor der alte Mensch sich – oder jemand anderem – etwas antun konnte.

»Okay. Ich brauche nicht lange.«

Annie ging ins Badezimmer – Spiegel mit Rostflecken, vergammelter Duschvorhang – und fragte sich, ob sie jetzt vollends übergeschnappt war. Eine Wildfremde in ihre Wohnung zu lassen! Eine Frau, von der sie rein gar nichts wusste und die genauso gut geistesgestört sein konnte, was sie in Anbetracht ihrer Aufmachung höchstwahrscheinlich war.

Vielleicht waren sie sich ja nicht zufällig auf der neurologischen Station begegnet. Vielleicht hatte die Gute ja einen Schlag auf den Kopf bekommen, der zu einer Persönlichkeitsstörung geführt hatte. Und vielleicht fehlte ihr ja deswegen jegliches Gespür für Grenzen, sodass sie einfach zu einem in die Wohnung spaziert kam und sich dort deprimierende Broschüren über Dinge reinzog, die sie nichts angingen.

Annie nahm die schnellste Dusche ihres Lebens, die ihre Mutter zweifelsohne als Katzenwäsche bezeichnet hätte. Nachdem ihr gesamtes Leben zusammengebrochen war, hatte das kleine Bad ihr monatelang als Rückzugsort zum Weinen gedient, hier hatte sie die Faust in den Mund gestopft, um das Heulen zu dämpfen. Heute hingegen war keine Zeit dafür, heute saß in ihrem Wohnzimmer ein pfefferminzgrünes Wesen und wartete auf sie. Also beeilte sie sich und zog irgendwas an, das beinahe identisch war mit ihrem gestrigen Outfit.

Warum sollte sie sich hübsch machen? Nicht für einen Ort, an dem die Menschen entweder starben oder sich wünschten tot zu sein.

Noch bevor sie das Bad verließ – kein Make-up, das feuchte Haar achtlos zusammengebunden –, hörte sie Stimmen aus dem Wohnzimmer. Auch das noch. Costas war früher als erwartet zurück.

»Annie!« Polly strahlte sie an, als sie ins Zimmer trat. »Ich habe gerade deinen charmanten Freund kennengelernt.«

»Hey, Annie!« Costas, ein gut aussehender Grieche mit brettharten Bauchmuskeln, auf denen man Eier hätte aufschlagen können, winkte ihr zu. Er war sehr jung, erst zweiundzwanzig Jahre alt, und hatte Annies Gästezimmer in einen gärenden Müllberg verwandelt. Witzig genug, arbeitete er bei Costa Coffee.

»Er ist mein Mitbewohner, nicht mein Freund«, stellte Annie richtig. »Ich muss jetzt los.«

»Einen Moment noch«, bat Polly. »Costas hat uns was Süßes mitgebracht!«

»Mein Boss meinte, ich soll sie mitnehmen. Sind von gestern, trotzdem noch frisch!« Lächelnd hielt er Polly eine braune Papiertüte voller Croissants und Plundergebäck hin. »Komm mal bei Costa vorbei. Ich dir mache griechischen Spezialkaffee. So stark, dass Kopf explodiert!«

Annie wurde wütend. Wie konnte diese Frau es wagen, hier einfach so hereinzuspazieren und den Deckel von Annies Leben zu heben, die schäbige Wohnung zu betrachten einschließlich der Berge schmutzigen Geschirrs?

»Ich gehe jetzt«, verkündete sie in einem Ton, der keinen Widerspruch duldete. »Und bitte, Costas, spül endlich dein Kochzeug ab. Du hast gestern Abend lauter grüne Pampe in der Auflaufform gelassen.«

»Spanakopita, muss einweichen.«

»Oh, ich liebe Spanakopita!«, rief Polly enthusiastisch. »Mit achtzehn war ich mit dem Rucksack in Griechenland unterwegs. *Jassu*!«

»*Jassu*!« Costas reckte den Daumen und schenkte ihr sein breitestes Grinsen. »Sehr gut, Polly!«

Annie, die sein ständiges Gegrinse ätzend fand, zog betont genervt ihren Mantel an. »Ich komme noch zu spät.«

»Oh, stimmt! Lass uns gehen. Hat mich gefreut, dich kennenzulernen, Costas, Annies Freund.«

»Er ist mein *Mitbewohner*«, wiederholte Annie und öffnete verärgert die Tür.

Sie wusste selbst nicht so genau, warum sie derart sauer war.


»Meine Damen und Herren, aufgrund eines Fahrerwechsels wird unser Bus eine Weile hier halten. Es wird etwa … Äh, wir wissen leider noch nicht, wie lange es dauern wird.«

Ein Schwall an Seufzern füllte das Wageninnere. »Tja, jetzt komme ich definitiv zu spät«, beschwerte sich Annie.

»Ein Haufen Nichtsnutze«, brummte ein älterer Herr in

fusseligem Tweedanzug, der einen penetranten Geruch nach Mottenkugeln verströmte. »Zwei Pfund die Fahrt und dann so was. Sich die Taschen vollstopfen, das können sie hingegen.«

»Na ja, immerhin haben wir so die Gelegenheit, uns ein bisschen umzusehen«, erwiderte Polly vergnügt.

Annie und der Mann wechselten einen kurzen, ungläubigen Blick. Vor dem Busfenster bot sich ihnen die Aussicht auf einen riesigen Tesco-Supermarkt und ein brachliegendes Gelände, auf dem ein ausgebranntes Auto stand.

»Oder um zu plaudern«, fuhr Polly fort. »Wohin fahren Sie, Sir?«

»Zu einer Beerdigung«, brummte der auf seinen Gehstock gestützte Alte.

»Mein Beileid. Ein Freund von Ihnen?«

Annie schrumpfte auf ihrem Sitz zusammen, und sie sah, dass ein junger Mann in fleckiger Jeans die Augen verdrehte. Was, wenn die Leute dachten, sie würde zu der Irren gehören, die sich im Bus lauthals mit Fremden unterhielt? Die übelste Plage Londons überhaupt, schlimmer noch als Stadtfüchse und Japanischer Staudenknöterich.

»Mein alter Kumpel Jimmy. Hatte immerhin ein erfülltes Leben. Kampfpilot im Blitzkrieg war er.«

»Oh, das klingt ja interessant. Wie haben Sie sich denn kennengelernt?«

Eine Frau mit Kopftuch zog einen Ohrstöpsel heraus und schnalzte genervt mit der Zunge. Annie war das Ganze furchtbar peinlich.

»Sind in derselben Straße aufgewachsen. In Old Bermondsey. Er war bei der Royal Air Force, ich bei der Navy. Ich könnte Ihnen da ein, zwei wilde Geschichten erzählen, Schätzchen.« Er stieß ein anzügliches Kichern aus.

Grundgütiger, das wurde ja immer schlimmer.

Annie griff nach einer Ausgabe der *Metro*, die jemand hatte liegen lassen, und begann demonstrativ einen Artikel über Messerstechereien zwischen Londoner Gangs zu lesen, tat so, als gehörte sie nicht dazu.

Unterdessen schwadronierte der Mann weiter von glorreichen Zeiten. »Und da versteckte sich Jimmy im Kleiderschrank, bis ihr Mann eingenickt war und er sich durchs Fenster verkrümeln konnte …«

»Wirklich tragisch«, unterbrach Annie ihn und wedelte nachdrücklich mit der Zeitung. »Drei Messerstechereien allein diesen Monat.«

»Ein Haufen Ganoven sind das«, empörte sich der Alte. »Jimmy und ich waren der Schrecken unserer Straße, aber wir waren nie in Messerstechereien verwickelt. Die Faust ins Gesicht, ja, *das* ist zivilisiert. So erledigt das ein Gentleman.«

Annie schloss die Augen, konnte dieses Geschwätz keine Sekunde länger ertragen. Glücklicherweise setzte der Bus sich wieder in Bewegung, und Jimmys Kumpel stieg an der nächsten Haltestelle aus, nicht jedoch ohne zuvor Pollys Hand zu packen und einen feuchten Schmatzer draufzudrücken.

»War mir eine Freude, mich mit Ihnen zu unterhalten, junge Dame.«

»Ich habe Desinfektionsgel dabei«, bot Annie ihr an.

Polly lachte und winkte ab. »Ach, der wird mich wahrscheinlich überleben.«

Annie griff wieder zu ihrer Zeitschrift, während Polly sich munter umschaute, Babys und Hunden zuwinkte und Blickkontakt mit anderen Fahrgästen suchte, wenngleich die meisten Kopfhörer übergestülpt hatten und sie gar nicht beachteten. Wenn sie so weitermachte, bestand die große Wahrscheinlichkeit, dass sie von der Londoner Verkehrspolizei wegen Erregung öffentlichen Ärgernisses verhaftet und nie im Krankenhaus ankommen würde.

Wundersamerweise schafften sie es. Der obdachlose Mann hockte wie gestern an der Bushaltestelle vor dem Krankenhaus, und Annie fragte sich unweigerlich, ob er die ganze Nacht dort verbracht hatte. Sein Kopf war nach vorne gesunken. Prompt eilte Polly zu ihm und ging in die Hocke.

»Hallo, wie heißen Sie? Ich bin Polly.«

Er blickte langsam auf und räusperte sich. Seine Stimme war rau wie Sandpapier. »Johnny.«

»Kann ich Ihnen etwas mitbringen, wenn ich wieder rauskomme? Einen schönen heißen Tee oder Kaffee?«

»Ein Kaffee wäre nett. Egal was. Hauptsache heiß.«

»Zucker?«

»Äh, zwei Stück, bitte. Vielen Dank.«

»Dann bis später. Ich muss jetzt erst mal rein.«

»Oh, viel Glück.«

Sobald sie drinnen waren, versuchte Annie, Polly abzuwimmeln, bevor sie weitere peinliche Situationen heraufbeschwor.

»Ich muss da lang, also …«

»Ich auch. Ach ja, die gute alte Neurologie.« Polly hakte sich mit ihrem pelzummantelten Arm bei Annie unter. »Das ist die beste Abteilung überhaupt. Ich meine, es geht um dein Gehirn. Alles, was du bist, steckt da drin. Ist viel interessanter als so ein dämliches Herz oder Bein oder – noch schlimmer – alles, was in den Bereich der Gastroenterologie fällt.«

»Ja, klar«, erwiderte Annie sarkastisch. »Es ist richtig toll, wenn dein Hirn sich langsam zu Brei verwandelt.« Sie blieben am Eingang der Station stehen. »Tja, ich muss da rein.«

Polly machte zu Annies Verdruss trotz dieser Ankündigung keinerlei Anstalten, sich zu schleichen. Warum verschwand dieses wandelnde Pfefferminzbonbon nicht endlich? Wenn sie nicht bald die Fliege machte, würde sie womöglich sehen, wie ...

»Hallo? Hallo!«

Annie zuckte beim Klang der hohen, nervösen Stimme zusammen. Sie gehörte zu einer Frau, die in einem Krankenhauskittel auf sie zugehinkt kam und mit ihrem knochigen Finger auf sie deutete.

»Sie, Miss. Sind Sie hier die Schwester?«

»Die Ärmste«, murmelte Polly. »Können wir Ihnen weiterhelfen, Ma'am?«

»Ich glaube nicht, dass wir ...«, mischte sich Annie ein und bemühte sich, Polly von der Kranken wegzuschieben, die keine sechzig war, aber wie achtzig aussah. Ihr Gesicht war eingefallen, das Haar grau, und die Beine, die unter dem Kittel hervorschauten, waren zerschrammt und abgemagert, einer davon steckte in einem Verband.

»Schwester, ich brauche ... Oh, ich weiß nicht mehr, was ich brauche!«

»Ich bin sicher, dass es Ihnen gleich wieder einfällt«, tröstete Polly die verwirrte Patientin und nahm ihren mit Narben übersäten Arm. »Sollen wir Sie auf die Station bringen?«

»Das solltest du lieber lassen«, warnte Annie, die langsam die Nase voll hatte von dieser selbst ernannten Florence Nightingale.

»Ach, komm schon, Annie, sie braucht Hilfe.«

»Dafür ist das Personal da. Warum gehst du nicht zu deinem eigenen Scheißtermin!«

Die alte Frau starrte sie erneut an. »Sie. Ich kenne Sie, nicht wahr? Sind Sie die Schwester?«

Annie fühlte sich überfordert. »Nein, ich bin ...«

In diesem Moment erschien eine gehetzt wirkende Krankenschwester. »Maureen! Kommen Sie zurück ins Bett. Sie dürfen mit diesem Bein nicht herumlaufen.«

Doch Maureen machte keine Anstalten, der Aufforderung zu folgen. Stattdessen schaute sie unverwandt Annie an und murmelte monoton: »Ich kenne Sie. Ich *kenne* Sie!«

Es war zu spät, um irgendwem noch etwas vorzumachen. »Ja. Ich bin's, Mum. Annie. Ich wollte dich gerade besuchen.«

Charity – eine der netteren Schwestern, die sogar darauf bestand, für die Patienten zu beten – bedachte Annie mit einem mitfühlenden Blick. »Kommen Sie, Maureen. Ihre Tochter schaut gleich bei Ihnen vorbei.«

Als die Stationstür zufiel, sah Polly zu Annie hinüber. »Deswegen warst du gestern also hier? Du bist gar nicht selbst krank?«

Annie holte tief Luft. »Nein. Meine Mutter, sie … Na ja, sie leidet an Demenz. Die präsenile Form. Sie ist am Wochenende gestürzt, als sie versuchte, eine Fritteuse aus dem Küchenschrank zu holen. Dabei besitzt sie seit zehn Jahren keine Fritteuse mehr. Wahrscheinlich wird sie bald entlassen, und dann … Ich weiß nicht, was dann.«

Pollys Miene zeigte keinerlei Veränderung. Interesse, Verständnis, ja. Hingegen kein Mitleid.

»Ich nehme an, das erklärt deinen Hang zu unkontrollierten Wutausbrüchen.«

Irgendwas in Annie fiel in sich zusammen. »Hör zu. Ich kenne dich nicht, und du hast kein Recht, das zu sagen. Meine Mutter ist nicht einmal sechzig und leidet an fortgeschrittener Demenz. Soll ich da nicht wütend sein? Ich denke, dass ich sogar alles Recht der Welt habe, sehr, sehr wütend zu sein. Wie wäre es also, wenn du dich einfach aus meinem Leben raushältst, okay? Du fällst so mir nichts, dir nichts bei mir zu Hause ein und mischst dich in mein

Leben …« Der Rest ging in einer plötzlichen Flut unerbeteter Tränen unter.

Während Annie noch nach Luft schnappte, packte Polly Annies Hand und zerrte sie den Krankenhausflur entlang.

»Was tust du da? Nein, ich will nicht … Lass mich los!«

»Komm mit. Ich will dir was zeigen.« Sie hatten eine Tür erreicht, auf der ein kleines Schild prangte: DR. MED. MAXIMILIAN FRASER, LEITENDER OBERARZT NEUROLOGIE. Polly riss die Tür auf. »Hey, Dr. McGrummel! Ich bin's, deine Lieblingspatientin.«

Eine Stimme ertönte aus dem dämmrigen Raum. »Nur herein, Polly. Ist ja nicht so, als säße ich gerade über einem höchst vertraulichen Patientenbericht.«

»Nein, du knabberst an einem Crunchie-Riegel und schaust dir Katzenvideos auf YouTube an«, entgegnete Polly, was zugegebenermaßen der Wahrheit entsprach.

Der winzige Raum, dessen eine Wand komplett aus verdunkeltem Glas bestand, war düster und tatsächlich kaum größer als eine Kammer. Hinter dem Computer saß ein leicht korpulenter Mann im Arztkittel mit dichtem dunklem Haar, das ihm wirr vom Kopf abstand, und einem ausgewachsenen Dreitagebart auf Kinn und Wangen.

»*Aye*. Was willst du jetzt von mir?«

Aha, ein Schotte, dachte Annie und schaute verlegen zu Boden, weil der Blick des Arztes fast unanständig lange auf ihr verweilte. Musste der sie so anstarren, wo sie schrecklich nachlässig angezogen war?

»Ich will meiner neuen Freundin Annie den Scan zeigen«, erklärte Polly.

»Nicht schon wieder«, stöhnte er. »Glaubst du etwa, ich hätte nichts Besseres zu tun, als für dich den Alleinunterhalter zu spielen?«

»Ach, komm. Immerhin bin ich deine beste Patientin.«

»*Das da* ist mein bester Patient. Kein Stress. Nie.« Er nickte zu einem großen Einmachglas, in dem ein menschliches Gehirn schwamm. »Aber gut, bitte schön«, sagte er mit einem Seufzen, klickte auf seine Tastatur, und der Bildschirm leuchtete auf, um das geisterhafte Abbild eines Hirns zu enthüllen. Weiß, schwammig. Die eine Hälfte dunkler mit schwarzen Adern, die sich wie Ranken hindurchzogen.

»Das ist mein Gehirn«, verkündete Polly stolz.

»Oh«, sagte Annie etwas ratlos.

Polly tippte gegen die Scheibe des Monitors.

»Das gibt Fettflecken«, brummte der Arzt.

Sie ignorierte ihn. »Das da ist mein Baum. Mein Glioblastom … das bedeutet so viel wie Zweige, siehst du?«

Annie blickte Hilfe suchend zum Arzt.

»Niemand weiß, was das Wort bedeutet, Polly«, belehrte er sie.

»Dann lassen Sie es mich einfach erklären. Das ist mein Hirn, und das hübsche baumähnliche Gewächs da … Nun, das ist mein Gehirntumor.« Polly lächelte. »Ich nenne ihn Bob.«


»Tief durchatmen.«

Annie sog gierig die Luft ein. Sie saß auf dem Bürostuhl des Doktors, der jetzt vor ihr kniete und aufmerksam ihre Augen beobachtete. Die seinen waren braun und klug wie die eines freundlichen Hundes.

»Können Sie meinem Finger folgen?« Er hielt seinen Zeigefinger vor ihre Nase.

»Natürlich kann ich. Mir geht's gut. Ich bin ja nicht mal richtig ohnmächtig geworden.«

Sie verstand selbst nicht, warum sie schlappgemacht hatte. Schließlich kannte sie Polly kaum – Gehirntumor hin oder her.

Polly war derweil losgegangen, um »einen kräftigen heißen Tee« zu besorgen, weil man das im Krieg genauso gemacht habe.

»Ich schätze mal, dass Sie nicht Bescheid wussten«, wandte sich der Neurologe an sie. »Haben Sie sich denn nie gewundert, warum sie so viele Arzttermine hat?«

»Wir haben uns erst gestern kennengelernt. Doch sie benimmt sich, als wären wir … Ich weiß nicht, Brieffreundinnen aus Jugendtagen.«

Er setzte sich auf seine Fersen zurück. »*Aye*, klingt ganz nach Polly. Es ist ziemlich schwierig, sich nicht mit ihr anzufreunden.«

Sein schottischer Akzent ließ das R rollen.

»Das heißt, sie ist krank?«

»Sehr krank sogar.«

»Und können Sie was dagegen tun?«

Er stand auf, wobei er schmerzhaft das Gesicht verzog. »Herrje, ich werde wirklich alt. Ich dürfte es Ihnen eigentlich nicht erzählen – von wegen der ärztlichen Schweigepflicht –, doch da sie Ihnen unbedingt ihren Hirnscan zeigen wollte, kann ich das wohl als Patienteneinverständnis betrachten. Der Tumor ist äußerst aggressiv und liegt zudem so ungünstig, dass ich ihn nicht komplett entfernen konnte, ohne ihr Gehirn bleibend zu schädigen. Im Grunde bleibt nicht viel, nachdem OP, Strahlenbehandlung und diverse Chemos nichts gebracht haben. Die letzte läuft gerade aus, sie hat ihr noch mal ein bisschen Zeit verschafft. Falls sich der Tumor allerdings dem Frontalkortex nähert, nun ja, dann ist Schluss.«

»Falls?«

»Nein, das habe ich falsch ausgedrückt – er wird es tun, es ist lediglich eine Frage der Zeit.«

»Wie lange?«

Er zog eine Grimasse. »Um eins klarzustellen: Ärzte hassen diese Frage. Wir sind schließlich keine Hellseher. Okay, wir haben ihr gesagt, dass ihr jetzt, wo sie austherapiert ist und wir bestenfalls auf Zeit spielen können, etwa drei Monate bleiben.«

Annie starrte ihn mit offenem Mund an. So wenig. Ein Trimester. Ein Finanzamtsquartal. Die Staffel einer US-Fernsehserie. Man stelle sich vor, das wäre alle Zeit, die einem bliebe, um ein ganzes Leben hineinzustopfen.

»Oh«, machte sie. Unter diesen Umständen fiel ihr nichts Besseres ein.

Die Tür fiel krachend zu, als Polly mit einem Pappbecher zurückkam.

»Hier, trink das«, sagte sie und reichte Annie den Becher.

Die Brühe sah widerlich aus, wie schlieriges Spülwasser. Plötzlich war Annie alles zu viel – der winzige, dunkle Raum, die fremde Frau mit dem Tumor, ihre eigene Mutter, deren Gehirn dabei war, sich zu verabschieden. Mühsam rappelte sie sich auf, ihr Kopf schwirrte.

»Entschuldigung, es tut mir wirklich leid, dass du krank bist, Polly. Wirklich. Trotzdem muss ich weg, ich kann das hier nicht.«

Sie stürmte hinaus und verschüttete den Tee auf dem Boden.

Tag 3: Nimm dir Zeit fürs Frühstück

»Guten Morgen, Annie Hebden!«

Annie war nie ein Morgenmensch gewesen, nicht einmal damals, als Jacob sie noch in aller Herrgottsfrühe weckte, seinen warmen Körper an ihren schmiegte und sie seinen sanften Atem an ihrem Hals spürte. Seit einiger Zeit war sie nicht einmal mehr ein Nachtmensch. Es gab ein Zeitfenster gegen sechzehn Uhr, in dem sie sich nicht ganz so furchtbar fühlte, weil sie bald ihre langweilige Arbeit zumindest für diesen Tag hinschmeißen konnte. Aber sechs Uhr morgens, das war definitiv übertrieben, egal für wen.

Verschlafen tapste sie zur Wohnungstür, gegen die Polly hämmerte. »Ist überhaupt schon Tag? So zappenduster, wie es noch ist.«

»Es ist total schön draußen.« Polly klang nicht ansatzweise müde.

»Ist es *nicht*. Wir haben sechs Uhr. An einem Mittwoch mitten im März.«

Warum stand Polly so früh vor ihrer Tür? Was suchte sie überhaupt hier?

»Okay. Doch nicht mehr lange, und es wird total schön sein, glaub mir, und ich habe Kaffee und Croissants mitgebracht. Also lass mich rein.«

Der zweite Morgen in Folge, an dem sie von Polly geweckt wurde, und das, obwohl Annie gestern weggerannt war und sie stehen gelassen hatte. Einen Moment lang spielte sie mit dem Gedanken, so zu tun, als ob das Türschloss durch einen dummen Zufall blockiert wäre. Aber dann seufzte sie und öffnete. Vierundzwanzig Stunden, und sie hatte bereits gelernt, dass man Polly nicht abwimmeln konnte.

Ihre Besucherin war hellwach. Heute trug sie eine Jeans und ein T-Shirt mit der Aufschrift *Yes We Can*. Ihre Füße steckten in kirschroten Cowboystiefeln.

»Na, wie sehe ich aus?« Sie schüttelte ihren Kopf von einer Seite zur anderen. »Hannah Montana mit todschicker Krebsdiagnose?« Noch hatte sie ihre Haare, blonde Locken, die eine kahle Stelle mit roten Narben umrahmten, das Operationsfeld. Nicht mehr lange, und die Chemo würde vermutlich den Rest erledigen.

»Haha.« Annie hatte sich noch nicht an Pollys Krebswitze gewöhnt, hatte sich nicht mal an ihren Krebs gewöhnt.

Polly hielt einen Papphalter mit Bechern hoch. »Kaffee! Hast du hübsche Tassen da? Es wäre wirklich schade, den aus Plastik trinken zu müssen.«

»Mal sehen, ich schau nach. Setz du dich lieber.«

»Ich sterbe nicht an Ort und Stelle, Annie, selbst wenn ich stehen bleibe. Also, die Tassen?«

Annie deutete zur Küche und ließ sich selbst auf das hässliche Kunstledersofa mit dem Riss an der Armlehne sinken.

»Schläfst du eigentlich nie?«

»Oh, für so etwas habe ich keine Zeit. Nicht wenn man gerade mal noch drei Monate hat!« Sie sagte das so vergnügt, als spräche sie von einer tollen Urlaubsreise. »Zumindest behauptet das Dr. McGrummel. So nenne ich ihn.«

»Er schien mir tatsächlich ein bisschen … griesgrämig zu sein«, stimmte Annie ihr zu.

Polly begutachtete eine Tasse mit Cartman von *South Park* drauf, um sie sogleich auszumustern. Sie hatte nie eine Folge von *South Park* gesehen, geschweige denn je das geringste Interesse an der Sendung geäußert.

»Ja, der Ärmste. Er ist mehr so der klassische Warumkann-ich-nicht-alle-retten-Arzt mit Jesuskomplex und zugleich der Beste, den es gibt.« Pollys Stimme klang so, als würde sie mit dem Kopf im Küchenschrank stecken. »Ganz ehrlich, Annie, wir müssen uns mal ernsthaft über deinen Geschirrgeschmack unterhalten.«

Das klang ganz so, als wären Porzellantassen in Pollys Welt ein echtes Problem, der Krebs hingegen eine Bagatelle. Endlich fand sie zwei altmodische Exemplare mit Blümchenmuster, vermutlich aus Beständen von Annies Eltern. »Oooh, die sind ja echt retro«, rief sie begeistert.

»Nein, nur ziemlich alt und spießig.« Annie gähnte nachdrücklich. »Ich muss heute übrigens zur Arbeit – dass ich morgens meine Mutter besuche, ist eher die Ausnahme.«

»Deswegen bin ich ja so früh gekommen – damit wir einen Plan machen können.«

»Was für einen Plan bitte schön?« So viel Action am frühen Morgen war Annies Sache nicht.

»Ich erkläre es dir gleich ... So, das hätten wir.«

Polly hatte den Kaffee in die zierlichen Porzellantässchen umgefüllt und richtete nun die Croissants auf einem geblümten Teller an, wobei Blätterteigflocken auf den Boden rieselten und sich dort zu Staubflocken und Toastkrümeln gesellten. Sie ließ die Dinge wirklich schleifen, dachte Annie. Costas, mit sieben Schwestern aufgewachsen, war in puncto Hausarbeit sowieso ein hoffnungsloser Fall, was ihren Ehrgeiz zusätzlich dämpfte.

»Also«, begann Polly und zog ein Notizbuch aus ihrer Tasche, knallrosa mit silbernem Rand, »wie du weißt, habe ich noch etwa drei Monate zu leben. Es war ein ziemlicher Schock, als ich es erfuhr. Du kannst dir das ganze Folgeprogramm ja vorstellen ... Heulkrämpfe auf dem Badezimmerboden, verzweifelte Leugnungsversuche, eine Woche im Bett verkriechen ...«

Und ob Annie das konnte – sie hatte quasi persönlich die Gebrauchsanleitung dazu geschrieben.

»Aber irgendwann begriff ich, dass darin auch eine unglaubliche Chance liegt. Ich muss mich nicht mehr mit so lästigem Krempel herumschlagen wie Rechnungen, Rentenbeitragszahlungen, Fitnessstudiobesuchen. Mein Leben – oder das, was davon übrig ist – wurde dank Bob, meinem guten alten Gehirntumor, auf das Wesentliche eingedampft. Und ich habe vor, das Beste daraus zu machen.«

Annie griff nach einem Croissant. »Jetzt sag mir nicht, dass du eine Liste der Dinge zusammengestellt hast, die du unbedingt noch abhaken willst.«

»Das wäre wohl die übliche Reaktion. Nein, es ist etwas komplizierter. Ich will nicht einfach Dinge abhaken. Mit den Delfinen schwimmen … check. Zum Grand Canyon fahren … check. Ich meine, das habe ich sowieso hinter mir.«

»Klar«, meinte Annie lakonisch, den Mund voll Blätterteig, und nickte. Konnte ja bei Polly gar nicht anders sein.

»Ich will nicht bloß die Phasen des Sterbens durchexerzieren, das haben andere bereits gemacht. Vielmehr möchte ich die Dinge zu ändern versuchen, eine Art Zeichen setzen, bevor ich für immer verschwinde, verstehst du? Ich will zeigen, dass es möglich ist, glücklich zu sein und das Leben zu genießen, selbst wenn einem alles schrecklich erscheint. Wusstest du, dass Lottogewinner nach ein paar Jahren auf dasselbe Glückslevel zurückfallen wie vor ihrem Gewinn? Desgleichen Leute, die sich nach einem schweren Verkehrsunfall an ihr verändertes Leben gewöhnt haben. Glück ist ein Geisteszustand.«

Annie schüttelte den Kopf. Was ihr widerfahren war, vermochte sie nicht als Geisteszustand zu betrachten, das war verdammt real gewesen.

»Und wie sieht dein Plan aus?«

»Hast du schon mal vom Projekt *100HappyDays* gehört? Einem dieser kleinen Internethypes?«

»Nein.« Die alte Annie hätte so etwas geliebt, es auf Facebook gepostet und inspirierende Zitate mitgeteilt. Die neue Annie verachtete Projekte, Pläne und Listen. Das alles bedeutete nichts mehr, wenn das Leben gerade mit Karacho den Bach runtergegangen war.

»Das Konzept ist wirklich ganz einfach. Man soll lediglich jeden Tag eine Sache tun, die einen glücklich macht. Das können Kleinigkeiten sein. Wie unsere Kaffeezeremonie.«

»Ach ja?« Annie blickte sich zweifelnd in ihrem schäbigen Wohnzimmer um.

»Frühstück auf hübschem Geschirr. Mit einer Freundin den Sonnenaufgang betrachten.«

Polly hob die Tasse dem rötlichen Himmel draußen vor dem Fenster entgegen, während Annie dachte: *Freundin? War es wirklich so einfach? Und wie sollte so eine Kleinigkeit überhaupt etwas ändern?*

»Nun, wenn ich Glück habe, Glück unter den gegebenen Umständen wohlgemerkt«, fuhr Polly fort, »werde ich das Hundert-Tage-Programm noch durchziehen können. Und ich will, dass du mir hilfst.«

»Ich?«

Polly stellte ihre Tasse ab. Auf ihrer Oberlippe klebte Milchschaum, und ihr Haar war plötzlich flammend rot von der Sonne, die sich endlich zeigte – blutrot, strahlend und wunderschön.

»Annie, ich hoffe, du nimmst es mir nicht übel, aber du scheinst mir das komplette Gegenteil von glücklich.«

Annie blinzelte. »Ich habe eine schwere Zeit hinter mir. Du hast meine Mutter ja selbst gesehen.«

»Das kann es nicht sein«, erwiderte Polly. »Eine so negative

Einstellung braucht *Jahre*, die kommt nicht von heute auf morgen.«

»Tja, ich lebe in einer beschissenen Wohnung voller Sperrholz und Schimmel, die ich mit einem griechischen Kleinkind teile, das in seinem Leben noch keine Tasse abgespült hat.«

»Costas? Er ist total süß.«

»Kann sein. Doch da ich ständig über seine dreckigen Hosen stolpere und Käse von meinen Tellern kratzen muss, finde ich das weniger. Schau mal.« Annie tastete unter dem Sofa herum und zauberte eine Pistazienschale hervor. »Die lässt er überall liegen. Es treibt mich in den Wahnsinn. Ganz zu schweigen von meiner Arbeit, die ich hasse und zu der ich zu spät kommen werde, wenn ich nicht bald aufbreche.«

»Okay. Also geht es dir mies. Und genau deswegen möchte ich, dass du das mit mir durchziehst. Na, was sagst du dazu? Die nächsten hundert Tage – vorausgesetzt, ich mache es so lange – werden wir uns für jeden Tag was Schönes überlegen und es notieren. Wir können das Ganze auf unser erstes Treffen zurückdatieren und so ein paar Tage sparen – du weißt ja, die Zeit vergeht wie im Flug. Ich will beweisen, dass Glück unter allen Bedingungen möglich ist, selbst wenn alles im Leben scheiße läuft.«

Annie überlegte, was sie darauf antworten sollte. »Nur bin ich nicht sicher, ob ich das glaube.«

»Du könntest es wenigstens versuchen. Du vergibst dir damit nichts.«

Einen Moment lang war Annie kurz davor, ihr alles zu erzählen. Ihr zu erklären, wie viel schlimmer alles war, schlimmer als eine kranke Mutter, schlimmer als ein chaotischer Mitbewohner und eine marode Wohnung, aber sie konnte nicht. Polly war praktisch eine Wildfremde.

Stattdessen erwiderte sie: »Es gibt einen Haufen Gründe.

Ich muss jetzt los, sonst komme ich mal wieder zu spät zur Arbeit.« Sie stand auf, kippte den Rest ihres schaumigen Kaffees runter – zugegebenermaßen um Längen besser als die Instantplörre, die sie sich normalerweise morgens machte. »Hör zu, Polly, es ist wirklich nett von dir, mich zu fragen, ob ich bei deinem Projekt mitmach, bloß ist das ehrlicherweise nicht mein Ding. Außerdem habe ich gerade viel um die Ohren. Trotzdem, danke für das Frühstück. Ich bin sicher, wir sehen uns mal wieder im Krankenhaus.«

## Tag 4: Mach das Beste aus deiner Mittagspause

Sosehr Annie es hasste, ins Krankenhaus zu gehen, musste sie immerhin zugeben, dass es etwas seltsam Tröstliches an sich hatte. Das gedämpfte Summen von Betriebsamkeit, das Gefühl, dass die Angestellten alles im Griff hatten und dass zuverlässig jemand kam, um den Blutdruck zu messen oder einen in irgendeinem Gerät zu scannen. Dazu all die Plakate mit den strikten Anweisungen zum Händewaschen und die Rollcontainer voller Medikamente und Zubehör. Das Leben in einer Klinik war nachvollziehbar durchstrukturiert, und es war sinnlos, sich über alberne Kleinigkeiten aufzuregen.

Ganz anders in Annies Büro.

»Acht nach neun. Damit du Bescheid weißt wegen deines Arbeitszeitkontos.«

Im stummen Protest knirschte sie so heftig mit den Zähnen, dass sie sich nicht gewundert hätte, wenn eine Ecke herausgebrochen wäre.

»Stimmt. Danke, Sharon.«

»Vergiss nicht, es einzutragen. Das gibt aufgerundet eine Viertelstunde Lohnabzug.«

Sharon, eine verbitterte Frau mittleren Alters, die sich ausschließlich von Pommes frites und Apfelschorle ernährte, war die Einzige im Büro, die das neue Arbeitszeitsystem nicht hasste. Anfangs hatte Annie es ebenfalls befürwortet und in ihrer Eigenschaft als Finanzbeauftragte sogar dabei geholfen, es einzuführen. Klar hatte sie Verständnis gehabt, wenn Mütter zu Hause ein krankes Kind hatten, wenn die U-Bahn zu spät kam oder der Boiler durchgebrannt war –

dennoch war das hier eine Abteilung der Stadtverwaltung, und sie alle hatten in erster Linie einen Job zu erledigen. Damals allerdings war sie noch eine andere gewesen, hatte elegante Hosenanzüge getragen oder hübsche Kleider, hatte sich engagiert und Weihnachtsfeiern oder Betriebsausflüge organisiert.

Bis alles anders wurde.

Und seitdem fühlte sie sich von dem neuen Arbeitszeitsystem eingeengt.

Sie setzte sich an ihren Schreibtisch, der dringend einer Säuberung bedurfte und auf dem nichts Persönliches stand. Keine Fotos, kein hübscher Schnickschnack. Nicht einmal mehr Pflanzen, denn die waren längst verkümmert, und ihr gerahmtes Hochzeitsfoto hatte sie vor zwei Jahren schon entsorgt. Sie schaltete den Computer ein, der stöhnend und ächzend hochfuhr.

Unwillkürlich fiel ihr Polly ein. Ob sie wohl noch arbeitete? Und wenn, dann war es bestimmt ein helles Büro mit glänzenden, sauberen iMacs und üppigen Pflanzen, die von allen gegossen wurden – ein Ort, wo alle dunkel gerahmte Nerdbrillen trugen und bei einer Partie Tischfußball kreative Brainstormingsessions abhielten.

»Kommst du heute zum Teammittagessen, Annie?«, fragte Fee, die Büroleiterin. »Dann bräuchte ich im Voraus deine Essensauswahl.«

Annie schüttelte den Kopf. Sie hatte sich einmal überwunden mitzugehen, doch eigentlich hatte sie keine Gemeinsamkeiten mit der verbitterten Sharon, dem ekligen Tim, der sich ständig in seinen Ärmel schnäuzte, oder mit Syed, der nie seine riesigen Kopfhörer abnahm …

»Annie?«

»Hi, Jeff.« Sie raffte sich zu einem matten Lächeln auf, da er schließlich ihr Boss war.

»Kann ich dich kurz sprechen?« Er ahmte mit der Hand einen auf- und zuklappenden Mund nach, als verstünde Annie kein Englisch. Jeff schien sich nicht bewusst zu sein, wie deprimierend die Räume seiner Mitarbeiter waren, und folglich keinen Zusammenhang zwischen mangelndem Enthusiasmus und Betriebsklima herzustellen. Sein eigenes Büro war mit erbaulichen Plakaten und Post-it-Zitaten wie *Drückeberger gewinnen nie – Gewinner drücken sich nie* gepflastert und sein Bücherregal mit Businessratgebern vollgestopft, unter denen ihr immer insbesondere einer mit dem Titel *Reiche Manager, arme Manager* ins Auge fiel. Wie man als Angestellter der kommunalen Müllverwaltung je reich werden sollte, war Annie indes ein Rätsel.

»Nimm bitte dort drüben Platz«, sagte er und deutete auf eine Sitzgruppe.

Jeff, der ungefähr drei Dutzend Anzüge von Topman sein Eigen nannte und versuchte, sich einen Bart stehen zu lassen, war ein großer Fan der »Plauderecke« – ein paar unbequemen Stühlen und einem Tisch, auf dem fächerförmig die Ausgabe des Gemeindeblatts *Inside Lewisham* ausgebreitet war.

»Annie. Wie geht es dir?«

Scheiße, dachte sie. Schrecklich. Ich verkümmere innerlich.

»Gut.«

»Mir ist aufgefallen, dass du diese Woche ... nicht so präsent warst.«

»Ich habe mir ein paar Tage freigenommen.«

»Ja, natürlich, allerdings scheinst du, selbst wenn du da bist, nicht wirklich anwesend zu sein und mit den Kollegen zu interagieren.«

Er betonte seine Sätze, als wären es keine Feststellungen, sondern Fragen.

»Wie meinst du das?«

»Nun, die Kollegen haben mehrfach erwähnt, dass du in der Küche mit niemandem redest, nicht zum gemeinsamen Mittagessen gehst. Du weißt ja, die geselligen Momente am Wasserspender, haha!«

»Das liegt daran, dass ich hier meine Arbeit mache. Außerdem haben wir seit den Budgetkürzungen keinen Wasserspender mehr.«

»Okay, okay, du weißt, was ich meine.« Er beugte sich mit ernster Miene vor. Obwohl fünf Jahre jünger als Annie, sprach er mit ihr, als säße ein störrischer, renitenter Teenager vor ihm – und genauso fühlte sie sich gerade. »Die Sache ist die, Annie: So ein Büro sollte ein Team sein, in dem alle am gleichen Strang ziehen. Wie eine Schiffscrew.« Er mimte etwas mit den Händen, dessen Sinn sich ihr nicht erschloss. »Was schadet es also, ein Pläuschchen bei einem netten Tässchen Tee zu halten? Im Übrigen könnte es hilfreich sein, wenn du etwas mehr lächeln würdest. Die Kollegen finden dich ziemlich … unfreundlich?«

Sie spürte Tränen in ihren Augen brennen. »Meine Mutter ist krank, das wissen alle.«

»Ich weiß, ich weiß. Mir ist durchaus bewusst, dass du eine schwere Zeit durchmachen musstest und vermutlich noch machst. Und wir stehen voll und ganz hinter einem familienfreundlichen …« Jeff verstummte betreten, als ihm einfiel, dass Annie keine Familie mehr hatte.

Natürlich wusste er es. Alle wussten es, und trotzdem regten sie sich wegen der kleinsten Kleinigkeit auf, die mit ihr zu tun hatte. Was war eigentlich los mit den Leuten?

»Ich weiß, dass es hart war. Was leider nichts daran ändert, dass eine positive Einstellung bei der Arbeit erwartet wird, egal was los ist. Positiv denken, Annie!« Er vollführte eine Geste, als würde er einen Baseballschläger schwingen. »Dir ist vermutlich bekannt, dass in diesem Jahr weitere Stellenstreichungen anstehen. Wir alle werden um unsere Jobs kämpfen müssen. Also, wenn du dich einfach etwas mehr einbringen könntest: öfter lächeln, dich bei den Kollegen mal nach den Kindern erkundigen und so weiter. Ich meine, es ist jetzt zwei Jahre her, nicht wahr? Seit ... der Sache.«

Annie fühlte sich regelrecht gedemütigt, doch sie würde den Teufel tun und vor Jeff heulen. Nein, sie würde warten, bis sie sich aufs Klo verdrücken konnte, so wie sie es die letzten zwei Jahre mindestens einmal die Woche getan hatte.

»Ich werde es versuchen«, presste sie hervor. »Kann ich jetzt gehen?«

Nachdem Jeff sie großmütig entlassen hatte, stand Annie in der winzigen Teeküche und wartete darauf, dass der verkalkte Wasserkocher tat, was man von ihm erwartete. Es stank penetrant nach Thunfisch, und im Spülbecken schwamm eine Pfütze, die entweder Kotze oder Fertigsauce sein konnte. Sharon hatte sie mit einer Gabel markiert wie einen kulinarischen Tatort und einen ihrer typischen Notizzettel darauf hinterlassen: *Es ist nicht der Job der Reinigungskräfte, euer Essen aufzuwischen.*

Mein Gott, dachte Annie, es musste mehr geben als das. Als sich jeden Tag hierherzuschleppen, in einem Bus voller gefrusteter Pendler zu fahren, um dann in diesem Büro zu sitzen, das nie ordentlich geputzt wurde, mit Leuten, bei denen sie buchstäblich die Straßenseite wechseln würde, um ihnen nicht begegnen zu müssen. Was war das für ein beschissenes Leben. Als der Kessel klickte, spürte sie, wie sich ein kalter Klumpen in ihrer Brust festsetzte:

*Es musste mehr geben als das hier. Das musste es einfach.*

»Du hast Besuch.«

Ein paar Stunden später blickte Annie von ihrem Bildschirm auf und sah Sharon lauernd neben ihrem Schreibtisch stehen. Von den vier Outfits, die sie in einer strikten Rotationsfolge trug, war heute Nummer zwei dran – eine rote, mit Hundehaaren bedeckte Strickjacke, dazu ein unförmiger knöchellanger Rock mit schiefem Saum. Vielleicht hatten ja ihre vier Kläffer daran gezerrt.

»Wer ist es denn?«

Sharon rümpfte die Nase. »Eine Frau, die wie eine *Irre* gekleidet ist.«

Oh nein, das klang ganz nach Polly. Als an diesem Morgen das Klopfen an ihrer Wohnungstür ausgeblieben war, hatte Annie sich bereits in Sicherheit gewähnt. Polly war ihr irgendwie unheimlich. Zwar fand sie es bewundernswert, wie sie das Leben trotz ihrer Diagnose am Schopf packte – aber warum hatte sie sich auf Annie eingeschossen, die eher lebensuntüchtig war, sich lieber verkroch und heimlich auf der Bürotoilette heulte?

Während sie noch überlegte, ob sie Polly draußen abfangen konnte, kam die schon fröhlich winkend ins Büro marschiert. Angetan mit rotem Filzhut und einem weit schwingenden Mantel, balancierte sie einen Pappkarton in den Händen.

Annie sprang auf. »Was tust du hier?«

»Ich dachte, wir könnten gemeinsam zu Mittag essen.«

»Nein, ich habe keine Zeit, zu viele Fehlstunden.«

»Annie! Wirst du dafür bezahlt, wenn du deine Pausen opferst?«

»Nein, das nicht …«

»Also bekommen die jeden Tag eine Stunde unbezahlte Extraarbeit von dir.«

»Nicht so laut«, zischte Annie und blickte sich um. Ihre Kollegen hockten an ihren Schreibtischen, kauten an ihren Sandwiches oder schlürften Fertigsuppen und starrten auf ihre Bildschirme. »Woher weißt du überhaupt, wo ich arbeite?«

»Oh, du bist auf eurer Homepage abgebildet. Schau her, ich hab dir ein Carepaket mitgebracht!«

Polly schob ihr den Karton hin, in dem sich ein silberner Fotorahmen, eine Tasse mit der Aufschrift *Du musst nicht irre sein, um hier zu arbeiten, aber wahrscheinlich bist du's* befand, ferner Teebeutel, Kekse, Glitzerstifte, Feuchttücher, eine kleine Topfpflanze, ein blaues, seidengebundenes Notizbuch.

»Ein paar Kleinigkeiten, um deinen Arbeitsplatz ein bisschen aufzuhübschen. Schätzungsweise kann er es gebrauchen. Und dreckig ist er auch.«

»Ist er nicht!«

»Sicher?« Polly fuhr mit dem Zeigefinger über den Fuß des Monitors und zeigte ihn ihr. »Alle Arbeitstische sind schmutzig. Eigentlich dumm. Wir verbringen so viel Zeit dort und machen uns nicht einmal die Mühe, es uns schön zu machen. Dabei können selbst die kleinsten Dinge einen Riesenunterschied bewirken.«

Annie seufzte. »Komm, lass uns rausgehen. Wir dürfen hier keinen privaten Besuch empfangen.«

Sie scheuchte Polly aus dem Büro, an einer stieläugigen Sharon vorbei, die endlich etwas Interessanteres zum Anschauen hatte als *Farm World*. Draußen beäugte Polly das Gebäude – einen grässlichen Betonklotz wie so viele hier aus den Siebzigern, dazu an einer zehnspurigen Hauptstraße gelegen.

»Ich kann es dir nicht verdenken, dass du deprimiert bist. Dieser Ort würde jeden fertigmachen.«

Annie seufzte. »Ganz genau. Zudem muss ich jeden Tag herkommen, um eine Arbeit zu machen, die ich hasse. Wie also sollen ein paar Teebeutel auf meinem Schreibtisch mir da weiterhelfen?«

»Sie werden helfen. Eine Reise von tausend Meilen beginnt mit einem einzelnen Schritt.«

»Du willst mir jetzt bitte nicht sagen, dass ich mich allen meinen Kollegen öffnen soll, um zu begreifen, dass wir unter der Oberfläche alle gleich sind?«

Polly lachte. »Nein. Manche Leute sind einfach schlimm. Und vor manchen Dingen sollte man schleunigst davonrennen, und zwar wie ein Blitz. Mit anderen Worten: Du solltest kündigen.«

Plötzlich spürte Annie Wut in sich aufsteigen. Wer war diese Frau, ihr zu sagen, was sie tun oder lassen sollte?

»Ich kann nicht«, erwiderte sie schroff. »Ich brauche das Geld.«

»Du kannst etwas anderes machen«, entgegnete Polly unbeirrt.

»Es herrscht Konjunkturflaute.«

»Faule Ausrede.« Polly winkte ab. »Damit kommt wirklich jeder an, Annie. Oh, früher war alles so viel besser! Nicht so wie heutzutage, wo wir unsere Kinder nicht mal mehr zum Schuften in die Kohleminen schicken dürfen! Alles nichts als eine Ausflucht.«

»Aber ...«

Polly packte Annies Arm. »Ich weiß, dass du sauer auf mich bist, tut mir leid, doch du wirst noch einsehen, dass ich recht habe. Und jetzt komm mit. Wir haben etwas vor für unsere hundert Glückstage. Heute steht etwas ganz Einfaches an: Mittagspause machen.«

»Ich habe nie eingewilligt, bei den hundert Tagen mitzumachen. Und überhaupt, ich mache Mittagspause.«

»Und was genau tust du da? Auf Facebook abhängen? Einkäufe erledigen?«

»Manchmal hole ich mir ein Sandwich.«

»In einem netten Laden?«

»Es gibt hier keine netten Läden. Normalerweise im Supermarkt.«

»Verlässt du wenigstens den Schreibtisch, um zu essen?«

»Um wohin zu gehen? Aufs Klo? Oder auf die begrünte Insel im Kreisverkehr?«

»Was ist hiermit?« Polly blieb abrupt stehen und vollführte eine überschwängliche Geste wie ein Las-Vegas-Showgirl.

Annie betrachtete skeptisch die Grünfläche, an der sie stehen geblieben waren. »Der Park? Da gehe ich nicht rein – da werden wir am Ende noch von Drogendealern überfallen!«

Polly schob ungerührt das Tor auf. »Hallo? Hallo, ist da jemand, der mit Drogen handelt? Ich würde echt gerne ein bisschen Crack kaufen! Siehst du, da ist nichts. Ich glaube, wir sind sicher.«

»Es ist eiskalt.«

»Ich habe Decken dabei.« Während sie auf einer Bank Platz nahm, zog sie zwei schwere Decken aus ihrer großen Umhängetasche.

»Sorry, irgendwie komme ich mir albern vor.«

Was, wenn jemand von der Arbeit vorbeikam und sie im kalten, trostlosen Park neben den ganzen Hundehaufen picknicken sah? Die würden ja glauben, dass sie vollends durchgedreht war.

Polly zauberte zwei kleine Pappschachteln hervor. »Du bist hoffentlich keine Vegetarierin, oder?«

»Nein …«

»Dann iss!«

In den Schachteln befanden sich ein reifes Stück Cheddar, eine aufgeschnittene saftige Birne, eine dicke Scheibe Kochschinken und ein ordentliches Stück Krustenbrot. Das Ganze war von einem rubinroten Klecks Chutney gekrönt.

»Das hast du nicht in Lewisham gekauft, oder? Hier gibt es nur Grillhähnchen und Kebab.« Sie probierte einen Bissen von dem Käse: würzig, salzig und wunderbar krümelig. Oh Gott, das war köstlich. Vor allem, wenn sie daran dachte, dass sie eigentlich vorgehabt hatte, eine Packung Käsemakkaroni aufzuwärmen.

Polly nahm ein paar kleine Bissen, dann reichte sie Annie ihre Schachtel. »Hier, für dich«, sagte sie und zog etwas aus ihrer Tasche. »Und das ist eine Liste von zehn Dingen, die man im Umkreis von zehn Minuten von deinem Büro während der Mittagspause tun kann. Yoga. Eine Gesangsgruppe. Ein netter Straßenmarkt.«

»Ich kann nicht jeden Tag Mittagspause machen.«

»Und warum nicht?«

Annie hatte keine Antwort darauf. »Okay, ich werde es mir überlegen.«

»Es können ganz kleine Dinge sein. Schau dir mal den Park an. Ist er nicht nett? Es gibt einen Fußballplatz, du könntest muskulösen Typen in knappen Shorts beim Spielen zuschauen. Es gibt Hunde, die man streicheln kann, und sogar einen kleinen Kiosk zum Kaffeetrinken. Ganz zu schweigen von dem Spielplatz.«

Sie nickte zu dem umzäunten Gelände hin, auf dem sich dick eingemummelte Kinder gegenseitig auf Schaukeln anschubsten und die Rutsche runtersausten. Annie zuckte zusammen und wandte den Blick ab, normalerweise machte sie einen großen Bogen um Spielplätze.

»Ich sagte ja, dass ich es mir überlege.«

Polly lehnte sich zurück, schloss die Augen und genoss die schwache Frühlingssonne. »Hör auf, selbst dein ärgster Feind zu sein, Annie. Dafür gibt es genug andere Leute. Denk dran, heute ist der erste Tag vom Rest deines Lebens.«

Annie verdrehte die Augen, aber sie musste zugeben, dass die frische Luft und das leckere Essen ihre Stimmung etwas aufgehellt hatten. Zugleich wurde ihr bewusst, dass Polly mittlerweile bei ihr im Büro und in ihrer Wohnung gewesen war, sie selbst hingegen so gut wie nichts über diese Frau wusste, außer dass sie über eine exzentrische Garderobe verfügte und ein Buch mit inspirierenden Lebensweisheiten verschluckt zu haben schien.

»Sag mal, geht es dir eigentlich gut?«, wagte sie sich vor.

Polly öffnete ein Auge. »Abgesehen davon, dass ich immer noch dabei bin zu sterben, geht es mir recht gut. Mein Energiepegel ist in Ordnung, wahrscheinlich weil ich auf so vielen Pillen drauf bin, dass ich mich selbst wundere, warum ich nicht abhebe. Dennoch macht Dr. Max auf Panik, dass der Tumor einen Millimeter wachsen könnte und ich dann anfange zu sabbern.«

Annie wurde blass, wenngleich Polly unverdrossen lächelte.

»Hast du eigentlich mit deiner Arbeit aufgehört?«

»Natürlich. Ich war in der PR-Branche tätig, weißt du. Doch wen bitte juckt denn die neueste Lippenstiftkampagne, wenn man höchstens noch drei Monate zu leben hat?«

Annie fragte nicht, wie sie ihren Lebensunterhalt bestritt. Der Name Polly wies auf eine gute Familie hin. Die Upper Class liebte solche Namen. Ihr Kopf schwirrte vor Fragen. War Polly verheiratet? Hatte sie Kinder? Und, vor allem, warum hatte sie sich Annie ausgesucht?

»Dieses Projekt …«, setzte sie an, »machen deine Freunde da ebenfalls mit?« Beinahe hätte sie *deine anderen Freunde* gesagt, es in letzter Sekunde indes vermieden, denn das wäre leicht übertrieben gewesen.

»Oh, die würden total drauf abfahren. Sie lieben es, ihre Frühstücksavocado auf Instagram zu posten und über ihre Yogaferien zu bloggen. Aber das will ich nicht. Zudem haben sie Kinder und Jobs und Ehepartner und dergleichen, sind also ziemlich beschäftigt.«

»Warum hast du mich ausgesucht?«

»Weil ich jemanden will, der nicht daran glaubt. Ich möchte herausfinden, ob es möglich ist, sich glücklich zu machen, selbst wenn alles total beschissen ist. Und ich muss wissen, dass der Tod einen Sinn haben kann. Dass das alles nicht bloß ein dummer, unglücklicher Zufall ist. Verstehst du?«

»Ich glaube schon.«

Annie war kein Mensch, der über einen großen Freundeskreis verfügte. Sie bevorzugte kleine Gruppen, Leute, denen sie vertrauen konnte, so wie früher Jane. Ihre einst beste Freundin, mit der sie nie wieder würde sprechen können. Und so klaffte in Annies Leben unleugbar eine große Lücke – wo früher all jene Menschen ihren Platz hatten, die ihr am meisten bedeuteten: Mike. Jane. Jacob, ihre Mum, war jetzt nichts als Leere.

Vielleicht, ganz vielleicht, wäre es tatsächlich nett, eine neue Freundin zu finden, doch Polly war unberechenbar und kam aus einer ganz anderen Welt. Darüber hinaus würde ein solch albernes Projekt für Annie nicht mehr Sinn machen, als ein Pflaster auf einen amputierten Arm zu kleben. Also verspeiste sie die letzten Happen ihres Mittagessens und erhob sich.

»Was schulde ich dir?«

»Sei nicht albern, das geht auf mich. Ich werde mich noch ein bisschen hier in der Gegend umschauen. Ich wette, es gibt ein paar coole kleine Läden zu entdecken.«

»Ja, wenn du auf frittierte Hähnchenteile und gestohlene Fahrräder stehst«, spottete Annie, halbherzig allerdings, weil ihr bewusst wurde, dass sie sich tatsächlich besser fühlte, frischer als nach einer Mittagspause am Schreibtisch.

Auf dem Weg zurück ins Büro kam sie an der Empfangsdame vorbei. »Huch, alles in Ordnung mit dir? Bist du krank oder so?«

»Nein, warum?«

»Na ja, weil du mich gerade *angelächelt* hast.«

Sobald sie wieder an ihrem Schreibtisch saß, packte sie Pollys Karton aus und wischte erst mal die Staubschicht weg. Gott, war das dreckig hier. Dann steckte sie die Glitzerstifte in eine Tasse mit der Aufschrift *Cotswolds Wildlife Park*, dem Naturpark, in den sie Jacob zu einem Ausflug mitgenommen hatten, der sich später als sein letzter erweisen sollte. Noch Monate später war sie diesen Tag immer wieder in Gedanken durchgegangen. Hatte er sich dort verkühlt, sich einen Infekt eingefangen?

Sie stellte die Topfpflanze neben ihren Bildschirm und berührte die dicken grünen Blätter. Eine Hyazinthe mit zartrosa Blüten. Genau solche hatte sie früher in ihrem Garten gehabt. Sie fragte sich, ob Mike und Jane sich um ihre Blumen kümmerten.

Sharon schniefte laut, was ihre Art war, Annies Aufmerksamkeit auf sich zu lenken. »Du bist zu spät. Das macht zehn Minuten.«

Annie seufzte. »Ich werde es auf meinem Stundenzettel vermerken.«

»Und du sollst diese Nummer da zurückrufen. Ich habe nicht die Zeit, den ganzen Tag deine Anrufe entgegenzunehmen.«

»Was für eine Nummer?«

»Habe sie auf deinem Schreibtisch hinterlegt. Irgendeine Ausländerin hat angerufen.«

Annie sah sich hektisch um und fand den Zettel schließlich unter dem Schreibtisch neben einer ausgewachsenen Staubmaus, faltete das Papier auseinander, und ein heftiger Schreck durchfuhr sie. Gerade noch hatte sie sich einen Moment lang erlaubt, sich gut zu fühlen, und jetzt das. Sie sprang auf und griff nach ihrer Handtasche.

»Wohin gehst du?«, rief Sharon »Du musst deine Arbeitszeit wieder reinholen.«

Annie ignorierte sie. Der Stundenzettel hätte ihr gerade nicht weniger egal sein können.

Sie brauchte beinahe vierzig Minuten, bis sie keuchend und verschwitzt die Station erreichte.

»Meine Mutter, wie geht es ihr?«

»Wer?« Die Schwester am Empfang sah nicht einmal auf.

»Maureen Clarke. Bitte, wie ist ihr Zustand?«

»Einen Moment.« Sie tippte auf ihre Tastatur, während es in Annie bereits brodelte. Warum waren diese Frauen alle so unfreundlich?

»Annie? Sind Sie das?« Beim Klang des schottischen Akzents drehte sie sich um und entdeckte Pollys Neurologen. Er sah aus, als hätte er seit Tagen nicht geschlafen, das lockige Haar wirr abstehend, das weiße Hemd zerknittert.

»Ich habe einen Anruf bekommen, meine Mutter ...«

»*Aye*, sie hat uns ein bisschen Sorgen gemacht, aber es geht ihr wieder gut. Also beruhigen Sie sich.«

»Was ist passiert?« Annies Herzschlag normalisierte sich allmählich. »Warum ist sie bei Ihnen in Behandlung? Sind Sie nicht in der Neurologie?«

»Polly hat mich gebeten, mir ihre Akte anzuschauen. Ist natürlich nicht mein Fachgebiet, doch ein bisschen was weiß ich.«

»Oh.« Hatte Polly eigentlich vor, sich in jeden Teil von Annies Leben einzumischen?

»Ihre Mutter war ...« Er seufzte. »Na ja, sie war ziemlich durcheinander und aggressiv. Dachte, wir würden sie hier in einem Gefängnis festhalten. Hören Sie, warum kommen Sie nicht mit mir? Ich würde Sie gerne dem zuständigen Kollegen vorstellen.«

Während sie ihm durch einen dieser tristen Flure folgte, bemerkte sie, dass alle den Arzt ausnehmend freundlich grüßten. Egal ob Pfleger, Stationshelfer, Reinigungskräfte. »Guten

Tag, Dr. Fraser … Hi, Max.« Sie erreichten eine andere Station, und er zog einen Ausweis über den Sensor.

»Meine Mutter ist eingesperrt?«

»Für den Moment, ja. Wir hatten Angst, sie könnte jemanden verletzen.«

Maureen lag im Bett, lediglich mit einem Krankenhauskittel bekleidet, und zitterte, als würde sie frieren, sah sich dabei mit gehetztem Blick im Raum um. Annie eilte auf sie zu.

»Sie ist ja gefesselt!«

»Das ist lediglich eine vorschriftsmäßige Fixierung. Ich weiß, dass es schlimm ausschaut, Annie, aber glauben Sie mir, es ist zu ihrer eigenen Sicherheit.«

Die Handgelenke ihrer Mutter, dünn wie die eines Kindes, waren in Mullbandagen gewickelt und am Bettrahmen befestigt. Am zuckenden Blick der Kranken erkannte Annie, dass ihre Mutter wieder mal die eigene Tochter nicht erkannte, ihr einziges Kind. Sie bedeutete ihr in diesem Moment nicht mehr als das gepolsterte Krankenhausbett, der gelbe Spritzeneimer oder der piepsende Monitor, an den sie angeschlossen war.

Die Tür öffnete sich erneut, und ein hochgewachsener Mann in einem makellosen weißen Kittel trat herein. »Wer ist das?«, fragte er ungehalten mit einem fremdländischen Akzent. »Ich habe angeordnet, dass Mrs. Clarke isoliert werden muss.«

»Und genau deswegen ist sie so verängstigt.« Annie spürte Tränen der Wut aufsteigen. »Mussten Sie sie denn unbedingt fesseln wie ein Tier?«

Der Mann, ein erschreckend attraktiver Typ mit glatter olivfarbener Haut, schwarzem, gegeltem Haar und Wangenknochen, für die ein Model töten würde, hob indigniert eine Augenbraue.

»Max, was ist hier los?«

Pollys Neurologe rieb sich mit der Hand über sein müdes Gesicht, woraufhin seine buschigen Augenbrauen noch mehr abstanden als zuvor.

»Sami, das ist Mrs. Clarkes Tochter. Ich dachte, du könntest ihr einige der Behandlungsalternativen erklären. Sollen wir in dein Büro gehen?«

»Ich kann meine Mutter hier nicht so liegen lassen!«, protestierte Annie.

»Kommen Sie, Ihre Gegenwart regt sie nur auf. Wir reden im Nebenzimmer.«

Bevor die Tür sich hinter ihnen schloss, erhaschte sie einen letzten Blick auf das verängstigte, verwirrte Gesicht ihrer Mutter, die nicht wusste, dass ihre Tochter an ihrem Bett gestanden hatte.

»Bitte, setzen Sie sich.« Der Arzt, dessen Namen sie nicht kannte, deutete auf einen Plastikstuhl. »Miss Clarke ...«

»Hebden, bitte.« Warum ging er automatisch davon aus, dass sie unverheiratet war? Sah sie etwa so aus?

Er runzelte ungehalten die Stirn. »Ihre Mutter ist sehr krank. Sie hatte das, was wir eine dissoziative Episode nennen, und warf einen Stuhl nach einer Pflegekraft. Glücklicherweise wurde niemand verletzt, trotzdem können wir das Risiko nicht noch einmal eingehen.«

Annie blickte verdutzt zu Dr. Fraser, der bloß die Achseln zuckte. Also war es die Wahrheit.

»Ich verstehe das nicht, eine so winzige Frau ...«

»Demente Menschen können immense Kräfte entwickeln. Ich werde Ihre Mutter künftig betreuen. Erlauben Sie, dass ich mich vorstelle: Dr. Quarani, der neue leitende Oberarzt im Bereich der Geriatrie. Wir sollten uns ausführlich über die möglichen Optionen unterhalten.«

Annie nickte benommen. »Gibt es überhaupt irgendwas, das Sie tun können?« Sie starrte konzentriert auf seinen

Schreibtisch und gab sich alle Mühe, nicht zu weinen. Der attraktive Arzt hatte sicher derartige Probleme nicht, von seinem Schreibtisch lächelten sie aus einem silbernen Rahmen eine schöne Frau und zwei niedliche Kinder an. Familienglück pur.

»Es gibt eine klinische Versuchsstudie, ein neues Medikament. Bei gewissen Formen der Demenz hat es sich als recht effektiv erwiesen.«

Annie blickte auf. »Und Sie meinen, das könnte helfen?«

»Wir glauben zumindest, dass es das Fortschreiten der Krankheit bei präsenilen Fällen wie dem Ihrer Mutter verlangsamen und die Patienten etwas beruhigen könnte. Seine Wirkweise beruht darauf, dass es einige der Neuronen im Gehirn regeneriert. Der bestehende Schaden hingegen ist irreversibel, da lässt sich nichts rückgängig machen.«

Annie wusste, dass die Krankheit inzwischen die Synapsen im Gehirn ihrer Mutter verdreht und ihre Erinnerungen durcheinandergeworfen hatte. Als hätte man eine Schublade achtlos auf dem Boden ausgekippt.

»Ist es denn eventuell möglich, eine weitere Progression zu verhindern?«

»Nein, das zu erwarten wäre unrealistisch. Verlangsamen vielleicht, wie gesagt. Mehr ist nicht drin. Im Übrigen gibt es wie bei allen Medikamenten Nebenwirkungen. Und hinzu kommt, dass sich das Mittel vorerst im Versuchsstadium befindet. Verstehen Sie, was ich sage?«

»Sie können es sich gerne noch überlegen, Annie«, warf Dr. Fraser ein.

Sein Kollege runzelte abermals die Stirn. »Mrs. Clarke sollte so bald wie möglich von der Neurologie auf die Geriatrie verlegt werden, damit ich während der Erprobungsphase den Behandlungsverlauf überwachen kann.«

Geriatrie. Ihre Mutter war nicht mal sechzig und gehörte

aufgrund ihres Krankheitsbilds zu denen, die keine Zeit und keine Hoffnung mehr hatten.

»Und wenn ich Nein sage, was passiert dann?«

»In dem Fall müssen wir sie in ein paar Tagen zwangsläufig in Ihre Obhut entlassen. Ich würde Ihnen allerdings dringend raten, sich um ein Pflegeheim zu kümmern.«

Noch ein Problem, schoss es ihr durch den Kopf.

»Ich glaube, das mit dem neuen Medikament klingt nach einer guten Idee. Ist ein Versuch zumindest.«

Plötzlich lächelte er, was ihn noch attraktiver machte, und Annie musste unwillkürlich blinzeln. »Danke, Miss Hebden. Ich lasse Ihnen ein Informationspaket zukommen.« Er erhob sich und hielt ihr die Tür auf.

Annie trat erneut ans Bett ihrer Mutter. Sie war so winzig und lag so reglos da, allein ihre Augen bewegten sich.

»Nehmen Sie es Dr. Quarani nicht übel«, sagte Dr. Fraser, als er die Tür hinter ihnen schloss. »Er ist ein netter Kerl, wenngleich er im Umgang mit den Patienten manchmal etwas brüsk ist. Er ist nicht die britischen Patienten gewohnt, die ganz andere Ansprüche stellen als die Menschen in seiner Heimat.«

»Glauben Sie persönlich, dass es eine gute Idee ist?«

»Schwer zu sagen, aber es ist die einzige Chance. Ohne jede Erfolgsgarantie. Wenn man hingegen nichts unternimmt, wird sich ihr Zustand auf keinen Fall bessern.«

Sie drehten sich zu der Frau auf dem Bett um, die sie beide angestrengt fixierte. »Sie da, Sie beide ... Sind Sie meine Rechtsanwälte? Ich habe nichts getan, da bin ich mir sicher.«

»Nein, Mum«, erwiderte Annie müde. »Du bist nicht im Gefängnis. Und du hast nichts Falsches getan.«

»Doch, doch, ich glaube, das habe ich.« Sie holte panisch Luft und begann zu schluchzen. »Ich weiß nur nicht, *was*.

Könnten Sie bitte Andrew anrufen? Damit er kommt und mich abholt?«

»Mum ...« Annie unterbrach sich selbst. Nicht das, nicht schon wieder. »Ich rufe ihn an. Versprochen.«

»Wir sollten es auf einen Versuch ankommen lassen«, riet Dr. Fraser. »Lassen Sie sie jetzt schlafen, und überlegen Sie sich in Ruhe Dr. Quaranis Vorschlag. Wenn Sie zusätzlich etwas wissen wollen, fragen Sie einfach mich, okay? Immerhin gibt es viele Überschneidungen zwischen Neurologie und Geriatrie.«

»Danke.« Annie nickte.

Noch einmal zu ihrer Mutter zu gehen und sie zu umarmen, darauf verzichtete sie. Ihre Haut würde sich anfühlen wie Eis, ihr Puls darunter flattern wie ein verängstigter Vogel, weil es beängstigend für sie sein würde, von einer wildfremden Frau umarmt zu werden.

»Ich sollte wieder zur Arbeit gehen«, erklärte Annie resigniert. »Ich habe ohnehin Ärger genug.«

»Haben Ihre Kollegen etwa kein Verständnis für Ihre Situation?«

»Darauf verlassen würde ich mich lieber nicht. Vielen Dank, Dr. Fraser.«

»Bitte, nennen Sie mich Max. Dr. Max, wenn es Ihnen lieber ist.«

»In Ordnung. Vielen Dank, Dr. Max.«

Als sie hinaustrat und den Flur zurückging, kam sie an Polly vorbei. Sie saß auf einer Rollliege und plauderte mit einem Putzmann, der sich auf einen Wischmopp stützte und lachte.

»Annie!«, rief sie und hüpfte von der Liege. »Wir müssen echt aufhören, uns so zu treffen.«

Annie schluckte ihre Tränen runter. »Was machst du denn hier?«

»Na ja, das MRT-Gerät ist chronisch überlastet, also

hänge ich meistens hier herum und warte auf eine Lücke, damit ich gescannt werden kann. Außerdem habe ich heute noch eine Chemo. Und du?« Polly musste ihr den Kummer angesehen haben. »Oh Annie! Ist was mit deiner Mum? Komm her und setz dich.«

Willenlos ließ Annie sich auf einen Stuhl drücken, aus dessen Plastikpolster die Füllung herausquoll. Es kam ihr wie ein Sinnbild ihrer inneren Verfassung vor.

»Meine Mutter hatte einen schlimmen Tag. Weiß nicht mal, wer ich bin. Sie hat sich furchtbar aufgeregt und musste fixiert werden.«

»Tut mir echt leid. Das muss schrecklich für dich sein.«

Da saß diese mehr oder weniger wildfremde, todkranke Frau und tätschelte ihren Arm, als würde es ihr wirklich zu Herzen gehen. Wie schaffte sie das bloß? Annie sog zittrig die Luft ein.

*Es muss mehr geben als das.* So oder so ähnlich hatte Polly es ausgedrückt, und für sie schien es zu funktionieren. Annie ihrerseits war zu müde, um zu kämpfen, zu müde, um sich das bisschen Farbe und Optimismus in ihrem Leben zu bewahren. Das konnte es eigentlich nicht gewesen sein.

»Diese Idee mit den hundert Glückstagen?«, hörte sie sich sagen. »Ich mache mit, falls du mich noch dabeihaben willst.«

»Natürlich will ich. Wir werden wohl oder übel beide weiterhin herkommen müssen, also können wir es genauso gut genießen.«

Annie vermochte sich nicht einmal ansatzweise vorzustellen, wie sie das hier je genießen und wie sie überhaupt in ihrem Leben noch einmal so etwas wie Glück verspüren sollte. Aber es war genauso wie mit der Medikamentenstudie: Wenn man keine anderen Optionen hatte, war es besser, irgendwas zu wagen, anstatt gar nichts zu unternehmen.

»Okay«, sagte sie »Ich bin dabei. Zumindest solange ich nicht mit Delfinen schwimmen muss.«

»Wie? Du willst nicht mit Delfinen schwimmen?«

Annie schauderte. »Ich kann mir nichts Schlimmeres vorstellen.«

»Es sind Delfine! *Jeder* liebt Delfine.«

»Ich nicht. Sie sehen aus, als würden sie ständig was Fieses aushecken. Jemandem, der so viel grinst, kann man unmöglich trauen.«

Polly prustete los. »Oh Annie, du bist echt der Brüller. Ich verspreche dir hoch und heilig: keine Meereskreaturen weit und breit. Weißt du was? Komm am Samstag bei mir vorbei, dann können wir unsere Liste für die nächste Woche aufstellen, okay?«

Es war Jahre her, seit Annie bei irgendwem zu Besuch gewesen war. Oder seit sie eine neue Freundin kennengelernt hatte beziehungsweise überhaupt unter die Leute gekommen war. Die Vorstellung ängstigte sie nach der langen Zeit der selbst gewählten Isolation.

Trotzdem zwang sie sich zu antworten: »Okay, ich werde da sein.«

## Tag 5: Werde aktiv

Annie stand vor ihrer Kommode und hielt den Badeanzug hoch, den sie ausgegraben hatte. Klassisch und solide, mit schwarzen und weißen Streifen, hatte sie ihn für einen Griechenlandurlaub mit Mike gekauft. Es hätte eigentlich ihr letzter allein zu zweit sein sollen, und in gewisser Weise war er das sogar gewesen – sie waren nie wieder zusammen weggefahren und würden es auch nie mehr tun. Annie schnupperte an dem Stoff – ein schwacher Geruch nach Salz und Sonnencreme hing noch darin und erinnerte sie an eine Zeit, als sie glücklich gewesen war. Sie dachte an das türkisblaue Meer und das leise Surren des Deckenventilators, an die Streifen Sonnenlicht auf den Holzdielen am Morgen in ihrem Hotelzimmer.

Es wäre so einfach, den Badeanzug zurückzulegen, den Plan mit dem kalten öffentlichen Schwimmbad und seinen schmuddeligen Kabinen aufzugeben, aber sie wollte Polly am nächsten Tag etwas zu erzählen haben. Daher packte sie ihr ganzes Schwimmzeug in eine Tasche, um in der Mittagspause tatsächlich ins Schwimmbecken zu klettern, wo sie einer Gruppe von Wasseraerobic treibenden Seniorinnen zaghaft zulächelte. Der Anblick stimmte sie traurig, weil ihre Mutter normalerweise gut zu den fitten Damen gepasst hätte. Sie konnte nur hoffen, dass das Medikament anschlug und Maureen einige verlorene Fähigkeiten wieder zurückgab. Plötzlich wurde ihr bewusst, dass sich nach Jahren steten Niedergangs ein kleiner Funken Zuversicht in ihrem Herzen eingenistet hatte.

## Tag 6: Feiere deinen Körper

»Oh Gott! Tut mir leid, Annie, ich hatte ganz vergessen, dass du heute kommst.«

Annie blickte verwirrt Polly an, die in der Tür des wunderschönen dreistöckigen Hauses stand, dessen Adresse sie ihr gegeben hatte.

»Äh, soll ich wieder gehen?«

»Nein, nein, komm herein. Es tut mir leid. Das ist Bob. Du weißt schon, er macht mich schrecklich vergesslich.«

Verlegen blickte Annie auf den Boden, der mit einem blau-weißen Mosaik gefliest war. Offenbar hatte Polly inzwischen mehr Symptome und realisierte das auch.

»Ist deine Familie nicht da?«

Ihre Stimme klang weit weg, als käme sie aus dem Weltall. Annie wusste, dass das Haus den Eltern gehörte, hatte hingegen aber keine Ahnung, ob Polly erst nach Ausbruch ihrer Krankheit hier wieder eingezogen war. Desgleichen hatte sie nie etwas über einen Partner oder Freund gehört.

»Nein, sie sind alle unterwegs. Willst du einen Tee oder so?«

»Danke, aber hast du vielleicht …?«

»Hab ich was?«

»Du bist …« Annie schaffte lediglich eine vage Geste.

Polly blickte an sich runter. »Oh. Habe ich total übersehen! Haha. Ich wette, die Nachbarn hatten was zu glotzen.«

Doch trotz des Hinweises, dass sie splitterfasernackt war, machte sie keine Anstalten, sich anzuziehen. Annie fand das alles sonderbar.

Erst als sie die Küche betraten, dämmerte ihr, was hier abging. Eine ältere Frau mit schlohweißem Haar stand da und hielt eine Kamera in den Händen.

»Ich lasse eine Zeichnung von mir anfertigen auf Basis der Fotos«, erklärte Polly. »Nackt. Wollte ich längst mal machen, und besser als jetzt werde ich nicht mehr aussehen.« Tatsächlich war ihr Körper bereits von der Behandlung gezeichnet – dunkle Flecken zogen sich wie tintenblaue Fingerabdrücke vor allem über ihre Arme. Zudem war sie so dünn, dass jede Ader, jeder Knochen sich unter der straff gespannten, papiernen Haut abzeichnete.

Annie schaute sich in dem riesigen, lichtdurchfluteten Raum um, der halb Wintergarten, halb Küche war. Hinter dem weitläufigen Garten sah man die Themse glitzern.

Unvermittelt wurde Annies Herz von einem irrationalen Schmerz gepackt: Das hier war ihre Traumküche – so eine hatte sie in Designerzeitschriften gesehen und sich dann ausgemalt, wie ihre Kinder barfuß hindurchrennen würden, Früchte aus der Obstschale stibitzten, stolz ihre Zeichnungen präsentierten und schluchzend ihre Wehwehchen versorgen ließen. Vorbei, niemals würde sie das je haben.

»Wir wären dann so weit fertig, falls du dich wieder anziehen willst«, sagte die Künstlerin, die Polly als Theresa vorgestellt hatte.

»Schade eigentlich. Es ist wirklich befreiend.« Polly breitete ihre Arme aus und wackelte neckisch mit ihren Brüsten. »Hey, Annie, du solltest ebenfalls eins machen lassen. Geht auf mich.«

»Was machen?«

»Na, ein Bild. Wenn Theresa gerade da ist. Sie arbeitet anhand von Fotografien, weißt du.«

»Ich glaube wirklich nicht, dass …«

»Komm schon, Annie! Um ein Meer zu überqueren, muss

man das Ufer aus den Augen verlieren. Tu jeden Tag etwas, das dir Angst macht!«

Oh Gott, diese inspirierenden Sprüche würden noch ihr Ende sein.

»Nein. Tut mir leid. Ich kann das nicht.«

Sie hörte die Furcht in ihrer eigenen Stimme, was reichlich albern war angesichts der Tatsache, dass Polly dem sicheren Tod entgegensah. Wie konnte Annie Angst davor haben, sich vor anderen Leuten auszuziehen, wenn Polly Nadeln in ihr Rückgrat und in ihre Arme gebohrt bekam und Sonden in ihr Gehirn, durch die Minikameras in ihr Innerstes blickten?

»Bitte.« Polly verlegte sich aufs Betteln. »Was ist denn Schlimmes dabei?«

»Ich kann das einfach nicht«, wiederholte sie. Es war Jahre her, seit sie sich vor irgendwem ausgezogen hatte. Außer mal im Krankenhaus. Aber da gab es Trennwände sowie Laken, in die man sich wickeln konnte. Was Diskretion anging, waren sie gut, reichten einem stumm Taschentücher und zogen sich lautlos zurück, wenn man untröstlich weinte.

»Okay.« Polly hatte es aufgegeben. »Würdest du dir dann wenigstens die Bilder mit mir anschauen? Ich bin ein bisschen aufgeregt.«

»Natürlich werde ich das.«

Polly hatte auf den Fotos die Schultern leicht gebeugt, als versuchte sie, ihren von der Krankheit gezeichneten Körper zu verbergen. Man konnte alles sehen: die dunklen Flecken, die Narbe von der Kanüle auf ihrem Handrücken, die tiefen Ringe unter ihren Augen, die Operationsstelle auf ihrem Kopf.

Pollys Stimme klang belegt. »Ich wünschte, ich hätte das hier vor Jahren gemacht, verstehst du? Ich hatte es immer vor, damals war ich noch gesund und, ach Scheiße, echt heiß. Ich darf das sagen, weil ich Krebs habe. Ich war ein echt heißer Feger. Doch alles, was ich tat, war, über meine Cellulite und ein paar Besenreiser zu jammern und darüber zu reden, wann ich mir endlich Botox spritzen lasse. Allein meine Gesichtscreme hat dreihundert Pfund gekostet! Was habe ich mir bloß dabei gedacht? Ich hätte jeden Tag ein Aktfoto von mir machen lassen sollen. Hätte mein Haus damit tapezieren und völlig hüllenlos die Straße entlangspazieren sollen.« Sie schniefte. »Verdammt. Das war's, oder? Ich werde nie wieder besser aussehen als jetzt. Es wird täglich schlimmer, und irgendwann bin ich tot.«

Angesichts Pollys plötzlichem Stimmungsumschwung blickte Annie besorgt zu Theresa, die ruhig ihre Fotoausrüstung einzupacken schien. Sie selbst schaute an ihrem eigenen Körper hinab, der unter einem schlabbrigen Pullover versteckt war, biss sich auf die Lippe. Nein, sie würde jetzt nicht wegen ihres schlaffen Bauchs und ihrer nicht gerade superschlanken Schenkel heulen, wegen ihrer gelblichen Zehennägel und rissigen Füße, die seit ihrer Hochzeit nicht mehr in den Genuss einer Pediküre gekommen waren. Das wäre schäbig. Polly war von ihrem Körper auf die allerschlimmste Art und Weise im Stich gelassen worden – und das Mindeste, was Annie tun konnte, war, ihren eigenen, gesunden Körper nicht zu hassen.

Sie schob sich ihr strähniges Haar aus dem Gesicht. »Na gut. Ich schätze, ein paar Fotos gehen vielleicht.«

»Sehr schön. Könnten Sie Ihre Brust noch ein Stück vorschieben? Wäre schließlich eine Schande, diesen fantastischen Busen zu verstecken!«

Annie lief rot an und schob sich umständlich ein Stück nach vorn. Vollkommen nackt lag sie auf einer mit einem Tuch bedeckten Couch, und zwar in einer recht frivolen Pose. Nichts blieb verborgen – von ihrem unrasierten Schamhaar bis hin zu den roten Abdrücken, die ihre Socken an ihren Knöcheln hinterlassen hatten. Nur wurde sie, anstatt von Leonardo diCaprio an Bord der *Titanic*, von einer siebzigjährigen Dame abgelichtet.

»Gibt es irgendeine Möglichkeit, dass Sie diese Narbe irgendwie kaschieren?«, erkundigte sie sich bei Theresa.

»Ich zeichne die Menschen gerne, wie sie wirklich sind, Annie«, erwiderte die Künstlerin sanft. »Vertrauen Sie mir. Hier wird nicht retuschiert. Was war es denn, ein Kaiserschnitt?«

»Äh, ja.« Sie wich Pollys Blick aus. »Ich wünschte allerdings, ich hätte noch Zeit für eine ordentliche Diät gehabt«, schob sie hastig hinterher.

»Du siehst großartig aus«, entgegnete Polly. »Sinnlich. Wie ein Gemälde von Rubens.«

»Wie bitte?«

»Du weißt schon, der berühmte holländische Maler. Einige seiner Gemälde hängen in der National Gallery. Sofern ich es noch schaffe, werden wir mal gemeinsam hingehen.«

»Ist sinnlich nicht bloß ein netter Ausdruck für fett?«, fragte sie verzagt.

»Also, ich würde lieber aussehen wie du«, entgegnete Polly und streckte ihre knochigen Beine aus.

»Du siehst toll aus«, erwiderte Annie. »So schlank, beneidenswert.«

Polly prustete los. »Ach du liebe Güte, Annie. Ich bin schlank, weil ich Krebs habe, weil ich bald sterben werde.«

»Entschuldige, war blöd von mir«, seufzte Annie schuldbewusst.

»Schwester! Ist diese Chemo auch kalorienreduziert? Bei giftigen Chemikalien setze ich immer soooo schnell Fett an!« Polly wirbelte durch den Raum und warf ihre lilablau gefleckten Beine in die Luft.

65

Theresa knipste in aller Seelenruhe weiter. »Ist das Ihre erste Erfahrung mit einer Krebserkrankung?«, fragte sie Annie.

»Ja.«

»Dann machen Sie sich keine Sorgen. Dieses Auf und Ab ist ganz normal. Es sind all die Emotionen, die auf einmal über einen hereinbrechen wie eine Flutwelle. Man versucht, so intensiv zu leben wie möglich und ist gleichzeitig dabei zu sterben. Die alten Regeln gelten nicht mehr. Für die letzte Fahrt muss man sich wirklich gut anschnallen.«

## Tag 7: Verbringe Zeit mit deiner Familie

*Dingelingeling.* Selbst die Türklingel hörte sich fröhlich an. Annie stand abermals vor Pollys Elternhaus und wischte sich aufgeregt die Handflächen an ihrer Jeans ab. Sie hatte eine Ewigkeit damit verbracht, einen Wein auszusuchen, verunsichert von der riesigen Auswahl im Sainsbury's-Supermarkt. Rioja. Sauvignon. Chablis. Letztendlich entschied sie sich für eine Acht-Pfund-Flasche, da sie dachte, dass der bei dem Preis halbwegs anständig sein müsste.

Sie wusste überhaupt nicht mehr, warum sie zugesagt hatte, als Polly sie ganz beiläufig eingeladen hatte, um sich angeblich für ihren peinlichen Nacktauftritt zu »revanchieren«.

»Komm doch morgen zum Sonntagsessen vorbei. Mum und Dad mögen Besuch, machen überhaupt gerne ein großes Trara aus allem.«

Zuerst verwirrt, hatte sie schließlich genickt. Weil sie nicht unhöflich sein wollte. Oder um der deprimierenden Aussicht auf einen weiteren Sonntag allein daheim zu entfliehen. Das war immer der schlimmste Tag der Woche, denn da kehrten die Erinnerungen machtvoll zurück. An die sonntäglichen Mittagessen mit Mike im Pub, an die Spaziergänge mit Jacob im Park.

Die Tür wurde von einem jungen Mann mit dunkel gerahmter Brille und mürrischem Blick geöffnet.

»Ja, bitte? Sie gehören hoffentlich nicht einer dieser fanatischen Sekten an, oder?«

»Nein, ich bin … eine Freundin von Polly.« Es fühlte sich anmaßend an, das Wort zu benutzen.

»Oh. Soll ich Ihnen das abnehmen?« Er hielt die Flasche ein Stück weg und inspizierte geringschätzig das Etikett.

»Ist das Annie?« Eine Frau im lila Wickelkleid trat in den Flur, schick und schlank mit einem grauen Bob, setzte sie ihre Brille auf, die sie an einer funkelnden Kette um den Hals trug, und nahm Annie in Augenschein. »Meine Liebe. Wir sind ja so froh, dass Polly eine neue Freundin gefunden hat. Das ist sehr mutig von Ihnen.«

Annie fand den Tonfall reichlich übertrieben. Zu pathetisch. Zu unecht. Genauso wie Mrs. Leonards unglaubwürdige Begeisterung beim Anblick der Weinflasche. »Wie schön! Mein Lieblingswein.«

»Chardonnay?«, entgegnete der junge Mann zweifelnd. »Echt jetzt?«

»Also wirklich. Erst letzte Woche brachten sie einen Artikel im *Observer Food,* dass er wieder im Kommen sei.«

Annie sah verwirrt hin und her. Hatte sie die falsche Wahl getroffen?

»Ich bin Valerie, meine Liebe, und dieser ungezogene Flegel hier ist George, mein Sohn. Georgie, sei bitte so nett und bring Annie was zu trinken. Wir hätten einen Sancerre da oder einen Malbec und müssten ebenfalls noch einen Jurançon haben, wenn ich mich nicht irre.«

Da Annie keinen blassen Schimmer von den verschiedenen Weinen hatte, sagte sie einfach: »Egal, was gerade offen ist.«

Als Pollys Mutter sie ins Haus führte, zog sie eine exotische Duftwolke hinter sich her, die Annie unweigerlich an Orangenhaine und Wüstenoasen denken ließ. Ihre Mum hatte früher immer nach Küche und Johannisbeerbonbons gerochen – jetzt roch sie nur noch nach Krankenhaus.

»Achten Sie nicht auf George«, raunte Valerie ihr zu. »Er hat einen sehr ausgeprägten Beschützerinstinkt. Diese hässliche Angelegenheit, Pollys Erkrankung, hat in ihrem Umfeld geradezu eine Art Trauertourismus ausgelöst, Sie verstehen. Diese Neugier ist schrecklich. Allein wie sie Polly taxieren, ihr bei ihrem Leiden zuschauen wollen.«

Erschrocken fragte sich Annie, ob man sie etwa auch für einen dieser Voyeure hielt, und bedauerte bereits, hergekommen zu sein. Dieser Besuch hier versprach das reinste Desaster zu werden.

Polly hockte auf der Armlehne eines dunkelrosa Paisley-Sofas und unterhielt sich mit einem älteren Mann in dunkelblauem Wollpullover, der ein riesiges Rotweinglas in der Hand hielt.

»Das Problem mit dem Euro ist schließlich ...«, sagte er gerade mit dröhnender Stimme, aber Polly hörte ihm nicht mehr zu.

Sobald sie Annie erblickte, sprang sie auf. Sie trug eine Latzhose, das blonde Haar war mit einem roten Tuch zurückgebunden. Trotz ihrer Krankheit war sie nach wie vor eine Erscheinung, die Blicke auf sich zog.

»Annie! Gott sei Dank bist du da, um mich von dieser höllischen Wirtschaftsdiskussion zu erlösen. Es ist mir egal, Dad! Dieser Kram hat mich nicht einmal interessiert, als ich noch Aussichten hatte, die Konsequenzen mitzuerleben.«

Annie verspannte sich unwillkürlich, während Pollys Vater tadelnd schnaubte, als hätte sie einen unangebrachten Witz gemacht.

»Ob es dir nun gefällt oder nicht, Polly, das Ergebnis des Referendums hat eine viel gravierendere Auswirkung auf die Zukunft als die Entscheidung, welche Schuhe du trägst.«

»Dafür bringen die Schuhe mir mehr Freude. Und anderen Leuten ebenso.« Sie wackelte mit ihrem Fuß, der in einem petrolgrünen Samtslipper steckte, dessen goldene Stickerei in der Sonne funkelte.

»Roger Leonard«, stellte sich der Mann vor und zermalmte

69

Annies Hand in seiner. »Was ist mit Ihnen, Annie? Haben Sie irgendwelche Meinungen zum Zustand der EU … oder wahlweise zur Fußbekleidung meiner Tochter?«

»Also mir gefallen die Schuhe«, erwiderte sie zögerlich.

»Noch so eine.« Roger kippte einen großen Schluck Wein hinterher. »Ich nehme an, Sie haben Polly im Krankenhaus getroffen?«

»Die Leute dort sind wirklich wundervoll«, schaltete sich Valerie ein, die aus der Küche kam. »Nachdem bei Polly die Diagnose feststand, dachten wir zunächst an eine Privatklinik, aber sie meinte, sie würde es lieber wie eine ganz normale Patientin durchstehen. Meine tapfere kleine Heldin. Und die Leute dort waren wirklich *phänomenal*.«

Annie nickte stumm. Valerie tat gerade so, als wäre es ein besonderer Nachweis von Tapferkeit, sich dem staatlichen Krankenhaussystem anzuvertrauen. War ihr überhaupt klar, dass den meisten gar keine andere Wahl blieb?

Polly setzte sich an den Tisch und kippelte mit ihrem Stuhl. »Vor allem Dr. McGrummel ist phänomenal. Mum *vergöttert* ihn.«

»Er ist in der Tat sehr nett und sehr attraktiv. Allein dieser Akzent!«

»Er sieht aus, als würde er ein Chewbacca-Kostüm tragen«, lästerte ihre Tochter.

»O Polly«, erwiderte Valerie, »das ist nun wirklich übertrieben. Er ist einfach sehr viril.«

Annie hielt sich aus der Diskussion heraus. Sie fühlte sich durch Dr. Max weniger an Star Wars erinnert, sondern eher an einen riesigen, knuddeligen Brummbären.

Als sie am Tisch Platz nahm, fragte sie sich erneut, wie Pollys Leben wohl aussah. War da kein Partner, kein Freund? Es schien ihr undenkbar, dass eine so faszinierende Frau vor ihrer Erkrankung Single gewesen sein sollte.

»Bitte, greift zu«, sagte Valerie und stellte eine dampfende Terrakottaschüssel auf dem Tisch ab.

George stöhnte. »Grundgütiger, Ma, nicht schon wieder Couscous. Du weißt doch, dass ich gerade eine Low-Carb-Diät mache.«

»Schlimm genug, dass deine Schwester so dürr ist, da musst du nicht zusätzlich einem Schlankheitswahn verfallen.«

»Wie du meinst, ich jedenfalls hätte gerne ihre Figur. Für mich deshalb bitte nur Hähnchen.«

Couscous. Natürlich kannte sie das Gericht dem Namen nach, gegessen hatte sie es noch nicht. Insofern war sie jetzt sehr gespannt auf das neuartige Geschmackserlebnis und ließ sich von Roger eine Kelle voll auf den Teller klatschen.

»Meine Frau liebt die marokkanische Küche«, kommentierte ihr Mann.

In diesem Moment begann Annie zu husten, weil sie auf etwas extrem Scharfes gebissen hatte.

George grinste. »Mum peppt ihre Gerichte gerne mal mit kalabrischen Chilis auf. Nehmen Sie sich also besser in Acht.«

Annie trank ein Glas Wasser, das zum Glück auf dem Tisch stand, in einem Zug aus, und obwohl gar kein Grund dazu bestand, war ihr alles mal wieder furchtbar peinlich. Sie fühlte sich irgendwie fehl am Platz in dieser Runde, in der alle Wein mit komplizierten Namen tranken und aktuelle Themen diskutierten. Statt sich einzubringen, stellte Annie Spekulationen über die beruflichen Tätigkeiten von Vater und Sohn Leonard an.

George könnte ein angehender Schauspieler sein, der es genoss, über die Stars in der Zeitungsbeilage herzuziehen. *Schaut mal, was für eine Glatze er hat ... Und die hat sich bestimmt Botox spritzen lassen ...*

Roger, so schien es ihr, arbeitete als Geschäftsmann in der Londoner City, und Valerie sah aus wie die Rektorin einer

Mädchenschule, beschäftigte sich allerdings inzwischen ausschließlich mit den Fortschritten der Krebsforschung und neuen Heilmethoden. Ganz offensichtlich hatte sie sich nicht mit der Diagnose abgefunden, dass ihre Tochter keine Chance mehr haben sollte.

»Wir glauben wirklich, Polly könnte von alternativen Therapien profitieren«, sagte sie prompt. »Es gibt mittlerweile zahlreiche Studien zur Akupunktur, und einige chinesische Heilkräuter scheinen recht wirksam zu sein. Ich gehe nächste Woche zu einem Vortrag über Homöopathie.«

George stöhnte hörbar. »Bitte, Mum.«

»Was denn? Es gibt eine Menge Nachweise für die Macht des positiven Denkens. Es kann ja nicht schaden, verschiedene Dinge auszuprobieren.«

»McGrummel hält das alles für Humbug«, warf Polly ein, die in ihrem Essen lediglich herumgepickt hatte.

»Nun, es liegt eben nicht im Interesse der Schulmedizin, alternative Heilmethoden zu unterstützen, wir hingegen glauben fest, dass es eine Chance gibt. Nicht wahr, Roger, Darling?«

George verdrehte die Augen, während Roger, den Blick auf den Teller gerichtet, murmelte: »Sie ist ein tapferes Mädchen, das bist du wirklich, nicht wahr, Polly? Sie wird dieses Ding besiegen.«

Annie war verwirrt. Dr. Max hatte ihr klipp und klar erklärt, dass es keine Hoffnung für Polly gebe. Irgendwie fühlte sie sich wie im falschen Film. Und obwohl sie die einsamen Sonntage hasste, wäre sie jetzt lieber zu Hause und würde sich eine Seifenoper ansehen. Oder ihre Mutter anrufen, um herauszufinden, ob sie sie inzwischen wiedererkannte.

George schob seinen Teller von sich. »Okay, ich muss dann mal los.«

»Wohin denn so eilig?«, fragte Polly mit Unschuldsmiene.

Er warf ihr einen Blick zu, den Annie nicht zu deuten vermochte. »Ins Fitnessstudio.«

»Oh ja, klar. Wird irgendwer Besonderes da sein?«

»Hey Polly«, schob George nach, »wo wir gerade von besonderen Menschen sprechen: Hast du eigentlich vor, Tom gelegentlich zurückzurufen? Er hat mir inzwischen mehrmals gesimst und nach dir gefragt.«

Wer mochte Tom sein? Valerie und Roger wechselten einen panischen Blick, Polly ignorierte den Kommentar und stocherte in ihrem Couscous herum. »Viel Spaß beim Bankdrücken, Bruderherz.«

»Du hattest noch gar keinen Nachtisch«, jammerte Valerie. »Ich habe Clafoutis gemacht!«

»Bitte, Ma, keine Kohlenhydrate, kein Zucker und so weiter.«

»Bitte, Georgie …«

»Nicht jetzt, Ma. Ich bin spät dran.« Er schlüpfte in seine Lederjacke. »Und werden wir Annie wiedersehen?«

»Sei nicht so unhöflich, George«, ermahnte ihn Polly. »Sie kann dich hören.«

Roger ignorierte das Geplänkel und goss Annie Wein nach, bevor sie ablehnen konnte. Sie hatte einen Großteil des scharfen Gerichts mit reichlich Wein runtergespült und würde, wenn das so weiterging, bald sturzbetrunken sein. Trotzdem entging ihr nicht, dass Valerie plötzlich ausdruckslos vor sich hin starrte.

»Alles in Ordnung, Mum?«, fragte Polly.

»Ich denke, ich werde mich ein klein wenig hinlegen.« Sie zwang sich zu einem Lächeln. »Jedenfalls schätze ich mich glücklich, meine beiden Kinder bei mir zu haben. Pflegen Sie desgleichen ein enges Verhältnis zu Ihren Eltern, Annie?«

»Meiner Mutter geht es im Moment nicht gut, sie liegt im Krankenhaus.«

»Tut mir leid, das zu hören. Was ist mit Ihrem Vater?«

»Nun, er ist nicht wirklich ... wie soll ich sagen, präsent, wissen Sie«, druckste sie herum.

»Wie schade für Sie.« Valerie blickte erneut ins Leere. »Vielleicht könntest du dich ums Geschirr kümmern, Roger, Darling. Ich denke, ich werde ...«

»Hm?« Roger blickte über den Brillenrand von seinem Smartphone auf, das plötzlich zu vibrieren begonnen hatte.

»Ich wünschte wirklich, du würdest dieses Ding *einmal* weglegen.« Valeries Stimme klang gereizt, bevor sie brach. »Es ist Familienzeit, Roger. *Familie.*« Sie stand abrupt auf, wobei ihr Stuhl hart über das edle Parkett schrammte. »Du kannst abräumen, ich werde mich hinlegen.«

Polly erhob sich ebenfalls und schnitt sich ein Stück Clafoutis ab, eine Art fester, süßer Auflauf.

»Komm mit, Annie. Ich zeige dir den Garten.«

Annie folgte ihr nach draußen, war froh, der angespannten Atmosphäre im Raum zu entgehen, die sie nicht zu entschlüsseln vermochte, die offenbar jedoch nicht allein mit Pollys Krankheit zusammenhing.


»Tut mir leid wegen George. Er hat es wohl auf den Oscar in der Kategorie bissigster Bruder abgesehen.«

»Schon okay.«

Annie war immer noch dabei, den Garten zu bewundern – ihre gesamte Wohnung hätte zweimal hineingepasst. Er wand sich einen Hügel hinab und war voller lauschiger Winkel mit schmiedeeisernen Gartenmöbeln, Bäumen und Sträuchern und kleinen Statuen. Kaum zu glauben, dass es von hier aus gar nicht mal so weit nach Lewisham war – ihr schienen Welten dazwischenzuliegen.

»Bist du hier aufgewachsen?«

Polly blickte sich desinteressiert um. »Ja. Habe allerdings

nicht gedacht, dass ich mit fünfunddreißig wieder bei meinen Eltern landen würde.«

»Ist das etwa der Shard?«

Annie hatte den keilförmigen, hochmodernen Wolkenkratzer durch eine Lücke in den Baumkronen entdeckt, direkt hinter dem breiten grauen Band der Themse. Es versetzte ihr einen Stich. Wäre sie hier aufgewachsen, mit diesem Garten und den malerischen Lädchen und Cafés von Greenwich vor der Tür, statt in der tristen Sozialsiedlung in Lewisham, wo das größte Ziel der heranwachsenden Mädchen darin bestand, nicht schwanger zu werden, bevor sie ihren Schulabschluss in der Tasche hatten –, wie anders wäre dann vielleicht ihr Leben verlaufen.

»Wir sollten ihn mal besichtigen und ganz hochfahren«, schlug Polly vor, nahm Anlauf und schwang sich auf eine Schaukel, die am Ast eines Apfelbaums befestigt war. Es war ein Anblick wie aus einem Fotoshooting – ein sorgfältig ausgesuchtes Outfit, ein naturbelassener Garten und dahinter die funkelnde Großstadt am Fluss. Absolut instagramtauglich, das Sinnbild eines perfekten Lebens.

»Was besichtigen, den Shard?«

»Ja, ich habe vor einer Weile Karten gekauft, für mich, George, seinen Freund und … Jedenfalls hat er mit dem Typen Schluss gemacht – Gott sei Dank, denn Caleb war echt schrecklich –, und wir haben die Tickets nie eingelöst. Hättest du Lust? Noch eine Sache für unser Projekt? Vielleicht bringst du deinen Mitbewohner mit.«

»Costas?« Ihr reichte es eigentlich, dass er ständig Mariah Carey unter der Dusche sang und alles mit Käse überbackte. »Ich kann ja mal fragen, ob er Zeit hat.«

»George findet die Idee total kitschig.« Sie grinste. »Ich muss zugeben, meinen Bruder zu ärgern, ist noch so eine Sache, die mich glücklich macht. Hast du Geschwister?«

»Nicht dass ich wüsste«, erwiderte sie vage, da sie theoretisch eine beliebige Anzahl Halbbrüder oder Halbschwestern haben könnte.

»Ach ja, stimmt. Du sagtest ja, dass dein Dad nicht bei euch lebt. Wo ist er denn?«

»Keine Ahnung. Soweit ich weiß, hat er sich aus dem Staub gemacht, als ich zwei Tage alt war. Kam nicht klar mit der ganzen Familiensache.«

Damals ließ er seine vierundzwanzigjährige Frau mit einem Neugeborenen in einem bescheidenen Häuschen zurück, und Maureen stand vor der Aufgabe, ihren Lebensunterhalt alleine bestreiten zu müssen. Es war alles so ganz anders als in dieser Familie mit einem erfolgreichem Vater und einer eleganten Mutter, einem selbstbewussten, gewitzten Bruder, einem charmanten Haus mit einem wunderschönen Garten.

»Das muss schwer für dich gewesen sein.«

»Nicht wirklich. Man kann nicht vermissen, was man nie hatte. Ich denke kaum an ihn.«

Polly bedachte sie wieder mal mit einem ihrer nervigen Blicke und einer ebenso nervigen Lebensweisheit. »Das Leben ist zu kurz für Reue, Annie. Vielleicht solltest du versuchen, ihn zu finden?«

»Übrigens habe ich das mit den Glückstagen gemacht«, wechselte Annie rasch das Thema. »Zumindest habe ich mir ein paar Dinge aufgeschrieben.« Schwimmen, Spazierengehen, ihre Mutter besuchen – viel war es nicht. »Wie geht es bei dir voran?«

Polly antwortete nicht, sie hatte aufgehört zu schaukeln, ihr Gesicht war leichenblass.

»Alles in Ordnung?«

»Es ist nur … Verdammt, ich hätte den Nachtisch nicht essen sollen.« Und schon machte sie einen Satz nach vorn, fiel auf die Knie und übergab sich würgend im Gras.

Annie eilte zu ihr. »Polly! Bist du okay?«

Polly setzte sich schwankend auf und wischte sich über den Mund. »Daran ist Bob schuld oder die Nachwirkungen der Chemo, passiert bereits die ganze Zeit. Tut mir leid, dass du es mit ansehen musstest.«

Annie half ihr auf die Füße und spürte, wie heftig sie zitterte. »Weißt du was, leg dich ein bisschen hin und ruh dich aus.«

Es war so einfach zu vergessen, wie krank Polly war, aber trotz all ihrer vordergründigen Fröhlichkeit gab es kein Entrinnen vor der Tatsache, dass der Tumor an ihr nagte. Jeden Tag ein Stückchen mehr.

## Tag 8: Spaziere zur Arbeit

*Nein. Nein, bitte. Er kann nicht ... Er kann nicht ...*

Annie setzte sich keuchend im Bett auf, ihr Körper war schweißnass. Es war wieder der gleiche Traum gewesen. Der Morgen in ihrem alten Haus. Die Sonne, die durch die Jalousie hereindrang. Der kurze Augenblick von Glück, bevor alles zerbrach. Mikes Schritte im Flur, dann seine erschrockene Stimme:

*Annie! Annie, ruf den Notarzt!*

Aber es war nur ein Traum. Es war nicht real, geschah nicht jetzt. Sie brachte ihren Atem unter Kontrolle, während sie langsam in die Gegenwart zurückfand. Montagmorgen. Obwohl sie sich am liebsten auf die andere Seite gerollt und weitergeschlafen hätte, raffte sie sich auf, das Bett zu verlassen – nachdem sie sich vergewissert hatte, dass Costas bereits aus dem Haus war. Die mangelnde Privatsphäre in ihrer Not-WG störte sie nach wie vor, und sie dachte in solchen Situationen wehmütig zurück an ihr hübsches Heim mit Gästezimmer, Fenstererker und einem Garten voller Blumen, das sie in einem anderen Leben ihr Eigen genannt hatte. Sie wusch sich unter der verkalkten Dusche mit den Schimmelflecken an den Wänden, putzte sich die Zähne vor dem mit Zahnpasta bespritzten Spiegel. Alles war so schäbig, und vor allem hatte sie nicht mal die Energie, Ordnung zu schaffen und die Räume sauber zu halten.

Während sie in ihre übliche schwarze Arbeitskluft schlüpfte, klebte der Traum immer noch an ihr wie Spinnweben und ließ eine leichte Panik in ihr aufsteigen. Albern. Das

Ganze war zwei Jahre her. Es war zu spät für Panik, viel zu spät.

Da sie nun mal so früh wach war, brach Annie zu Fuß zur Arbeit auf. Allerdings musste sie sich ganz schön überwinden, denn es war ziemlich kalt draußen. Einen Fuß vor den anderen setzend, marschierte sie entschlossen los in dem Bewusstsein, sich erneut zu etwas zu überwinden, das eine Abkehr von der Vergangenheit bedeutete. Sie merkte selbst, wie ihr Kopf freier wurde und wie die Morgensonne, die sich rosa schillernd auf dem nassen Asphalt spiegelte, ihre Stimmung hob. Und als sie sogar zu früh im Büro eintraf, strahlte sie bis über beide Ohren. Was Sharon, diese Miesmacherin vom Dienst, indes nicht daran hinderte zu bemängeln, ihr Gesicht sehe ja ganz »knallrot und verschwitzt« aus.

Doch zum ersten Mal perlte die Häme an Annie einfach so ab. Ein weiterer Fortschritt.

## Tag 9: Schreib deine Gedanken nieder

Annie kaute auf ihrem Stift herum und betrachtete die leere Seite in ihrem Notizbuch. Im Nebenzimmer hörte sie Costas laut auf Griechisch reden. Noch jemand, der seine Mutter einfach so anrufen konnte, wenn ihm danach zumute war, und der zweifelsfrei wusste, dass die Mutter ihn erkannte und ihn nicht für einen Arzt oder Anwalt hielt. Sie versuchte, den Lärm auszublenden, denn sie wollte eine Zwischenbilanz ziehen.

Bisher hatte sie innerhalb einer Woche eine neue Freundin gefunden, sofern sie Polly tatsächlich als solche bezeichnen wollte, sie hatte sich das erste Mal seit zwei Jahren vor anderen Menschen nackt ausgezogen, Sport getrieben und eine Mittagspause eingelegt. Im Großen und Ganzen vielleicht nicht viel und erst recht nichts Spektakuläres wie etwa ein Tanz im Regen oder die Begehung des Inkapfads, doch es war mehr, als sie seit einer sehr langen Zeit unternommen hatte. Was sie allerdings für heute, morgen und die nächsten Tage notieren sollte, war ihr schleierhaft. Okay, für heute reichte ihr Fußmarsch ins Büro.

Als sie ein Klirren aus der Küche hörte, öffnete sie ihre Zimmertür und erblickte Costas, der mit viel Geklapper und Gespritze endlich das schmutzige Geschirr abspülte.

»Annie, hallo, ich wasche Geschirr, wie du gewollt hast.«

»Super.« Lächelnd verkniff sie sich den Kommentar, dass er bitte nicht gleichzeitig die Küche fluten solle. Stattdessen sagte sie: »Hast du Lust, mit mir den Shard zu besichtigen?«

»Das große Hochhaus?«

»Ja. Meine Freundin hat Eintrittskarten. Angeblich hat man von dort oben einen tollen Ausblick.«

»Klasse, Annie! Danke schön, vielen, vielen Dank!«

»Schon gut, ist keine große Sache«, murmelte sie und zog sich wieder in ihr Zimmer zurück. Jetzt, da sie entgegen ihrer Gewohnheit mit ihm ein Gespräch begonnen hatte, würde sie sich den ganzen Abend hier verkriechen müssen – außer sie wollte alles über die Ohrspülungen seiner Mutter und das Ziegengeschäft seines Cousins Andreas in Faliraki hören. Aber immerhin hatte sie ihn gefragt, und allein das gab ihr bereits das Gefühl, ein etwas netterer Mensch zu sein. Vielleicht reichte das ja als Glückssache für einen Tag.

## Tag 10: Mach Tee für deine Kollegen

»Hast du Zucker reingetan?« Sharon schnüffelte argwöhnisch an der Tasse, die Annie ihr gereicht hatte.

»Zwei Stück. Stimmt doch, oder?«

»Ich nehme seit Neuestem bloß eins, bin auf Diät.«

»Okay, auf dem Zettel in der Küche steht immer noch zwei.«

»Na gut, dann trinke ich ihn eben.«

Annie regte sich gar nicht erst auf, sondern reichte Syed, ihrem hipstermäßigen Social-Media-Beauftragten, der einen spießigen Cricketpullover zu einer knallgelben Cordhose trug, einen Kaffee.

Er setzte seine Monsterkopfhörer ab: »Hammer! Danke, Annie«, und streckte die Daumen in die Höhe.

»Einen Grüntee für dich, Fee.« Annie stellte die Tasse auf dem Schreibtisch der Büroleiterin ab, die erschrocken aufblickte.

»Oh, vielen Dank.«

Fee sah gar nicht gut aus, bemerkte Annie zum ersten Mal. Ihre Lippen waren trocken und rissig, und ihre Hände zitterten, als sie die Tasse anhob.

»Alles in Ordnung bei dir?« Annie hoffte, dass dem so war, damit sie kein unangenehmes, emotionales Gespräch führen müssten. In diesem Büro war es okay, über das Fernsehprogramm, über Getränke und die Macken des IT-Systems zu reden, hingegen nicht über Gefühle oder dergleichen.

»Oh! Ja, ja. Alles in Ordnung, alles bestens.«

Annie setzte sich mit der Tasse, die Polly ihr geschenkt

hatte, an ihren eigenen Platz. Im Gegensatz zu den anderen Schreibtischen war er nicht hoffnungslos mit hartnäckigen Teeringen verfärbt. Sie goss etwas Wasser über ihre Hyazinthe und fuhr mit der Fingerspitze über den Monitorständer. Kein Staub. Und wenngleich sie nach wie vor jede Sekunde hasste, die sie in diesem Kabuff hockte, musste sie sich eingestehen, dass ein sauberer Schreibtisch und das Gefühl, sozial akzeptiert zu sein, es ein kleines bisschen erträglicher machten.

Tag 11: Bring jemandem Blumen mit

»Die sind aber schön! Osterrosen!«

»Pfingstrosen, Mum«, berichtigte Annie sie sanft. »Gefallen sie dir?«

»Sie sind wirklich sehr hübsch.«

Annie spürte einen Kloß im Hals. Ihre Mutter hatte Blumen immer geliebt und jeden Monat gespart, um sich am Zahltag einen Strauß auf dem Markt kaufen zu können. Und wenn Annie früher freitags mit Jacob zu Besuch kam, brachte sie ihr ebenfalls regelmäßig einen großen Strauß Blumen mit, meist aus dem eigenen Garten. Jetzt, nach einer Ewigkeit, hatte sie Maureen mal wieder welche gekauft.

Ihre Mutter wirkte heute klarer. Als Dr. Quarani in seinem makellosen weißen Kittel an ihr Bett trat, identifizierte sie ihn sogleich als Arzt.

»Schauen Sie, Herr Doktor. Diese nette junge Dame hat mir Osterrosen mitgebracht.«

War wohl nicht so weit her mit der Klarheit, dachte Annie, sonst hätte sie von ihrer Tochter nicht als »netter junger Dame« gesprochen.

»Ihr scheint es etwas besser zu gehen«, warf Annie trotzdem ein, während Dr. Quarani das dünne Handgelenk ihrer Mutter zwischen seinen Fingern hielt und ihren Puls fühlte.

»Ihre Stimmung hat sich etwas stabilisiert, das stimmt«, erwiderte er. »Doch wie gesagt, Sie sollten keine übertriebenen Erwartungen hegen.«

Annie nickte. Und dennoch: Obwohl sie es zu unterdrücken versuchte, war trotz seiner Warnung ein kleines Pflänzchen der Hoffnung in ihr aufgekeimt. Sie musste sich in Acht nehmen. Schließlich hatte sie es mehr als einmal erleben müssen, dass der Hoffnung nicht zu trauen war.

»Annie!« Sie war auf dem Weg nach draußen, als sie ihren Namen hörte. Eine Männerstimme. Sie drehte sich um.

»Oh!«, rief sie. »Was tun Sie denn hier?«

Es war Pollys Bruder George, der in der Notaufnahme saß und einen Verband an sein Gesicht hielt. Auf seinem T-Shirt war ein Blutfleck.

Er zog eine Grimasse. »Ist nichts. Habe mir den Kopf im Fitnessstudio angeschlagen. Und Sie?«

»Ich besuche meine Mum. Sie hatte einen Unfall in der Wohnung.«

Er musterte sie kühl, was bei ihr sofort den Eindruck provozierte, er frage sich gerade, in welcher Kleiderkammer sie ihre Klamotten wohl erstanden habe. Sie täuschte sich, denn ihm ging es um anderes.

»Hören Sie zu, Annie. Meine Schwester ist schwer krank.«

»Das weiß ich.«

»Außerdem ist sie wie ein Magnet. Sie sammelt Menschen. Heimatlose, Streuner, alles.« Annie wappnete sich innerlich. »Sie war seit jeher so, seit ihrer Krankheit hat es sich jedoch dramatisch verstärkt. Die Leute docken quasi bei ihr an. Außerdem meint Polly, sie könne genauso gut alles weggeben, da sie nicht mehr lange zu leben hat.« Er verzog das Gesicht. »Dabei kann man das nie so genau wissen, oder? Es gibt Menschen, die leben jahrelang mit ihrem Tumor.«

Annie fühlte sich plötzlich müde. Sie war das alles so leid – dieses Krankenhaus, ihre Mutter, die sie nicht erkannte, ihre schäbige kleine Wohnung, ihr Leben.

»Hören Sie, was mich betrifft, ich habe mich nicht an Polly angedockt. Sie war es im Gegenteil, die mich buchstäblich gekrallt hat. Aber sie war nett zu mir und hat mich gebeten, ihr bei ihrem Glückstageprojekt zu helfen. Na ja, ich wüsste nicht, wie ich da hätte Nein sagen sollen. Okay?«

Er nickte langsam. »Ja, das ist es, ich glaube Ihnen.«

»Was steckt überhaupt hinter Ihren Bedenken? Ich meine, wer um Himmels willen würde denn eine todkranke Frau auszunehmen versuchen?«

»Das hätte ich früher genauso gesehen. Stimmt leider nicht. Ernsthaft, Annie, wir mussten sie inzwischen mehr als einmal davon abhalten, ihr gesamtes Geld zu verschenken. Sie wird einfach immer gutgläubiger. Selbst ihre sogenannten Freunde nutzen das teilweise aus. Da war eine ehemalige Schulfreundin – sie redete unablässig auf sie ein, damit sie in ein Schmuckgeschäft investierte, das gar nicht existierte, und einer unserer Cousins wollte Spenden bei ihr lockermachen für einen guten Zweck, der mehr oder weniger in einer Safari durch Afrika bestand. Das sind lediglich zwei Beispiele. Oh Mann, die Leute sind *echt* scheiße, verstehen Sie?«

»Das müssen Sie mir nicht erzählen«, gab Annie resigniert zurück.

»Tut mir leid, falls ich mich Ihnen gegenüber im Ton vergriffen habe. Ich habe so einen Hass auf diese Schmarotzer.«

Er löste behutsam den Verband vom Kopf, legte sein lila angelaufenes linkes Auge frei.

Annie verzog mitfühlend das Gesicht. »Sieht böse aus.«

»Ja, und auf jeden Fall heißt das, dass es für eine Weile kein Vorsprechen für mich mehr gibt. Nicht dass ich in Terminen schwimmen würde.« Er blickte zu ihr hoch. »Würden Sie meiner Schwester gegenüber unsere Begegnung hier in der Ambulanz bitte nicht erwähnen? Ich will nicht, dass sie sich Sorgen macht. Es war wirklich nichts als ein dämlicher Unfall.«

Annie zuckte die Achseln. »Klar, wenn Ihnen so viel daran liegt.«

»Danke. Und Entschuldigung, dass ich so ein Arsch war. Ich bin einfach wütend, verstehen Sie? Die ganze Zeit seit Ausbruch der Krankheit. Es ist so schrecklich ungerecht. Allerdings hilft meine Wut Polly nicht. Ich sollte vielmehr traurig sein, sie umsorgen und ihr Halt geben auf diesem schweren Weg. Doch alles, was ich fühle, ist diese verzehrende Wut, dass es ausgerechnet ihr passieren muss.«

»Das verstehe ich gut«, versicherte Annie, und das tat sie wirklich. Allzu gut sogar.

»Also dann. Soweit ich gehört habe, sehen wir uns bei diesem ultrakitschigen Ausflug auf den Shard?«

»Ich schätze ja. In diesem Sinne bis bald.« Sie blieb in der Tür stehen. »Gurkenscheiben«, rief sie.

»Was?«

»Die helfen gegen die Schwellung. Sie müssen sie einfrieren und eiskalt auf die Augen legen. Ist nur ein Tipp.«

Einer, den man entdeckte, wenn man den Großteil seiner Zeit mit Heulen zubrachte, fügte sie stumm hinzu.

An der Bushaltestelle saß wieder der obdachlose Mann, Johnny, und las in einem Taschenbuch, dessen Titelblatt fehlte. Annie winkte ihm zögerlich zu, und er antwortete mit einem verlegenen Lächeln. Was nutzte schon alle Freundlichkeit, wenn sie ihm nicht wirklich helfen konnte? Als der Bus kam, stieg sie ein mit dem vagen Gefühl, versagt zu haben. Auch wenn sie nicht so recht wusste, warum.

## Tag 12: Räum auf

Sie war nackt. Jeder Zentimeter ihres Körpers war zu sehen wie auf einem Präsentierteller.

Annie saß auf dem Sofa, während die Tasse Tee vor ihr auf dem Tisch kalt wurde. Ihre Aktzeichnung lehnte auf dem Stuhl, und das braune Packpapier hing drum herum wie die Falten eines Morgenmantels.

Eine ganze Weile lang starrte sie das Bild einfach an. Das war sie, ganz unverkennbar mit der Narbe unterhalb ihres Bauches, dem Muttermal an ihrer Schulter – und trotzdem war sie es gleichzeitig nicht. Irgendwie wirkten die Dellen und Polster, die sie sonst so ärgerten, wenn sie in den Spiegel schaute, gänzlich anders. Sinnlicher, würde Polly vermutlich sagen.

Das war sie, Annie Hebden – Mutter von Jacob, Exfrau von Mike, ehemals beste Freundin von Jane. Und natürlich Tochter von Maureen, egal wie tief ihre Mutter in der Dunkelheit des Vergessens verschwand. Sie würde nie aufhören, das alles zu sein. Und dennoch war sie dabei, sich selbst zu verlieren.

Annie erhob sich, lief unruhig in dem kleinen Raum herum. Was konnte sie bloß tun? Sie hatte ihre Freunde ziehen lassen, hatte Einladungen ihrer Kollegen ausgeschlagen und aufgehört auszugehen, hatte ihre Wohnung und sich selbst sträflich vernachlässigt. Jeden Abend saß sie allein daheim mit dem Fernseher und ein paar Süßigkeiten als einziger Gesellschaft. Es war an der Zeit, dem ein Ende zu setzen.

Anders ausgedrückt: höchste Zeit, einen neuen Anfang zu machen.

In einem Anfall von Aktivität zog sie die Wolldecke vom Sofa, die eigentlich das rissige Kunstleder barmherzig verdecken sollte, inzwischen aber kaum weniger schäbig und vor allem schmutzig war. Ein Schwall Pistazienschalen rieselte heraus. Als Nächstes waren die Sofabezüge dran, dann der schmuddelige Läufer auf dem Boden. Alles war mit Krümeln übersät, mit Ketchup und Tee vollgekleckert.

Während die Waschmaschine lief, kam ihr der Gedanke, dass dies vielleicht bereits ein kleiner Glücksmoment war. Es erinnerte sie an die Montage nach der Schule, wenn ihre Mutter große Wäsche machte und selbst mit einem Becher Tee und einer Packung Kekse *Glücksrad* schaute. Anschließend lösten sie gemeinsam die Rätsel auf der Rückseite der *Radio Times*. Maureen Clarke hatte insbesondere die Silbenrätsel geliebt, da war sie sogar ein echter Crack gewesen. Heute konnte sie sich kaum noch an ihren eigenen Namen erinnern.

Annie rief sich zur Ordnung, um nicht erneut in der Trauer um Vergangenes zu versinken, riss den Kühlschrank und die Tür zur Speisekammer auf und sortierte rigoros sämtliche abgelaufenen Nahrungsmittel aus, das angeschimmelte Obst und Gemüse ebenso wie im Gefrierfach festgefrorene Tiefkühlreste, längst angebrochene Nudel- und Reispackungen, deren Inhalt über sämtliche Regalböden verstreut war. Im Handumdrehen war ein riesiger Müllsack voll. Dann begann sie damit, eine To-do-Liste zu machen: *Fenster putzen, Sofa neu beziehen, Dusche entkalken, Schimmel entfernen.*

Voller Elan räumte sie den Hängeschrank leer und schrubbte ihn gründlich von innen. Polly hatte recht – ihr Geschmack, was Geschirr betraf, war wirklich außerirdisch. Sie füllte einen weiteren Sack für den Sozialladen und stopfte alles hinein, was sie nicht mehr brauchte oder wollte. Dann ergänzte sie ihre Liste um weitere Punkte: *neue Löffel kaufen, Gemüseschneider besorgen, Vermieter bitten, die Wände in einer Farbe streichen zu dürfen, die nicht nach Hundekacke aus- schaute.*

Als Nächstes war das Badezimmer dran. Sie musterte an- geekelt den alten, schimmeligen Duschvorhang. Sie würde einen neuen kaufen – einen in fröhlichen, bunten Farben, der sich beim Duschen nicht um ihre Beine wickelte wie ein schleimiger Alien. Dazu gleich einen neuen Badvorleger und ein paar hübsche Handtücher. Sie warf eingetrocknete Lip- penstifte, blättrige Wimperntusche und leere Duschgelfla- schen in den Müll und dachte angewidert, oh Gott, wie kei- mig und versifft hier alles war. Wie hatte sie es je so weit kommen lassen können?

Als Costas von seiner Spätschicht heimkam, schaffte er es vor lauter Müllsäcken kaum, die Wohnungstür zu öffnen. Er blickte sich verdutzt um und legte den Kopf schräg, während Annie zu Magic FM mitsang und die Herdplatten schrubbte.

»Annie! Ist das, weil ich Käse in Form lasse? Ich ver- spreche, ich werde spülen, richtig gut spülen! Bitte, wirf mich nicht raus!«

Annie lachte lauthals los. »Oh Gott, nein, beruhige dich. Ich werfe nicht *dich* raus, ich werfe *mich* raus. Oder zumin- dest den ganzen Dreck, den ich angehäuft habe.«

Costas war nach wie vor völlig konsterniert.

»Tut mir leid, dass es hier bisher so hässlich aussah«, sagte sie. »Ich verspreche, dass ich ab sofort versuchen werde, die Wohnung zu einem netteren Zuhause für uns beide zu machen. Ich meine, das sollten wir eigentlich schaffen, wenn wir ein bisschen mehr Ordnung halten und öfter putzen und so. Was meinst du? Keine Pistazienschalen mehr auf dem Sofa? Die Auflaufform einfetten, bevor du Käse darin backst?«

Er runzelte die dichten Augenbrauen. »Annie? Geht es dir gut?«

Sie dachte über seine Frage nach. Ging es ihr gut? Immerhin hatte sie seit beinahe zwei Wochen nicht mehr heimlich in der Dusche geheult. Ihre Wohnung war sauberer, wenngleich erst seit heute. Ihrer Mum ging es besser. Und sie hatte tatsächlich Verabredungen in ihrem Kalender stehen, mit echten Menschen.

»Weißt du was, Costas? Eigentlich geht es mir gar nicht so schlecht.«

## Tag 13: Schau dir die Welt von oben an

»Er ist ein echtes Sahneschnittchen«, bemerkte Polly mit einem verstohlenen Blick auf Costas Hintern. »Süßer als eine ganze Schachtel Baklava.«

»Er ist zweiundzwanzig«, raunte Annie ihr tadelnd zu. »Und außerdem ist er mit ziemlicher Sicherheit schwul.«

Er hatte es ihr zwar nie gesagt, doch die Tatsache, dass er dreimal die Woche in Vauxhall durch die Clubs zog, war ein recht eindeutiger Indikator.

Polly seufzte. »Ich hätte es wissen müssen. Kein Hetero hat so perfekte Augenbrauen. Aber gut. Vielleicht funkt es ja zwischen ihm und George.«

Annie hatte da ihre Zweifel. George hatte Costas nicht mehr beachtet, seit der junge Grieche erwähnt hatte, womit er seinen Lebensunterhalt verdiente. Sie hatte gesehen, wie er die Nase rümpfte, während Costas begeistert aufzählte, welche Heißgetränke er zubereiten konnte: »Latte macchiato, Skinny Latte, Flat-White-Cappuccino, Cappuccino normal ...«

»Wie lange dauert das noch?«, beschwerte George sich jetzt. »Wir warten bestimmt schon eine Stunde.«

»Es sind erst zehn Minuten«, schimpfte Polly. »Und es wird sich lohnen.«

»Ich kann nicht glauben, dass du mich zwingst, so eine kitschige Tourinummer abzuziehen. Was kommt als Nächstes? Madame Tussauds? Der Zoo?«

»Der Zoo wäre eine super Idee! Lasst uns das gleich nächste Woche machen. Ich könnte vielleicht ein Tier adoptieren und es nach mir benennen lassen. Etwas, das weiterlebt, wenn ich nicht mehr da bin. Na ja, außer es ist eine Eintagsfliege.«

Costas blickte sich verzückt um. »In Griechenland wir haben keine so großen Sachen. Wir haben unser ganzes Geld verloren und unsere Hauptstadt angezündet«, verkündete er vergnügt.

»Das ist die richtige Einstellung, Costas«, erwiderte Polly und rieb seine Schulter. »Doch der Turm ist echt klasse, ein modernes Wunder. An klaren Tagen kann man bis nach Kent sehen.«

»Was nicht die Frage beantwortet, warum wir Kent sehen wollen sollten«, murrte George.

Sein Veilchen war nach wie vor sichtbar, aber Annies Versuche, sich nach Einzelheiten zu erkundigen, waren abgeblockt worden.

Mittlerweile befanden sie sich im Aufzug mit einer Familie, die unisono Jogginganzüge trug und ungehemmt Pollys Outfit begaffte: den roten Rüschenrock, der ihre langen, schlanken lilabestrumpften Beine betonte, den rosafarbenen, glitzernden Cowboyhut, der besser zu einem Junggesellinnenabschied gepasst hätte, den violett schillernden Blazer. Die meisten hätten darin wie missratene Clowns ausgesehen, nicht so Polly. Sie zog nämlich sowohl verblüffte als auch bewundernde Blicke auf sich.

»Ist das nicht das Mädchen aus dieser Fernsehserie?«, hörte Annie jemanden aus der Joggingfamilie flüstern.

»Frische Höhenluft hat die Menschen zu allen Zeiten inspiriert«, dozierte Polly. »Schau dir zum Beispiel Wordsworth an. Oder Coleridge. Die gingen ständig hoch oben im Lake District wandern. Berauscht von der frischen Luft, produzierten sie ein Gedicht nach dem anderen.«

»Berauscht von Opium wohl eher«, entgegnete George zynisch. »Gibt es da oben welches zu kaufen?«

Seine Schwester konnte ihm nicht mehr antworten, denn der Aufzug hielt, und sie betraten einen weitläufigen, komplett verglasten Raum, in dem die Besucher eine 360-Grad-Rundsicht genießen konnten. Annie blinzelte in dem hellen Licht. Unter ihnen breitete sich London aus wie eine Legostadt mit Grünflächen, kleinen schachtelförmigen Gebäuden, Häusern und winzigen Autos. Ein lebensechtes Monopoly-Spielbrett.

Was Polly betraf, die hatte sich erst mal zur Bar vorgearbeitet. »Kein Opium, dafür Roséchampagner für alle«, verkündete sie.

George schnaubte leise. »Rosa Blubberwasser? Echt?«

»Halt die Klappe, George«, wies Polly ihn zurecht, die bereits ein Tablett mit vier Gläsern balancierte. »Du bist wirklich ein unsäglicher Snob, weißt du das? Also, ich erinnere mich noch an die Zeit, als dein Lieblingsessen aus Fischstäbchen und Pommes bestand. Trink einfach.«

»Solange es niemand erfährt«, erwiderte er. »Ist Costas überhaupt alt genug, um Alkohol zu trinken?«

»Ich bin zweiundzwanzig«, protestierte Costas vorwurfsvoll. »Danke schön, Polly. Danke für den rosa Champagner und für Ausflug in großem Lift und für Aussicht über eure schöne Stadt.«

»Gern geschehen«, sagte sie und tätschelte abermals seinen Rücken. »Offen gesagt, ist es schön, mit jemandem hier oben zu sein, der kein versnobter Miesepeter ist.«

»Rosa Blubberwasser auf dem Shard«, murmelte George, der das Glas trotzdem in einem Zug leerte. »Was kommt als Nächstes? Willst du eine Tour durch die M&M's-World machen? Mit einem Union-Jack-Hut auf dem Kopf?«

»Es gibt eine Welt aus M&Ms?« Costas nippte an seinem Glas und musste niesen.

Polly wuschelte ihm durchs Haar. »Wirklich entzückend.«

Annie griff zögernd nach der Champagnerflöte aus Kunststoff, die mit einer sprudelnden rosagoldenen Flüssigkeit gefüllt war. Sie hatte mal ein Kleid in genau diesem Farbton gesehen, in einer schicken Boutique, als sie ein Outfit für ihren Abschlussball suchte. Es war teuer gewesen, beinahe hundert Pfund, aber sie hatte damals Geld von ihrem Aushilfsjob im Drogeriemarkt gespart und sich die fehlende Summe zu ihrem achtzehnten Geburtstag gewünscht. Und wirklich hing, als sie die Treppe hinuntereilte, eine Kleiderhülle an der Tür. Darin konnte sich gar nichts anderes verbergen als das Traumkleid aus Spitze und Seide mit dem langen schwingenden Rock und dem Mieder, das ein sagenhaftes, modelmäßiges Dekolleté machte.

Als sie die Hülle öffnete, hielt sie es erst für einen Scherz. »Was ist das, Mum?«

»Oh, ich habe mir das Kleid im Laden angeschaut, das du dir gewünscht hast. Und weil es viel zu teuer war, habe ich es für dich nachgenäht. Es sieht exakt gleich aus.«

Nein, das tat es ganz und gar nicht. Annie hätte heulen können. Es hatte die Farbe von verdorbenem Lachs, die Spitze bestand aus kratzigem Polyester, und die Stäbe des Mieders bohrten sich unangenehm in Annies Rippen. Sie sah aus wie ein riesiger Berg Erdbeerpudding. Letztendlich kehrte sie früher vom Abschlussball zurück und hockte sich vor den Fernseher. Ebenfalls eine nicht ganz so glückliche Erinnerung aus ihrem Leben.

Jetzt indes stand sie hier und trank Champagner auf dem Shard. Sie hob ihr Glas und stieß mit Polly an. »Prost.«

»Prost.« Polly nahm einen Schluck. »Max wird mich umbringen. Ich soll vor meinen MRTs eigentlich nichts trinken. Gott, ich verbringe inzwischen so viel Zeit in dem Gerät, dass ich mir langsam überlege, es tapezieren zu lassen. Kommt, lasst uns auf die Außenterrasse gehen.«

Draußen fegte ein heftiger Wind, und zugleich blendete die gleißende Sonne. Ein Grund mehr für Annie, sich möglichst nah an der Mauer zu halten. Was ihr ohnehin lieber war, da sie unter einer veritablen Höhenangst litt. Polly hingegen eilte zum Geländer und zeigte auf die Londoner Wahrzeichen. »Da, Somerset House! Das Riesenrad! Big Ben!«

»Das British Museum«, stimmte Costas mit ein. »Wo ihr alle unbezahlbaren Statuen aufbewahrt, die ihr gestohlen habt aus meinem Land und nicht wollt zurückgeben.«

»Ich gebe zu, es ist gar nicht so übel hier oben«, hörte Annie George sagen, der sich zu ihr gesellte.

»Wie geht es Ihrem Gesicht?«

»Gut. Nichts passiert.«

»Tut mir leid, das mit Ihrem Freund.«

»Wie bitte?« Georges Blick verdüsterte sich. »Was soll das heißen?«

»Ich meinte, weil Sie eigentlich mit ihm herkommen wollten, oder?«

»Caleb und ich sind gute Freunde, sonst nichts.«

Sein Tonfall war lässig, betont lässig sogar. Trotzdem erkannte Annie den Unterschied, ob jemand nur so tat, als wäre er über etwas hinweg, oder ob er es wirklich war. George jedenfalls war es bestimmt nicht, und so beschloss sie, das Thema lieber fallen zu lassen.

Stattdessen widmete sie sich der Aussicht und ließ sich den Wind ins Gesicht wehen. Von hier oben war es nicht das London, das sie kannte – die Stadt der Hundehaufen, Straßenarbeiten und der feuchten, schäbigen Wohnungen. Es war eine strahlende Metropole mit Millionen Menschen, und jeder Einzelne davon hielt sich für den Nabel der Welt. Es war eine Stadt, in der tagtäglich Hunderte Personen verschwanden, in Krankenhäusern, Pflegeheimen und sogar auf der Straße starben, während gleichzeitig Hunderte dazukamen, geboren in den Kreißsälen der Krankenhäuser oder zu Hause und manchmal sogar in Taxis oder der U-Bahn.

Welche Rolle spielte das allerdings angesichts der Tatsache, dass Polly bald sterben würde und Jacob seit zwei Jahren tot war? Das Gewicht dieser unvermittelten Erkenntnis drohte sie zu erdrücken – all die verlorenen Träume, all der Schmerz ihres gebrochenen Herzens, sie kehrten machtvoll zurück und ergriffen Besitz von ihr, nahmen ihr die Luft zum Atmen.

»Ich fühle mich so winzig«, sagte plötzlich George wie zu sich selbst.

Annie lächelte bitter. »Ich habe gerade das Gleiche gedacht.«

»All diese Menschen, die nicht einmal wissen, dass es mich gibt. Wie soll ich je ein berühmter Schauspieler werden, wenn es so verdammt viele andere Leute gibt, die dasselbe wollen? Im Grunde kann ich gleich aufgeben.«

»Andererseits ist es irgendwie beruhigend«, hielt Annie dagegen. »Falls wir unser Leben je wirklich vermasseln sollten, wird es wahrscheinlich niemand mitbekommen, weil es niemanden interessiert. Wir können einfach sterben, ganz anonym und friedlich.«

George drehte sich zu ihr um. »Wissen Sie, Annie, ich mag Sie. Sie sind ein gesunder Gegenpol zum nervigen Optimismus meiner Schwester. Als sie die Diagnose bekam, war ich auf alles Mögliche gefasst – Depressionen, Tränen und das ganze Elend. Stattdessen ist sie zu einer wandelnden Selbsthilfebibel mutiert.«

Annie war etwas irritiert. »Ihr seid alle so … sachlich, was das angeht.«

George zuckte die Schultern. »Die Show muss schließlich weitergehen, oder nicht? Man lebt, bis man stirbt.«

Annie nickte stumm.

»Sie will es so«, fuhr George fort. »Kein Trübsalblasen,

keine Trauermienen. Und unsere Eltern – ich glaube nicht, dass sie bislang begreifen, dass es wirklich passieren wird. Und ich kann es ihnen nicht verübeln. Wenn man Polly anschaut, versteht man, warum wir die Hoffnung nicht aufgeben, oder?«

Ja, dachte Annie, Polly wusste es zu verbergen. Wie gerade jetzt. Sie lächelte, wirkte glücklich, das Gesicht gerötet von Sonne und Wind. Okay, sie war sehr dünn, aber das war unter Londoner Frauen einer gewissen Schicht nichts Ungewöhnliches. Jedenfalls sah sie, geschickt gekleidet und geschminkt, kein bisschen krank aus.

»Kommt her!«, rief Polly und winkte sie zu sich. »Schaut, da ist die London-Bridge-Station. Habt ihr eigentlich eine Ahnung, wie viele Stunden ich damit verbracht habe, mir fluchend und jammernd den Arsch auf dem Bahnsteig abzufrieren? Von hier oben dagegen sieht alles so idyllisch aus.«

Das tat es wirklich. Die Züge bogen auf den sich kreuzenden Gleisen in die U-Bahn-Station ein wie Enten, die übers Wasser glitten. Winzige Menschen mit ihren winzigen Sorgen, Träumen, Hoffnungen und Ängsten.

Polly dämpfte die Stimme: »Ich wette, genauso muss Gott uns sehen.«

»Veto!«, brüllte George. »Du glaubst ja nicht mal an Gott, du miese Heuchlerin. Und du kannst nicht einfach so damit anfangen, weil du Krebs hast, das nennt sich Betrug.«

Polly streckte die Zunge raus. »Okay, wie auch immer du es sonst nennen willst. Universum. Schicksal. Fliegendes Spaghettimonster. Vielleicht werde ich euch so von meinem Platz im Himmel sehen.«

»Überaus optimistisch von dir«, meinte George zweifelnd. »Ich erinnere mich nämlich noch genau, wie du als Teenager warst. Vielleicht kommst du gar nicht rein ins Paradies.«

»Wenn es ein Leben nach dem Tod gibt, werde ich Gott

erzählen, dass du allen meinen Barbies die Köpfe abgerissen und an mein Stockbett gehängt hast.«

»Er wird es verstehen. Bestimmt hat er selbst mitgekriegt, wie nervig du warst.«

»Annie, glaubst du an Gott?«, fragte Costas leise, während die Geschwister sich weiter foppten.

Ihr fiel ein, dass er gläubig war. Sie hatte das Kruzifix und die Fläschchen mit gesegnetem Wasser in seinem Zimmer gesehen, das Thema indes nie ansprechen wollen. Wie konnte ein homosexueller Mann einer Kirche angehören, die ihn wegen seiner Veranlagung verurteilte? Er schien das anders zu sehen, selbst wenn er nach einer durchfeierten Nacht am Sonntagmorgen heimkam, fuhr er zur orthodoxen Kirche nach Camberwall.

»Äh, eigentlich nicht.« Es war ihr unmöglich, an einen Gott zu glauben, der zugelassen hatte, dass Jacob starb, und der es duldete, dass ihre Mutter dahinsiechte. »Und du, du bist streng religiös, stimmt's?«

»Schwer zu sagen.« Er zuckte die Achseln. »In der Bibel steht, dass es Sünde ist, so zu sein, wie ich bin. Du weißt schon.« Er warf einen scheuen Blick in ihre Richtung, um sich zu vergewissern, dass sie es gewusst hatte und dass es sie nicht störte. Als Annie schwieg, fuhr er fort. »Doch dann sehe ich das hier«, er deutete zum blauen Himmel, der mit silbernen und pfirsichfarbenen Schlieren überzogen war, »und ich lerne nette Leute kennen, die mich auf hohe Häuser mitnehmen und mir rosa Champagner spendieren. Deshalb denke ich, dass es muss etwas geben. Einfach etwas mehr. Vielleicht keine Person und keine Sache und kein Ort. Weißt du, was ich meine?«

»Ich denke, ja«, antwortete sie.

Sie wohnte inzwischen seit einem Jahr mit Costas zusammen, und das war das längste Gespräch, das sie je mit ihm geführt hatte. Nie hätte er früher offen über seine sexuelle Orientierung gesprochen, sie hatte lediglich eins und eins zusammengezählt. Letztlich waren sie einander fremd geblieben, doch jetzt schauten sie gemeinsam zu, wie die Sonne ihre Strahlen über London ausbreitete, und der Anblick war genauso schön wie rosa Champagner, Abschlussballkleider und neue Freunde.

»Oh mein Gott!« Annie wurde abrupt aus ihren Tagträumereien gerissen, als sie Polly auf das Geländer der Aussichtsplattform klettern sah. Ihr Herz machte einen erschrockenen Satz. George packte seine Schwester geistesgegenwärtig um die Taille, und sogleich stürzte ein Securitymann herbei.

Polly lachte nur. »Ach, jetzt sei nicht so verdammt langweilig, George! Ich will bloß weiter in die Ferne schauen.«

»Ma'am, Sie dürfen da nicht hochklettern, das ist viel zu gefährlich«, schaltete sich der Mann vom Sicherheitsdienst ein.

»Ist eigentlich so was von egal, schließlich sterbe ich sowieso.«

Ihr Lachen klang falsch, und Annie sah die Tränen in ihrem Gesicht. Und sie erkannte noch etwas anderes. Dass Georges Zynismus und sein eitles Getue aufgesetzt waren, dass sich dahinter Angst um seine Schwester verbarg. Wirkliche Angst.

## Tag 14: Tu gar nichts

*Annie, Annie, ruf den Notarzt, schnell!*

Annie befand sich in ihrem alten Haus. Die Sonne schien sanft durch die Ritzen der Jalousien. Sie hielt Jacob in ihren Armen, aber als sie auf ihn hinabblickte, sah sie, dass sein Gesicht blau war, die Haut beinahe durchsichtig, durchzogen von einem feinen Netz aus Adern. Und er war so kalt, so reglos ... Eine Wachspuppe, die genauso aussah wie ihr Baby. Es war ein Traum. Sie wusste, dass es ein Traum war, und sie kämpfte sich mühsam durch die Schichten aus Schlaf in die Realität zurück. Das war nicht echt, das war nicht real.

Sie setzte sich im Bett auf und warf einen Blick auf die Uhr. Schon wieder Sonntag. Costas war gestern ausgegangen und nicht nach Hause gekommen, sodass es in der Wohnung absolut ruhig war. Annie brühte einen Tee auf, machte sich ein pochiertes Ei auf knusprigem Toast und richtete das Ganze – mit Pollys Kommentar zu ihrem Geschirr im Hinterkopf – auf einem hübschen Teller an.

Anschließend setzte sie sich auf ihr mittlerweile pistazienfreies Sofa, wobei sie zufrieden feststellte, dass das einfallende Sonnenlicht keine Flut aus Staubflocken und Krümeln mehr beleuchtete. Immerhin ein Anfang. Wie das appetitliche Arrangement auf ihrem Teller, der einen fliederfarbenen Blütenrand hatte. Dazwischen das kräftige Gelb des Eidotters und das zarte Grün der Avocadoscheiben. Foodstyling nannte man so etwas. Bevor sie wusste, was sie da tat, schnappte sie sich ihr Handy und machte ein Foto, überlegte sogar, es auf Facebook zu posten.

Nein, das ging zu weit. Sie konnte unmöglich einer dieser Menschen werden, die Bilder von ihrem Frühstück ins Netz stellten.

Stattdessen stieß sie auf eine Nachricht von Polly, die sie, fröhlich und gut gelaunt wie immer, fragte, ob sie Lust hätte, diese Woche in die National Gallery zu gehen. Annie, immer noch verstört von dem Vorfall auf dem Shard, überlegte kurz, ob in der Kunstgalerie ebenfalls Gefahren lauerten. Die Krankheit schien Polly zunehmend überdrehter und leichtsinniger zu machen. Was irgendwie sogar nachzuvollziehen war. Was hatte Polly noch zu verlieren?

Nach kurzem Nachdenken kam sie zu dem Entschluss, dass sie der Freundin diesen Besuch schuldig war, zumal er zu ihrem Glückstageprojekt gehörte. Außerdem blieb Polly nicht mehr viel Zeit. Also sagte sie trotz ihrer Bedenken zu, bevor sie sich zurücklehnte, um die friedliche Ruhe eines faulen Sonntagmorgens zu genießen.

## Tag 15: Beende eine Aufgabe

»Und deshalb, um den erfolgreichen Abschluss des Bußgeld-projekts zur illegalen Abfallentsorgung zu feiern, wollen wir nach der Arbeit auf ein paar Drinks ins Shovel gehen«, ver-kündete Jeff und gab sich Mühe, ganz natürlich zu klingen, während er von seinen Karteikarten ablas. »Ich muss be-tonen, dass dies, gemäß der städtischen Diversitätsrichtlinien, auf eigene Kosten stattfindet und die Anwesenheit nicht ver-pflichtend ist. Dieses Projekt war eine echte Teamleistung, zu deren Gelingen jeder hier seinen Beitrag geleistet hat und ...«

Annie schaltete ab. Sie hatte mehr Zeit ihres Lebens mit Gedanken zur illegalen Abfallentsorgung verbracht, als sie sich je hätte vorstellen können. Sie war überrascht, dass sie in einen Pub gingen – die Stadtverwaltung war normalerweise so sehr darauf bedacht, allen nur denkbaren kulturellen Be-findlichkeiten, zu denen auch Alkohol beziehungsweise des-sen Verbot gehörte, Rechnung zu tragen, dass die Weihnachts-feiern auf den Januar verlegt worden waren, wenn wirklich niemandem mehr danach zumute war. Na ja, wer nicht woll-te oder durfte, konnte ja Mineralwasser trinken.

»Gehst du hin?«, flüsterte Fee, während Jeff mit seiner Leier fortfuhr.

»Oh! Ich weiß nicht so recht.« Sie hatte sich seit Jahren routinemäßig vor sämtlichen Veranstaltungen dieser Art ge-drückt. »Gehst du?«

Fee hatte dunkle Ringe unter den Augen. »Na ja, wenn du mitkommst ...«

Annie dachte daran, wie sie angestrengt Konversation mit

Jeff führen müsste, der ohnehin meist übers Fitnessstudio und die Arbeit schwafelte, wohingegen sie so tat, als würde sie Sharon nicht verabscheuen und Tims Mundgeruch nicht bemerken. Andererseits hatte sie nichts Besseres vor.

»Ich schätze, wir sollten mitgehen. Auf einen Drink, nicht mehr.«

»Nicht mehr als einen«, pflichtete Fee ihr lächelnd bei. »Immerhin ist es ein Abschluss, der es verdient, gefeiert zu werden. Ich weiß ja nicht, wie es dir geht, ich jedenfalls bin gottfroh, wenn ich den Ausdruck *illegale Abfallentsorgung* nie wieder hören muss.«

## Tag 16: Gönn dir etwas Kultur

»Ich liebe das«, erklärte Polly und hüpfte die Stufen zum Museum hinauf. Sie trug ein zitronengelbes Sommerkleid zu Ehren der Sonne, wie sie erklärte, die London in ihr strahlendes Licht tauchte und die Themse in ein glitzerndes Silberband verwandelte.

Da es allerdings noch März und entsprechend kühl war, ergänzte sie das gelbe Kleid durch eine lila Strumpfhose und grüne Schlangenlederstilettos sowie durch einen Vintagemantel mit Pelzkragen. Eine wilde Farbkombination, die ihr jede Menge ungläubige Blicke einbrachte. Hinzu kam, dass sie die ganze Zeit über in Stadionsprecherlautstärke redete, was ihren Aufmerksamkeitswert noch erhöhte.

»Ich habe meinen Abschluss in Kunstgeschichte gemacht«, hallte es durchs Foyer. »Und was hast du studiert?«

»Gar nichts«, erwiderte Annie gedämpft. »Ich bin direkt nach der Schule arbeiten gegangen. Weißt du, wir hatten nicht viel Geld, und meine Mum war zudem sowieso der Meinung, dass es das Beste sei, sich einen soliden Job bei einer Behörde oder so zu suchen. *Greif nicht nach den Sternen*, sagte sie immer.«

Sie hielt inne und fragte sich insgeheim, ob es da draußen eine andere Annie gab, in einer anderen Welt, die in Bibliotheken saß und über Literatur diskutierte, dicke selbst gestrickte Schals trug und buntes Herbstlaub unter ihren Fahrradspeichen aufwirbelte.

»Eigentlich war mein Studium ein Witz«, griff Polly den Faden wieder auf. »Im Grunde habe ich den lieben langen

Tag nichts anderes getan, als mir schöne Dinge anzuschauen. Meine Theorie ist nämlich, dass schöne Dinge anzuschauen, schöne Dinge zu riechen und schöne Dinge zu hören, dazu führt, immer Gutes zu denken und glücklich zu sein.«

Annie hatte da ihre Zweifel. Es war schlicht unmöglich, sich allein mit schönen Dingen zu umgeben. Es würde immer schäbige Busse geben und das hässliche Dröhnen von Pressluftbohrern, die den Straßenbelag aufbrachen. Und es würde immer den Tod geben. Wie sollte man den zu etwas Hübschem und Nettem umdeuten?

»Wie viel kostet das Museum?«, wechselte sie das Thema. Ihr monatliches Budget würde nicht lange reichen, wenn sie weiter mit Pollys Plänen Schritt halten wollte. Außerdem hatte sie sich für den heutigen Ausflug einen Nachmittag freinehmen müssen, was ebenfalls von ihrem Gehalt abging.

»Es ist umsonst! Warst du ernstlich noch nie da?«

»Ich kann mich ehrlich nicht erinnern.«

Ganz früher waren sie, Jane, Miriam und Zarah oder die »fabulösen vier«, wie Jane sie unbedingt nennen wollte, jeden Samstag in die Innenstadt gefahren. Zu einer Ausstellung, einer Shoppingtour oder in ein Restaurant. Nachdem dann all das Schreckliche passierte, war das abgebrochen. Von einem Tag auf den anderen. Eigentlich eine Schande: Da lebte sie in London, hatte Kultur im Überfluss praktisch vor ihrer Haustür, und alles, was sie tat, war, auf dem Sofa fernzusehen.

Polly packte ihren Arm und zerrte sie hinein. »Komm mit, damit du endlich die nackten Damen siehst, von denen ich dir erzählt habe.«

Gehorsam trottete Annie hinter der Freundin her, die lauthals, als würde sie das Objekt zum Kauf anpreisen, verkündete: »Und das hier ist Degas, ein alter Perversling. Aber schau dir diese hübschen Rotschöpfe an. Ich wünschte, ich hätte rotes Haar abbekommen, du nicht? Irgendwie bin ich überzeugt, dass man mit roten Haaren mehr Abenteuer erlebt. Sieh nur, wie schön er ihre Rücken gezeichnet hat, so zart und verletzlich. Und hier, Rubens: Das ist das Bild, das ich dir zeigen wollte.«

Annie betrachtete es stumm. Eine opulente Ansammlung von Hintern mit Grübchen, sich wölbenden Bäuchen und üppigen weißen Schenkeln. Polly hatte recht. Die Frauen sahen aus wie sie. Bis auf ihr strähniges Haar vielleicht.

»Und das galt damals als schön?«

»Dünn zu sein, bedeutete in früheren Zeiten, dass man arm war. Oder krank.« Polly wedelte in Richtung ihrer eigenen mageren Gestalt. »Das soll jetzt hier kein Skinny-Shaming werden. Ich wollte dir einfach mal vor Augen führen, dass das, was wir heutzutage heiß finden, in der Renaissance nicht heiß war. Die Vorstellungen von Schönheit ändern sich eben ständig.«

»Dann bin ich wohl in der falschen Epoche gelandet«, scherzte Annie. Sie konnte den Blick nicht von den schimmernden Nuancen der Haut lösen. Keine künstliche Bräune weit und breit – nichts als Rosa, Creme, Perlmutt und Elfenbein. Pralles, prächtiges Fleisch, lebendige Körper, denen man ansah, dass sie mit Milch und Honig und Wildbret genährt worden waren. Dann die Art, wie die Frauen sich hielten; stolz, kokett, mit einem Wort: hinreißend.

»Das hier ist mein Lieblingsbild.« Polly zog sie zu einem anderen Akt, dieses Mal war es eine liegende Frau, die von hinten zu sehen war und über einen Spiegel den Betrachter anblickte. »*Venus vor dem Spiegel* oder *Venus von Rokeby*. Diego Velázquez hat es um 1650 gemalt. Gott, ich liebe dieses Rosarot. Ich habe sogar versucht, den exakten Farbton für meine Brautjungfernkleider zu bekommen, habe ihn jedoch leider nicht gefunden.«

Annie wandte überrascht den Kopf. Es war das erste Mal,

dass Polly erwähnte, verheiratet zu sein. *Frag sie. Frag nach.* Doch sie traute sich nicht, fürchtete, die überbordend gute Laune der Freundin zu verderben, die völlig versunken das Gemälde betrachtete, als wollte sie sich jeden Zentimeter davon einprägen.

»Weißt du, was ich bedaure? Dass ich nicht jede Woche hergekommen bin und mir einzig und allein dieses Bild angeschaut habe. Ich glaube nämlich nicht, dass ich jemals genug davon bekommen könnte. Stattdessen habe ich mich mit lauter dämlichen Dingen abgegeben – mit Arbeitskollegen, die ich hasste, mit bescheuerten Internetartikeln, welcher Promi fett geworden war, mit irgendwelchen langweiligen Meetings und letztlich so unwichtigen Fragen, ob es nicht an der Zeit wäre, endlich mit Pilates anzufangen. Ich habe meine Zeit vergeudet, Annie.«

Was sollte sie darauf antworten? »Ich wette, du hast ebenfalls ein paar schöne, sinnvolle Sachen getan und erlebt.«

»Oh, das habe ich.« Sie seufzte. »Ich habe Sonnenuntergänge über dem Grand Canyon gesehen, den Taj Mahal, die schneebedeckten Alpen und so weiter und so fort. Trotzdem war es nicht genug. Wie kann es je genug sein? Ich will alles sehen, will nie aufhören zu schauen.«

Aus Angst, Polly könnte anfangen zu weinen, legte Annie sanft die Hand auf den Arm ihrer Freundin. Einen falschen Trost wie: *Es ist okay*, ersparte sie ihr, denn nichts war okay.

»Jetzt sind wir ja hier«, sagte sie, »und können es uns anschauen, so lange wie du magst.«

Polly atmete tief durch und lächelte. »Du hast recht. Wir sind hier und schauen es uns an. Es wird noch lange da hängen – lange, nachdem wir beide fort sind. Und die Dame darauf wird immer noch superheiß sein. Weißt du was, Annie? Was wir jetzt brauchen, ist der wichtigste Teil aller Museumsbesuche: der Souvenirshop. Und danach Kuchen.«

Auf dem Weg aus dem Museum blieb Polly so abrupt auf den Stufen stehen, dass eine Gruppe chinesischer Touristen sie um ein Haar umgerannt hätte.

»Was ist?«, erkundigte sich Annie besorgt, die gleich an Schlimmes dachte. Dass der Freundin übel war oder sie ein Objekt zum Klettern erspäht hatte oder ihr der Sinn danach stand, in aller Öffentlichkeit sämtliche Hüllen fallen zu lassen. Bei ihr wusste man schließlich nie.

»Hast du je den Film *La Dolce Vita* gesehen?«

»Na klar.« Annie atmete erleichtert auf, weil Pollys neueste Idee sich nicht gefährlich anhörte. »Ein Traum vom süßen Leben unter südlicher Sonne und Welten vom Londoner Alltag entfernt. Warum fragst du?«

»Da.« Polly streckte den Arm aus. »Das Wasserbecken mit den Brunnen – ein idealer Platz zum Tanzen.«

»Bist du verrückt? Das ist ja peinlich ohne Ende. Ganz davon abgesehen, dass das Wasser bestimmt total dreckig und für dich völlig ungesund ist.«

Polly ließ sich durch nichts zurückhalten. »Wie schrecklich, ich könnte ja krank werden! Und was dann? Los, Annie. Leben bedeutet nicht, den Stürmen auszuweichen, sondern zu lernen, im Regen zu tanzen. Wo ist deine Abenteuerlust geblieben?«

Die war verloren, rettungslos verloren. Allerdings wusste sie nicht, ob sie jemals eine gehabt hatte.

»Polly, nein, tu es nicht!«, rief sie der Freundin hinterher, die bereits dem niedrigen Becken zustrebte, das nahezu den ganzen Vorplatz einnahm und in dem Statuen eiskalte Wasserfontänen spien. Voller Entsetzen beobachtete Annie, wie sie anfing, ihren Mantel auszuziehen.

»Ich bin mir ziemlich sicher, dass das verboten ist«, versuchte sie Polly abzuhalten. Vergeblich, wie sie sogleich merkte. Verbote waren das Letzte, was die Freundin scherte.

»Gut. Hoffentlich werde ich verhaftet. Das ist nämlich auch etwas, das ich noch nie erlebt habe.«

»Aber ...«

»Sei kein Spielverderber, Annie. Hast du je in einem Brunnen getanzt?«

Natürlich nicht, welcher vernünftige Mensch würde auf diese Idee kommen.

»Oh Gott.« Polly hatte inzwischen Schuhe und Strumpfhose ausgezogen. Die Nägel ihrer Zehen waren silbern lackiert, an ihren dünnen Beinen zeichnete sich bläulich das Geäst der Adern und Venen ab.

Lachend stieg sie in das Becken. »Heilige Scheiße, ist das kalt! Los, mach endlich!«

Annie konnte sich nichts Schlimmeres vorstellen, als in kaltes, keimiges Wasser zu steigen. Wer wusste schon, was man sich da alles holen konnte.

Die Rettung nahte in Gestalt eines massigen Typen in neongelber Warnweste, der ein Funkgerät in der Hand hielt. »Ma'am, ich muss Sie bitten herauszukommen.«

Polly hielt ihr Kleid hoch und spritzte herum. »Warum?«

»Äh, wegen der Gesundheit und der Sicherheit«, erwiderte er sichtlich irritiert.

»Oh, keine Sorge. Wissen Sie, ich sterbe sowieso bald. Ich kann es Ihnen sogar schriftlich geben, wenn Sie wollen.«

Er schaute Hilfe suchend zu Annie, die ratlos mit den Schultern zuckte. »Tut mir leid, sie ist wirklich schwer krank ...«

»Sie müssen sie trotzdem da rausschaffen, bevor ich sie verhafte.«

»Sind Sie dazu überhaupt befugt?«

»Nun, nicht wirklich, ich müsste die Polizei rufen.«

Plötzlich hatte Annie das Gefühl, dass dies ein wichtiger Wendepunkt für sie war: Sie konnte jetzt beiseitetreten und ihn machen lassen, was seine Dienstvorschriften verlangten, oder sie konnte …

»Was tun Sie da?«, fragte der Mann völlig konsterniert. »Bitte unterlassen Sie das … Ma'am, hören Sie auf!«

Annie entledigte sich ihrer Stiefel und der dicken Strumpfhose und stieg zitternd wie Espenlaub über den Brunnenrand ins Wasser. »Jesus!«

Polly klatschte vor Begeisterung in die Hände. »Auf, Annie, auf!« Die Leute stießen einander an und fingen an, Fotos zu schießen, was Annie erwartungsgemäß furchtbar peinlich war.

Erst recht, als Polly ihre Hand nahm, sich verbeugte und sagte: »Darf ich um diesen Tanz bitten, Miss Hebden?«

»Um Himmels willen, Polly, nicht das noch …«

»Hab dich nicht so. Der Sinn des Ganzen besteht darin, im Brunnen zu tanzen und nicht bloß darin herumzuwaten.« Dann rief sie der umstehenden Menge zu: »Spielt uns ein Lied, und wir drehen eine Runde für euch!«

»Polly, nein, bitte nicht …«

Irgendjemand ließ eine blecherne Version von *New York, New York* auf seinem Handy laufen.

»Das ist die falsche Stadt«, rief Annie.

»Ist völlig egal. Komm her.« Polly schlang ihren Arm um sie und warf die Beine hoch in die Luft. Dann ein Platschen, und noch jemand war im Wasser gelandet. Am Brunnenrand machte sich unterdessen eine Gruppe spanischer Studenten bereit und krempelte die Jeans bis über die Knie hoch, während die ersten Eltern ihre Kinder ins flache Wasser stellten. Es war ein einziges Geplansche, Lachen und Kreischen. Der Song näherte sich seinem Ende, und die Leute sangen lauthals mit: »*New York, New Yoooooork!*«

Polly verbeugte sich atemlos lachend. »Das war der Hammer, ein echtes Happening!«

III

Die Menge zerstreute sich klatschend und lachend – der magische Moment war vorüber. Ein paar kurze Minuten, in denen wildfremde Menschen sich miteinander verbündet hatten, für Annie indes hatte es sich wie eine Ewigkeit angefühlt.

Polly schnappte immer noch nach Luft und musste vor Anstrengung husten.

»Geht es dir nicht gut?«, erkundigte sich Annie besorgt.

»Na ja, nicht wirklich. Aber das war es wert – das war so was von genial.«

»Gut, auf jeden Fall sollten wir dich jetzt ins Warme bringen. Tee und Kuchen?«

»Tee und Kuchen, klingt super.«

»Sind deine Füße mittlerweile trocken?«

Polly reckte einen ihrer knochigen Füße, die in Papierhandtücher gewickelt waren. »Ich sehe aus, als würde ich mich häuten.«

»Sag mir Bescheid, wenn dir zu kalt wird. Dr. Max hat gesagt, du musst vorsichtig sein.«

»Mir geht's gut! Prost.« Polly hob ihre Teetasse. »Weißt du was? Ich wünschte, ich hätte jeden Tag meines Lebens Kuchen gegessen. Wenn ich an all die Salate und Gojibeeren denke, die ich runtergewürgt habe, und daran, dass ich trotzdem mit fünfunddreißig sterben werde ... Was für eine Verschwendung. Ich schwöre dir, Annie, diese ungegessenen Kuchen werden mich bis ins Grab verfolgen. Von nun an heißt es, mindestens zwei Kuchen pro Tag. Ich arbeite an meinem Rubens-Hintern.«

Annie knabberte an einem zartrosa Fondanttörtchen, das beinahe zu hübsch war, um gegessen zu werden.

»Ich bin hier diejenige, die viel zu viel versäumt hat«, widersprach sie. »Allein die Tatsache, dass ich mich nicht wirklich erinnern kann, ob ich je zuvor in der National Gallery war oder nicht. Was habe ich schon aus meinem Leben gemacht? Wann habe ich zum letzten Mal mit Freunden gemütlich Tee getrunken?«

»Nach deinen Freunden wollte ich dich sowieso fragen. Wo sind sie?«

Annie blinzelte verdutzt, Pollys direkte Art war für sie nach wie vor gewöhnungsbedürftig. »Früher hatte ich welche, von der Schule und so ... Später habe ich den Kontakt verloren.«

Als das mit Jane passierte, war die ganze Clique auseinandergebrochen. Damals war es ihr egal gewesen, mittlerweile empfand sie es als Verlust – jeden Samstag, wenn sie allein daheim blieb, jedes Mal, wenn sie daran dachte, sich Urlaub zu nehmen, und einen Rückzieher machte, weil sie nicht die einsame Teilnehmerin bei einer Malexkursion für traurige Singlefrauen sein wollte.

»Apropos Freunde, was ist denn mit deinen?«, wollte sie im Gegenzug wissen. »Ich habe bisher niemanden kennengelernt.«

»Nun ja, um ehrlich zu sein, bin ich ihnen in letzter Zeit aus dem Weg gegangen.«

»Warum?«

»Ach, ich weiß nicht so genau. Vielleicht, weil mir besonders bei Begegnungen mit ihnen klar wird, wie sehr ich mich durch die Krankheit verändert habe. Und sie spüren das. Außerdem behandeln sie mich anders, so als wäre ich aus Porzellan. Ich wünsche mir, sie würden mich einfach mal zur Seite nehmen und mir sagen, dass meine Klamotten nicht zusammenpassen und dass sie mein Outfit scheiße finden. So wie vor meiner Krankheit. Es fühlt sich einfach ... unangenehm an.«

»Ich bin meinen Freundinnen ebenfalls aus dem Weg gegangen«, gab Annie zu. »Und zwar seit Langem. Zu lange wahrscheinlich, um sie nach wie vor als Freundinnen zu betrachten.«

»Du hast noch Zeit.« Polly schloss einen Moment verzückt die Augen, während sie den letzten Bissen von ihrem pistaziengrünen Macaron in den Mund schob. »Darum geht es bei der ganzen Sache, verstehst du? Mir bleibt nicht mehr viel Zeit, also will ich, dass andere Leute die Dinge tun, die ich nicht geschafft habe. Dass sie sich Kunstwerke anschauen, Kuchen essen. Oh, und das hier.« Sie griff in ihre Tasche, die über und über mit kleinen Spiegelchen bestickt war, und schob eine Eintrittskarte über den Tisch.

»Was ist das?«

»Das allerschönste Musikstück aller Zeiten. Ein Ohren- und Augenschmaus. Magst du mitkommen?«

»Ich weiß nicht ...«

»Bitte«, murmelte Polly, den Mund voller Erdbeer-Biskuit-Torte. »Ich liebe das Stück, und dies könnte meine letzte Chance sein, es zu hören.«

»Okay. Unter der Bedingung, dass ich dir den Kartenpreis zurückzahle. Ehrlich. Ich fühle mich langsam schlecht deswegen«, wandte sie ein und dachte an Georges Tirade über die Schnorrer und Schmarotzer im Umkreis seiner Schwester.

Polly verzog das Gesicht. »Annie, ich kann mein Geld nicht mitnehmen, wenn ich gehe. Also kann ich es genauso gut nutzen, um eine schöne Zeit mit meinen Freunden zu verbringen, findest du nicht?«

*Freunde.* Die ganze Zeit hatte Annie ausschließlich an die gedacht, die sie verloren hatte – dabei war ihr entgangen, dass da jetzt eine neue Freundin war. Ein fast nicht mehr erwartetes Wunder. Schließlich fand man mit fünfunddreißig nicht an jeder Straßenecke Freunde. Und dennoch war es ihr passiert, und zwar am absurdesten Ort überhaupt, der neurologischen Abteilung des Universitätskrankenhauses Lewisham.

»Na schön«, willigte sie verlegen ein. »Aber verplan mich bitte nicht ganz – immerhin habe ich einen Job, den ich gerne behalten möchte, obwohl er scheiße ist.«

Ein breites Grinsen überzog Pollys Gesicht, und Annie wurde klar, dass sie ihr soeben direkt auf ihren nervigen, lebensverbessernden Leim gegangen war.

»Vielleicht könntest du ja damit anfangen, eine deiner alten Freundinnen wiederzufinden. Damit du jemanden hast, wenn ich nicht mehr da bin.«

Darüber mochte Annie allerdings gerade nicht reden. Sie wollte in diesem Augenblick verweilen – glücklich, entspannt, mit dem Gefühl, einer richtigen Freundin gegenüberzusitzen. An das Ende zu denken, war zu schrecklich.

»Ich werde es mir überlegen«, sagte sie.

## Tag 17: Hör Musik

»Ich wusste nicht, dass das so eine schicke Veranstaltung ist. Warum hast du mir nicht gesagt, dass man sich stylen muss?«

Die Royal Festival Hall war voller älterer Paare in Smokings und bodenlangen Roben, die Weißwein becherten und sich lautstark unterhielten. Annie war wie üblich in schlichter schwarzer Hose und Pulli aufgekreuzt und fühlte sich völlig underdressed, während Polly in ihrem mit Kornblumen bedruckten Kleid passender, wenngleich ein wenig schrill angezogen war.

»Ach was, du siehst gut aus. Und wen kümmert es außerdem? Wir sind hier, um der Musik zu lauschen, und nicht, um irgendwelche Klamotten auszuführen.«

»Und was genau hören wir?« In der Eile hatte Annie vergessen, das Musikstück und den Komponisten zu googeln.

»Meinen absoluten Liebling, Ralph Vaughan Williams. Die Musik ist so unglaublich dramatisch und wunderschön. Ich schätze mal, die Snobs unter den Klassikfans würden behaupten, sie sei ein bisschen schmalzig, aber wen juckt's.«

Es gab selbst innerhalb der klassischen Musik noch Snobs? Annies Erfahrungen mit Musik waren nicht allzu groß, mit Klassik schon gar nicht. Und Konzerte hatte sie sich aus Geldmangel so gut wie nie leisten können. Eigentlich war ihr nur eine Aufführung von *Phantom der Oper* in Erinnerung geblieben sowie ein Take-That-Konzert in der O2-Arena. Folglich war sie durchaus ein wenig aufgeregt, als sie sich auf den teuren Plätzen weit vorne niederließen.

Es war ganz anders als bei einem Musical. Ehrfürchtige

Stille herrschte. Bestenfalls gedämpftes Gemurmel war zu vernehmen. Niemand hatte Getränke oder Süßigkeiten dabei, und niemand wischte auf seinem Smartphone herum. Hier spielte man in einer anderen Liga.

Die letzten Geräusche verstummten, als das schwarz gekleidete Orchester Einzug hielt, die Musiker zu ihren Instrumenten griffen, sie ein letztes Mal stimmten und ihre Notenblätter zurechtlegten. Sie sahen unglaublich konzentriert aus. Hoffentlich musste sie an einer total erhabenen Stelle nicht husten, schoss es Annie durch den Kopf, die wieder mal befürchtete, sich nicht angemessen zu benehmen.

»Es geht los«, wisperte Polly, während Annie die Sessellehne umklammerte und sich bemühte, einen drohenden Niesanfall zu unterdrücken.

Er verging, sobald sie die wuchtige Musik vernahm, die tiefen Basstöne, das immer wiederkehrende, von verschiedenen Instrumenten aufgenommene Leitmotiv. Es war ein Urerlebnis für Annie, diese Musik, die ihre Ohren versengte, deren tiefe Töne ihren Bauch vibrieren ließen.

Als schließlich die letzten Töne verklangen, wandte Polly sich zu ihr um. »Und?«

»Es war gut, einfach toll«, stammelte sie überwältigt. »Das Beste, was ich je in meinem Leben gehört habe.«

»Hast du gerade einen *Pretty-Woman*-Moment? Tut mir echt leid, ich kann dir keinen Trip mit einem Privatjet bieten, doch dafür musst du keinen käuflichen Sex mit mir haben.« Polly redete unbekümmert drauflos, scherte sich nicht um die indignierten Blicke des betagten Ehepaars hinter ihnen.

Dann der nächste Schock. Das Orchester machte sich gerade wieder bereit, als auf einmal die unverkennbaren Anfangsakkorde von *Like a Virgin* ertönten. Pollys Handy. Während sich rundum Empörung breitmachte und Annie am liebsten im Boden versunken wäre, angelte die Verursacherin des Aufruhrs ihr Telefon ruhig und entspannt aus ihrer Tasche und drückte auf *Ablehnen*. Zuvor allerdings hatte Annie den Namen Tom auf dem Display aufleuchten gesehen.

Polly schien das alles amüsant zu finden. »Ich glaube, wir stehen kurz davor, aus dem Saal geworfen zu werden. Komm, lass uns ein paar Churros kaufen. Wir können an der Themse spazieren gehen und über die Leute ablästern.«

Sie bahnten sich ihren Weg hinaus, begleitet von fünfhundert missbilligenden Augenpaaren. Dennoch fand Annie es nicht ganz so schlimm, wie sie gedacht hatte.

## Tag 18: Nimm dir Zeit für einen Plausch

»Was hörst du da?«, fragte Sharon, die sich neben Annies Schreibtisch herumdrückte.

Hastig zog Annie ihre Ohrstöpsel raus. Sie hatte sich das Stück von Ralph Vaughan Williams hochgeladen, und der Klang der Melodie berauschte erneut ihre Ohren. »Oh, nichts.«

»Wir sollen keine Kopfhörer aufhaben. Was, wenn ich etwas von dir brauche?«

Annie hätte anmerken können, dass Syed seine Kopfhörer den lieben langen Tag aufsetzte und sie sogar aufs Klo mitnahm, stattdessen erwiderte sie: »Gib mir einfach einen Wink, wenn du was brauchst, Sharon. Oder schreib mir eine E-Mail.«

Widerwillig trollte Sharon sich und nahm mit knackenden Gelenken an ihrem Schreibtisch Platz. »Früher war das anders. Welchen Sinn hat es, zusammen im Büro zu sitzen, wenn ich dir E-Mails schicken muss? Unsozial nennt man das ...«

Annie verstand sie kaum, da das ansteigende Schluchzen der Violinen das unwirsche Räsonieren der Kollegin übertönte. Und eigentlich interessierte es sie auch nicht mehr.

## Tag 19: Leg dir ein Haustier zu

»Schau! Ist er nicht putzig?«

Annies Blick wanderte zu Pollys Füßen, die in schwindelerregend hohen, silbern schimmernden Plateauschuhen steckten. Welcher normale Mensch konnte bitte schön auf so etwas gehen, fragte sie sich und gab sich gleich die Antwort, dass Polly ja kaum als normal zu bezeichnen war.

»Das ist ein Hund.«

»Ein Welpe.« Polly beugte sich hinab, um das zappelnde kleine Wesen hochzuheben. Es war ein Boxer, gedrungene Nase, feuchte dunkle Augen, und er verströmte einen strengen Geruch nach nassem Fell. »Er heißt Buster.«

»Aber wo hast du …?«

»Oh, ich bin heute aufgewacht, und da fiel mir ein, was ich schon immer mal haben wollte. Einen süßen Welpen! Also bin ich los und habe mir einen von einem Typen in Gumtree geholt. War ganz einfach.«

»Und wie viel hast du …?«

»Oh, achthundert oder so.« Polly machte Luftküsse und zog alberne Grimassen vor dem kleinen Wicht, der ein hohes Fiepen von sich gab.

Achthundert Pfund. Für Annie beinahe eine Monatsmiete – sie gab sich große Mühe, nicht die Augen zu verdrehen.

»Polly, du weißt, dass du einen Hund an einen Ort mitgebracht hast, an dem sich lauter kranke Menschen befinden? Oder ist dir nicht klar, dass wir hier in einem Krankenhaus sind?«

»Ach, kein Problem. Ich bin sicher, dass er sich nichts Schlimmes einfangen wird.«

»*Polly*. Wie hast du ihn überhaupt hier reingekriegt?«

»In meiner Handtasche«, gab sie trotzig zurück. »Ich dachte mir, dass er die Leute etwas aufheitern könnte. Es ist so deprimierend hier drin.«

»Mag ja alles sein. Aber jetzt mal im Ernst, schau dir an, was er tut.«

»Ups.« Buster, der sie unschuldsvoll mit großen Augen ansah, machte gerade Pipi. Polly hielt ihn von sich weg, während sich eine kleine Pfütze auf dem Flurboden bildete, der ironischerweise selbst die Farbe von Urin hatte.

»Ich hole Dr. Max«, sagte Annie.

Sie fand ihn kniend vor dem Snackautomaten, einen Arm in der Maschine und einen Ausdruck tiefster Konzentration auf dem Gesicht. »Alles in Ordnung?«

»Psst! Das ist ein äußerst heikles Manöver«, erklärte er, und als endlich ein KitKat-Riegel herunterfiel, streckte er triumphierend einen Arm in die Höhe. »Das nenne ich Chirurgenhände, du gemeiner, diebischer Versagerautomat.« Entschuldigend sah er Annie an, die ihn verständnislos beobachtete. »Ich habe bezahlt! Er ist nicht rausgekommen. Und ich hatte heute noch kein Mittagessen.«

»Ich sage ja gar nichts. Allerdings brauche ich Ihre Hilfe.«

»Was ist es denn?«, fragte er und biss in den krümelnden Schokoriegel.

Annie berichtete von Pollys neuester Schnapsidee.

Seine Miene verfinsterte sich. »Na gut. Bringen Sie mich zu ihr.«

Zehn Minuten später hatte er eine schmollende Polly ins MRT geschickt, nachdem er ihr einen Vortrag über das Infektionsrisiko bei Welpen gehalten hatte. Jetzt kroch er auf allen vieren über den Boden und wischte Busters Hinterlassenschaft mit einer Rolle blauer Papiertücher auf. Der kleine Übeltäter sah zu und war sich keiner Schuld bewusst.

»Kann ich Ihnen irgendwie helfen?«, bot Annie an.

»Nein. Ist gleich erledigt. Diese verfluchten Massenzüchter, die ihre Hunde als Gebärmaschinen halten. Absolut verantwortungslos. Der arme kleine Wurm ist noch gar nicht so weit, von seiner Mama getrennt zu werden.«

»Ich verstehe nicht, warum sie überhaupt ...«

»Enthemmung.« Er setzte sich auf seine Fersen und seufzte. »Das ist kein gutes Zeichen, Annie. Es bedeutet, dass der Tumor weiter an ihr nagt und inzwischen die Teile ihres Gehirns, die für die Impulskontrolle und das Urteilsvermögen zuständig sind, erreicht hat. Sie wissen doch, wie es aussieht, wenn man ein Bild mit kleinen Pünktchen sprenkelt? Das ist es, was gerade in ihrem Hirn passiert.«

Annie nickte und spürte einen Kloß in ihrem Hals. »Sie hat neulich in einem Brunnen getanzt.«

»Sehen Sie, Kontrollverlust. Ein schlechtes Zeichen.«

»Aber oberflächlich gesehen, scheint es ihr gut zu gehen. Die meiste Zeit wirkt sie glücklich.«

Er schüttelte den Kopf. »Das ist kein Glück, das ist Euphorie. Dazu kommen der Gedächtnisverlust und die Stimmungsschwankungen, die wir als Affektlabilität bezeichnen.«

»Und?«

»Das hier ist kein beflügelnder *Mach-das-Beste-aus-deinem-Leben*-Film, Annie. Das, was Sie hier mitbekommen, ist eine ernsthafte Hirnschädigung.«

»Ich habe ebenfalls im Brunnen getanzt.«

Seine buschigen Augenbrauen zuckten empor. »Ich hätte Sie nicht gerade der Brunnentanzfraktion zugeordnet.«

»Nein, ich mich genauso wenig. Eigentlich weiß ich gar nicht, wie das passieren konnte. Schätzungsweise wollte ich sie davon abhalten, etwas vollkommen Überdrehtes zu tun.«

Er nickte. »Sie haben einen guten Einfluss auf sie. Mal abgesehen vom Tanzen. Irgendwie gelingt es Ihnen, sie davon abzulenken, was wirklich mit ihr los ist. Hält sie auf einem ausgeglichenen Level.«

»Also wird es schlimmer?«

»*Aye.* Und es wird immer schlimmer werden. Annie, Sie weinen doch nicht etwa?«

»Es ist nur ...« Sie schluckte. »Ich muss an den armen Welpen denken, er hat keine Mama mehr, und bei Polly darf er nicht bleiben.«

»Ich werde gleich morgen versuchen, ihn zurückzubringen, und diesem verfluchten Züchter gründlich meine Meinung geigen«, versprach der Arzt. »Bis dahin kann er bei mir im Büro bleiben – und ich werde ihm sogar ein Körbchen besorgen.«

»Soll ich Sie morgen zu dem Züchter begleiten?«

Er sah sie überrascht an. »Müssen Sie nicht arbeiten?«

»Es ist Samstag.«

»Oh, stimmt, ich verliere hier drinnen jegliches Zeitgefühl.« Er lächelte, und sein Blick wurde weich. »Sofern Sie den Part mit dem Verprügeln übernehmen, gerne. Ich muss meine Hände schützen, um medizinische Wunder zu vollbringen. Haben Sie zufällig einen brauchbaren rechten Haken drauf?«

»Ich kann meinen Mann stehen, wissen Sie. Wenn man im schlechten Teil von Lewisham aufgewachsen ist ...«

»Na, dann bestehe ich geradezu darauf, dass Sie mich begleiten.«

»Das war total unfair von McGrummel, mir den armen Buster wegzunehmen«, beschwerte Polly sich, als sie von der

Untersuchung zurückkam. Auf dem Weg zum Ausgang blieb sie immer wieder stehen, um Leuten zuzuwinken und sich nach ihrem Wohlbefinden zu erkundigen.

»Hey Paul, wie geht's dem Knöchel? Mach nächstes Mal lieber langsam auf dem Spielfeld!« – »Mercy! Warst du beim Friseur?« Reinigungskräfte, Verwaltungsangestellte, Fachärzte, Pflegepersonal – Polly schien Gott und die Welt zu kennen.

»Ich bin sehr wohl in der Lage, mich um einen Welpen zu kümmern«, beharrte sie. »Er hat kein Recht, das Gegenteil zu behaupten.«

»Wann hast du es eigentlich geschafft, all diese Leute kennenzulernen?«, wechselte Annie das Thema, als Polly einem Pförtner zuwinkte.

»Ach, ich habe inzwischen hier so viel Zeit verbracht – erst die OP, dann die Bestrahlung und Chemo, MRT, Blutabnahmen … Im Ernst, ich hole echt alles aus meiner Krankenversicherung heraus.«

Etwas unbeholfen fragte sie: »Kennst du eigentlich Dr. Max näher? Ist er … du weißt schon?« Annie spürte, wie sie rot wurde. Sie hasste es, denn bei ihr war das kein zarter, rosiger Hauch, sondern eine knallrote Explosion. »Ist er verheiratet oder so? Ich meine, er scheint mehr oder weniger im Krankenhaus zu leben.«

Polly lachte los. »Annie, du kleines Luder. Bist du etwa in Dr. McGrummel verknallt?«

»Nein, nein, bin ich nicht. Ich habe mich lediglich gefragt, wie wohl das Privatleben der Ärzte hier ausschaut. Sie scheinen echt viel zu arbeiten.«

»Annie und Max, verliebt, verlobt, ver…«, sang Polly.

»Psst!« Annie sah sich erschrocken um.

»Ich weiß nicht, ob er verheiratet ist. Mit seiner Arbeit, nehme ich an. Wie auch immer, Annie, wir haben keine Zeit, uns zu verlieben, wir müssen erst das mit dem Leben erledigen! Selbst wenn er versucht, mir jeglichen Spaß daran zu nehmen.«

Sie dachte an Dr. Max' Ratschlag, Polly auf einem ausgeglichenen emotionalen Level zu halten. »Hör mal, tut mir leid wegen dem Hund. Aber es gibt noch andere spaßige Dinge, die wir tun können. Was würdest du gerne als Nächstes ausprobieren?«

»Um ganz ehrlich zu sein, würde ich dich richtig gerne komplett umstylen.«

Annie stöhnte auf. »Echt? Das ist so was von unsinnig. Meinst du, es wird etwas Grundlegendes ändern, wenn ich mir ein bisschen Lippenstift ins Gesicht schmiere?«

Polly hakte sich bei ihr unter, und Annie hoffte inständig, dass kein Hundepipi mehr an ihrem Arm war. »Hör zu, ich verstehe, was du sagen willst. Mir ist klar, dass mein Vorhaben etwas anmaßend ist. Trotzdem: Es gibt so viele verschiedene Looks auf dieser Welt, so viele Klamotten, so viele Haarfarben, so viele Sorten Make-up. Dabei habe ich mein ganzes Leben damit vergeudet, immerzu dieselben Sachen zu tragen. Hosenanzüge, Etuikleider. Jeans, Jeans und noch mehr Jeans. Yogahosen. Ein und denselben Barry-M-Eyeliner. Deshalb versuche ich jetzt, alles Mögliche aus meinem Kleiderschrank zu kramen und bunt durcheinander anzuziehen, verstehst du? Trägst du eigentlich immer Schwarz?«

Annie sah an sich herab, auf die schwarze Hose und die graue Bluse. »Es ist einfach unkomplizierter. Spart morgens eine Menge Zeit.«

Bereits als sie es sagte, wusste sie, dass es eine faule Ausrede war. Schließlich hatte sie früher anderes bevorzugt, oder nicht? Allein als sie schwanger war, hatte sie sich zahllose Umstandskleider gekauft – weil sie die sich wandelnde Silhouette ihres Körpers liebte und das, was sie verhieß.

»Das wird bestimmt total spaßig«, überredete Polly sie

weiter. »Was glaubst du wohl, warum ich mich so schreiend bunt anziehe?« Sie zupfte an ihrem Outfit: einem kurzen pinkfarbenen Rüschenkleid zu einer orangefarbenen Strumpfhose. »Mir bleibt nicht mehr viel Zeit, Annie. Ich werde womöglich nie wieder Hosenröcke oder Cowboystiefel tragen können. Es heißt, jetzt oder nie. Also, bist du dabei? Und denk dran: Wenn Plan A nicht aufgeht, haben wir immer noch fünfundzwanzig andere Buchstaben zur Auswahl.«

Was sollte sie dem entgegensetzen? Polly war dabei zu sterben – die Krebskarte, die sie ausspielte, war kein Bluff, sondern Wirklichkeit. Das Mindeste, was Annie für sie tun konnte, war, sich in ein dämliches Kleid stecken zu lassen. »Na schön. Komm bei mir vorbei, dann können wir uns kostümieren, die Nägel lackieren oder so.«

»Super. Ich bringe Brownies mit.«

»Bitte, wir sind doch keine neun Jahre alt«, protestierte Annie. »Das ist keine Pyjamaparty, bei der ...«

Sie erstarrte. *Los, beweg dich. Versteck dich. Schnell,* mahnte sie sich, aber ihre Beine rührten sich nicht von der Stelle. Sie war wie gelähmt, während sie den Mann anstarrte, der am Tresen des Imbissstands saß. Obwohl sie nicht sehen konnte, was er trank, wusste sie, was es war. Latte macchiato, ein Löffel Zucker. Einen halben, wenn er gerade dabei war abzunehmen. Er trug Jeans und ein grünes Poloshirt, aus dem kräftige, gebräunte Arme hervorschauten.

*Seine Stimme, die über den Flur brüllt: »Annie, ruf den Notarzt!« Ihre Hand, die hektisch zwischen den Laken nach dem Handy tastet, während sie Mühe hat, die Nummer zu wählen, und Panik sie durchströmt ...*

Polly wedelte mit der Hand vor ihrem Gesicht herum. »Annie? Alles okay mit dir? Du wirkst so weggetreten.«

Langsam kam sie wieder zu sich und hastete weiter, während Polly in ihren unpraktischen Schuhen hinterherstakste und kurz stehen blieb, um einem Assistenzarzt zuzuwinken.

»Oh, hey, Kieran, heute wieder Nachtschicht? Vergiss nicht, dieses Nahrungsergänzungsmittel zu probieren, von dem ich dir erzählt habe. Das ist super, um die Melatoninproduktion anzukurbeln.«

Annie sank auf einem grünen Plastikstuhl zusammen. Die Geräusche des Krankenhauses spülten über sie hinweg – quietschende Rollen, piepsende Monitore, hastige Schritte. Leben, die zu Ende gingen. Leben, die gerade erst ihren Anfang nahmen.

»Was ist denn los mit dir?«, fragte Polly.

»Ich … Da war jemand, den ich sehr lange nicht gesehen habe.«

»Wer? Dein verloren geglaubter Vater? Deine einzig wahre Liebe? Du bist ja ganz durcheinander.«

»Nein. Nein, mir geht's gut. Ein bisschen flau vielleicht, weil ich nichts zu Abend gegessen habe. Ich sollte besser heimgehen.«

Sie sprang auf und ging schnellen Schrittes auf den Ausgang zu, den Kopf gesenkt, das Gesicht halb von ihrem Schal verdeckt, wenngleich sie nicht glaubte, dass er sie überhaupt bemerken würde. Sie war sich ziemlich sicher, dass er nie mehr einen einzigen Gedanken an sie verschwendete.

## Tag 20: Probier einen Extremsport aus

»Ist es das?«, fragte Annie nervös.

Sie saßen in Dr. Max' Auto, das, genauso wie sein Besitzer, etwas derangiert aussah, und sie meinte sogar, Toffee-Crisp-Krümel in den Polsterritzen zu erkennen. Sie hatten vor einem Schrottplatz in Deptford angehalten, doch weit und breit war niemand zu sehen. Zwischen ausgebrannten Autowracks lagen Berge von Bauschutt herum, und aus einem Bürocontainer drang ein Rihanna-Song.

Der Arzt gab ein Knurren von sich. »Ich kann nicht glauben, dass sie ganz allein hergefahren ist. Manchmal denke ich, das Mädel hat einen echten Dachschaden, abgesehen von ihrem Hirntumor.«

»Soll ich reingehen?«

Annie hatte Buster zu ihren Füßen abgelegt, wo er hin und wieder leise fiepende Töne von sich gab.

»Nein, lass uns das gemeinsam machen. Ich bin mir nicht sicher, wie vertrauenswürdig das hier ist.«

Sie waren während der Fahrt zum Du übergegangen und hatten Witze über Prügeleien gerissen, aber Annie war tatsächlich nervös, als sie Buster in ihren Mantel wickelte und aus dem Auto stieg. Bis auf das Gedudel des Radios und das Knirschen rostigen Metalls im Wind herrschte Stille.

»Hallo?«, rief sie.

Nichts.

Entschlossen schritt Dr. Max auf den Container zu. Seine Hemdzipfel hatten sich aus dem Hosenbund gelöst und flatterten hinter ihm her.

»Hallo! Hallo, ist da jemand?«

Die Tür öffnete sich mit einem leisen Quietschen, und ein finster dreinblickender Kerl trat heraus, der sich die Hände an einem schmuddeligen Lappen abwischte. Er trug eine enge schwarze Steppweste, die seine kräftigen Arme, die den Umfang von Baumstämmen hatten, freiließen.

»Was woll'n Se hier?«, fragte er barsch.

»Meine Freundin hat gestern diesen Welpen bei Ihnen gekauft, leider kann sie ihn nicht behalten ... Sie hat nämlich Krebs, wissen Sie.«

»Is nich mein Bier.«

»Er ist viel zu jung, um von seiner Mutter getrennt zu sein«, schaltete sich Dr. Max ein. »Wo ist die Hündin überhaupt?«

»Hab se auch verkauft.«

»Ich fasse es nicht. Haben Sie überhaupt eine Zuchtlizenz?«, empörte Annie sich.

Der Mann verlagerte kaum merklich sein Gewicht, wobei seine Armmuskeln zuckten. Annie drückte Buster fester an ihre Brust und wich ein Stück zurück. Sie konnte das Schlagen seines kleinen Herzens durch ihren Pulli spüren, und ihr eigenes klopfte nicht weniger aufgeregt.

»Dr. Max, vielleicht sollten wir ...«

»Nein, ich lasse mich nicht einschüchtern, zumal dieser Kerl illegale Geschäfte macht.«

Der Mann stieß einen schrillen Pfiff aus, als würde er einen Hund rufen, und prompt traten zwei andere Kerle auf den Vorplatz. Annie erstarrte.

»Eine Schande ist das, was Sie hier treiben«, legte der Arzt los. »Ich werde Sie dem Veterinäramt melden und erwarte außerdem die volle Erstattung des Kaufpreises an meine Patientin sowie ...«

»*Dr. Max!*« Annie zog sich ganz langsam Richtung Wagen zurück. »Ich glaube, wir sollten gehen.«

Aber er machte keine Anstalten zu weichen. Er war kräftig gebaut, jedoch nicht annähernd so wie die drei Muskelprotze, die ihn nun umzingelten. Annie sah ihn bereits vor ihrem inneren Auge hilflos auf dem Boden liegen, das Gesicht zu Brei geschlagen. Dabei war es so ein attraktives Gesicht.

»Bitte!«, rief sie an den Anführer gewandt. »Er ist so außer sich, weil meine Freundin Krebs hat. Schließlich ist er ihr Arzt, verstehen Sie?«

Der finstere Kerl sagte nichts, neigte indes den Kopf, als würde er zuhören.

»Dr. Fraser ist ein großartiger Arzt. Er hilft so vielen Menschen. Bitte, tun Sie ihm nichts … Er ist Chirurg und muss auf seine Hände aufpassen.«

»Er is 'n richtiger Arzt?«

»Ja, und ein sehr guter zudem.«

»Ich bin übrigens auch noch hier, Annie«, meldete sich Dr. Max zu Wort.

Sie bedachte ihn mit einem warnenden Blick. »Psst! Am besten wir nehmen den Hund wieder mit und verlieren kein Wort mehr drüber.«

»Vergiss es, ich werde nicht wegrennen, ich …«

»*Halt die Klappe, Dr. Max!*«

Einer der Männer, der kräftigste von allen, kam näher und legte die Hände um seine Gürtelschnalle. Annie hatte keine Ahnung, was er vorhatte. Wollte er Max damit eins überziehen? In diesem Moment knöpfte er seine Jeans auf und ließ sie fallen.

»Seh'n Sie das, Herr Doktor? Was isses?«

Irritiert starrte der Neurologe auf den haarigen Hintern, den ihm der Typ entgegenstreckte. »Nun, das ist ein Leberfleck.«

»Isser gefährlich?«

»Das kann ich nicht genau sagen.« Max kniff die Augen

130

zusammen. »Scheint mir in Ordnung zu sein, falls er sich in letzter Zeit nicht verändert hat.«

»Nein. Is alt.«

»Gut. Vielleicht sollten Sie ihn von einem Hautarzt überprüfen lassen. Vorsichtshalber. Aktuell allerdings besteht kein Anlass zur Sorge, nein.«

Der Kerl zog seine Hose wieder hoch, und die drei Männer wechselten einen vielsagenden Blick. Der Anführer ging in den Container und kam kurz darauf mit einer Handvoll schmieriger Geldscheine zurück.

»Is die Hälfte«, knurrte er. »Kann den Köter nicht zurücknehmen. Kein Platz.«

»Wir nehmen ihn mit«, erklärte Annie hastig. »Er kann eine Weile bei mir bleiben. Das geht in Ordnung.«

Wie sie einen Welpen in einer winzigen Wohnung im zehnten Stock halten sollte, war ihr zwar schleierhaft, doch sie wollte hier weg, bevor die Situation erneut eskalierte und sie Dr. Max noch vom Boden aufkratzen musste.

»Bitte, Dr. Max«, zischte sie ihm zu. »Deine Patienten brauchen dich, Polly braucht dich.«

»Ich könnte es mit diesen Kerlen aufnehmen …«

»Das weiß ich«, versicherte Annie völlig gegen ihre Überzeugung. »Trotzdem sollten wir es einfach gut sein lassen.«

Er nickte widerwillig, die Hände immer noch zu Fäusten geballt. »Schaffst du es wirklich, dich um den Welpen zu kümmern? Ich würde es ja selbst tun, nur bin ich so gut wie nie daheim, und das wäre dem armen Kleinen gegenüber nicht fair.«

»Natürlich schaffe ich das irgendwie. Bitte, können wir jetzt gehen?«

Endlich drehte er sich um, und Annie saß so schnell wieder im Wagen, dass sie mit Leichtigkeit den Hundertmetersprint an der Schule gewonnen hätte, statt als Letzte einzulaufen wie im echten Leben. Sie hielt Buster nach wie vor fest an sich gedrückt, wogegen der Welpe, der hechelnd seine rosa Zunge heraushängen ließ, offenbar nichts einzuwenden hatte.

»Sieht so aus, als wärst du auf den Hund gekommen«, scherzte Dr. Max, als er den Motor anließ. »Wir sollten wohl besser bei einem Zoofachgeschäft vorbeifahren.«

## Tag 21: Lass dich umstylen

»Na, bereit für Ihr Shooting, Miss Hebden?«

»Nicht einmal annähernd. Aber komm rein.« Annie hielt Polly die Tür auf.

Die Freundin sah aus, als wäre sie einem Kriegspropagandaplakat der Vierzigerjahre entsprungen: petrolblauer Wollpullover, knallroter Lippenstift, Kopftuch. Annie selbst steckte noch in Pyjamahose und Hoodie. Vielleicht hatte Polly ja recht, und sie brauchte tatsächlich eine Komplettverwandlung.

»Wärst du so lieb und würdest mir damit helfen?« Polly mühte sich mit einem riesigen Koffer ab. »Oh, schau einer an, da ist ja mein kleines Baby!« Sie stürzte sich auf Buster und ließ sich von ihm das Gesicht abschlecken.

»Ist das nicht zu riskant?«

»Ach, jetzt fang du nicht auch noch an. Ich sterbe so oder so. Und ich trete viel lieber ab, nachdem ich diesen kleinen Schatz hier geknuddelt habe.«

Der kleine Schatz war ganz schön anstrengend. Annie und Costas waren letzte Nacht zehnmal aufgestanden, um Buster mit dem Aufzug nach unten zu fahren, damit er pieseln konnte, und das, obwohl Costas um fünf aufstehen musste. Doch aller Vorsicht zum Trotz hatte Annie nach dem Aufstehen mehrere verdächtig aussehende Pfützen entdeckt und alle Fenster aufreißen müssen, um den Gestank rauszukriegen. Glücklicherweise hatte Costas den Welpen voller Entzücken aufgenommen und nannte sich selbst bereits »*Papa*«. Dennoch konnte Buster nicht für immer bleiben.

Beim Anblick des Koffers beschlich Annie ein mulmiges Gefühl. »Wollten wir nicht bloß Pediküre machen und *Orange is the New Black* gucken?«

Polly lachte. »Netter Versuch, du kennst schließlich mein Motto: Geh aufs Ganze oder geh nach Hause.«

»Ich bin zu Hause«, verteidigte Annie sich, wenngleich sie wusste, dass Murren zwecklos war. Und insgeheim war sie sogar ein bisschen aufgeregt, als sie sah, was für Stoffe Polly aus dem Koffer zog. Kunstpelz. Seide. Rote, grüne und lila Farbmuster.

Dann wurde sie einer kritischen Musterung unterzogen. »Also gut. Zuerst die Basics. Wann hast du dich das letzte Mal um deine Füße gekümmert?«

Zehn Minuten später wurde Annie, in nichts als ein Badetuch gewickelt, unter lautem Protest eine übel brennende Enthaarungscreme auf ihre Bikinizone geschmiert, während ihre Füße in einer Plastikschüssel eingeweicht wurden und Buster daneben seelenruhig an ihren Schuhen nagte. Sie hatte versucht, Polly weiszumachen, dass ihre mangelhafte Körperpflege ein feministisches Statement sei, was Polly mit einem Heben ihrer durch die Chemo stark reduzierten Augenbrauen quittiert hatte.

»Ach wirklich? Liegt es nicht eher daran, dass du seit Jahren niemanden mehr an dich rangelassen hast?«

»Beides«, räumte Annie verlegen ein und zuckte zurück, als Polly sich ihr mit einer Art überdimensioniertem Tesafilm näherte. »Was ist das?«

»Nichts. Oh mein Gott, was ist denn das dort drüben?« Aufgeregt wedelte Polly mit der Hand in Richtung des Fensters.

»Was?« Annie drehte den Kopf zur Seite, und im selben Moment klatschte Polly etwas auf ihr Bein und zog es genauso rasch wieder ab. »Heilige Mutter Gottes! Was war das?«

»Wachs, du Dummerchen. Wir bringen es besser zu Ende, sonst hast du einen hässlichen kahlen Streifen auf dem Bein.«

»Ich hasse dich«, stöhnte Annie, aber es war noch lange nicht ausgestanden. Ihre Füße wurden gnadenlos geschmirgelt und poliert, ihre Zehennägel geschnitten, ihre Fingernägel gefeilt.

Polly kam gar nicht mehr aus dem Kopfschütteln heraus. »Wie konntest du dich so vernachlässigen? Ich meine, du hast deine Nägel immerhin jedes Mal gesehen, wenn du auf deine Computertastatur geschaut hast, oder nicht?«

Was sollte sie erwidern? Dass es ganz einfach war, Dinge zu ignorieren, die man nicht sehen wollte? Dass es überdies in Anbetracht des großen Ganzen total egal war, ob man runtergekaute Fingernägel hatte oder die Haut drum herum rot und eingerissen war. All das hätte sie vorbringen können, ohne es zu tun. Und dass sie es deshalb nicht tat, weil eine gipsartige Gesichtsmaske sie angeblich am Sprechen hinderte, war ein weiterer frommer Selbstbetrug.

»Es geht dabei nicht allein um Schönheit«, predigte Polly, »sondern darum, sich um sich selbst zu kümmern. Ich meine, wie sollst du dich gut fühlen, wenn dein Haar total fettig ist und deine Hände rau und rissig sind?«

Annie bekam gerade die Augenbrauen gezupft, als die Wohnungstür aufging. Costas. Sie hatte gehofft, er werde gleich nach Ende seiner Schicht um die Häuser ziehen. Er trug immer noch sein Arbeits-T-Shirt und roch nach Kaffee. »Hallo Polly!«

»Hey, du.« Polly und er küssten sich auf die Wangen. »Ich bin gerade dabei, deine hübsche Mitbewohnerin aufzustylen.«

Costas klatschte entzückt in die Hände. »Meine Schwestern machen das auch. Früher ich habe immer die Finger angemalt.«

Zehn Minuten später starrte Annie peinlich berührt zur

135

Decke, während Polly ihre Fingernägel mit einem schimmernden Goldton versah und Costas ihre Zehen silbern lackierte. Dass ihr praktisch gerade der Pubertät entwachsener Mitbewohner eines Tages zwischen ihren Knöcheln knien würde, hätte sie sich wahrlich nie träumen lassen. Buster saß daneben und schien das alles ziemlich spannend zu finden.

»Sind wir bald so weit?«, fragte Annie. »Um zehn Uhr fängt *Grey's Anatomy* an …«

»Wir sind nicht einmal annähernd fertig«, unterbrach Polly sie tadelnd. »Es stehen noch die Haare, das Make-up und die Klamotten an. Eine Frage, Costas … Was sollte Annie deiner Meinung nach anziehen?«

»Weite Röcke«, erwiderte er wie aus der Pistole geschossen. »Sie ist – wie man sagt gleich – ein Vollweib. Also sie braucht, du weißt schon.« Er vollführte eine schwingende Handbewegung von den Hüften abwärts. »Weite Röcke. Und hier eng.« Er legte die Hände um seine schlanke, wohlgeformte Brust.

»Genial!« Polly nickte so begeistert, dass sie Nagellack auf Annies Fingern verkleckerte. »Wie ein Vintage-Cocktailkleid. Das ist eine absolut tolle Idee. Ich dachte eventuell an einen Bleistiftrock mit Bluse und mordshohen Pumps.«

»Alles gut außer trauriger schwarzer Hose«, sagte Costas finster, als hätten die beiden sich abgesprochen. »Gar nicht sexy.«

Annie fand diese Äußerung etwas anmaßend von jemandem, der so knallenge T-Shirts trug, dass man praktisch sehen konnte, was er gefrühstückt hatte, und war leicht eingeschnappt.

Polly ignorierte ihre maulige Miene und sprang auf. »Annie, du rührst dich nicht vom Fleck. Wir kleiden dich jetzt ein.«

Das Ergebnis sah aus wie einem Magazin der Fünfziger-jahre entsprungen: ein roter Seidenrock mit gerüschtem Petti-coat darunter, dazu ein enger, dünner Strickpulli mit kurzen Ärmeln.

»Stütz dich auf mich.« Polly schob einen roten Stiletto-pumps über Annies Fuß. »Jetzt den anderen.« Die Pumps waren irre hoch – höher als irgendwas, das Annie je getragen hatte –, und sie geriet gefährlich ins Schwanken.

»Ich kann in den Dingern nicht laufen! Wie bitte soll ich damit an der Schlammpfütze vor der U-Bahn-Station vorbei-kommen?«

»Annieeee … in Outfits wie diesem *läuft* man nicht. Man besorgt sich ein Taxi und gleitet majestätisch durch die Res-taurranttür.«

»Kann mir kein Taxi leisten, sorry. Und ich gehe nie ins Restaurant.«

Polly verdrehte die Augen. »Das ist für einen besonderen Anlass. Für den es sich lohnt, sich schick zu machen. Du weißt, was ich meine.«

Annie konnte sich nicht einmal entsinnen, wann sie je einen derartigen Anlass gehabt hätte. Selbst am Tag ihrer Hochzeit meinte Mike, sie könnten genauso gut im eigenen Wagen zum Standesamt fahren. Schließlich verschlangen die Raten für ihr Haus jeden Penny, der übrig blieb.

»Ich kann unmöglich so im Büro aufkreuzen, die lachen mich ja aus.«

»Natürlich nicht. Dafür haben wir alltagstaugliche Alter-nativen. Costas!«

Der junge Grieche, der sich ein Pillboxhütchen mit Schleier aufgesetzt hatte, zauberte ein Outfit nach dem ande-ren hervor.

»Freizeitdress.« Er bestand aus kniehohen Stiefeln, einem Wildlederminirock, Leggins und einem schwarzen Pulli mit rundem, tiefem Ausschnitt, der so einiges von ihrem Busen freigeben würde. Eine weitere schwungvolle Geste, ein weiteres Outfit. »Romantische Verabredung.« Dieses Mal war es ein knielanges, rot gemustertes Kleid mit gekreppten Ärmelchen, das, wie Annie zugeben musste, in Kombination mit der schwarzen Bikerlederjacke top aussah.

»Verleiht toughen Touch«, urteilte Costas. »Wie Motorradbraut oder Rockerbraut.«

»Also bitte«, empörte sich Annie. »In welche Ecke stellst du mich da?«

Costas zuckte die Achseln und präsentierte die nächste Kreation: »Tag auf der Pferderennbahn.« Ein geblümtes Kleid mit breiten Trägern, steifem, ausladendem Rock und körperbetonter Taille in Gelb- und Rosatönen. »Dazu großer Hut. Hohe Absätze.«

»Ich war noch nie in meinem Leben bei einem Pferderennen«, protestierte Annie. »Und sehe zudem kaum eine Chance, das zu ändern. Wenn überhaupt, brauche ich was für normale Tage. Für meinen Alltag, der hauptsächlich aus Büro und Krankenhaus besteht.«

»Morgen trägst du dieses rote Kleid«, befahl Polly. »Mit der Jacke. Und mit Boots, wenn du welche hast. Maximal wadenhoch. Die Haare werden zu einem hohen Pferdeschwanz gebunden. Roter Lippenstift. Ich zeige dir, wie's geht.«

Annies Haar wurde auf große Wickler aufgedreht. Sie hatte das Gefühl, Stück für Stück ausgetauscht zu werden, wie ein schmutziger alter Vorhang, der mal in die Wäsche musste. Doch was war der Sinn des Ganzen, wenn man im Inneren nach wie vor derselbe Mensch war?

Nach einer Weile warf Costas einen Blick auf seine Casio-Uhr. »Halb zehn. Zeit zum Ausgehen!«

»Ach, könnte ich noch mal jung sein«, seufzte Polly. »Ich

bin früher sonntags so gerne ins G-A-Y gegangen. Amüsier dich, Süßer.«

»Darf ich den Hut tragen?«

»Von mir aus. Er steht dir fantastisch. Außerdem verschwendest du dein Talent in diesem Kaffeeschuppen, du hast wirklich Ahnung von Mode.«

Er zuckte die Achseln. »Ich mache das, bis ich finde was Besseres. Ciao, Polly, ciao, Annie. Biker Chick! *Roaarrr.*« Anschließend kniete er sich auf den Boden, um Buster zwischen seine dunklen Hundeaugen zu küssen. »Ciao ciao, mein Kleiner. Keine Sorgen, bald Papa ist wieder da und geht mit dir Gassi.«

»Ich schätze mal, wir sollten das Chaos hier aufräumen«, meinte Annie und begann damit, die bunten Stoffberge aufzusammeln. »Woher hast du dieses ganze Zeug überhaupt? Das gehört ja bestimmt nicht dir.«

»Oh, ganz einfach. Ich habe eine Freundin, die als Stylistin arbeitet. Sandy. Sie hat einen kompletten Raum voller Klamotten und meinte, du könntest behalten, was dir gefällt. Sie kriegt ständig irgendwelches Zeug von irgendwelchen Designern geschickt, die hoffen, dass eine ihrer Promikundinnen von den Paparazzi darin abgelichtet wird.«

»Danke, das ist nett«, bedankte sich Annie, wenngleich sie nicht vorhatte, irgendwas davon anzuziehen. Es war zwar ganz witzig, Verkleiden zu spielen, aber damit auf die Straße zu gehen! Wozu auch, wenn ein neuer Look nicht das Leben eines Menschen zu ändern vermochte.

Polly ließ sich aufs Sofa sinken, als wäre auf einmal alle Energie aus ihr gewichen.

»Also. Jetzt, da ich dich ganz für mich allein habe ... Würdest du mir verraten, was das gestern Abend im Krankenhaus war?«

»Äh, was meinst du?«, tat Annie ahnungslos.

»Dieser Typ, vor dem du weggerannt bist.«

Annies Hände verkrampften sich um die Krempe des Hutes, den sie noch in den Händen hielt. »Ich bin nicht weggerannt.«

Polly schwieg einen Moment. »Hör zu, Annie. Es ist völlig in Ordnung, wenn du es mir nicht erzählen willst. Bloß solltest du nicht lügen, okay? Hat es irgendwas damit zu tun, warum du hier mit Costas in einer WG lebst?«

»Na ja, ich lebe hier, weil ich es mir nicht leisten kann, etwas Eigenes zu kaufen oder die Miete für eine schöne Wohnung aufzubringen. Selbst für diese Bruchbude brauche ich ja einen Untermieter.«

Polly betrachtete ihre eigenen Nägel, die in sämtlichen Regenbogenfarben lackiert waren.

»Ich höre da eine Menge an Frust, Resignation und Pessimismus heraus.«

Annie schleuderte den Hut unnötig heftig in den Koffer.

»Hör zu. Mein Leben war nicht immer so, okay? Ich hatte einfach eine Pechsträhne. Ja, ich mochte früher schöne Klamotten. Ja, ich habe meine Haare gestylt und mich schick gemacht, wenn ich ausging. Designerjeans, hübsche Tops und High Heels. Ja, ich habe mir Einrichtungsmagazine gekauft, Kuchen gebacken, die Wohnung dekoriert. Das volle Programm. Ja, ich hatte mal ein Haus, ein hübsches sogar, das ich liebte … Aber das war alles in einem anderen Leben, mit Mike.«

»Und dieser Mike ist wer genau?«

Annie seufzte. Sie hasste es, diesen Teil ihrer Geschichte zu erzählen. »Mike war mein Mann.«

»Du bist geschieden? Wie mondän! Oder ist er eines schrecklichen Todes gestorben? Oh Gott, das war taktlos, tut mir leid.«

»Kein Problem, soweit ich weiß, geht es ihm blendend,

und er lebt mit Jane glücklich und zufrieden in unserem Haus.«

»Mike und Jane, klingt wie ein Kinderbuch. Und Jane ist wer?«

»Sie war meine beste Freundin. Seit unserem fünften Lebensjahr, um genau zu sein.«

Annie und Jane. Grundschule, Highschool, Interrail durch Spanien, Trauzeugin. Alles war gut bis zu dem Tag, an dem Mike nach Hause kam und sagte: *Annie, ich muss mit dir reden.* Sie war derart schockiert gewesen, dass sie lediglich Bruchstücke des Gesprächs mitbekommen hatte. *Habe mich verliebt ... Hatte es nie vor ... Wollte dich nicht verletzen.*

»Aha, jetzt kapiere ich.« Polly nickte. »Der Typ im Krankenhaus, das war Mike?«

»Erraten.«

»Was hatte er dort zu suchen? Ist er krank?«

»Keine Ahnung.« Es gab noch eine andere Möglichkeit, warum er dort war, über die sie lieber nicht nachdenken wollte.

»Sorry, dass ich so neugierig bin, ich liebe tragische Geschichten. Dein Mann hat dich wegen deiner besten Freundin verlassen. Krass. Kann es eigentlich noch schlimmer kommen? Haben sie geheiratet?«

Zur Antwort kramte Annie ihr Handy aus der Hosentasche, scrollte durch Facebook, bis sie zum Urlaubsbild einer lächelnden Blondine kam, die einen pinkfarbenen Cocktail hochhielt. Ihre Nase war fast genauso pink – Jane trug nie ausreichend Sonnencreme auf, Annie hatte sie früher ständig deswegen gescholten.

Polly spähte aufs Display. »Jane Hebden. Das ist sein Nachname? Du hast deinen Namen nicht wieder in Annie Clarke ändern lassen?«

»Nein, bisher nicht.«

Annie wusste selbst nicht genau, warum sie es nicht getan hatte. Vielleicht weil sie glaubte, genug verloren zu haben. Oder aus Trotz, weil sie nicht jede Spur ihrer Ehe auslöschen wollte. Jane hatte ihr schließlich bereits alles andere genommen.

»Und du bist ernstlich mit beiden auf Facebook befreundet? Damit du dir ihre Bilder anschauen und dich selbst zerfleischen kannst?«

Annie nickte betreten – es war mehr oder weniger ihr größtes Hobby, die beiden online zu stalken.

»Tja.« Polly stand auf, was sie einige Mühe zu kosten schien. »Diese Runde geht wohl an dich, Annie. Das ist echt wie aus einem Dramaturgielehrbuch. Sonst noch was? Wehe, du hast außerdem Krebs. Das ist mein Ding. In der Kategorie *Tragischste Story der Welt* darfst du mich nicht schlagen.«

Einen Moment lang erwog Annie, ihr alles zu erzählen – vom Blut auf Mikes Pyjama, den blauen Lichtern des Notarztwagens, dem Klang ihrer eigenen Schreie, die aus ihrem tiefsten Inneren emporstiegen, doch sie konnte nicht. Sie ertrug es nicht, es laut auszusprechen.

»Nein, tue ich nicht. Darüber hinaus habe ich nur den beschissenen Job, die beschissene Wohnung, die Scheidung und die demente Mutter zu bieten.«

»Gut.« Polly bückte sich und half ihr, die Klamotten aufzusammeln, warf Chiffon, Spitze, Seide und Leder wahllos in den Koffer zurück. »Wir sind echt ein lustiges Gespann, nicht wahr, Annie Hebden? Ich bin bald tot, und du wünschst dir wahrscheinlich, du wärst es.«

»Ja, der Gedanke ist mir durchaus gelegentlich gekommen.«

»Was ich dir nicht verdenken kann. Das ist wirklich ein gigantischer Haufen Mist. Die Frage ist bloß, was du unternehmen willst.«

»Wie meinst du das?«

»Na ja, für mich ist es zu spät. Ich kann höchstens versuchen, meine letzten hundertundirgendwas Tage zu genießen, mehr ist nicht drin. Du hingegen hast immer noch ein langes Leben vor dir. Was hast du damit vor? Und denk dran: Es geht nicht darum, die Tage zu zählen, sondern darum, *dass* die Tage zählen.«

Annie erwiderte nichts darauf. Diese Frage war viel zu beängstigend. Bisher hatten Trauer und Schmerz ihrem Leben Form verliehen, wie eine Austernperle, die sich um ein Sandkorn bildete. Wenn sie nicht mehr Annie, Frau von Mike und Mutter von Jacob, sein durfte, konnte sie wenigstens Annie sein, die Jane und Mike hasste. Annie, der das Leben übel mitgespielt hatte. Annie, die Wütende, die Unversöhnliche. Was wäre sie ohne all das? Was passierte, wenn sie all das losließ?

»Fragen über Fragen, was?«, sagte Polly. »Wie wäre es, wenn wir uns erst mal vor die Glotze hocken und Tee trinken?«

»Sehr gerne«, erwiderte Annie dankbar.

»Morgen allerdings, Annie Hebden-Clarke, wirst du das rote Kleid anziehen und den Lippenstift auftragen, so wie ich es dir gezeigt habe. Und du wirst dein Haar hübsch machen und etwas Positives tun, um all das zu ändern. Einverstanden?«

Annie nickte. Es war einfacher, nicht zu widersprechen – so viel hatte sie mittlerweile gelernt.

»Lass mich schnell das Make-up entfernen, dann setze ich uns einen Tee auf.«

»Okay, und ich ruhe mich derweilen ein wenig aus, halte einen kurzen Schönheitsschlaf.«

Trotz ihres munteren Tonfalls wirkte Polly ungewöhnlich erschöpft. Um ihre Augen lagen grünliche Schatten, die nicht vom Make-up kamen.

Im Badezimmer suchte Annie unterdessen nach einem Make-up-Entferner, den sie seit endlosen Zeiten nicht mehr benutzt hatte, und fand eine kleine Packung Tabletten, auf deren Vorderseite der Name ihrer Mutter vermerkt war. Schlaftabletten, die man ihr verschrieben hatte, als die ersten Symptome auftraten. Annie hatte sie irgendwann an sich genommen, weil sie fürchtete, dass ihre Mutter Unsinn damit machte.

Damals war gleichzeitig ihr Leben zusammengebrochen, und Annie hatte oftmals diese Tabletten hervorgeholt, war mit den Fingern über die Silberfolie gefahren und hatte sich vorgestellt, die Tabletten herauszudrücken und sie, eine nach der anderen, zu schlucken. Sich schlafen zu legen, um nie wieder mit diesem erdrückenden Schmerz aufzuwachen, der sie zu begraben schien. Sie hatte es nicht getan – natürlich nicht, ihre Mutter brauchte sie ja. Dennoch hatte sie die Pillen nicht weggeworfen.

Als sie ins Wohnzimmer zurückkam, war Polly eingeschlafen. Ihr Atem ging langsam, und Buster, der sich in ihre Arme gekuschelt hatte, schnarchte leise. Eins seiner Öhrchen stand nach oben ab, das andere hing schlaff herunter. Annie deckte Frau und Hund zu, machte es sich gemütlich und schaltete *Grey's Anatomy* an, stellte sich vor, dass all diese schönen Menschen im Lewisham arbeiten würden. Zugegebenermaßen gab es da den attraktiven, wenngleich etwas steifen Dr. Quarani. Und es gab Dr. Max, grummelig und zerzaust mit seinen Bartstoppeln und den ungebügelten Hemden. Vielleicht würde sie morgen wirklich das rote Kleid anziehen. Wenn sie noch mehr Schwarz trug, würde sie am Ende noch jemand mit dem Asphaltbelag auf der Straße verwechseln und sie über den Haufen rennen.

## Tag 22: Flirte mit jemandem

»Annie?«, hörte sie eine Stimme hinter sich, als sie gerade in der Kaffeebar einen überzuckerten Latte macchiato und eine Rosinenschnecke kaufte. Es gab kaum etwas Besseres am Morgen, um wach zu werden.

»Dr. Max, hi.« Der Arzt sah aus, als wäre er erneut die ganze Nacht aufgeblieben. Sein Arztkittel war zerknittert, und sein Haar stand in alle Himmelsrichtungen ab, als hätte er den Finger in die Steckdose gehalten. Nichtsdestotrotz sorgte sein Anblick dafür, dass sich eine Wärme von ihrem Bauch bis in ihre Finger- und Zehenspitzen ausbreitete.

Er musterte sie stirnrunzelnd. »Du siehst anders aus heute. Hast du irgendwas mit dir gemacht?«

Annie trug, wie angewiesen, das rote Kleid, dazu die Lederjacke und die Boots. Ihr Haar, das von den Locken-wicklern noch füllig und elastisch war, hatte sie zu einem kecken Pferdeschwanz hochgebunden.

»Oh, ich habe … Nein, Polly hat mir gestern einen neuen Look verpasst.«

Er verdrehte die Augen. »Also ehrlich, diese Frau. Seid ihr beide zwölf? Was bitte war denn nicht in Ordnung damit, wie du davor aussahst?«

Sie gab es äußerst ungern zu, aber sie hatte die Wohnung heute Morgen ungewöhnlich beschwingt verlassen, weil sie sich irgendwie gefiel. Auch Costas, der erst frühmorgens von seinen nächtlichen Streifzügen heimgekehrt war, hatte ein anerkennendes Knurren von sich gegeben. Und nun stand hier Dr. Max und musterte sie irritiert.

»Es ist das Kleid«, sagte er schließlich. »Das ist es, was anders ist, oder?«

»Oh ja. Es ist neu.«

»Ein schönes Kleid und eine schöne Farbe. Ich meine …«

Annie spürte, wie Röte ihre Wangen überzog. »Willst du auch einen Kaffee? Ich hole mir gerade ein Frühstück, bevor ich zur Arbeit gehe.«

»Hm, ich könnte eine Fünfminutenpause gut gebrauchen. In einer Stunde muss ich am Gehirn einer Patientin herumoperieren, dabei bin ich so müde, dass ich mit den Händen in ihrem Schädel einschlafen könnte.«

»Das klingt ja furchtbar.«

»So ist es nun mal. Hirnchirurg ist kein normaler Nine-to-five-Job.«

Er bestellte einen dreifachen Espresso und zückte einen zerfledderten Zehner, doch Annie winkte ab. »Das geht auf mich. Immerhin schaust du immer noch nach meiner Mutter, obwohl sie gar nicht mehr auf deiner Station liegt.«

Bei ihrem Besuch heute in der Früh hatte Maureen das rote Kleid sehr bewundert, Annie allerdings mit ihrer Jugendfreundin verwechselt.

*»Das ist mal ein hübsches Kleid, Sally«, hatte sie gemeint. »Kann ich es mir für den Tanzabend ausleihen?«*

Sie setzten sich an einen kleinen Tisch in der Ecke. Dr. Max kippte seinen Espresso. »Es geht ihr insofern besser, dass sie ruhiger ist, aber wie du weißt, ist es wahrscheinlich nicht von Dauer, das Medikament hat seine Grenzen.«

»Ist klar. Für den Moment bin ich einfach froh, dass sie keine Stühle mehr durch die Gegend wirft.«

Seine Augen blickten müde. »Es ist bestimmt nicht einfach für sie. Und noch weniger für dich. Passt du auf dich auf? Ausreichend Schlaf und so weiter?«

»Ich versuche es, wobei es schwierig ist, alles unter einen

Hut zu bringen: die Arbeit, die Krankenhausbesuche, von Pollys Plänen gar nicht zu reden. Ach ja, zudem hält Buster mich nachts wach.«

»Wie geht es dem kleinen Kerlchen?«

»Er hat bisher fünf Bücher, drei Paar Schuhe und eine ganze Avocado verspeist. Mit Schale und allem Drum und Dran. Hat er ohne Probleme überstanden, er scheint hart im Nehmen zu sein.«

»Bald wird er größer und wilder. Du wirst ihn nicht ewig in einer Wohnung halten können. Wer kümmert sich übrigens um ihn, während du bei der Arbeit bist?«

»Vorerst wechsle ich mich mit meinem Mitbewohner ab, auf Dauer werde ich wohl oder übel einen Hundesitter organisieren müssen.« Annie seufzte. »Egal. Hauptsache, es macht Polly glücklich.«

Dr. Max trank seinen letzten Schluck Kaffee, wobei ein paar Tröpfchen in seinen Bartstoppeln hängen blieben. »Lass dich nicht von ihr herumkommandieren. Polly mag witzig und charmant sein, nur denk immer auch daran, dass ihr Hirn kurz davor ist zu implodieren, *aye*? Es kann sein, dass sie nicht mehr lange wenigstens einigermaßen vernünftig ist.«

»Oh, das ist in Ordnung. Ich glaube, ich war viel zu lange viel zu vernünftig, wenn du verstehst, was ich meine.«

Er seufzte. »Leider wäre das bei mir gefährlich – mir würden die Leute buchstäblich unter den Händen wegsterben, wenn mich die Vernunft verließe.«

»Hast du denn nie Freizeit? Ich meine, das ist ja total stressig.«

»Momentan sind wir lediglich zwei Neurologen und kommen kaum mit der Arbeit nach. Da kann man sich nicht an reguläre Dienstpläne halten, sondern muss tun, was anfällt.«

Annie griff nach dem letzten Stück ihrer Rosinenschnecke,

auf der sich leuchtend rot ihr Lippenabdruck befand. Sie wusste schon, warum sie von dem ganzen Tamtam nicht viel hielt.

»Ich muss langsam los. Die Pflicht ruft.«

Er blickte auf seine Uhr. »Ich desgleichen. Eigentlich sollte ich bereits dabei sein, eine Schädeldecke aufzusägen.«

Und was musste sie so Dringendes tun? Ein paar Papierstapel hin und her schieben, ein paar Zahlen eintippen. Alles Peanuts, alles bedeutungslos. Und dennoch musste es erledigt werden.

Sie stand auf. »Danke noch mal für die Hilfe mit meiner Mutter. Und viel Glück bei dem ganzen Hirnkram.«

»Danke für den Kaffee.« Er musterte sie erneut. »Das Kleid ist wirklich hübsch.«


Im Bus kam Annie neben einem Mädchen im Teenageralter zu sitzen, das laut hämmernde Kopfhörer auf den Ohren hatte. Normalerweise hätte sie entnervt geseufzt und ihre Nachbarin stumm der Rücksichtslosigkeit bezichtigt, heute hingegen störte sie sich nicht daran. Ihrer Mutter ging es leidlich, sie selbst trug ein hübsches Kleid und hatte einen Kaffee mit einem netten Arzt getrunken. Und das alles vor neun Uhr morgens.

Zufrieden mit der neuen Annie, rekapitulierte sie im Schnelldurchgang ihre Tagesroutine der vergangenen zwei Jahre: aufstehen, ab in die scheußliche Dusche, eine Schale Müsli essen, irgendwas Schwarzes anziehen, dann raus aus der Tür, auf den Bus warten und seufzend in der Kälte schlottern, hineinquetschen, meist stehend, zur Dienststelle laufen, Türcode eingeben, Depression und Mutlosigkeit spüren. Schließlich ein Tag am Schreibtisch, den Computer hochfahren, Mails beantworten, Mittagspause um dreizehn Uhr, Sandwich essen, Mike und Jane auf Facebook stalken.

So war es gewesen, zwei Jahre lang. Was, wenn sie heute die Routine durchbrach und etwas anderes tat? Was, wenn sie etwas änderte?

Das Mädchen nahm die Kopfhörer ab, um sich an Annie vorbeizuquetschen. »Cooles Kleid«, sagte sie beiläufig.

»Danke.«

Annie lächelte noch lange, nachdem das Girlie ausgestiegen war.

Schließlich war sie ebenfalls am Ziel. Ihr Blick fiel auf die Bäckerei neben dem Bushäuschen – einen schäbigen kleinen Laden zwar, aus dem ihr jedoch ein verlockender Geruch nach Zuckerguss und geschmolzener Schokolade entgegenwehte. Aus einem Impuls heraus ging sie hinein.

Zehn Minuten später stand sie mit einer großen weißen Schachtel in den Händen vor dem Bürogebäude und ließ sich von einem anderen Angestellten die Tür aufhalten.

»Na, haben Sie was Leckeres mitgebracht?«, erkundigte sich der Mann, der im Stockwerk über ihr arbeitete und den sie manchmal draußen im Regen eine Zigarette rauchen sah.

»Plunderteilchen, wollen Sie vielleicht eins?« Ihr Herz fing an zu rasen aus Angst, er könnte sie albern finden und auslachen.

»Wirklich?«

»Klar. Es gibt genug.«

»Gerne, danke schön!« Jetzt lächelte er, obwohl er ihr bislang eher missmutig vorgekommen war. »Dann auf einen weiteren Tag in den Kohlenminen«, fügte er launig hinzu.

»Ja, so ist es.«

Sie grinste und verdrehte die Augen, während er zum Aufzug ging. Sie selbst wurde neugierig von der Empfangsdame beäugt, wobei sie nicht wusste, ob wegen ihrer ungewohnten Aufmachung oder wegen des Kuchenkartons.

»Was Süßes gefällig?«, fragte Annie.

»Ich bin auf Diät, leider.«

»Na, dann vielleicht ein anderes Mal.«

Sie schob die Bürotür auf und sah Jeff aus der Küche kommen, in der Hand seinen üblichen Kaffeebecher, auf dem das Logo einer Softwarefirma prangte.

»Morgen.« Zum ersten Mal registrierte sie, dass alle hier schrecklich deprimiert aussahen. Nicht anders als sie bislang.

»Hi, Annie«, begrüßte er sie matt, wurde aber plötzlich munter. »Du siehst toll aus.« Er musterte ihr Kleid und Make-up. »Irgendein besonderer Anlass?«

»Nein. Ich habe einfach was Süßes vom Bäcker mitgebracht. Möchtest du ein Stück?«

Jeff blinzelte verdutzt. »Oh, das ist … Wow. Reicht es denn für alle?«

»Locker.« Annie trug die Schachtel zum Tisch in der Mitte des Raumes, wo sie normalerweise die Post sortierten, sämtliche Augenpaare waren dabei ungläubig auf sie gerichtet. Verständlich irgendwie, denn die Kollegen hielten sie schließlich für unsozial, unfreundlich und pedantisch. »Ich habe was Süßes vom Bäcker mitgebracht, falls jemand will …«

Sie verstummte, fürchtete angesichts des Schweigens ringsum bereits, alle würden sich mit einer glutenfreien Diät herausreden. Ihr fiel ein Stein vom Herzen, als einer nach dem anderen zugriff.

Jeff nahm sich als Erster eine Puddingschnecke. »Danke, Annie. Das wird mich durch das dreistündige Budgetmeeting retten.« Nach ihm kamen Syed, Tim und Fee. Sharon blieb als Einzige an ihrem Schreibtisch sitzen.

Annie ging zu ihr hinüber, denn ihr war nicht entgangen, dass die Kollegin aus zusammengekniffenen Augen beobachtet hatte, wie der Rest der Abteilung sich auf den Gebäckkarton stürzte wie ein Schwarm Krähen.

»Ist nicht unbedingt gesund, oder? Der ganze Süßkram«, tadelte sie. Und das von einer Frau, die sich tagtäglich zwei Portionen Pommes zum Mittagessen bestellte – eine, um sie gleich zu verschlingen, die andere, um den Nachmittag über etwas zum Knabbern zu haben. »Und was dich betrifft, macht das ein Minus von fünfzehn Minuten.«

Annie seufzte und beerdigte innerlich die hehre Idee, dieses Büro in einen besseren Ort zu verwandeln. Selbst wenn sie die Teeküche putzte und Süßes mitbrachte, kämpfte sie hier gegen Apathie und Stumpfsinnigkeit an, die schwerer wogen als Steinklötze. Und das lag daran, dass nicht eine einzige Person in diesem Gebäude wirklich hier sein wollte. Den ganzen Tag eingesperrt in einem Schuhkarton ohne Sonnenlicht, umgeben von Menschen, die man nicht mochte, beschäftigt mit einer Arbeit, die keinerlei Sinn hatte, gelähmt von Ablagerungen jahrelanger Gleichgültigkeit.

Ganz am Anfang hatte ihr der Job beinahe Spaß gemacht. Sie liebte Ordnung und Klarheit, liebte es, Knöpfe zu drücken, damit Leute bezahlt, saubere Tabellen mit Nummern und Daten erstellt wurden. Zudem war es schön gewesen, ein Gehalt zu bekommen und endlich erwachsen zu sein.

Irgendwann indes begann der Gang zur Arbeit sich anzufühlen wie das Sterben selbst. Als würde sie keine Luft mehr bekommen, als würde jeder Zentimeter ihres Körpers unter dem Staub, Dreck und Elend anderer Menschen ersticken. Es war seltsam, dieses Büro war tatsächlich noch deprimierender als das Krankenhaus. Vielleicht weil man sich dort dem echten Leben stellen musste, anstatt es, den Blick am Bildschirm klebend, zu ignorieren.

Die Geräusche des Büros verschwammen um sie herum zu einem einzigen dumpfen Rauschen. Das Klappern von Tasten, das Rattern des Kopierers, das Lärmen aus Syeds Kopfhörern.

Und da kam ihr wieder der Gedanke: *Es muss mehr geben als das hier. Es muss einfach.*

## Tag 23: Alte Freunde treffen

»Guten Morgen.«

Annies Mutter war wach und saß aufrecht im Bett, die Hände wie die Queen vor sich im Schoß gefaltet.

»Hi, Mum. Wie geht es dir heute?«

»Sehr gut, danke«, verkündete sie in höflichem Tonfall. »Wer sind Sie, bitte?«

Annies gute Laune sank, noch bevor sie gemerkt hatte, dass sie gestiegen war. »Ich bin Annie.«

»Oh, das ist ja lustig. Ich glaube, meine Tochter heißt ebenfalls Annie. Sie kommt vielleicht bald mal vorbei, um mich zu besuchen.«

Annie sah Dr. Quarani herüberkommen und wischte sich rasch über die Augen.

»Mrs. Clarke«, sagte er und schob einen Kugelschreiber in die Brusttasche seines gestärkten weißen Kittels. »Wie fühlen wir uns heute, Ma'am?«

Ihrer Mutter, die Höflichkeit sehr schätzte, gefiel das *Ma'am*. Die meisten Krankenschwestern nannten sie *Maureen* oder *meine Liebe* oder sogar *Mary*.

»Mir geht es gut, danke, Herr Doktor.« Dann flüsterte sie hörbar: »Die Dame ist vorbeigekommen, um mir einen Besuch abzustatten.«

»Das ist sehr freundlich von ihr.« Er griff nach dem Handgelenk ihrer Mutter, um ihren Puls zu fühlen, und notierte den Wert in der Patientenkurve. »Sie machen sich gut, Mrs. Clarke. Ihre Werte haben sich stabilisiert, und wir konnten einen merklichen Rückgang an Stressmomenten feststellen.«

»Sie weiß immer noch nicht, wer ich bin«, sagte Annie und schluckte die Tränen runter.

»Bedauerlicherweise nein. Wie Sie wissen, kann es sein, dass wir diesbezüglich nichts machen können.«

»Sie sind wirklich mal ein attraktiver Mann, Herr Doktor«, verkündete Maureen Clarke laut. »Woher genau kommen Sie?«

»Ich stamme aus Syrien, Ma'am.«

»Meine Güte, das ist ja furchtbar weit weg.« Sie wandte sich an Annie. »Ist er nicht ein hübscher Bursche? Glauben Sie, er ist verheiratet, meine Liebe? Oh, wie war gleich Ihr Name?«

Annie wurde rot. »Mum, du kannst nicht so über den Doktor reden.«

»Ist okay.« Dr. Quarani lächelte – und wurde dadurch noch ein Stück attraktiver.

Im selben Moment vernahm Annie das laute Klackern von Absätzen im Flur und erkannte sofort, dass Polly im An-marsch war. Bislang war es ihr gelungen, sie von ihrer Mutter fernzuhalten – sie wollte sie nicht zusätzlich verwirren, und zudem wusste sie nicht so recht, wie sie diese Freundschaft erklären sollte. So es denn überhaupt eine Freundschaft im herkömmlichen Sinn war.

»Hiiii!« Polly kam hereingefegt. »Wo warst du? Ich habe überall nach dir gesucht. Habe gerade erst wieder den guten alten Bob scannen lassen. Ich wette, die haben hier mittler-weile mehr Bilder von meinem Hirn gemacht als irgendwer von meinem Gesicht. Hallo, ich bin Polly«, sagte sie und streckte Dr. Quarani die Hand hin.

Er schüttelte sie höflich. »Dr. Frasers Patientin, nicht wahr?«

»Oh ja, das bin ich. Das Mädchen mit dem Hirntumor.« Plötzlich packte sie sein Handgelenk. »Ein Fitnesstracker? Machen Sie Sport?«

»Ich trainiere für den London Marathon«, erklärte er höflich und zog seine Hand zurück. »Dr. Fraser und ich nehmen gemeinsam teil.«

»Wirklich? Das ist ja super. Ich war selbst vor fünf Jahren dabei. Falls Sie irgendwelche Tipps brauchen, ich ...«

»Entschuldigen Sie mich«, unterbrach er sie. »Ich muss weiter. Bis später, Mrs. Clarke.«

Polly sah ihm hinterher. »Ich wünschte, es würden mich nicht alle nur als Max' Patientin betrachten. Ich meine, es ist immer noch mein Gehirn, nicht seins. Wer war das?«

»Mums Arzt, Dr. Quarani.«

»Er ist mit Abstand das Schönste, was ich innerhalb dieser Krankenhausmauern gesehen habe.«

»Pollyyyy«, stöhnte Annie. »Nicht. Er ist total seriös und außerdem verheiratet. Auf seinem Schreibtisch habe ich ein Familienfoto gesehen.«

»Wissen Sie«, sagte Maureen laut, »fast alle Ärzte, die ich hier drinnen getroffen habe, sind Ausländer. Die Leute sagen immer, das sei etwas Schlechtes, wer bitte sollte diese Arbeit sonst tun? Meiner Meinung nach können wir froh sein, dass sie gekommen sind.«

»Da kann ich Ihnen aus ganzem Herzen beipflichten, Mrs. Clarke«, erwiderte Polly. »Ohne sie wären wir buchstäblich tot, oder nicht?«

Annie musste an Dr. Max denken, der, wenngleich Brite, weit weg von seiner schottischen Heimat lebte. Warum arbeitete er hier unten und schlug sich tagtäglich mit einem Feind herum, den man weder wirklich sehen noch anfassen konnte?

Polly beugte sich unterdessen zu ihrer Mum hinunter. »Hallo, Mrs. Clarke«, sagte sie mit klarer Stimme, »ich bin eine Freundin von Annie.«

Die Kranke sah sich erneut mit diesem unbestimmten,

verlorenen Blick um. »Oh, Annie, meine Tochter? Sie müsste bald hier sein. Sie kommt nie zu Besuch. Hat wohl viel zu tun mit ihrem Ehemann und der Arbeit.«

Annie wich Pollys Blick aus. »Mum, ich glaube, du bist ein klein wenig durcheinander. Ich bin Annie.«

»Seien Sie nicht albern. Annie ist meine Tochter. Ich werde wohl meine eigene Tochter erkennen, wenngleich sie nicht zu Besuch kommt. Ich wünschte, sie würde kommen. Ich hätte ja so gerne Trauben.«

Sie sagte es in einem klagenden Tonfall, und Annie musste an die Male denken, als sie Trauben mitgebracht hatte, um dann an den Kopf geworfen zu bekommen, dass sie ihr Geld nicht verschwenden solle. Traurig strich sie ihrer Mutter über den Handrücken, dessen Haut sich völlig papieren anfühlte. Und das in dem Alter. Maureen sah aus wie eine Greisin.

»Mum, ganz ruhig, ist schon okay.«

Das Gesicht ihrer Mutter nahm wieder einen leeren Ausdruck an, dann blinzelte sie und drehte sich zu Polly um.

»Miss, könnten Sie mir helfen?«, sagte sie mit einer plötzlich mädchenhaft klingenden Stimme. »Wissen Sie, ich warte auf Andrew.«

»Wer ist Andrew?«, fragte Polly und sah zu Annie hinüber.

Maureen kicherte wie ein junges Mädchen. »Andrew ist mein Freund. Er wird mir einen Heiratsantrag machen, wissen Sie? Ich spüre es einfach. Glaubst du nicht auch, Sally?«, fragte sie Annie.

»Natürlich, Maureen«, spielte sie schweren Herzens mit. »Trotzdem denke ich, du solltest dich jetzt ausruhen.«

Polly sah sie fragend an.

Annie zuckte mit den Achseln und wandte sich wieder an ihre Mutter: »Ich bin sicher, dass Annie bald kommt, Maureen. Und ich bin sicher, dass sie dir viele Trauben mitbringen wird.«

Es war zu viel, sie konnte nicht mehr und stürzte aus dem Zimmer. Sie hatte die Grenzen dessen erreicht, was sie zu ertragen vermochte.

Polly folgte ihr auf den Flur. »Annie …«

»Nicht.« Ihre Stimme zitterte. »Ich weiß, dass du Fragen hast, aber bitte, ich kann nicht. Nicht jetzt.«

»Andrew, ist das dein Vater?«

»Ja … Manchmal vergisst sie, dass er sie vor fünfunddreißig Jahren verlassen hat. Sie glaubt, sie seien immer noch zusammen und frisch verliebt.«

Die Minuten verstrichen. Annie starrte auf den gesprenkelten Linoleumboden und zwang sich, nicht zu weinen.

Schließlich ergriff Polly das Wort: »Wir müssen nicht darüber reden, wenn du nicht willst. Ich bin eigentlich gekommen, weil ich dir etwas zeigen will.«

»Wohin gehen wir?«

»In die medizinische Bibliothek. Wusstest du, dass es hier eine gibt? Man kann sich dort Artikel aus Fachzeitschriften kopieren lassen und so weiter. Es gibt nämlich haufenweise Forschungsprojekte, und manchmal kriegen wir hier aus Kostengründen nicht die neuesten Behandlungen angeboten.«

Polly klopfte an die Glastür eines kleinen Büros, die daraufhin von einer hübschen Frau mit rosa Kopftuch geöffnet wurde.

»Hi, Polly. Ich habe die Fotokopien, die du wolltest.«

Annie blieb zögernd stehen, ihr Herz klopfte. War das ein Trick? Oder ein purer Zufall? Vielleicht war es Polly überhaupt nicht bewusst. Natürlich war es das.

»Danke, Zarah. Im Gegenzug habe ich dir eine kleine Überraschung mitgebracht. Schau, wer da ist!«

Zarah sah sie an und blinzelte perplex. »Annie! Oh mein Gott, was tust du hier?«

»Meine Mum ist krank. Und du arbeitest hier?«

»Ja, ich habe den Job erst letztes Jahr bekommen.«

Es gab eine Zeit, da hätte Annie das gewusst, weil Zarah ihr früher alles erzählt hatte. Jetzt hatten sie sich seit zwei Jahren nicht mehr gesehen.

»Ihr zwei solltet euch unterhalten«, erklärte Polly und lächelte strahlend, als wäre sie Moderatorin bei *Herzblatt*. Sie wandte sich an Zarah. »Annie ist fast jeden Tag hier, weißt du? Es wundert mich, dass ihr euch noch nicht über den Weg gelaufen seid.«

Und selbst wenn das passiert wäre, dachte Annie, hätte sie schnurstracks kehrtgemacht.

»Polly, wie hast du überhaupt herausgefunden, dass wir einander kennen?«, erkundigte sie sich und gab sich Mühe, gefasst zu klingen.

»Wir kamen ins Gespräch, und Zarah erwähnte, an welcher Schule sie war. Die Welt ist klein, was?«

Annie zwang sich zu einem Lächeln. »Nicht wirklich, wir sind keine hundert Meter von hier zur Schule gegangen.«

»Egal«, fuhr Polly fort, »jedenfalls ist es ein Zeichen, also müsst ihr euch unbedingt treffen. Ihr habt eure Nummern, ja?«

»Meine ist nach wie vor dieselbe.«

Zarahs Stimme verriet keine Emotionen, und Annie schaffte es nicht, ihr in die Augen zu schauen.

»Meine auch.«

»Super, sie meldet sich bei dir.« Polly umklammerte unerbittlich Annies Arm. »Bis später, Zarah!«

Draußen riss Annie sich los. »Hör auf damit.«

»Womit?«

»Mich zu irgendwelchen Sachen zu drängen. Du hättest mir einfach sagen sollen, dass sie hier arbeitet.«

»Weil du bestimmt hingegangen wärst und mit ihr geredet hättest? Weil zwischen euch alles in bester Ordnung ist?«

»Vielleicht hätte ich es getan.«

»Ach ja? Wenn alles in Ordnung wäre, wüsstest du, dass eine deiner besten Freundinnen von früher hier im Krankenhaus arbeitet.«

»Sie ist nicht …«, ihre Stimme klang weit weg, als käme sie aus dem Weltall, »ich meine, wir waren mal …«

»Was ist passiert?«

Polly schien aufrichtig interessiert, als sie sich auf den Tresen am Eingang zur Bibliothek schwang und ihre Füße in den grünen Lackschuhen baumeln ließ.

»Ma'am, ich muss Sie bitten, da runterzugehen … Oh, du bist es, Polly«, sagte eine Bibliotheksmitarbeiterin.

Noch jemand, den Annie nie zuvor gesehen hatte. Ihre schräge Freundin schien wirklich alle hier zu kennen.

Sie holte tief Luft. »Hör zu, ich weiß, dass du helfen willst, allerdings gibt es einen Grund, warum Zarah und ich nicht mehr befreundet sind.«

»Und der wäre?«

Annie öffnete den Mund und schloss ihn wieder. Sie war nach wie vor nicht bereit. »Hör auf, mich zu drängen«, platzte es aus ihr heraus. »Ich habe dir inzwischen mehr erzählt, als ich wollte. Doch ich bin nicht wie du, okay? Ich kann mich nicht einfach … öffnen.«

»Na schön. Du musst es mir nicht anvertrauen. Aber Herrgott noch mal, die Chancen, die du nicht ergreifst, sind für immer verloren. Ist dir das klar?«

»Was soll das jetzt wieder heißen?«

»Das heißt, melde dich bei deiner Freundin. Geh mit ihr einen Kaffee trinken. Was kann Schlimmes passieren?«

## Tag 24: Verbringe Zeit mit Kindern

»Annie! Wie schön, dich kennenzulernen.«

Sie war noch nicht mal im Haus der Leonards durch die Tür, als sie bereits von Milly in die Arme geschlossen wurde. Pollys Freundin trug einen modischen schwarzen Bob mit violetten Strähnchen und hatte eine große Sonnenbrille auf dem Kopf, obwohl es Abend war.

»Komm herein, komm herein, es sind alle da.«

Annie folgte ihr und wünschte sich mal wieder, sie wäre zu Hause geblieben. Was sollte sie schließlich bei einem Treffen mit den alten Freundinnen? Sie brauche sie zur Unterstützung, hatte Polly behauptet, doch langsam beschlich sie das Gefühl, dass sie diejenige war, die Unterstützung brauchte.

Annie musterte die Runde, hielt sich an der Flasche Wein fest, die sie mitgebracht hatte. Es sah aus wie eine Szene aus einem Modemagazin: ausnahmslos stylische, schöne Menschen: Polly, George, ihre Eltern, Milly, Millys Ehemann Seb mit hipper Nerdbrille und Pollys andere beste Freundin Suze mit blonder Mähne, himmelblauem Nagellack, Skinny-Jeans. Sie hätte sich nicht stärker fehl am Platze fühlen können. Das rote Kleid und die Boots wirkten zu gewollt, und das Make-up war nicht perfekt geraten. Am liebsten hätte sie gleich Reißaus genommen, aber Polly sprang auf und schlang den Arm um ihre Schultern.

»Alle mal aufgepasst, das hier ist Annie, meine Krankenhausfreundin«, verkündete sie, was Annie unweigerlich an Kotze, Tränen und Linoleum denken ließ.

»Hi.« Sie fühlte sich so unwohl, dass sie den Eindruck

hatte, förmlich zu schrumpfen. Selbst Georges freundliches Lächeln half nicht, sie war einfach nicht so beneidenswert entspannt wie er, so cool und selbstbewusst.

Pollys Mutter trug heute ein elegantes Etuikleid und eine Brille mit dunklem Gestell, das Haar sorgfältig frisiert. »Hallo, Liebes, schön, dich wiederzusehen.«

Inzwischen hatte Polly angeordnet, dass alle sich duzten.

Wie immer, wenn sie Valerie sah, zog sich Annies Herz schmerzhaft zusammen. Im Vergleich zu dieser Frau war ihre Mutter eine Greisin, dabei war sie in Wirklichkeit sogar jünger. Selbst als es ihr noch gut ging, hatte sie nicht diese Valerie-Ausstrahlung gehabt, einfach weil sie sich weder teure Kleider noch teure Friseurbesuche oder Kosmetikbehandlungen leisten konnte. Kleider nähte sie selber, Styling war für sie ein Fremdwort. Annie fand es nicht fair, dass ihre Mutter bloß so ein winziges Stück vom Leben abbekommen hatte. Und das auch noch verlieren musste.

Valerie bugsierte Annie in Richtung Tisch. »Setz dich gleich hier drüben neben George – ich sehe ja, dass ihr beiden euch gut versteht.«

»Mum«, protestierte George und runzelte die Stirn.

»Hilf mir auf die Sprünge, Annie, wenn ich mich recht erinnere, bist du Single, nicht wahr?«

Es entstand eine unangenehme Stille. »Ja, bin ich …«

»Mum.« George war sichtlich genervt. »Wir haben schon darüber gesprochen, okay? Lass es einfach gut sein.«

Wie paralysiert blieb Annie neben dem ihr zugewiesenen Platz stehen.

»Nur Mut, hab keine Angst«, flüsterte Polly ihr zu und drückte ihre Schulter.

Sie hatte gut reden. Merkte sie nicht, dass es nicht jedem gegeben war, sich ins Leben zu stürzen, es mit beiden Händen zu packen, zwanglos Kontakte zu schließen, in Brunnen zu tanzen, mit unbekannten Leuten zu Abend zu essen und ganz selbstverständlich über Kunst, Musik oder Mode zu plaudern?

Alle lächelten Annie in einer Weise zu, als wäre sie die arme Verwandte, derer man sich annehmen müsse.

»Annie«, begann Suze, »ich habe gehört, du hast Pollys Hund adoptiert?«

»Na ja, ich passe fürs Erste auf ihn auf.«

»George könnte dich diesbezüglich etwas entlasten«, schlug Valerie vor, die einen Korb selbst gebackener Focaccia auf dem Tisch abstellte. »Er liebt Tiere.«

George und Polly wechselten einen Blick. Annie starrte angesäuert auf das Tischset aus Schiefer und verstand nicht, was hier vor sich ging.

Und als wäre das alles nicht genug, ertönte plötzlich vom Flur her das Getrappel eines Kavallerietrupps, dazu ein Geheul wie von Höllenhunden. Unwillkürlich verkrampfte Annie sich. *Kinder.* Es waren Kinder hier. Warum hatte niemand sie gewarnt?

Zwei winzige Geschöpfe stürmten ins Wohnzimmer – eins im rosa Kleidchen, das andere in Ringelshirt und Jeans. »Mummy, Harry hat Kacka im Klo gemacht!«

»Mummy, Lola hat mir Aua getan.«

Annie sah wie gelähmt zu, als sie sich auf Milly stürzten und sich an ihre Beine klammerten.

»Sagt Hallo zu Annie, Schätzchen.«

Neugierig wandten die beiden ihre kleinen Gesichter der fremden Frau zu, und Annie fürchtete, sie würden gleich zu ihr rüberkommen. Das ging nicht. Sie konnte das nicht. Unmöglich. Diese winzigen Stupsnasen, das lockige blonde Haar, die kleinen Schühchen. Wie alt mochten sie sein? Vier oder fünf? Sie ertrug es nicht.

Glücklicherweise schien Polly die aufsteigende Panik zu

erkennen. »Annie und ich gehen mal kurz raus. Geheimer Krankenhaustratsch.«

Damit schob sie Annie durch die Terrassentüren in die kühle Stille des Gartens hinaus.

»Entschuldige. Ich … Das war etwas viel, alles auf einmal«, stammelte Annie und rang verzweifelt um Fassung.

»Ich kann's dir nicht verübeln«, stöhnte Polly und ließ sich auf einen Gartenstuhl plumpsen. »Diese Kiddies sind ganz schön anstrengend. Ich weiß nicht, wie Milly das schafft. Ich persönlich werde mich erst mal eine Woche hinlegen müssen, wenn sie weg sind.«

Annie setzte sich schweigend neben sie, nach wie vor unfähig zu näheren Erklärungen, und so füllte Polly die unbehagliche Stille.

»Vielleicht ist es ja gut, dass ich nie Kinder hatte. Stell dir vor, wie viel schwerer jetzt alles wäre.«

»Wolltest du denn welche?«

»Ich weiß nicht. Zumindest bin ich immer davon ausgegangen, dass ich welche kriegen würde. Macht vermutlich jeder, oder nicht?«

Statt einer Antwort zuckte Annie die Schultern.

»Jedenfalls habe ich es ständig vor mir hergeschoben. Glaubte, alle Zeit der Welt zu haben. Und jetzt ist es zu spät. Für mich wird es nie ein süßes Baby in einer flauschigen Decke geben, und somit lasse ich niemanden zurück.«

Stille. Annie wusste mittlerweile, dass sie sich Mitleidsbekundungen sparen sollte. Polly konnte das nicht ausstehen.

»Bestimmt ist es besser so«, wiederholte Polly. »Ständig dieses Geschrei, und nie schafft man es, in Ruhe aufs Klo zu gehen. Und schau«, sie deutete auf den Ärmel ihres Blazers, »Schokoflecken auf meinem Vintageteil von Chanel. Außerdem hatte ich dadurch die Gelegenheit, viel zu reisen und lauter Dinge zu tun, die mir spontan einfielen. Geht mit

Kindern nicht. Wenn ich mir ansehe, wie Milly sich verändert hat … Als hätten die Kinder das Leben aus ihr rausgesaugt. Früher war sie total witzig, immer die Letzte in der Bar, immer auf dem neuesten Stand der Dinge. Heute weiß sie manchmal nicht einmal mehr, welchen Tag wir haben. Ich natürlich ebenfalls nicht, was allerdings daran liegt, dass mein Hirn von einem Tumor aufgefressen wird. Vielleicht ist die Mutterschaft ja so was Ähnliches wie ein Tumor.«

Ein bitteres Lächeln überzog Annies Gesicht. »Manche Leute würden sich womöglich freuen, so einen Tumor zu haben. Ich bin mir sicher, dass Milly glücklich ist.«

Zweifelnd wiegte Polly den Kopf hin und her. »Wärst du glücklich, ständig mit Babykotze vollgesabbert zu werden und zehnmal in Folge *Peppa Wutz* schauen zu müssen?«

»Ich *war* es«, brach es aus ihr heraus, was sie sofort bereute.

Polly wurde mit einem Mal ganz ernst, musterte sie aufmerksam. »Ich habe mich bereits gefragt, wann du es mir endlich erzählen würdest.«

»Nie, zumindest hatte ich es nicht zwingend vor.«

»Dachte ich mir.«

Erneut machte sich Schweigen breit, während drinnen im Haus unverändert Kinderstimmen ertönten und verebbten. Sie hatte nicht mehr erleben dürfen, dass Jacob sprechen lernte, über ein unverständliches Brabbeln war er nicht hinausgekommen.

»Ich schätze, das hat was mit Mike und Jane zu tun?«

»So in der Art.«

»Siehst du? Ich wusste, dass mehr dahintersteckt. Annie, ich glaube ernsthaft, du wirst mich noch um den Sieg als Dramaqueen bringen. Deine Story scheint echt tragischer zu sein als meine.«

Nachdem sie ein paarmal tief Luft geholt hatte, ergriff Annie schließlich das Wort. »Okay, du weißt inzwischen über meine Scheidung Bescheid, über die Krankheit meiner Mutter und darüber, dass meine beste Freundin mir meinen Ehemann abspenstig gemacht hat. Als Highlight sozusagen könnte ich eine Prise Unfruchtbarkeit hinzufügen.«

Polly, die gar nicht mehr überdreht war, drückte aufmunternd ihre Hand.

»Ich hatte einen Sohn, Jacob hieß er. Vorher hatte ich drei Fehlgeburten. Eine in der dritten Woche, grauenvoll. Plötzlich war überall Blut. In meinem Bett, auf dem Teppich ... Der zweite Abgang passierte in der zehnten Woche, jetzt musste eine Ausschabung vorgenommen werden. Am schlimmsten aber war das dritte Mal. Es war im fünften Monat, und das tote Kind wurde per Kaiserschnitt geholt. Der blanke Horror.«

»Und trotzdem hast du es weiterhin versucht?«

Annie nickte, zupfte mit zittrigen Händen an ihrer Strumpfhose. »Mike wollte aufhören, doch ich konnte nicht. Also habe ich so getan, als würde ich die Pille nehmen. Als ich es ihm gestand, war er außer sich. Da war ich mittlerweile schwanger, und diesmal lief alles nach Plan. Jacob kam ganz normal zur Welt. Kerngesund.«

»Hübscher Name«, sagte Polly.

»Ja, er hat mir seit jeher gefallen. Dann ...« Ihr Atem stockte. Wenngleich viel Zeit vergangen war, fühlte sich die Geschichte immer noch wie ein Felsbrocken an, der sie zu erdrücken versuchte. »Eines Morgens stand Mike auf, um nach ihm zu schauen. Wir glaubten, er habe die Nacht durchgeschlafen. Endlich. Ich war so erleichtert, denn normalerweise musste man ihn mehrmals nachts rausnehmen. Wir waren beide fix und fertig. Und da hatte ich diesen einen Moment des Glücks: Die Sonne schien durch die Jalousien, und ich dachte, wie gut es das Leben mit mir meinte. Aber als Mike an sein Bettchen trat, war Jacob kalt und blau angelaufen … Wir riefen den Notarzt, bloß war da nichts mehr zu machen. Er war tot. Plötzlicher Kindstod, nennen sie es. Eine dieser Sachen, die eben bisweilen passieren.« Sie hielt inne, durchlebte in Gedanken erneut diesen schrecklichen Tag. »Natürlich haben wir dennoch nach Gründen gesucht. War ihm zu kalt gewesen? Oder zu warm? Hatte er sich einen Infekt eingefangen? Hätte ich vorher irgendwas merken müssen, verdächtige Anzeichen? Uns fiel nichts ein. Irgendwann brach ich zusammen. Es war, als ob ich nicht mehr wüsste, wer ich bin, und glaubte, es nicht zu überleben. Ich konnte nicht schlafen, ich konnte nicht essen. Lag einfach auf dem Boden seines Zimmers und heulte ohne Unterlass. Und das wurde nicht besser, im Gegenteil. Zunehmend vernachlässigte ich mich, wusch mich nicht mehr, wechselte wochenlang nicht die Kleidung. Und Jane … Sie war meine beste Freundin, war die ganze Zeit da, tröstete mich. Half mir. Doch nicht einmal sie schaffte es, zu mir durchzudringen, also tröstete sie stattdessen Mike. Und dann, nach einer Weile, eröffnete er mir, es tue ihm leid, sie hätten sich ineinander verliebt. Na ja, so wie ich mich habe gehen lassen, war das im Grunde kein Wunder …«

Erschöpft holte Annie Luft. Sie hatte es gesagt, hatte sich dazu durchgerungen, ohne dass die Welt eingestürzt war. Drinnen plapperten die Kinder fröhlich weiter, in den Bäumen zwitscherten wie vorher die Vögel, und vom Fluss ertönte wie immer das schwermütige Tröten der Schiffssirenen, das wie das Lied eines traurigen Wals klang.

Nach einer Weile tastete Polly nach Annies Handfläche und klatschte sanft darauf. »Du hast fürs Erste gewonnen.«

»Wirklich?«

»Klar hast du das. Das ist … Ich weiß nicht einmal, was ich sagen soll.«

»Das wäre dann wohl eine Premiere.«

»In der Tat. Schick besser gleich die Pressemeldung raus.«
Sie mussten beide einen Moment lachen. »Und ich lade dich
ausgerechnet ein, wenn Kinder anwesend sind … Ich schwöre, ich wusste das nicht. Höchstens hatte ich eine vage
Ahnung, dass dir etwas Schlimmes passiert ist, du hast eine
Kaiserschnittnarbe, aber kein Kind – an so was habe ich nie
gedacht.«

»Sag jetzt nicht, dass es dir leidtut. Lass uns einen Pakt
schließen, okay? Wir entschuldigen uns für nichts, außer es
war unsere eigene Schuld.« Annie deutete zum Haus. »So sah
dein Leben also davor aus? Alle scheinen bevorzugt über, was
weiß ich, Quinoa und die Menschenrechtskonvention zu
reden, den bedauerlichen Zustand der Welt zu beklagen und
zugleich unbekümmert Wochenendtrips in malerische Cot-
tages zu planen. Es jammert sich leicht auf hohem Niveau.«

»Ja, ich schätze, da triffst du ins Schwarze. Du musst uns
echt für einen Haufen privilegierter Trottel halten.«

»Nein. Ich dachte lediglich daran, dass wir normalerweise
keinerlei Gemeinsamkeiten gehabt hätten.«

»Nein, womöglich nicht. Wie auch immer, jetzt bist du
hier, und ich bin froh darüber, denn ich bin nicht sicher, ob
ich das ohne dich durchstehen würde. Mit gefangen, mit
gehangen, so sagt man doch. Annie Hebden, der einzige
Mensch, der mich je bei einer Mitleidsstory geschlagen hat,
darauf kannst du dir was einbilden.«

»Tu nicht so, als würdest du es mir gönnen«, erwiderte
Annie mit liebevollem Spott und griff nach Pollys kalter
Hand.

So saßen sie eine Weile einträchtig in der herabsinkenden
Dämmerung, beobachteten, wie immer mehr Lichter den
Himmel erhellten, und dachten an die acht Millionen Herzen, die in dieser Stadt unablässig schlugen, ob sie nun ein
gutes Leben hatten oder nicht.

## Tag 25: Teile etwas

»Annie! Schon wieder da? Du könntest ruhig mal einen Tag aussetzen. Niemand würde dich für einen schlechten Menschen halten, und deine Mum … Na ja, sie merkt es wahrscheinlich nicht mal.« Dr. Max stand wie neulich vor dem Snackautomaten, einen Twix-Riegel in jeder Hand.

»Ich weiß. Heute treffe ich mich allerdings mit einer Freundin.« Das Wort kam ihr schwer über die Lippen, es war zu lange her, seit sie es benutzt hatte. »Ist das etwa dein Mittagessen?«

Er nickte. »Der Automat hat versehentlich zwei rausgelassen! Das ist wohl der Ausgleich für all das hart verdiente Geld, das von diesem Gehilfen Satans verschluckt wurde.« Er sah sie an. »Oh, hättest du vielleicht gerne den zweiten?«

»Willst du ihn nicht?«

Er tätschelte seinen Bauch. »So wie es aussieht, ernähre ich mich langsam ausschließlich von Zucker. Kann mich nicht daran erinnern, wann ich das letzte Mal von einem Teller gegessen habe.«

»Hättest du …?« Annie unterbrach sich, weil sie ihn glatt um ein Haar zum Abendessen eingeladen hätte. »Nun, in diesem Fall nehme ich dir das Twix gerne ab, als Dessert für nach dem Mittagessen gewissermaßen.«

»Mittagessen«, seufzte er. »Ja, ich erinnere mich dunkel, was das ist. Wenn man im Krankenhaus arbeitet, verliert man die Lust daran. Irgendwie schmeckt alles gleich. Außerdem lassen einem die Patienten kaum Zeit zum Essen, sie saugen einem bei lebendigem Leibe das Blut aus.«

»Ich dachte, es ist andersherum«, spottete Annie. »Ihr zapft ihnen schließlich ständig Blut ab.«

Er hatte sein Twix ausgewickelt und bereits die Hälfte des Riegels verputzt. »Metaphorisches Blut, Annie. Ich schwöre dir, dieses Krankenhaus bringt mich noch um. Du hast eine Schlange von zehn Leuten, die einzig drauf warten, dass ich ihre Köpfe scanne. Um ihnen anschließend mitzuteilen, dass sie Krebs haben. Das ist echt auf Dauer nicht witzig.«

»Lässt sich da keine Abhilfe schaffen?«

Er schüttelte den Kopf. »Viele Krankenhäuser arbeiten mittlerweile nicht mehr kostendeckend. Mit dem Resultat, dass überall im Gesundheitswesen eingespart werden muss – und das beginnt mit Personalabbau und Etatkürzungen. Da ist politisch vieles schiefgelaufen. Es ist eine Schande, dass so viele Kranke darunter zu leiden haben. Egal, ich muss weg und in das nächste Gehirn schauen. Wir sehen uns später.«

Fröhlich winkend zog er ab, nachdem er sich gerade noch total echauffiert hatte. Sie wurde einfach nicht schlau aus ihm.


In der Cafeteria herrschte Hochbetrieb, und Annie brauchte einen Moment, bis sie Zarah entdeckte. Heute trug sie ein blaues, paillettengesäumtes Kopftuch mit Schmetterlingen. Sie hätte sich lieber außerhalb der Klinik getroffen, doch Zarah hatte lediglich eine kurze Mittagspause, und da Annie sowieso hermusste, schien es praktischer so. Sie stutzte, als sie eine weitere Person an Zarahs Tisch sah. Das passte ihr gar nicht in den Kram, ein Fremder, der ihre Gespräche mithören konnte! Umso größer war die Überraschung, als ihr aufging, wer da saß.

»Ich hoffe, es macht dir nichts aus, Annie. Irgendwie fand ich es an der Zeit, dass wir drei uns unterhalten sollten. Das hier geht inzwischen viel zu lange.«

»Ganz meiner Meinung.« Die unerwartet aus der Vergangenheit aufgetauchte Person war groß gewachsen und eine beeindruckende Erscheinung, was durch ihr hautenges rotes Kleid und die glänzenden, geflochtenen Haare noch betont wurde. »Hi, Annie.«

»Hi, Miriam.«

Die Freundin von einst blickte ihr in die Augen, offen und ehrlich, ganz so wie Annie sie in Erinnerung hatte.

»Geht es dir gut? Zarah meinte, deine Mutter sei krank.«

»Ja, sie ist …« Annie konnte sich nicht zu einer Erklärung überwinden. »Sie liegt hier auf Station. Wie geht es Jasmine?«

Miriam wirkte einen Moment erstaunt, als hätte sie nicht damit gerechnet, dass Annie sich an den Namen ihrer Tochter erinnern würde. Aber natürlich erinnerte sich Annie, sie wusste alles über Jasmine.

»Ihr geht es gut.«

»Es tut mir leid wegen … der Sache damals.«

»Du meinst ihren Kindergeburtstag?«

Annie nickte. »Ich hätte nicht kommen dürfen, nicht solange ich dem nicht gewachsen war. Es war ein schwerer Fehler.«

Ein Fehler, den sie bis heute bereute, denn beim Anblick all der einjährigen kuchenverschmierten Kinder hatte sie weinend die Flucht ergriffen. Und als Miriam ihr nachgelaufen war, hatte Annie sie wütend von sich gestoßen, hatte die Autotür zugeknallt und war weggefahren. Mike war allein auf dem Bürgersteig zurückgeblieben, völlig konsterniert von dem Auftritt, den seine Frau gerade hingelegt hatte. Später hatte Annie sich oft gefragt, ob er sie ohne diese Szene verlassen hätte. Oder ob es erst dieser Augenblick war, in dem er beschloss, sich von dem heulenden Häufchen Elend zu befreien, in das sie sich verwandelt hatte.

Miriam seufzte. »Annie, das ist alles Schnee von gestern.

Vergiss es. Jasmine hat ohnehin nichts davon mitbekommen. Nicht in dem Alter. Es ist einfach traurig, dass du daraufhin alle Bande gekappt hast. Zu uns allen, nicht allein zu Jane.«

Beim Klang dieses Namens verkrampfte Annie sich innerlich. »Seid ihr nach wie vor befreundet?«

Zarah und Miriam wechselten einen Blick.

»Annie, wir sind genauso noch deine Freundinnen, wenn du uns lässt«, sagte Zarah sanft. »Du hast mir so sehr gefehlt, schließlich warst du immer diejenige, die ich als Erste angerufen habe, wenn ich Rat und Hilfe brauchte. Weißt du noch? Du warst die Einzige, die nie in Panik geriet, die immer das Richtige sagte, wenn ich ein mieses Date oder Probleme mit meinen Eltern hatte. Es tat so weh, als du uns so mir nichts, dir nichts abgesägt hast. Übrigens fühlt Jane sich grauenhaft wegen dieser Geschichte.«

»Offenbar nicht grauenhaft genug, um die Finger von Mike zu lassen.«

»Sie haben sich ohne ihren Willen ineinander verliebt«, wandte Miriam ein. »Ich glaube, das war wirklich so. Klar, dass es fürchterlich für dich war und zudem nicht fair, zumal in deiner damaligen Situation. Versteh mich nicht falsch, wir ergreifen keinesfalls Partei für die beiden.«

So hatte es sich hingegen angefühlt, als Mike ihr schließlich gestand, wegen wem er sie sitzen ließ, und sie schockiert bei Zarah anrief. Das betretene Schweigen am anderen Ende der Leitung verriet ihr, dass alle es bereits wussten und niemand es für nötig befunden hatte, sie zu informieren. Annie war die Letzte gewesen, die es erfuhr. Also hatte sie ihre Sachen gepackt, war ausgezogen und hatte nie wieder mit einem aus der alten Clique gesprochen.

Auf einen Schlag hatte sie alles verloren: ihr Kind, ihr Zuhause, ihren Mann und ihre Freundinnen. Es war ein furchtbares Desaster gewesen – und war bis heute eines.

Eine Hand legte sich auf ihre, und als sie den Blick hob, lächelte Miriam sie an.

Die erste Träne rollte ihre Wangen hinunter. »Entschuldigung.«

»Annie, was dir widerfahren ist, war entsetzlich«, sagte Zarah. »Unausdenkbar und alle Vorstellungen übersteigend. Und wir wären ehrlich gerne für dich da gewesen, wenn du uns gelassen hättest und nicht von einem Tag zum anderen abgetaucht wärst.«

»Mir konnte niemand helfen. Es wäre zwecklos gewesen«, erklärte Annie unter Schluchzern.

Zarah nickte. »Aber jetzt, mit ausreichendem Abstand, könnten wir uns vielleicht wieder treffen so wie früher? Ich meine, wir drei.«

Annie spürte, wie unangenehm es für sie gewesen sein musste, als eine ihrer besten Freundinnen etwas mit dem Ehemann der anderen anfing.

»Ich würde es niemals von dir verlangen … trotzdem solltest du wissen, dass sie sich wirklich schrecklich fühlt, weißt du. Vor allem jetzt …« Sie verstummte und tauschte einen weiteren Blick mit Miriam.

Das sollte sie auch, dachte Annie und schüttelte den Kopf. »Tut mir leid, ich kann nicht über meinen Schatten springen und ihr vergeben. Dazu bin ich nicht in der Lage, das bringe ich nicht.«

Der Kloß in ihrer Kehle hinderte sie am Weitersprechen. Sie war noch nicht bereit für eine Versöhnung, würde es vielleicht nie sein. Allein die beiden wiederzusehen wühlte so viele Erinnerungen auf. Erinnerungen an die alte Annie, die Freundinnen hatte, die sogar die Vernünftigste von ihnen war. Diejenige, zu der die anderen kamen, wenn ihre Freunde sie betrogen, ihre Chefs zu viel verlangten oder wenn der Hefeteig nicht aufging. Diese Annie war mit Jacob gestorben.

Sie stand auf, ihr Stuhl schrammte über den Boden. »Ich muss gehen. Tut mir leid. Danke für alles. Ich fände es schön, wenn wir uns wieder einmal treffen könnten. Bald. Jetzt muss ich jedoch los«, brachte sie noch heraus, bevor sie hinaus in den Krankenhausflur rannte.

Tag 26: Nimm dein Hobby wieder auf

»Kommst du oft hierher?«

Annie schüttelte den Kopf. »Meistens ertrage ich es nicht«, erklärte sie leise und fragte sich zugleich, was für ein Mensch sie war, dass sie das Grab ihres eigenen Kindes kaum besuchte. »Es ist so schmerzhaft, immer noch. Außerdem habe ich ständig Angst, Mike über den Weg zu laufen.«

»Das kann ich verstehen. Wo ist es denn?« Polly drehte sich auf ihren Fersen um und ließ den Blick über den weitläufigen städtischen Friedhof schweifen. In ihrer Jeanslatzhose und mit den Blümchenchucks sah sie aus, als wäre sie einer Abercrombie-&-Fitch-Werbung entsprungen.

»Dritte Reihe links.« Annie würde das Grab selbst im Schlaf finden, und tatsächlich träumte sie manchmal, dass sie dort stand. Ihn suchte. Obwohl es inzwischen zwei Jahre her war, gab es immer noch Tage, an denen sie aufwachte und erwartete, Jacobs Schreien zu hören. Sie hätte es gleich wissen müssen an jenem Morgen, als kein Laut aus dem Kinderzimmer drang. Und vor allem vermochte sie sich jenen kurzen Moment der Erleichterung nicht verzeihen, als sie dachte, er habe durchgeschlafen. Jenen flüchtigen Moment des Glücks. Wenn sie nur früher nach ihm geschaut hätte. Wenn sie früher aufgewacht wäre – vielleicht hätte man ihn retten können. Wie auch immer, es war zu spät. Sie musste damit aufhören, diese elenden *Was-wäre-gewesen-wenn*-Fragen brachten sie noch um.

»Das ist es.«

Eine Welle der Scham überflutete sie, als sie das verwahr-

loste Grab sah, dessen kleiner grauer Stein mit der Aufschrift
JACOB MATTHEW HEBDEN beinahe ganz vom Un-
kraut überwuchert war. Das Marmeladenglas, in dem sie letztes Mal Blumen mitgebracht hatte, war umgefallen, und eine
schmutzig-grüne Lache hatte sich darin gesammelt.

»Matthew«, las Polly. »Nach jemandem benannt?«

»Mikes Vater.«

»Hm. Nach seinem, nicht deinem.«

Annie zuckte die Achseln. »Warum sollte ich meinem
Sohn den Namen eines Mannes geben, den ich nie kennengelernt habe und der auf Nimmerwiedersehen verschwunden
ist?«

Polly hockte sich ins Gras »Und du hast in all den Jahren
nie nach ihm gesucht?«

»Ich wüsste nicht, wo ich hätte anfangen sollen. Er ging
fort, kaum dass ich auf der Welt war, und wir haben keinerlei
Anhaltspunkte, wo er abgeblieben ist.«

»Deine arme Mutter, muss echt hart für sie gewesen sein.«

»Ja. Ich schätze mal, dass er ein typischer Loser war, und
hatte deshalb nie das Gefühl, ihn in meinem Leben zu
brauchen. Irgendwie ist es allerdings eine Ironie des Schick-
sals, dass ich genauso abserviert wurde wie meine Mutter.
Liegt womöglich in der Familie, das mit dem Verlassenwer-
den, oder?«

Polly stieß ein missbilligendes Schnauben aus. »Ich hoffe,
du erwartest nicht, dass ich bei deiner Selbstmitleidsparty
mitmache, Annie.«

»Nein, nein, Gott behüte. Seinetwegen bemitleide ich
mich nicht die Spur, und der Vergleich mit meiner eigenen
Ehepleite war blöd. Eigentlich wollte ich zum Ausdruck
bringen, dass ich meinen Vater nicht brauche und nicht vermisse. Bei meiner Mum scheint das anders zu sein. Neuerdings redet sie von ihm, als wäre er nach wie vor ein Teil ihres

Lebens. An irgendeinem Punkt ihrer Beziehung müssen sie wohl glücklich gewesen sein.«

»Ähnliches denke ich mir bei meinen Eltern auch manchmal.«

»Warum? Deine Eltern wirken auf mich rundum glücklich und zufrieden.«

»Tja, Annie, der äußere Schein trügt nicht selten, und die Wahrheit sieht anders aus. Aber jetzt im Ernst, Schluss mit dem Selbstmitleid! Wir sind wegen Jacob hier, um an ihn zu denken und sein Grab in Ordnung zu bringen.«

Annie bückte sich, um ein Büschel Unkraut auszureißen. »Offenbar war Mike ebenfalls nicht oft hier. Du musst mich für eine schreckliche Mutter halten. Heule mir die Augen aus und vernachlässige zugleich sein Grab. Das ist lieblos.«

Polly schwieg eine Weile. »Weißt du, als ich klein war, starb mein Großvater. Er wurde eingeäschert und seine Asche im Meer verstreut, weil er gerne mit seinem Boot hinausgefahren war. Ich fragte meine Mum einmal, wie wir ihn denn besuchen sollten, wenn es kein Grab gebe. Sie antwortete, Gräber seien nicht die Orte, wo die Verstorbenen sich befänden, sondern lediglich Orte, an die wir gehen, um uns an sie zu erinnern. Ich bin mir ziemlich sicher, dass du kein Grab brauchst, um dich Jacob nah zu fühlen.«

Annie schüttelte den Kopf und bemühte sich, den Kloß in ihrem Hals runterzuschlucken.

Polly ging in die Hocke, um ein lila Pashminatuch auszubreiten, wobei sie zusammenzuckte und sich die Hand ins Kreuz legte.

»Wir kriegen das schon hin, zupfen ein bisschen Unkraut, und dann sieht alles gleich schöner aus«, sagte sie und kniete sich hin.

Blöd, dass sie nicht an Gartenwerkzeug gedacht hatte. Sie wollte gerade anfangen, mit den Händen die Erde zu lockern, als Polly ihre Hand ausstreckte und ihr eine kleine Schaufel und Harke sowie eine Gartenschere reichte, die sie aus ihrer großen Umhängetasche gezogen hatte. Erneut empfand Annie Scham über ihre eigene Gedankenlosigkeit.

Eine Weile hackten, gruben und schnitten sie schweigend vor sich hin, die Geräusche der Stadt schienen aus weiter Ferne zu kommen. Außer ihnen waren nur wenige Besucher zu sehen. Irgendwann blickte Annie auf und beobachtete Polly. Wie seltsam das alles war, dachte sie – hier am Grab ihres Babys zu gärtnern mit dieser Frau, die sie vor wenigen Wochen nicht einmal gekannt hatte und die selbst am Rand des Todes stand.

»Du solltest ihnen vergeben«, hörte sie plötzlich ihre Stimme.

Annie musste nicht fragen, wen sie meinte. »Ich kann nicht.«

»Zugegeben, was sie getan haben, war mies. Mehr als mies sogar. Doch letzten Endes bist du diejenige, die leidet, wenn du ihnen nicht vergibst. Du bist es, die Tag für Tag diese Last mit sich herumschleppt.«

Annie zupfte eine Weile weiter, ohne zu antworten. »Sie hätten mich beinahe zerstört.«

»Möglich, aber es ist ihnen nicht gelungen. Schließlich bist du immer noch hier.«

Mit Müh und Not, fügte Annie stumm hinzu. Es hatte in den letzten beiden Jahren Zeiten gegeben, als sie nicht wusste, ob sie es schaffen würde. Die Erinnerung, wie sie Jacob aus dem Bettchen gerissen, ihn in ihre Arme genommen hatte, war einfach übermächtig – da war noch das vertraute Gefühl seines zarten Körpers gewesen, allerdings mit einem Mal verstörend kalt und leblos. So etwas ließ sich nicht einfach wegstecken.

Genauso wenig wie dieser deprimierende Tag, an dem sie

aus dem schönen Haus in die schäbige Wohnung wechselte und sich fragte, wie um alles in der Welt sie in ihrem Leben so tief hatte sinken können. Oder der Tag, an dem die Polizei anrief, um ihr mitzuteilen, dass sie ihre Mutter verwirrt aufgefunden hatten, und ihr klar wurde, dass sie einen weiteren Menschen verlieren würde. All das waren unauslöschliche Erinnerungen, leider keine, die einen aufbauten. Und genau deswegen fühlte sich das, was Mike und Jane getan hatten, so unverzeihlich an.

Dennoch gab sie die übliche Antwort, die sie auf die meisten von Pollys Vorschlägen parat hatte: »Ich werde es mir überlegen.«


»Tada!«, schmetterte Polly, die von einem kleinen Rundgang zurückkehrte.

Misstrauisch beäugte Annie die Narzissen in Pollys Händen. »Wo hast du die her?«

»Gepflückt. Die wuchsen dort hinten einfach so, niemand wird merken, dass sie fehlen. Sind sie nicht wunderhübsch?« Sie betrachtete verzückt die gelben Trompeten, aus deren Stängeln schleimiger grüner Saft triefte. »Ich liebe es, wie sie sich jedes Jahr wieder aus der kalten, toten Erde kämpfen ... Immer dann, wenn man gerade denkt, dass der Winter nie enden wird. Das ist es, was ich wohl am meisten vermissen werde. Sofern ich es mitkriege, wovon ich eigentlich nicht überzeugt bin, aber wer weiß. Es gibt so viele Dinge zwischen Himmel und Erde, die man nicht begreift ... Vielleicht bin ich einfach weg oder eben nicht. Darf ich sie Jacob hinstellen?«

Sie spülten das Marmeladenglas aus und füllten es mit frischem Wasser aus einem der Hähne, die an verschiedenen Stellen von der Friedhofsverwaltung installiert worden waren.

Wenigstens einmal war Annie einverstanden mit der Behörde, für die sie arbeitete. Bislang hatte sie nie ernstlich darüber nachgedacht, dass sie da waren, um die Risse im Leben der Menschen zu flicken, den Müll wegzuräumen, die Straßen zu sanieren, die Parks zu pflegen. Polly stellte die Blumen ins Glas und arrangierte sie so, dass sich die Blütenköpfe nach außen streckten. »Da, die sind für dich, Jacob. Ich freue mich, dich kennenzulernen.«

»Darf ich etwas sagen, auch wenn es schräg klingt?«, warf Annie ein.

»Nur zu.«

»Ich denke nicht, dass er dich hören kann. Lange habe ich versucht, das zu glauben. Der Gedanke, ihn nie wiederzusehen, schmerzte so sehr, dass ich einen Trost brauchte. Inzwischen sage ich mir, dass er einfach fort ist. Wohin auch immer entschwunden. In unbekannte Sphären vielleicht? Vermutlich ist das der Grund, warum ich ihn nicht oft besuche. Am Anfang bin ich mit meiner Mum häufig hier gewesen, für sie war das Grab als Ort der Erinnerung wichtig – jetzt bin ich mir nicht mehr sicher, ob sie sich überhaupt daran erinnert, dass sie einen Enkelsohn hatte. Insofern entfällt für mich ein weiterer Grund herzukommen.«

Polly zuckte die Achseln. »Ich bin sowieso der Meinung, dass wir nicht dafür gemacht sind, den Tod zu verstehen. Hin und wieder stelle ich mir vor, wie es wäre, jemanden in der U-Bahn oder auf der Straße anzusprechen, ihm auf die Schulter zu tippen und zu fragen: *Entschuldigung, ist Ihnen eigentlich klar, dass Sie sterben werden?* Vielleicht nicht heute oder morgen, mit Sicherheit aber eines Tages. All diese Menschen, die zu irgendwelchen Meetings hetzen, zu Essensverabredungen, ins Fitnessstudio – was geschähe, wenn sie plötzlich realisieren würden, dass sie endlich sind. Und sofern sie es wirklich begreifen, müssten sie da nicht alles stehen und liegen lassen und genau das tun, wovon sie immer geträumt haben? Mit einem Fallschirm aus einem Flugzeug springen. Deinen Job kündigen. Jemandem sagen, dass man total auf ihn steht.«

Annie bedachte sie mit einem skeptischen Blick. »Ich hoffe, wir reden hier nicht gerade von Dr. Quarani.«

»Nein, allerdings ist er in der Tat umwerfend. Konkurrenzlos. Und dabei so korrekt.«

»Er hat ein Familienfoto auf seinem Schreibtisch stehen.«

»Kann ebenso gut seine Schwester sein.«

»*Polly, bitte.*«

Annie war sich momentan nicht ganz sicher, ob ihre Freundin wirklich begriff, dass sie selbst dabei war zu sterben. Zwar tat sie mit furchterregender Konsequenz ausschließlich das, was sie sich in den Kopf gesetzt hatte, verlor dabei jedoch ihre begrenzte Lebenserwartung aus dem Auge. Sie flirtete herum, schmiedete Pläne und knüpfte neue Freundschaften und Beziehungen, als hätte ihr Leben nicht ein klares Ablaufdatum.

»Vielleicht ist es gar nicht möglich«, griff Annie die Überlegungen der Freundin auf, »immerzu mit der Gewissheit zu leben, dass man stirbt. Das würde zu Fatalismus führen. Wäre echt schwierig, unter diesen Umständen noch die Motivation aufzubringen, die Böden zu wischen und anderen lästigen Kram zu erledigen.«

»Wahrscheinlich ist es das. Ich bin zum Beispiel immer kurz davor, meine Kfz-Versicherung zu verlängern oder mir einen neuen Wintermantel zu kaufen«, räumte Polly nachdenklich ein. »Dann rufe ich mir in Erinnerung, dass ich … Trotzdem ist es unmöglich, nicht an die Zukunft zu denken.« Sie rappelte sich mühsam auf. »Egal. Eines jedenfalls sollte man nicht tun, wenn man stirbt, und zwar auf Zucker und Süßes zu verzichten. Also? Lust auf heiße Schokolade und Kuchen?«

Annie blickte noch einmal auf das kleine Grab. Es sah wieder halbwegs ordentlich aus, das Unkraut war weg und das Gras zurückgeschnitten. Jacob hatte nie die Gelegenheit bekommen, eine Spur in dieser Welt zu hinterlassen. Er war kaum angekommen, als er schon wieder gehen musste. Aber für sie, für Mike und für ihre Mutter – und womöglich sogar für Jane – bedeutete Jacobs kurzes Leben, dass nichts wieder so sein würde wie davor.

Wahrscheinlich verbarg sich in diesem Gedanken irgendein tieferer Sinn, nur welcher? Annie verspürte keine Lust, länger darüber nachzudenken. Sie war seelisch erschöpft, Polly hingegen körperlich, wie es den Anschein hatte.

»Gute Idee«, sagte Annie. »Lass uns Kuchen essen gehen.«

## Tag 27: Wechsle die Bettwäsche

»Annie! Schläft heute jemand bei dir?«

»Wie kommst du darauf?«, erkundigte sie sich.

In der ganzen Zeit, die Costas inzwischen bei ihr wohnte, hatte nie jemand bei ihr übernachtet. Anders bei ihm. Ab und zu brachte er jemanden nachts mit, doch diese Gäste schlichen sich stets vor dem Morgengrauen raus und ließen lediglich eklige Haare in der Dusche zurück.

»Warum tust du das dann?« Costas stand in der Tür und deutete auf das Bettzeug, das sich auf dem Boden häufte. Buster lag zusammengerollt in seinen Armen und schleckte ihm das Gesicht mit seiner rosigen Zunge ab.

»Lass ja nicht den Hund runter, ich habe gerade erst sauber gemacht«, warnte sie ihn. Annies alte beigefarbene Tagesdecke lag ebenfalls zusammengeknüllt auf dem Stapel, eine neue war bereits aufgezogen: türkisfarben mit rosa Blüten.

»Er wird nichts aufessen. Ist braver Junge, stimmt's, mein Baby? Ja, das bist du! Also, Annie, warum du tust putzen?«

»Einfach weil ich fand, es sei an der Zeit für etwas Neues. Damit es hübscher aussieht.«

Sie hatte in ein und derselben Bettwäsche geschlafen, seit sie völlig abgebrannt und mittellos hier eingezogen war. Hatte all ihre hübschen Habseligkeiten zurückgelassen, ihrem alten Leben den Rücken gekehrt, das billigste Bettzeug gekauft, das sie kriegen konnte, und es nicht so oft gewaschen, wie nötig gewesen wäre.

Costas streckte aufmunternd den Daumen nach oben. »Freut mich für dich, Annie, wirklich. Und ich jetzt gehe aus.«

Er trug ein enges silbernes T-Shirt, das sie mit einem nachsichtigen Lächeln bedachte. »Viel Spaß. Amüsier dich gut.«

Vielleicht sollte sie auch für ihn neue Bettwäsche kaufen – immerhin war die winzige Kammer, in der er hauste, nicht besonders ansprechend. Während sie ihr Bettzeug aufschüttelte, glatt strich und bewunderte, dachte sie daran, dass es nicht mehr ganz so peinlich wäre, falls jemand aus einem absurden Paralleluniversum zufällig einen Blick in ihr Zimmer werfen sollte.

Auf der Suche nach einem zusätzlichen Kissenbezug öffnete sie die unterste Schublade in ihrem Kleiderschrank und hörte etwas rascheln. Seidenpapier. Siedend heiß fiel ihr in diesem Moment ein, was sie dort versteckt hatte: ihren kostbarsten Schatz, den sie dennoch seit zwei Jahren anzusehen vermied.

Es war das Einzige, was sie von Jacob aufbewahrt hatte. Die normalen, zweckmäßigen und austauschbaren Babysachen hatte sie in dem alten Haus gelassen. Aber dieses cremefarbene Jäckchen war ein Geschenk ihrer Mutter gewesen. Sie hatte es in zweimonatiger Arbeit vor dem Fernseher gestrickt – es sah entzückend aus mit den Knöpfen, die die Form von Lammköpfchen hatten. Annie drückte es an ihr Gesicht und sog den Duft ein. Ein kleiner Plastikring fiel heraus, auf dem sein Name gedruckt war: JACOB MATTHEW HEBDEN. Das Krankenhausarmband.

Der Fund warf sie zurück. Sie dachte an einen frühen Morgen in ihrem alten Haus. An Mike, der Jacob zu ihr brachte, damit sie ihn stillte, an seinen kleinen Körper, der zwischen sie beide glitt. Das Baby, das sie gezeugt hatten. Ein Wunder. Normalerweise wurden die Gedanken an diese Zeit von Zorn, Trauer und Verzweiflung verdüstert. Jetzt hingegen machte sich ein ganz anderes Gefühl in ihr breit. Der Wunsch,

Mike zu sehen. Er war der einzige Mensch, der wirklich verstehen konnte, wie es sich für sie anfühlte, diese kleine Strickjacke zu halten und sich an das Baby zu erinnern, das nicht mehr darinsteckte. Immerhin hatte er genau wie sie ein Kind verloren.

Annie seufzte leise. Verflixte Polly. So sehr sie sich bemühte – es war verflucht schwierig, immun zu bleiben gegen diesen nervigen Optimismus, den sie versprühte, und die weisen Ratschläge, die sie gleichermaßen freiwillig wie ungebeten verteilte. Und die, allen Widerständen zum Trotz, am Ende Wirkung zeigten.

## Tag 28: Vergib jemandem

»Ich habe es mir anders überlegt. Können wir umkehren?«

»Ach, komm schon. Du kennst doch das Sprichwort: Bitternis ist so wie Gift trinken und erwarten, dass jemand anders stirbt. Und du, meine liebe Annie, hast ein ganzes Fass davon getrunken.«

Die so Gescholtene blickte finster vor sich hin. Schließlich mochte sie ihr Gift. Es war wie starker Kaffee, dunkel und anregend, und half ihr weiterzumachen. Trotzdem saß sie jetzt in Pollys Volvo.

»Ach ja? Und was ist mit dir?«, empörte Annie sich. »Ich wette, du hast selbst jemanden, auf den du sauer bist und dem du nicht vergibst.«

Polly verzog das Gesicht. »Das liegt daran, dass ich innerlich noch nicht dazu bereit bin.«

»Mir geht es genauso.«

»Bei dir ist mehr Zeit vergangen. Und glaub mir: Mein Jemand ist ein *richtiger* Bastard.«

»Warst du es nicht, die sagte, wir müssten vergeben, das Gift rauslassen und so weiter und so fort?« Annie suchte ihren Blick. »Ist es dieser Tom, dem du nicht verzeihen willst?«, wagte sie sich sodann vor. »Nicht dass du mir je erzählt hättest, wer Tom ist.«

»Wie gesagt, ich brauche noch Zeit. Ist auch egal. Heute bist du dran. Danach können wir uns Gedanken um mich machen. Und jetzt komm endlich, es ist der perfekte Zeitpunkt: Deine alten Freundinnen haben dir den Weg bereitet. Zieh es durch, nimm es als Schicksal.«

»Das ist kein Schicksal, sondern deine Art, Schicksal zu spielen und dich überall einzumischen. Ohne dich hätte ich Zarah überhaupt nicht getroffen.«

»War es etwa nicht gut? Irgendwann wärst du ihr so oder so über den Weg gelaufen.«

Annie seufzte, wohlwissend, dass Widerspruch zwecklos war. »Na schön. Ich bin bereit, mit ihnen zu reden – vergeben werde ich ihnen nicht. Noch nicht. Wahrscheinlich niemals.«

Polly ging nicht darauf ein, quälte stattdessen das Auto mit ihrer gewöhnungsbedürftigen Fahrweise.

»Bist du sicher, dass du fahren kannst?«, hakte Annie argwöhnisch nach.

»Klar kann ich! Also, wohin muss ich?«

»Nach rechts, dann die nächste links. Oh Gott, pass auf!« Sie schrak zusammen, als Polly auf die entgegengesetzte Fahrspur schlingerte. »Dann immer weiter geradeaus.«

Nach wie vor würde sie den Weg im Schlaf finden. 175, Floral Lane, Ladywell. Früher fand sie immer, dass allein die Adresse verheißungsvoll klang. Weil dies einst *ihr* Haus gewesen war. Von dem Augenblick an, als Mike sie angerufen hatte, um ihr zu sagen, dass er das perfekte Heim für sie gefunden habe. Sie erinnerte sich gut, wie sie zum ersten Mal den schwarz-weiß gefliesten Flur, die Erkerfenster und die Narzissen im Garten gesehen hatte, ihre Lieblingsblumen. Eine Weile war sie sogar versucht gewesen, ihr Haus *Narzissenheim* zu nennen, aber Mike fand das albern. Sie hatte jedes einzelne Zimmer renoviert und eingerichtet, darin gelebt und Jacob aus dem Krankenhaus dorthin gebracht. Und dann starb er in ihrem Haus. Inzwischen war es nicht mehr ihres, sondern das von Jane und Mike.

»Was, wenn sie nicht zu Hause sind?«

Polly brauste um die Kurve, nietete dabei fast einen Laternenpfosten um.

186

»Es ist Sonntag, klar sind sie zu Hause und kochen Jamie-Oliver-Rezepte nach so wie alle spießigen Vorstadtpärchen.«

»Danke, dass du es mir unter die Nase reibst. Und pass um Himmels willen auf die Straße auf! Um Haaresbreite hättest du gerade den kleinen Terrier dort überfahren.« Annie war immer noch starr vor Entsetzen. »Wann genau hast du eigentlich deinen Führerschein gemacht?«

»Vor einer Ewigkeit. Würdest du dich bitte entspannen? Ich habe Krebs – Autounfälle jagen mir bestimmt keine Angst ein.«

»Mir hingegen sehr wohl!«

»Wer reibt hier wem was unter die Nase? Hör zu, du sagst einfach Hallo und dass du mit ihnen sprechen willst, weil das alles eine Weile her ist. Und dass du glaubst, es sei an der Zeit, innerlich zu heilen und die Vergangenheit loszulassen. Und zum Schluss umarmt ihr euch.«

»Das werde ich ganz sicher *nicht* sagen. Die werden sonst am Ende glauben, ich hätte mich einer dieser irren Sekten angeschlossen.« Was in gewisser Weise gar nicht so falsch war, wenn sie sich die letzten Wochen vor Augen führte, überlegte sie mit einem Anflug von Belustigung. Der berühmt-berüchtigten Polly-Sekte. »Und im Übrigen muss ich kein Bedauern zum Ausdruck bringen, das müssten sie. Immerhin haben die beiden mir übel mitgespielt. Es war einzig und allein ihre Schuld.«

»*Anniee!* Selbst wenn du teilweise recht hast, ist das kaum die richtige Einstellung für eine gelungene Versöhnung, oder? Irgendwas wirst du bestimmt ebenfalls getan haben, das dir leidtun könnte.«

Annie dachte an die langen, wütenden E-Mails, die sie den beiden nach zu viel Wein geschickt hatte und in denen stand, wie sehr sie beide hasste und dass sie ihnen die Ebola an den Hals wünschte.

»Äh, keine Ahnung«, schwindelte sie.

»Dann sag einfach, dass du ihnen vergibst. Das ist das größte Geschenk, das du jemandem machen kannst.«

Hartnäckig schüttelte Annie den Kopf, sie würde ihnen nicht vergeben. Und je mehr sie sich dem Ort näherten, desto größer wurden ihre Verbitterung und ihr Zorn, den sie in ihrem Inneren beherbergte wie einen bösen Geist. Dennoch, nahm sie sich vor, würde sie die Sache durchziehen, nachdem sie schon mal hier war. Allein wegen ihrer erneuerten Freundschaft zu Zarah und Miriam.

»Bieg hier ab. Es ist das letzte Haus links. Nummer 175. Halt, du bist zu weit gefahren, ich sagte 175.« Besorgt sah Annie zu der Freundin hinüber, die angestrengt die Augen zusammenkniff, und ihr kam ein erschreckender Gedanke. »Könnte es sein, dass du schlecht siehst?«

»Ach wo, alles in Ordnung!«

»*Polly!*«

»Okay, ich habe ein paar Probleme mit meinen Augen. Bob drückt auf meinen Sehnerv, das ist alles.«

»*Das ist alles*, sagst du. Jesus! Nachher fahre ich, damit das klar ist. Wir sind sowieso da, das da ist das Haus.«

»Ist ja total süß«, begeisterte sich Polly. »Ich liebe Erkerfenster und Schindeln.«

Früher hatte sich Annie an kalten Wintertagen in diesen Erkern zusammengekuschelt, um ihren Tagträumen nachzuhängen. Und nach Jacobs Geburt stellte sie sich gerne vor, wie er eines Tages, sobald er groß genug war, dasselbe tun würde. Oder sie hatte ihn vor sich gesehen, wie er ein Buch las oder einen Film schaute oder mit einem Geschwisterchen spielte. Alles nunmehr Geisterkinder: das eine tot, das andere nie geboren.

»Ja, zu schade, dass ich nicht mehr dort wohne. Bringen wir es hinter uns. Kommst du mit?«

Polly schüttelte den Kopf. »Ich bleibe hier und höre mir die Tophits auf Magic FM an. Das Leben ist echt zu kurz für Klassik. Leider habe ich das zu lange nicht gewusst.«

Unschlüssig stieg Annie aus. Was sollte sie bloß sagen? Was, wenn sie gleich an der Tür abgewimmelt wurde? Nervös schaute sie zu Polly zurück, die zu flotten Rhythmen verzückt mit dem Kopf zuckte und dabei einen ziemlich irren Eindruck machte.

Während sie sich der Haustür näherte, bemerkte sie mit einer seltsamen Mischung aus Genugtuung und Trauer, dass die Blumenbeete nichts mehr von ihrer einstigen Schönheit hatten, sondern verwildert waren, sich selbst überlassen und teilweise von Unkraut überwuchert. Dann stand sie vor der Tür, warf einen letzten Hilfe suchenden Blick zum Auto zurück, wo Polly zum hämmernden Beat der Backstreet Boys headbangte und ihr mit unmissverständlichen Gesten zu verstehen gab, dass sie endlich klingeln sollte.

Sie tat es.

Eine gefühlte Ewigkeit passierte nichts, Erleichterung durchflutete Annie, bis sie plötzlich Schritte auf der anderen Seite der Tür hörte.

»Ich komme!« Janes Stimme. Eine Stimme, die sie einst jeden Tag gehört hatte, entweder persönlich oder am Telefon. Am liebsten wäre sie davongelaufen, doch es war bereits zu spät. Jane öffnete die Tür, und Annie wusste nicht, was sie zuerst anschauen sollte. Ihre ehemals beste Freundin in Pyjamahose und Schlabberoberteil oder die pralle Kugel unter dem Pulli, auf der Janes Hand mit dem funkelnden Ehering ruhte. Oh Gott. Warum hatte Annie diese Möglichkeit nicht in Betracht gezogen? Warum hatten Zarah und Miriam sie nicht vorgewarnt?

Jane war schwanger.

Es war seltsam, ein Haus zu betreten, das einem einst gehört hatte und in dem die Möbel, Bilder und Bücher noch dieselben waren. Selbst der Bräutigam auf dem gerahmten Hochzeitsfoto war derselbe, lediglich die Braut war ausgetauscht worden. Allerdings war die Wohnung um einiges unordentlicher als zu ihren Zeiten. Annie hatte damals den Ehrgeiz gehabt, aus Haus und Garten wahre Schmuckstücke zu machen. Jetzt standen überall im Zimmer benutzte Kaffeebecher, lagen Zeitschriften verstreut herum. In einer Ecke entdeckte sie eine dicke, weiche Krabbeldecke, die mit Schmetterlingen, Vögeln und Blumen bestickt war. Es versetzte Annie einen Stich. Sie bereiteten sich auf ihr Baby vor.

Mikes und Janes Baby.

Annies Stimme war so dünn wie Eis über einem Strom von Tränen. »Ich wusste es nicht.«

»Nein.« Jane blickte sie gequält an. »Wir haben bewusst nichts online gepostet für den Fall, dass … Ich habe Mike gesagt, er soll es dir erzählen, aber … du weißt schon.«

*Wir.* Die drei kleinen Buchstaben schnitten mitten in ihr Herz. »Tut mir leid, dass ich einfach so hereinschneie.«

Ihre vormals beste Freundin machte sich daran, ein wenig Ordnung zu schaffen. »Bist du gekommen, um … vielleicht irgendwas abzuholen?«

»Nein. Das ist es nicht.« Oh Gott, wie sollte sie das alles erklären? »Kann ich mich einen Moment setzen? Ich möchte mit dir reden, ist das okay?«

Plötzlich zuckte ein Bild vor Annies innerem Auge auf. Der letzte Tag, als sie hier war und die beiden vom Gehweg aus anbrüllte, als sie Jane als Ehebrecherin und Mike als dreckigen Betrüger beschimpft hatte.

»In Ordnung, ich schätze, es ist an der Zeit«, erwiderte Jane nach kurzem Nachdenken und nickte zum Sofa. »Bitte, setz dich …«

Es war immer noch das Chesterfield Sofa, ein hübsches antikes Stück mit rotem Lederbezug – sie hatte es damals in einem Antiquitätenladen entdeckt und bezahlt und trotzdem hiergelassen. Dabei hatte Mike ein so schlechtes Gewissen gehabt, dass er ihr das gesamte Haus angeboten hatte samt allem Inventar, doch sie war zu stolz gewesen, auch nur einen Penny von ihm anzunehmen. Außerdem wollte sie einen radikalen Schnitt machen, nichts sollte sie mehr an Mike und Jacob und ihr früheres Leben erinnern. Das Ergebnis war eine Bruchbude mit Einrichtungsgegenständen, die aussahen, als stammten sie vom Sperrmüll.

»Tee?«

»Nein, danke. Kommen wir lieber gleich zur Sache. Bestimmt fragst du dich, warum ich gerade jetzt ...«

»Es kommt etwas unerwartet, ja«, unterbrach Jane sie und bückte sich schwerfällig, um eine schmutzige Tasse aufzuheben.

Als sie zum letzten Mal gemeinsam auf diesem Sofa gesessen hatten, war Annie die stolze Gastgeberin und dazu eine glückliche Mutter gewesen. Damals war sie zum ersten Mal nicht insgeheim neidisch auf Jane gewesen, die mit einer intakten Familie in einem ordentlichen Haus aufgewachsen war – damals hatte sie sich im Reinen mit sich selbst gefühlt.

»Nun«, setzte Annie erneut an, »ich bin in letzter Zeit viel in mich gegangen und habe nachgedacht. Über alles. Und eigentlich komme ich vorbei, weil ich verstehen möchte, was passiert ist. Mit dir und mir und ... ihm.«

»Du hast dich mit Zarah und Miriam getroffen?«

»Ja, stimmt. Sie meinten, du würdest dich schlecht fühlen.«

»Annie, ich fühle mich so schlecht, dass es mich beinahe umbringt. Weißt du, nichts davon war beabsichtigt, es geschah einfach. Mike und ich ...«

Annie zuckte unwillkürlich zusammen. Früher war sie es gewesen, die diese Worte gebraucht hatte. *Mike und ich. Mein Ehemann.*

»Das zwischen euch war bereits kaputt. Du warst noch da und zugleich abwesend. Niemand kam mehr an dich heran. Und Mike brauchte jemanden, mit dem er reden konnte. Bevor ich wusste, wie es geschah, haben wir … Na ja, eins kam zum anderen, und nun bin ich schwanger.«

»Ja, ich kann's sehen.« Annie starrte die Wölbung unter ihrem Pulli an. »Wie weit?«

Jane legte beide Hände auf ihren Bauch, eine Geste, die Annie allzu gut wiedererkannte. »Siebter Monat etwa.«

Das Baby in ihrem Bauch war also mittlerweile voll ausgebildet mit kleinen, zusammengeballten Fäustchen und Füßen. Jacobs Füßchen waren wie winzige Mäuse in den kuscheligen blau-grünen Socken gewesen, schoss es ihr durch den Kopf.

»Ich weiß, dass du es nicht absichtlich getan hast«, sagte sie, wenngleich sie nicht hundertprozentig davon überzeugt war, »aber ich habe alles verloren. Erst mein Baby, dann meinen Ehemann, mein Haus … und auch dich. Mir blieb nichts mehr, Jane.«

Die Freundin von einst schaffte es nicht, ihrem Blick standzuhalten. »Ich weiß, und es tut mir so unendlich leid. Das mit Jacob war furchtbar … Du weißt, wie sehr ich ihn geliebt habe. Ich war danach selbst mit den Nerven am Ende.«

Annie wollte am liebsten schreien: *Wage es nicht, seinen Namen in den Mund zu nehmen*, beherrschte sich jedoch in letzter Minute. Obwohl Janes Worte ihr unangemessen vorkamen, musste sie zugeben, dass sie eine wundervolle Patentante gewesen war, die ihn regelmäßig besuchte und Hunderte süßer Fotos von ihm schoss.

»Es muss einfach grauenhaft für dich gewesen sein«,

schniefte Jane. »Ich vermag es mir gar nicht vorzustellen. Das allerdings, was mit uns passiert ist … das war ein Unfall. Natürlich war mein Verhalten irgendwie selbstsüchtig und ganz und gar nicht nett – ich war einfach so verliebt in ihn, dass ich nicht mehr klar denken konnte.«

»Seid ihr wenigstens glücklich? Ihr zwei?«, erkundigte sie sich nicht ohne einen Hauch von Sarkasmus.

Unverändert fiel es ihr schwer, ihnen ihr Glück zu gönnen. Sie fragte sich, ob sie Jacobs Zimmer benutzten. Ob sie die Enten und Teddybären, die sie mit einer Schablone an die Wand gemalt hatte, überstrichen hatten.

Jane zögerte, dann nickte sie schuldbewusst. »Ich glaube schon, trotz allem. Im Augenblick ist mir zwar übel …« Sie unterbrach sich selbst, als würde ihr bewusst, mit wem sie da redete. »Tut mir leid. Du willst gewiss nicht hören, wie es ist, schwanger zu sein.«

»Ich erinnere mich daran. Gut sogar. Es ist im Übrigen desgleichen nicht immer leicht, ein Baby zu haben. Du wirst es erleben.«

Manchmal vergaß Annie das über dem alles überlagernden Wunsch, Jacob wiederzuhaben. Es fühlte sich für sie fast wie Verrat an, an Nächte zu denken, in denen sie entnervt mit einem brüllenden Kind stundenlang durchs Zimmer gelaufen war.

»Niemand von uns allen war schuld an dem, was mit Jacob passiert ist. Das danach hingegen, Jane, war für mich der Tropfen, der das Fass zum Überlaufen brachte. Die Sache, an der ich endgültig zerbrach.«

Jane gab ein ersticktes Geräusch von sich, und Annie sah, dass sie weinte. Auch bei ihr begannen wieder Tränen aufzusteigen, die sie mühsam zu unterdrücken suchte, bevor alle Dämme brachen. Sie fühlte sich außerstande, Jane die Last ihres schlechten Gewissens von den Schultern zu nehmen –

sollte sie in den Armen der anderen weinen, sie selbst würde nie wieder ihre beste Freundin sein.

»Es tut mir so leid«, stieß Jane zum wiederholten Mal hervor, als würde sie nach wie vor auf Absolution hoffen. »Ich vermisse dich so sehr, und es war schrecklich, was ich dir angetan habe.«

Annie bekam keine Luft mehr, sie musste raus aus diesem Haus mit den vielen Erinnerungen. Es war alles so verdammt unfair. Jane hatte ihr Haus, ihren Ehemann und jetzt noch ein eigenes Baby. Sie selbst hatte nichts. Warum konnte Jane sich nicht in einen anderen Mann verlieben und mit ihm ein Baby erwarten. Dann würde sich Annie jetzt für sie von Herzen freuen. So war keine wirkliche Versöhnung möglich. Wie sollte sie je an ihrem Leben teilhaben, zu Kindergeburtstagen gehen und Geschenke schicken?

Sie richtete den Blick zur Decke. »Habt ihr vor … werdet ihr sein Zimmer benutzen?«

»Wir haben kein anderes«, flüsterte Jane betreten und biss sich verlegen auf die Lippe. »Wir haben überlegt umzuziehen – nicht machbar bei den Immobilienpreisen.«

»Es ist okay.«

Natürlich würden sie das Zimmer benutzen, alles andere wäre albern. Trotzdem schmerzte es, und die Vorstellung, dass ein anderes Kind in Jacobs Bettchen schlafen sollte, brannte wie eine offene Wunde.

Als Annie sich von Jane verabschiedet hatte und sich zum Gehen wandte, öffnete sich plötzlich die Haustür. Vor ihr stand Mike, seine Hand mit dem Schlüsselbund in der Luft erstarrt, sein Gesicht reglos wie eine Maske. »Oh«, war alles, was er herausbrachte.

Annie fiel auf, dass er gealtert war – sein Haaransatz war weiter nach hinten gewandert, und das Polohemd spannte über seinem Bauch.

Er stellte seine Supermarkttüten ab, vermochte nach wie vor den Blick nicht von ihr zu lösen.

»Annie?«, fragte er fast ungläubig und wandte sich sogleich an seine Frau: »Schatz, hat sie ...?«

*Schatz.* Wieder so eine Messerklinge in Annies Bauch. Sie sah, wie sie sich wortlos verständigten, genau wie sie und Mike es früher getan hatten.

*Hat sie wieder eine Szene gemacht?*

*Nein, alles in Ordnung.*

Es reichte Annie. Eine weitere emotionale Auseinandersetzung verkraftete sie nicht. Sie zwang sich zu einem müden Lächeln.

»Ich muss los. Danke, dass wir uns unterhalten konnten, Jane. Und herz...« Das Wort schwoll in ihrem Mund an. »Herzlichen Glückwunsch, macht's gut.«

Als sie durch den Vorgarten eilte, hörte sie Mike noch sagen: »In dem Wagen da drüben sitzt eine Verrückte und singt laut den *Grease*-Megamix mit.«

## Tag 29: Miste deine Facebookkontakte aus

»Gut gemacht«, sagte Polly, doch für Annie fühlte es sich ganz und gar nicht gut an.

Sie war Janes Freundin gewesen, lange bevor es das Internet gab, lange bevor sie ihre erste Regel bekam und bevor sie anfing, sich für Jungs zu interessieren. Sogar lange bevor eine von ihnen überhaupt in der Lage war, sich die Schnürsenkel selbst zu binden. Eine Sandkastenfreundschaft, die ewig hätte halten sollen.

Und jetzt war sie für immer beendet.

Annie beschlich das ungute Gefühl, dass es anders hätte laufen können, wenn sie sich noch ein, zwei Jahre gegeben hätte. Wenn Polly sie nicht gedrängt hätte hinzugehen, bevor sie innerlich wirklich bereit dazu war. So hatte sie das Gefühl gehabt, auf einer Brücke zu stehen, die in Flammen stand, und ihr keine andere Wahl blieb, als ins tosende Wasser unter ihr zu springen.

Jetzt war es zu spät, auch diese *Was-wäre-gewesen-wenn-*Frage war zwecklos.

Sie saßen mal wieder in der Krankenhauscafeteria, und Polly drückte tröstend ihren Arm. »Komm, ich hole dir ein Stück Kuchen, das hilft gegen schlechte Laune.«

Annie schaute sie missbilligend an und schüttelte den Kopf. »*Polly.*«

»Was ist? Magst du etwa neuerdings keinen Kuchen mehr? Ein Stück geht immer.«

»Von wegen. Noch ein Kuchen mehr, und ich kriege Diabetes. Mit dem Resultat, dass ich genau wie du hier Dauergast werde und wir wetteifern können, wem es schlechter geht. Zumindest ist dann fraglich, ob deine Krebskarte immer den Stich macht.«

»Na schön. Lass uns hier verschwinden, ich habe gerade Dr. McGrummel erspäht, und dem will ich aus dem Weg gehen. Er ist der Meinung, ich müsse mir einen Blindenstock besorgen, da meine Sehkraft so schlecht geworden sei! Kannst du dir das vorstellen? *Ich* mit einem Blindenstock! Schließlich bin ich ja nicht *blind.*«

Annie sah Dr. Max am Tresen stehen, wo er auf etwas wartete, das verdächtig nach einem vierfachen Espresso aussah. Er winkte ihr zu, und sie erwischte sich dabei, dass sie sich fragte, ob er wohl auf Facebook war.

Tag 30: Hör zu

Annie holte tief Luft.

Sie hatte die E-Mail jetzt fünfmal umgeschrieben, und langsam wurde es albern. Bei sieben Worten! Warum nicht einfach auf *Senden* drücken? Aber was, wenn der Empfänger sie auslachte? Wenn er die Mail ignorierte oder sie, schlimmer noch, an alle anderen weiterleitete?

Ihre Hand schwebte reglos über der Maus. Was würde Polly raten? Zweifelsohne irgendwas Sinnbefreites nach dem Motto: Es muss dunkel sein, um die Sterne zu sehen. Aus irgendeinem obskuren Grund drehten sich viele ihrer inspirierenden Lebensweisheiten um Himmelskörper.

Sie warf einen letzten Blick auf den Text: *Hast du Lust, heute mittagessen zu gehen*, und schickte ihn seufzend ab. Dann saß sie mit einem mulmigen Gefühl an ihrem Büroschreibtisch und wartete. Das würde total peinlich werden. Worüber sollten sie sich überhaupt unterhalten? Vorausgesetzt, sie sagte Ja. Was sie wahrscheinlich nicht tun würde. Doch als sie endlich zaghaft aufzublicken wagte, nickte Fee ihr erfreut zu.

Annie atmete erleichtert auf.

»Das war wirklich eine nette Idee«, bedankte sich ihre Büroleiterin später in der Mittagspause. »Ich stopfe mir sonst immer schnell an meinem Schreibtisch was rein und arbeite durch.«

»Ich genauso, bloß zahlt uns das keiner.«

»Da hast du recht. Außerdem wusste ich gar nicht, dass es diesen Park hier gibt.« Sie hatten sich Coffee-to-go und

Schinkenbaguettes gekauft und saßen auf den Metallstühlen vor dem Kiosk. Fee schloss die Augen und genoss die schwache Frühlingssonne auf ihren Lidern. »So fühlt man sich gleich viel besser. Danke, Annie.«

»Ist eigentlich alles in Ordnung bei dir?«, fragte sie vorsichtig und hoffte, nicht allzu neugierig zu wirken.

Fee war ihr in letzter Zeit verändert vorgekommen, nicht wie sie selbst. Worauf allein schon die Tatsache hinwies, dass sie bestimmt seit einem ganzen Monat nicht mehr versucht hatte, die ganze Truppe zum Karaoke zu überreden.

»Na ja, zu Hause ist es zurzeit etwas schwierig. Julie, meine Lebensgefährtin, lässt gerade eine künstliche Befruchtung durchführen – erstens hat es nicht auf Anhieb geklappt, und zweitens kostet es ein Vermögen. Und im Büro wird die ganze Zeit über Stellenstreichungen getuschelt. Ich schätze, das macht mich etwas nervös.«

»Tut mir leid, das zu hören. Ich weiß, wie schwierig es ist, wenn man es immer wieder vergeblich versucht.«

Kaum waren die Worte raus, erlebte sie einen Flashback. Mike, der sie anflehte: *Bitte, Annie, wir müssen damit aufhören, es bringt dich noch um.* Schnell trank sie einen Schluck von ihrem Kaffee, um ihr Unbehagen zu verbergen.

»Ich fühle mich einfach so hilflos, weil sie das alles auf sich nimmt. Sie ist jünger, und da schien es erfolgversprechender …« Fee verstummte. »Du musst mich für einen schrecklichen Menschen halten, mit diesem Thema anzufangen. Nach allem, was du durchgemacht hast.«

»Du meinst … wegen meinem Sohn?«

Natürlich wussten alle davon, wenngleich niemand sie je darauf ansprach. Sie war damals monatelang nicht zur Arbeit erschienen, wäre dazu gar nicht in der Lage gewesen, so traumatisiert, wie sie war.

»Mittlerweile macht es mir weniger aus, wenn andere

Leute über das Thema Kinder oder die Schwierigkeiten, eines zu kriegen, sprechen«, fuhr sie fort. »Also bitte. Ich höre dir gerne zu.«

Die nächste halbe Stunde erzählte ihr Fee von dem Druck, unter dem sie stand und der ihre Beziehung stark belastete. Annie erfuhr, dass Julie inzwischen im Gästezimmer schlief, dass beide ihre Konten ausgeschöpft hatten, dass Fee sich Sorgen machte, ihren Job zu verlieren.

Es war seltsam, dachte Annie, ausnahmsweise mal nicht diejenige zu sein, die kurz vor dem Zusammenbruch stand. Sich so zu fühlen, als wäre sie noch immer die alte Annie, die anderen Leuten immer mit Rat und Tat zur Seite gestanden hatte.

## Tag 31: Tanze so, als würde niemand zuschauen

»Das hier solltest du wirklich lieber nicht tun, Polly. Ich meine, bist du überhaupt fit genug?«

»Was redest du da? Mir geht es blendend!«

Polly tanzte bereits zur Musik, während die Leute um sie herum sich noch umzogen und aus ihren Pullis schälten, um knallenge Leggins und Tops zu enthüllen.

Annie schlang die Arme um ihren Oberkörper. Sie trug im Gegensatz zu den anderen so viele Lagen übereinander, dass es unmöglich war zu erkennen, ob sie Mann, Frau oder das Krümelmonster war.

»Das wird ein Albtraum«, orakelte George düster, der in großen Schlucken seine Cola Light trank. Er hatte dunkle Ringe unter den Augen und dünstete aus allen Poren den Wodka vom Vorabend aus. »Ich hasse diesen Hippiekram. Außer ich bin total dicht.«

Ausnahmsweise mal war Annie einer Meinung mit ihm. Völlig Unbekannte zu umarmen und sich an ihnen zu reiben, war wahrscheinlich ganz okay, wenn man auf Drogen war, doch bestimmt nicht stocknüchtern an einem Mittwochmorgen um sechs Uhr. Grauenvoll. Sie fühlte sich so unwohl wie seit Langem nicht mehr und gab sich größte Mühe, den Blicken der anderen auszuweichen und so zu tun, als würde das alles nicht passieren.

Trotzdem würde irgendwann innerhalb der nächsten fünf Minuten der Kontakttanzkurs losgehen, und sie wäre gezwungen, wildfremde Leute anzufassen und sich von ihnen die Hände auf die Taille legen zu lassen – sofern sie diese natürlich fanden –, desgleichen auf ihre Beine, ihre Arme und ihr Gesicht. Oh Gott.

Sie griff nach Georges Arm. »Ich kann das nicht. Echt, das bringe ich einfach nicht. Zum einen, weil mir Tanzen nicht liegt, zum anderen, weil ich es hasse, angefasst zu werden. Es geht einfach nicht, tut mir leid.«

»Du musst dich nicht bei mir entschuldigen, wir sitzen im selben Boot.« Pollys Bruder fuhr sich sichtlich verkatert mit der Handfläche übers Gesicht. »Wenn du wüsstest, was ich alles hasse. Beispielsweise, nüchtern zu tanzen, enge Klamotten zu tragen. Und ich hasse es sogar, freundlich zu sein.«

Die anderen Teilnehmer hingegen strahlten allesamt vor Gesundheit und Optimismus, lächelten um die Wette und umarmten dramatisch die Kursleiterin, als wäre sie ihre beste Freundin. Annie hatte sich so weit wie möglich ins Eck zurückgezogen. In ihrem Magen spürte sie einen unangenehmen Knoten. Sollte sie sich vielleicht heimlich verdrücken?

»Verdammt, wäre ich nur öfter mal in den Fitnessclub gegangen«, jammerte George und zog seinen Bauch ein. »Diese Leute hier sind ja geradezu abartig fit und durchtrainiert.«

Polly kam herangetänzelt. Sie war zwar schlank, aber keineswegs gesund. Man sah es an ihrem dünn gewordenen Haar, dessen Reste unter dem langen Schal hervorlugten, den sie um ihren Kopf geschlungen hatte, an ihren hervorstechenden Knochen und der papiernen Haut. Und sie schnaufte bereits vor Anstrengung, obwohl der Kurs nicht einmal angefangen hatte.

Dennoch gab sie sich euphorisch: »Das wird super! Ihr macht hoffentlich mit, oder?«

»Na klar«, versicherte Annie.

»Kann's kaum erwarten.« George grinste und reckte den Daumen in die Höhe. Als Polly sich umdrehte, zog er eine Grimasse in Annies Richtung. »Komm schon. Wir werden es irgendwie durchstehen und uns ungefähr eine Million Beste-Freundin- und Bester-Bruder-Punkte verdienen. Abgemacht?«

»Abgemacht«, erwiderte Annie widerstrebend und dachte, dass es eigentlich ganz nett war, einen Verbündeten zu haben, selbst wenn er von unerwarteter Seite kam.

»Und jetzt greift eure Partner an den Armen, schaut ihnen tief in die Augen!«

Annie graute es, sie hatte gerade einen Mann mittleren Alters mit üblem Mundgeruch und flatterndem grauem Haar als Partner.

»Es hilft wirklich, wenn du dich der Sache ganz öffnest, Anna.«

»*Annie.*«

Wer bitte hatte ihn zum König des Kontakttanzes er-nannt, fragte sie sich gehässig.

»Und schiieeeben …«, sang die Kursleiterin, eine gerten-schlanke Rothaarige namens Talia, die aussah, als wäre die glänzende Leggins auf ihre wohlgeformten Gliedmaßen auf-gesprüht worden.

Der Kontaktkönig stieß Annie nach hinten. »Du sollst eigentlich dagegenschieben«, tadelte er sie.

»Tue ich ja«, keuchte sie verärgert.

»Wow. Du solltest ernstlich an deiner Oberschenkelmusku-latur arbeiten, Anna. Ich weiß da ein super Fitnessstudio …«

»Uuuund Partnerwechsel!«

»Und tschüss!« Annie schlich sich noch vor dem obligato-rischen High five davon – sie mochte keine High fives, mit niemandem. Das war für sie eine Frage des Prinzips.

George packte ihren Arm und sah sie panisch an. »Hilf mir! Ich musste gerade meinen *Kopf* zwischen die *Schenkel* einer Frau stecken. Das habe ich seit meiner *Geburt* nicht mehr getan.«

Annie lachte, dann sahen sie beide zu Polly hinüber, die sich um sich selbst drehte und schlingernd die anderen Tänzer anrempelte. Ihr türkisfarbener Schal flatterte wie das Banner eines Ritterheers. Sie schien heftig zu atmen und Koordinationsprobleme zu haben.

»Glaubst du, sie ist wirklich okay?«, fragte sie George mit wachsender Sorge.

»Keine Ahnung. Sie will die Sache mit ihrem schwindenden Sehvermögen absolut nicht wahrhaben. Komm mit.« Sie tänzelten unauffällig hinüber. »Hey, Polly, wie wäre es, wenn du dich ein Weilchen ausruhst?«

»Ich … muss mich nicht … ausruhen«, schnaufte sie.

»Nein, allerdings drängst du dich arg in den Vordergrund. Vielleicht gibst du mir und Annie mal die Chance, uns mit den Leuten hier zu *connecten*, hm?«

Geschickt, dachte Annie, auf diese Weise ermöglichte er ihr einen Rückzug ohne Gesichtsverlust.

»Na schön, für euch trete ich in die zweite Reihe zurück«, willigte Polly tatsächlich großmütig ein und ließ sich sofort auf den nächstbesten Stuhl fallen, wobei sie wieder mal wie so oft in letzter Zeit die Hand ins Kreuz legte und schmerzhaft das Gesicht verzog.

»Bleib dicht bei mir«, raunte George Annie zu. »Wir tun einfach so, als ob wir mitmachen würden.«

Und so wirbelten, ächzten und rollten sie die nächsten fünfzig Minuten über die Tanzfläche, warfen die Arme in die Luft, um die Energie des Universums zu umarmen. Annie wurde unter ihren zahllosen Schichten immer heißer, sie spürte bereits den Schweiß über Brust und Rücken rinnen.

George war ihr beunruhigend nahe, seine Bartstoppeln streiften immer wieder ihr Gesicht, sein keuchender Atem pfiff ihr ins Ohr. Wie lange war es her, dass sie einem anderen Menschen so nahe gewesen war? Definitiv seit Mike nicht mehr. Sie hielt den Blick fest auf den Boden gerichtet, auf die eingedellten Yogamatten mit ihrem latenten Schweißgeruch, und konzentrierte sich darauf, die Sekunden und Minuten zu zählen.

Schließlich war es vorbei.

Sie zog ihren Kopf unter Georges Achsel hervor, die intensiv nach Deo roch. »Ich glaube … wir haben es geschafft.«

»Wirklich?«, erkundigte George, der fix und fertig war, sich ungläubig.

»Heeey!« Polly kam herüber. Trotz ihrer unverkennbaren Müdigkeit und der dunklen Augenringe in ihrem blassen Gesicht wirkte sie irgendwie glücklich. »Das war super. Hätte ich das bloß früher getan, als ich noch echt fit war. Ich fühle mich so … *connected*.«

Wie unterschiedlich die Wahrnehmungen doch waren, dachte Annie. Für sie hatte es sich mehr wie eine überfüllte U-Bahn angefühlt – mit dem einzigen Unterschied, dass einen zusätzlich alle anglotzten und unangenehm viel gelächelt wurde.

»Es war eine echte Erfahrung«, äußerte sie vage.

George war ehrlicher. »Heilige Scheiße, Polly. Ich hoffe, du stirbst wirklich. Das hier jedenfalls werde ich nie wieder tun, niemals. Bestimmt brauche ich eine jahrelange Therapie, um darüber hinwegzukommen.«

Polly winkte lächelnd ab. Beleidigt zu sein, gehörte zu den vielen Dingen, für die sie keine Zeit mehr hatte. Zitternd schlang sie sich eine Strickjacke um ihre knochigen Schultern.

»Ich gehe vielleicht noch mit ein paar von den Leuten einen Hanfsmoothie trinken. Habt ihr auch Lust?«

Die beiden sahen einander entsetzt an. »Ich muss zur Arbeit«, erwiderte Annie hastig.

»Am Wochenende?«

»Äh, Polly … wir haben Mittwoch.«

»Ach echt? Na ja, für mich sind zurzeit alle Tage gleich. Was ist mit dir, Bro?«

»Ich habe ein wichtiges Vorsprechen.«

»Für was?«

»Erfahre ich erst heute«, improvisierte George. »Mein Agent hat vergessen, es mir zu sagen.«

»Okay.« Polly winkte ihnen zu. »Wann sehen wir uns wieder?«

»Morgen, weißt du nicht mehr?«

»Klar, weiß ich das. Logo. Schließlich verfüge ich immer noch über einen Rest meiner geistigen Fähigkeiten. Bis dann.«

Als sie fort war, konnten Annie und George endlich befreit losprusten und ablästern.

»Ach du meine Güte«, stöhnte Annie. »Ich hatte Vollnarkosen, die angenehmer waren als das hier.«

»Lass uns das nie wieder tun. Selbst wenn sie uns anbettelt. Ehrenwort?«

»Ehrenwort«, versprach sie. »Hast du wirklich ein Vorsprechen?«

»Nein. So wie ich gerade aussehe, könnte ich mich nicht einmal für eine polizeiliche Gegenüberstellung bewerben. Außer jemand castet mich für die Rolle des geprügelten Ehemanns.«

Annie wurde still. Sie vermutete, dass mehr hinter seinem blauen – mittlerweile beinahe abgeheilten – Auge steckte, als er verlauten ließ, aber sie scheute sich zu fragen.

Er schlang sich seine Umhängetasche über die Schulter und schob die Hände in die Taschen seiner Steppweste.

»Tschau, Annie. Wir sehen uns morgen zur nächsten albernen Kapriole meiner Schwester«, sagte er, beugte sich vor und hauchte ihr einen Kuss auf die Wange.

Errötend nickte sie. Nie im Leben hätte sie je mit jemandem wie George gesprochen, der in einer ganz anderen Welt lebte als sie, wenn da nicht Polly und dieser ganze Wahnsinn gewesen wären. Es sei denn natürlich, er hätte bei ihr im Büro angerufen, um sich über die horrenden Abfallgebühren zu beschweren.

Jetzt hingegen war sie hier, an einem Wochentag in aller Herrgottsfrühe, und ihr blieb noch eine ganze Stunde, bevor sie bei der Arbeit sein musste. Genug Zeit, um sich irgendwo einen Latte und ein Croissant zu holen und eine Weile in der Frühlingssonne zu sitzen. Sie seufzte tief auf, was beinahe einem Ausdruck von Zufriedenheit gleichkam.

## Tag 32: Tu was Gutes

»Das ist das Schlimmste, was du mir je zugemutet hast«, beschwerte sich George, als sie vor dem Eingang zur Kinderstation standen. »Ich meine, schau mich an.«

»Du siehst super aus. Das Gelb passt total gut zu dem Weiß in deinen Augen.«

Er funkelte Polly an. »Darf ich es noch mal sagen? Wenn du nicht dabei wärst zu sterben . . .«

Annie zupfte an ihrem Kostüm. »Das mit dem Osterhasen, der Geschenke bringt, kapiere ich ja, aber welche Rolle sollen wir dabei spielen?«

»Küken natürlich. Einfach coole Küken, die den Osterhasen begleiten.«

Okay, so gesehen passte das ja mit dem dottergelben Plüschkleid, den orangefarbenen Strümpfen und der Maske mit Schnabel, hinter der sie sich zur Not verstecken konnte.

George hingegen beschwerte sich immer noch über sein vanillegelbes Fell mit den riesigen Schlappohren.

»Das ist so was von entwürdigend. Du weißt schon, dass ich in der Schauspielergewerkschaft bin?«

»Stell dir einfach vor, es sei ein großer Theaterauftritt«, ermunterte ihn Polly, die es irgendwie schaffte, ihr eigenes Kükenkostüm wie Haute Couture aussehen zu lassen. »Jetzt kommt endlich, Leute. Das hier ist wirklich wichtig.«

Annie und George wechselten einen gequälten Blick. »Wenigstens musst du dich nicht als pummeliges Showgirl verkleiden«, sagte sie. »Und du hast die Hauptrolle.«

»Hm. Und was genau ist die Inspiration für diese Rolle?«

»Ostereier an arme, notleidende Kinder im Krankenhaus zu verteilen«, belehrte Polly ihn streng. »An Kinder, die nicht rausgehen können, weil sie so krank sind, dass es sie umbringen würde.«

»Ist ja gut.« George rückte seine Ohren zurecht. »Ich werde ein Osterhäschen spielen, das aufgrund einer tragischen Begegnung mit der Kaninchenpest die Hauptrolle in *Unten am Fluss* nicht kriegt und sich damit tröstet, selbst diesem banalen Auftritt Tiefe und Pathos zu verleihen.«

»Von mir aus. Also, wir haben die Eier bereits auf der Kinderstation versteckt, also müsst ihr den Kleinen nur helfen, sie zu finden, und dabei nett und freundlich sein. Glaubt ihr, das kriegt ihr hin?«

»Ja«, murmelten Annie und George unisono.

»Oh, da ist ja Bugs Bunny!«

Schottischer Akzent, auch das noch. Dr. Max kam auf sie zu, heute in Hemd und Krawatte, die beide allerdings so zerknautscht waren wie sein übermüdetes Gesicht. Neben ihm Dr. Quarani, tadellos wie immer.

»Hi, Dr. McGrummel«, rief Polly. »Na, wie findest du's?« Sie vollführte eine kleine kokette Drehung und schob ein aufgesetzt lockeres »Hi, Dr. Quarani« hinterher.

»Interessantes Outfit.«

Der Neurologe, der einige kleine Patienten auf der Station hatte, musterte Annie, die prompt errötete und den Saum ihres Plüschkleids etwas tiefer zog.

»Das ist für die Kinder«, erklärte sie.

»Ach ja? Oder ist es eher für die Erwachsenen, damit sie sich selbst besser fühlen? Ich hoffe bloß, diese Kostüme wurden fachgerecht sterilisiert. Im Ernst, Polly, ein paar von den Kleinen da drinnen sind *sehr* krank.«

Polly verdrehte die Augen. »Jetzt hör auf, dich ständig aufzuregen, Dr. Max. Das wird toll.«

»Bedaure, leider ist es mein Job, mich aufzuregen. Also, Hände desinfizieren, und zwar gründlich! Und falls die Kinder aus irgendeinem Grund nichts zu sich nehmen dürfen, heißt das auch *nichts*. Ihr gebt ihnen dann keine Schokolade. Und bitte nicht knuddeln, umarmen oder hochheben. Bei einigen besteht ein hohes Infektionsrisiko. Ich weiß, dass euch das womöglich schwerfällt, besonders dir, Polly, aber ihr wollt ihnen schließlich eine Freude bereiten und sie nicht kränker machen. *Aye?*«

»Mögen Sie mit uns kommen, Dr. Quarani?«, fragte Polly unschuldig.

Der Geriatriker schüttelte den Kopf: »Mein Ressort sind die älteren Patienten wie Miss Hebdens Mutter, wie Sie sicher wissen.«

Dr. Max grinste. »Außerdem ist Dr. Quarani ein seriöser Arzt, der sich nicht zu jedem Unfug hergibt. Und ich bezweifle, ob Erwachsene, die sich als Bauernhoftiere verkleiden, sein Ding sind.«

Polly warf ihrem Arzt einen bösen Blick zu, rückte ihren Schnabel zurecht und wandte sich an den Syrer.

»Seien Sie kein Spielverderber, die Kinder sind wirklich knuffig!«

»Leider nein, es ist Zeit für mein Lauftraining.« Quarani fummelte an seinem Fitnessarmband herum und eilte, ohne sich noch einmal umzublicken, davon.

»Das ist ja mal ein Spaßvogel«, murmelte Polly verdrießlich.

Dr. Max runzelte die Stirn. »Ich meine es ernst, Polly. Lass Quarani in Ruhe, das ist das eine – und sei vorsichtig mit den Kindern, das ist das andere, was ich dir mit auf den Weg gebe.«

»Kommst du nicht mit rein?«, wollte Annie wissen.

Er schüttelte den Kopf. »Ich muss einen Gehirntumor exzidieren. Es ist eben kein normaler …«

»Nine-to-five-Job. Ja, das wissen wir mittlerweile.« Polly verdrehte erneut die Augen. »Das ist wirklich dein Lieblingsspruch.«

»Tja, dann startet doch eine Petition, damit die Regierung mehr Geld für mehr Ärzte lockermacht ... Egal, amüsiert euch gut.«

Komisch, wie er es ständig schaffte, dass sie sich albern und kindisch vorkam, selbst wenn sie die besten Absichten hatte. Polly hingegen streckte ihm die Zunge raus.

»Kümmert euch nicht um McGrummel. Und jetzt kommt, lasst uns das durchziehen!«

Annie war seltsam nervös, als die Tür zur Kinderstation mit einem Summen aufging. Mit erwachsenen Kranken konnte sie umgehen, aber was sagte man zu einem kleinen Kind, das womöglich sterben würde, bevor es überhaupt gelebt hatte?

Zu ihrer Erleichterung gab es hier wenigstens keine Babys, hatte sie in Erfahrung gebracht. Das hätte sie überfordert. Immer noch. Es war eine kleine Station mit lediglich sechs Betten in einem riesigen Raum. Im Gegensatz zu anderen Bereichen dominierten hier fröhliche Farben, die Hoffnung und Zuversicht vermitteln sollten. Leuchtendes Gelb, warmes Rosa. Himmelblau.

Sie warfen einen Blick in den Saal, an dessen hinterem Ende ein kleiner Junge hoffnungsvoll aus einem Plastikzelt hervorblickte. Einer der Patienten, bei denen der geringste Infekt den Tod bedeuten konnte.

Im Flur trafen sie auf einen Krankenpfleger, einen kräftigen jungen Mann, sowie auf eine Ärztin.

»Hey, Polly.«

»Hi, Süßer.« Sie küssten sich auf die Wangen.

Annie sah zu George hinüber und hob eine Augenbraue. Woher kannte Polly *all diese Leute*?

»Darf ich vorstellen? Das ist Leroy, er schmeißt praktisch den Laden hier, und das da ist Kate, die Chefärztin der Kinderstation.«

Die sommersprossige junge Frau, die mit ihren geflochtenen Zöpfen ungefähr aussah wie zwölf, wandte sich an Polly. »Seid ihr über die notwendigen Präventivmaßnahmen gegen Infektionen aufgeklärt? Ich weiß, dass es nervig ist, muss jedoch leider sein.«

»Was ist … Ich meine, was haben die Kinder denn genau?«, erkundigte sich George und blickte betreten zu einem Kind mit dickem Kopfverband hin.

»Machen wir einen Rundgang.« Kate führte sie in das Zimmer und zeigte mit ihrem Stethoskop auf die kleinen Patienten.

»Bilal da drüben hatte Flüssigkeit im Gehirn. Amy hat ein Loch im Herzen, sie steht vor ihrer vierzehnten OP.« Es handelte sich um ein kleines Mädchen in einem mit Elefanten bedruckten rosa Ganzkörperpyjama, das aussah wie höchstens drei.

»Matty hat die Glasknochenkrankheit, das ist sein zehnter Knochenbruch.« Der Junge, der gerade Gameboy spielte, hatte beide Beine in Gips. »Und das da ist Anika, sie hat einen Gehirntumor.« Dann kamen sie zu den letzten beiden Kindern. »Roxy ist fünfzehn, geht aber stramm auf die fünfzig zu – sie findet, sie hat nichts auf der Kinderstation verloren.«

Roxy war ein Goth-Mädchen in schwarzem Pulli, schwarzer Leggins und einem schwarzen Tuch um ihren kahlen Kopf. Die fehlenden Augenbrauen hatte sie mit schwarzem Kajal aufgemalt.

»Du weißt schon, dass ich dich hören kann, ja?«, schnaubte sie. »Außerdem ist der Witz so was von durch.«

»Ja, Roxy, wir wissen, dass du alles und jeden hasst«, erwiderte Kate. »Und dort drüben, in dem kleinen Zelt, das ist Damon. Der Ärmste ist praktisch ohne Immunsystem zur Welt gekommen.«

»Also ... muss er die ganze Zeit da drinbleiben?«, fragte Roxy entsetzt.

»Im Augenblick ja. Wir bereiten ihn für eine Stammzellentransplantation vor und können keine Infektion riskieren. Selbst seine Eltern dürfen nicht zu ihm hinein.«

Annie spürte, wie jemand an ihren Federn zupfte. Es war die Kleine im rosaroten Pyjama, die schüchtern zu ihr hochblickte.

»Ist das der Osterhase?«

»Klar ist er das! Und vielleicht möchte er jetzt gerne etwas sagen?«

Sie konnte förmlich sehen, wie George sich innerlich wand. Schließlich gab er sich einen Ruck und startete mit hoher, quietschiger, leicht amerikanisch angehauchter Stimme seine vorbereitete Rede.

»Hi, Kinder! Ich bin der Osterhase! Ich weiß, dass es euch gerade nicht so gut geht, also bin ich gekommen, um eine kleine Ostereierjagd anzuzetteln. Lasst uns mal sehen, was ihr so findet!«

Unglaublich, dass sechs kranke Kinder so ein Höllenchaos anrichten konnten. Die Eier wurden unter den Betten, im Arzneilager, in Nachtschränken und in der Tasche von Kates weißem Kittel aufgespürt. Selbst Roxy gab sich einen Ruck und schob Matty in einem Rollstuhl umher, damit er ebenfalls teilnehmen konnte, und Damon hielt von seinem Zelt aus Ausschau nach möglichen Verstecken.

Polly widmete sich unterdessen Anika. »Wusstest du, dass wir Gehirnzwillinge sind?«

Das Kind sah sie verwirrt an. »Ich habe einen bösen Klumpen in meinem Kopf.«

»Ich genauso.« Polly hob ihre Kükenkopfbedeckung hoch, damit Anika die große Operationsnarbe auf ihrer Schädeldecke sehen konnte, während Annie sich auf Wunsch der Ärztin um Bilal kümmerte, der von seiner OP noch ziemlich benommen war.

Das Gesicht teilweise unter einem Verband verborgen, tastete er sich vorsichtig um die Ecke eines Regals herum, in dem das Spielzeug untergebracht war – eine jämmerliche Sammlung ausrangierter Dinge: abgegriffene bunte Holzklötze, eine einäugige Puppe, ein paar zerrupfte Kuscheltiere und einige zerfledderte Bücher.

»Hallo«, wandte sie sich an den Jungen. »Ich bin Annie. Bist du Bilal?«

Er guckte sie stumm an.

»Wie alt bist du denn?«

»Fünf.« Er sah so klein aus, so krank.

»Hör mal, ich glaube, dass dahinten was versteckt ist. Zwischen den Bauklötzen.«

Rasch griff er hinein, und als er ein Ei in lila Silberfolie hervorholte, freute er sich wie ein Schneekönig. »Der Osterhase!«

»Das stimmt, er hat dir ein Ei dagelassen. Vielleicht magst du gleich ein Stückchen essen.«

Jetzt strahlte er noch mehr, und während er sich dem Auspacken des Eis widmete, schaute Annie sich um.

Da war George, der Amy auf seinen Füßen/Pfoten über den Boden gleiten ließ. Polly saß mit Anika da, die konzentriert ein Ei auseinandernahm, und unterhielt sich gleichzeitig mit Roxy über das Problem der ausgefallenen Augenbrauen. Matty in seinem Rollstuhl zeigte Damon die Eier, die er gefunden hatte. Der isolierte Junge trug einen Star-Wars-Bademantel, und über seinem Bett hing ein Lichtschwert. Wäre Jacob genauso ein Star-Wars-Fan geworden, wenn er lange genug gelebt hätte? Wüsste sie dann mehr über die Sturmtruppen oder über Fußball und Lego?

Verstohlen blinzelte sie die Tränen weg und wandte sich erneut Bilal zu. »Hey, ich weiß was«, sagte sie und gab sich Mühe, fröhlich zu klingen. »Ich wette, du könntest ziemlich coole Mützen über deinem Verband tragen. Polly, hast du zufällig eine Mütze in deiner Tasche?«

»Na klar! Ohne schicke Mütze gehe ich nie aus dem Haus, lass mich mal sehen.« Sie kramte in ihrer riesigen, bunt bedruckten Umhängetasche und zog eine Strickmütze hervor. »Wie wäre es mit der hier? Das ist die coolste, die ich habe.« Sie stülpte sie Bilal über den Kopf und trat dann zurück, um ihn kritisch zu mustern. »O neiiin! Jetzt sieht er zu cool aus. Wir können ihn das unmöglich tragen lassen, Annie, oder? Er klaut mir meinen ganzen Style.«

Annie spielte mit. »Ach, komm schon, Polly. Nur weil er cooler ist als du, besteht noch lange kein Grund, neidisch zu sein.«

Bilal gluckste. Die Mütze war viel zu groß für ihn, aber sie verdeckte das nüchterne Weiß des Verbands und ließ ihn wie ein normales Kind ausschauen, das sich verkleidet hatte.

George kam herüber und schob die Hasenohren ein Stück hoch. Seine Wangen waren gerötet, und er strahlte übers ganze Gesicht.

»Stellt euch vor, die wollen, dass ich wiederkomme. Vielleicht sogar jede Woche. Offenbar haben sie hier einen ganzen Vorrat an Kostümen. Wer hätte gedacht, dass mir die Osterhasenrolle den Durchbruch beschert! Ich muss jetzt los und mich auf meine Vorstellung als Coco der Clown vorbereiten.«

Annie begegnete Pollys Blick, und sie mussten beide lachen.

»Jetzt wird er vollends unausstehlich«, prophezeite Polly.

»Und was ist mit dir, Annie? Irgendwelche lebensverändernden Lektionen auf der Kinderstation gelernt? Haben die kranken Kids dich die wahre Bedeutung alles Seienden gelehrt?«

»So weit würde ich nicht gehen.« Annies Blick fiel auf das traurige Spielzeugregal. »Allerdings habe ich eine Idee, was wir als Nächstes tun könnten.«

## Tag 33: Organisiere dich

»Gut, also wird Milly sich um Social-Media-Auftritt und Onlinepräsentation kümmern. Sie meint, wenn ich mich fernhalte und sie machen lasse, kann sie was aufreißen. Suze erledigt die PR- und Pressearbeit. Dr. Max klärt alle Fragen mit dem Krankenhaus …«

»Wirklich?«, unterbrach Annie sie. »Ich dachte, er hält nichts von Spendenaktionen.«

»Na ja, er glaubt zwar nicht, dass sich dadurch der Krankenhausbetrieb verbessern ließe, aber das hier ist ja etwas anderes.«

»Umso besser«, meinte Annie zufrieden. »Übrigens sollten wir eine Website einrichten, denn bestimmt spenden nicht wenige Leute eher online, als dass sie sich herbemühen.«

»Gute Idee. Das wird super.«

Annie hoffte es, war sich indes nicht ganz so sicher. Wann immer sie darüber nachdachte, was sie hier planten, überkam sie das gleiche Gefühl wie damals, wenn sie als Kind auf die höchste Spielplatzrutsche geklettert war und Angst vor der eigenen Courage bekam. Ein Rückzieher wäre zu peinlich, und weiterzumachen erforderte ein Selbstvertrauen, das ihr eigentlich fehlte.

## Tag 34: Lass deiner Kreativität freien Lauf

»Was soll das denn sein?«

»Das ist ein Kind. So eines wie diese Wesen, denen wir helfen wollen.«

Annie betrachtete die Leinwand, die Polly bepinselte. »Also für mich sieht das wie ein Bär aus.«

»Ein Bär?«

»Yes, Ma'am. Die Leute werden glauben, wir sammeln Spendengelder für den Tierpark oder befreite Tanzbären vom Balkan.«

»Okay, zugegeben: Ich habe es vielleicht nicht auf die Kunstakademie geschafft, weshalb ich mich auf Kunstgeschichte verlegt habe, aber wenigstens gebe ich mir Mühe.«

Annie tätschelte ihre Schulter und musterte sie. In ihrer Latzhose und mit dem dekorativen Seidenschal um den Kopf sah sie wie die Künstlerin par excellence aus. Das musste man Polly lassen – sie wusste stets, wie man sich für einen bestimmten Anlass kleidete.

»Ist okay, wir erzählen den Leuten einfach, die Kinder hätten es gemalt«, stichelte sie. »Einen Blindenstock solltest du dir vielleicht dennoch zulegen.«

Polly schmollte einen kurzen Moment, dann holte sie mit ihrem Pinsel aus und schleuderte einen Klecks blauer Farbe in Richtung der Freundin, der auf ihrer Jeans landete. Einen kurzen Moment starrte Annie sie mit offenem Mund an, dann tauchte sie den Finger in den Eimer und schleuderte Farbe zurück. Mitten in Pollys Gesicht. Die wiederum prustete los und ging zur Gegenattacke über.

218

»Um Himmels willen, Mädels«, mahnte Dr. Max, der zufällig vorbeikam – wobei er für jemanden, der so viel zu tun hatte, ziemlich oft *zufällig* vorbeikam. »Seid ihr zwölf, oder was ist los mit euch?«

Ja, dachte Annie, wenn sie mit Polly zusammen war, fühlte sie sich genauso. Als wäre sie wieder ein Teenager, hätte eine neue beste Freundin gefunden und das ganze Leben läge noch vor ihr – aufregend, ungewohnt und neu. Nur dass dem leider nicht so war. Sie reichte Polly ein Papiertuch.

»Da. Tut mir leid. Weißt du was? Lass mich das für dich fertig malen, okay?«

»Okay«, reagierte Polly überraschend fügsam. »Ich glaube, ich sollte mich mal ein Minütchen hinsetzen.«

Annie sah ihrer Freundin nach, als sie sich mit schmerzverzerrtem Gesicht zu einem Stuhl schleppte, und ihr Inneres begann sich vor einer namenlosen Furcht zusammenzukrampfen.

Tag 35: Hilf jemandem

Annie stand vor Costas' Zimmer, ihre Hand schwebte einen Fingerbreit über der Klinke.

Buster schnüffelte aufgeregt an der Tür herum, da er es nicht gewohnt war, sie geschlossen vorzufinden. Sie sollte anklopfen, öffnen, hineingehen, aber sie hatte das noch nie zuvor getan. Bislang waren SMS oder Notizzettel ihre bevorzugte Form der Kommunikation gewesen. Jetzt hingegen hatte sie es mit einer anderen Situation zu tun, denn von der anderen Seite der Tür war haltloses Schluchzen zu hören.

Costas weinte.

»Vielleicht sollten wir seine Privatsphäre respektieren«, flüsterte sie Buster zu.

Der kleine Hund legte den Kopf schräg, schaute sie an und gab ein leises Fiepen von sich, das sie als Protest nahm.

»Okay, schon gut.« Seufzend klopfte sie leise an. »Costas?«

Sofort wurde es still. Nach einem Moment meldete er sich. »Ja?«

»Alles in Ordnung bei dir?«

»Danke, alles gut.« Es klang wie die schlechte Parodie seines sonst so munteren Tonfalls.

»Sei ehrlich, ich habe schließlich gehört, dass es dir nicht gut geht. Was ist los?«

Die Tür wurde geöffnet, und da stand Costas in seinem Kaffebar-T-Shirt mit verheultem Gesicht, wischte sich mit dem Handrücken übers Gesicht wie ein kleines Kind.

»Es ist nichts.«

»Unsinn, natürlich hast du was.«

Endlich gab er sich geschlagen. »Es ist wegen Arbeit. Ich war in der Küche und hab Magic FM angehört. Lief gerade mein Lieblingslied, weißt du.«

»Und das wäre?«, fragte sie, als wüsste sie es nicht.

»Mariah Carey natürlich. Und diese Männer, die, welche Pappbecher liefern, sie haben mich ausgelacht, haben mir schlimme Namen gesagt.« Er senkte die Stimme zu einem Flüstern. »Drecksschwuchtel.«

»Das ist ja schrecklich, nimm es trotzdem einfach nicht ernst, die Typen sind nichts als ein Haufen intoleranter Heuchler.«

»Hab nicht gedacht, dass es so wird hier. Dachte, hier schwul ist okay.« Sein Gesicht verzog sich, sein Atem ging abgehackt, er stand am Rand eines neuerlichen Heulkrampfs. »Und ich nichts tu als Kaffee servieren, Annie. Eigentlich ich nach London wollte wegen Mode. In Athen keine Modeszene. Doch nicht gefunden Arbeit. Deshalb ich lerne zu machen Milchschnörkel auf Latte macchiato.«

»Na ja, einen tollen Latte zubereiten zu können, ist auch was Feines. Und vielleicht wird das ja noch was mit der Mode.«

Schniefend verschränkte er die fitnessgestählten Arme vor der Brust. »Ich Heimweh habe, Annie, vermisse Mama und Schwestern. Warum ich überhaupt bin weg? Wegen Spinnerei mit Mode. Milchkringel auf Kaffee ich hätte zu Hause genauso machen können. Tut mir leid, Annie, du selbst hast Sorgen. Aber ich so traurig bin.«

»Es tut mir leid, Costas. Das hört sich wirklich schlimm an.«

Erneut stiegen Tränen in seinen Augen auf. »Ist okay. Bald Welt wieder in Ordnung. Wenigstens wir haben kleinen Hund. Komm her, mein Baby.«

Er hob Buster hoch, und sogleich begann der Welpe seine

Tränen abzuschlecken, brachte Costas damit zum Kichern. Oh Gott, es würde ihm das Herz brechen, wenn sie Buster weggeben mussten – nur konnte er nicht ewig in einer so beengten Wohnung leben.

Annie warf einen Blick auf ihr Handgelenk, vierzehn Uhr. Eigentlich hatte sie vorgehabt, den Tag im Bett zu verbringen mit ihrem liebsten Fernsehdoktor – um nicht über ihren liebsten Doktor aus dem echten Leben nachdenken zu müssen.

»Hör mal, sollen wir ein bisschen rausgehen? Es ist wirklich deprimierend, in dieser Wohnung herumzuhocken, kein Wunder, dass es uns so mies geht. Was hältst du davon, wenn ich dich nach guter, alter britischer Tradition zum Sonntagsessen in den Pub einlade? Wenn du magst, können wir sogar Buster mitnehmen.«

## Tag 36: Lass dir eine neue Frisur verpassen

»Ehrlich, Annie, du musst Lebewohl sagen.«

»Aber ich hänge daran!«

»Genau das ist das Problem.« Polly beugte sich vor und packte eine Strähne von Annies schlaffem braunem Haar. »Haareschneiden ist ein symbolischer Akt. Es geht darum, die Vergangenheit loszulassen, dich zu befreien. Denk an Rapunzel, Delila, Britney Spears.«

»Ich lasse mir *keine* Glatze schneiden.«

»Herrje, du sollst lediglich ein paar Zentimeter opfern. Du musst schließlich selbstbewusst auftreten, wenn du vor Publikum sprichst.«

Allein bei der Vorstellung drehte sich Annie der Magen um. Warum hatte sie sich bloß darauf eingelassen?

»Na gut, höchstens ein paar Zentimeter.«

Doch bekanntermaßen ist das der geheime Friseurcode für *Bitte, komplett weg damit,* und so entdeckte Annie eine Stunde später im Spiegel eine ihr beinahe fremde Person, denn ihr wellig geföhntes Haar endete knapp unterhalb ihrer Ohrläppchen.

»Wir hätten es färben sollen«, kommentierte Polly, während sie besitzergreifend mit den Fingern hindurchfuhr. »Vielleicht könnten wir ...«

»Nein.« Annie entzog sich ihrem Zugriff. »Schau mich an! Ich sehe total anders aus, und jetzt willst du auch noch mit Farbe ran.«

»Na und?« Polly reckte begeistert den Daumen in die Luft. »Bisher ist alles spitze. Dein Deprihaar ist verschwunden, dafür hast du jetzt einen heißen Bob. Ich wünschte, ich hätte selbst so eine Frisur, aber ein Luftschwall von dem Fön und der letzte Rest würde ebenfalls ausfallen.«

Annie betrachtete sich kritisch im Spiegel. Die Art, wie der Bob sich unterhalb ihrer Ohren kringelte und ihrem Gesicht eine herzförmige Silhouette verlieh, hatte was. Das Outfit, in das Polly sie gezwängt hatte – geblümtes grünes Kleid, dazu Chucks –, tat ein Übriges. Dennoch wollte sie Pollys Triumphieren ein bisschen zurechtrücken.

»Okay, sieht ganz gut aus. Allerdings ist es einfach eine neue Frisur. Sonst hat sich nichts geändert.«

»Bist du dir da ganz sicher?«, fragte Polly hinterhältig.

## Tag 37: Revanchiere dich

»Wo kommen denn die Knarren hin, Annie?«

Verwirrt schaute sie auf ihrem Klemmbrett nach. »Äh ... ich schätze mal, die sind für die *Guys-and-Dolls*-Nummer. Falls du irgendwelche als Gangster verkleidete Typen siehst, kannst du sie ihnen bitte geben.«

»Okay.« Zarah, die backstage aushalf, eilte davon.

Es ging hektisch zu. Dutzende von Leuten wollten was von ihr, löcherten sie mit Fragen. Immerhin war sie diejenige, die diese Benefizveranstaltung entgegen allen Erwartungen innerhalb einer Woche auf die Beine gestellt hatte.

Bewusst hatten sie für das Programm auf das Nächst-liegende zurückgegriffen, hatten die Krankenhausangestell-ten überredet, Lieder vorzutragen oder kurze Sketche auf-zuführen, und hatten zusätzlich Georges Schauspielfreunde eingespannt, die als Tänzer und Darsteller in diversen Mu-sicalszenen mitwirkten. Annie war verblüfft gewesen, wie viele Leute gewillt waren, kurzfristig auszuhelfen, und noch verblüffter, als die Ticketverkäufe für die wohlhabenden Mitglieder des Krankenhausvorstands und deren Freunde und Bekannte anfingen. Der Zulauf übertraf alle Erwar-tungen.

Pollys ehemalige Kunden, für die sie früher als PR-Berate-rin gearbeitet hatte, wollten ebenfalls helfen und buchten ganze Sitzreihen. »Krebskarte«, hatte Polly lapidar erklärt. »Jeder hat Mitleid mit mir, also kann ich sie bitten, um was immer ich will.«

Und es ging weiter so: Suze kannte jeden in der Londoner

Medienwelt und kontaktierte sie alle, Costas stellte die Kostüme zusammen, die sie von Pollys Designerfreunden und Valeries Laientheatergruppe geliehen hatten. Miriams Mann, ein Elektriker, kümmerte sich um Beleuchtung, Ton und Musik, und Annie selbst war zuständig für Kalkulationen und Finanzierung und koordinierte das Ganze.

Sie hatte sich sogar dem Krankenhausvorstand gestellt, respekteinflößenden Männern und Frauen, um sie für das Projekt zu erwärmen. Die Sache hatte sich in Windeseile herumgesprochen, und die Motivation aller Beteiligten war beständig gewachsen. Immerhin erwarteten sie rund hundert Gäste, die gewillt waren, sich die Varietéshow anzuschauen, die sie auf die Schnelle zusammengeschustert hatten.

Annie schwankte zwischen Stolz über das bereits Erreichte und einer latenten Furcht, dass etwas schiefging. Oder dass sie der Prominenz in der ersten Reihe am Ende vor Aufregung vor die Füße kotzte. Wie war sie überhaupt in all das hineingeraten? Sie, die kleine Angestellte aus der Kommunalverwaltung, Schwerpunkt Müllbeseitigung?

Durch Polly und durch nichts und niemanden sonst.

»Annie.« Dr. Max kam über den Mittelgang des krankenhauseigenen Tagungssaals auf sie zu und musterte sie im Halbdunkeln blinzelnd. »Neue Frisur?«

Verlegen nickte sie.

»Dachte ich mir. Sehr flott.« Er blieb stehen und hob eine große gelbe Feder vom Boden auf. »Aha, ich sehe, du hast Bibo aus der Sesamstraße zu einem Auftritt überreden können.«

»Oh, das muss von einer der Burlesquetänzerinnen sein.«

»Es gibt echt eine Burlesqueeinlage? Dir ist schon klar, dass heute Abend ein paar recht betagte, konservative Vorstandsmitglieder kommen?«

»Polly meint, das sei sehr künstlerisch und hätte nichts

mit Striptease zu tun. Sie hat mal die PR für einen Cabaretclub gemacht oder so.«

»Sich zu Musik zu entkleiden, klingt in meinen Ohren wie ein Synonym für Striptease. Nicht dass ich eine Ahnung hätte.«

Er verstummte und strich sich über den Kopf, was seiner Frisur nicht sonderlich bekam. Na ja, jedenfalls war sie jetzt die perfekte Ergänzung zu seinen zerknitterten Klamotten. Schaute er eigentlich nie in den Spiegel, fragte sich Annie. Wie konnte jemand Gehirnoperationen durchführen und dabei nicht einmal in der Lage sein, sein Hemd richtig zuzuknöpfen?

»Ich nehme an, das war Pollys Idee«, fügte er nach einer Weile hinzu. »Wo steckt sie überhaupt?«

»Das mit der Burlesque kam von ihr und George, das mit einer Benefizveranstaltung ist eigentlich auf meinem Mist gewachsen. Und wenn du wissen willst, wo Polly ist – schau nach oben«, erklärte sie und winkte zu einer Leiter, auf der die Gesuchte stand und Lichterketten spannte.

Dem Arzt verschlug es die Sprache, seine todkranke Patientin da oben herumturnen zu sehen.

»Grundgütiger, Annie, zitieren Sie sie hinunter, bevor sie das Gleichgewicht verliert und abstürzt. Außerdem sollte sie sich ausruhen.«

»Sie will sich nicht ausruhen!« Annie gab sich Mühe, ihre Stimme zu dämpfen. »Sie weiß, dass ihr nicht mehr viel Zeit bleibt, und die, die sie noch hat, will sie nicht damit verbringen, im Bett herumzuliegen. Zumal es ihr im Grunde ja nichts bringt. Ob ausgeruht oder nicht, sie wird sterben.«

»Ich weiß, das ist mir durchaus klar. Aber glaub mir, sie wird ihre Kräfte brauchen, wenn die Zeit kommt.«

Seine Worte führten dazu, dass ein unangenehmer Schauer

durch ihren Körper rieselte, dennoch ergriff sie weiter Partei für die Freundin.

»Deine Sorge um Polly in allen Ehren – lass sie einfach gewähren, damit sie sich ein kleines Stück Normalität bewahren kann. Und es ist ihr ein großes Anliegen, Geld für die Kinderstation zu sammeln.«

»Das ist alles sehr löblich, Annie, doch was diese Kinder brauchen, ist eine anständige Finanzierung durch das Gesundheitssystem. Genügend Zeit, um nach Heilmethoden zu forschen. Pfleger und Ärzte, die nicht völlig überarbeitet und demoralisiert sind.«

»Kann nicht jeder das in seinem Rahmen Mögliche tun? Wir können Spielsachen kaufen, um den kranken Kindern eine Freude zu machen, ihnen ihren Aufenthalt hier angenehmer zu gestalten – am Gesundheitssystem etwas zu ändern, steht nicht in unserer Macht«, gab sie ein wenig gekränkt zurück und begann Kisten wegzuräumen.

»Ich weiß, dass du helfen möchtest, und das ist nett gedacht, bloß ändert es nichts. Und weißt du überdies, was viele der sogenannten edlen Spender denken werden? Dass sie damit genug getan haben. Sie verbringen einen angenehmen Abend und gehen mit dem guten Gefühl heim, sich in vorbildlicher Weise sozial engagiert zu haben. In Wirklichkeit ist das nichts als ein Deckmäntelchen – ein Alibi, den wirklich schwierigen Fragen, den eigentlichen Problemen auszuweichen. Trotzdem ist euer spezielles Engagement natürlich toll, also macht ruhig weiter.«

*Macht ruhig weiter.* Als würde er einem Kind den Kopf tätscheln.

Annie funkelte ihn erbost an. »Wenigstens versuche ich was zu bewegen. Ich bin kein Wissenschaftler oder Arzt, aber ich weiß, dass man selbst mit kleinen Veränderungen etwas bewirken kann. Und das habe ich mir vorgenommen. Okay?«

Erschrocken über ihre ungewohnte Heftigkeit, hob er beschwichtigend die Hände. »Annie, versteh mich bitte nicht falsch …«

»Lass es einfach gut sein«, sagte sie und wandte sich wieder ihrem Klemmbrett zu.

»Da ist ja unser Dr. McGrummel«, hörte sie Polly von der schwankenden Leiter rufen. »Bist du gekommen, um uns zu erklären, dass wir unsere Gesundheit und Sicherheit gefährden?«

»Und ob du das tust – mit diesen Absätzen auf einer Leiter herumzukraxeln. Würdest du jetzt endlich runterkommen?«

»Gleich, eine Minute noch.« Sie beäugte angestrengt die Lichterkette und versuchte sie mit etwas Kreppklebeband an der Wand zu befestigen.

Dr. Max schaute ihr zu. »Soll ich dir vielleicht helfen?«

»Natürlich nicht … Scheiße!«

Die Lichterkette rauschte zu Boden und erlosch, während der Arzt Annie einen vorwurfsvollen Blick zuwarf. *Habe ich es nicht gesagt?*

»Polly!«, rief sie daraufhin. »Ich bräuchte hier unten deine Hilfe. Den Burlesquetänzerinnen ist … Ihnen ist das Haarspray ausgegangen.«

»Okay, ich komme.«

Rasch eilte Dr. Max hinüber, um die Leiter festzuhalten, während Polly in ihren silbernen Stilettos und einem schwingenden rosa Kleid heruntergewankt kam. Sie dankte es ihm nicht, wehrte sich vielmehr gegen seine Hilfe.

»Ich bin kein Invalide«, protestierte sie, wenngleich sie exakt so aussah.

Tatsächlich schien sie von Tag zu Tag dünner und zugleich etwas schwächer zu werden. Zwar mochten es winzig kleine, dafür stetige Veränderungen sein. Man sah es ebenfalls an ihrer Kleidung, in der sie teilweise bereits etwas verloren wirkte.

Offenbar leistete der Krebs inzwischen ganze Arbeit. Dennoch lächelte sie unverdrossen, als wäre alles in bester Ordnung.

»Pollyyyy!« Zwei quietschende Stimmen ertönten im Gleichklang. Milly und Suze hatten die Flügeltür aufgerissen und stürmten herein. Sie steckten beide in High Heels und Skinny-Jeans, und beide wedelten aufgeregt mit ihren iPhones.

»Wer ist das?«, wunderte sich Dr. Max, als die beiden auf sie zugerauscht kamen wie ein Sondereinsatzkommando, das einen Tatort stürmte. Ihre Waffen waren ihre iPhones.

»Das sind meine Freundinnen, das PR-Geschwader.« Polly winkte ihnen zu. »Kommt her, damit ich euch vorstellen kann. Das hier ist mein Neurologe, Dr. Fraser, und das sind Milly und Suze, die praktisch das britische Medienimperium beherrschen.«

Bevor er sichs versah, fielen sie über ihn her. »Oh mein Gott, ich *liebe* Ihren Look. Very British. Nobel und zugleich ein wenig abgetragen. Was würden Sie davon halten, ein kurzes Videostatement abzugeben?«

»Ladys, ich …«

»Wahnsinn, er ist Schotte! Noch besser. Also, ich melde mich gleich mal bei *Today*.« Suzes Finger tippten ohne Unterlass auf ihr iPhone ein.

»Die Spendenwebsite geht durch die Decke, Polly«, verkündete Milly. »Wir sind schon bei fünftausend Abonnenten. Facebook ist voll davon, und Twitter explodiert förmlich. Der *Telegraph* will ein Interview.«

»Ich werde Ivana vom *Guardian* anrufen. Geschichten, die das Leben schreibt, Fürsorge, Soziales und so weiter und so fort – sie werden es lieben.«

Milly griff nach Pollys Kinn. »Süße, du bist ein bisschen blass um die Nase. Wir haben einen Fotografen einbestellt, soll ich dich vorher ein bisschen auffrischen?«

Suze schoss derweil Fotos von Dr. Max aus allen Winkeln. »Die Schatten beibehalten, aber die Nase etwas abdecken und …«

»Schluss jetzt!«, dröhnte er. »Ich gebe kein Interview, und ich werde erst recht kein Make-up auf meinem Gesicht dulden! Auf mich wartet ein Haufen Papierkram, und vor allem habe ich schwerkranke Patienten zu versorgen. Für solche Kinkerlitzchen hier habe ich keine Zeit.«

»Ich *liebe* dieses Temperament«, seufzte Suze völlig unangekränkelt. »Vielleicht können wir das nutzen. Ich denke da an *Channel 4 News*. Am besten frage ich mal bei Liam an.«

»Der Rubel rollt.« Milly wedelte mit ihrem Handy. »Großer Twitterhype. Allerdings brauchen wir dringend eine persönliche Story, Polly, Süße. Damit die Leute was zum Identifizieren haben. Kurzer Videobeitrag?«

»Apropos Rubel«, sagte Polly zu Dr. Max. »Würde etwas Geld nicht dem neuen Scanner zugutekommen, den du wolltest? Das zusätzliche MRT-Gerät? Damit die Leute nicht so lange auf ihre Diagnose warten müssen und du ihren Krebs früher rausschneiden kannst?«

Er dachte einen Moment nach. »Unter einer Bedingung: kein Make-up. Da ziehe ich meine persönliche Grenze.«

»Genial«, freute sich die Medientaskforce und schleppte den Arzt sogleich ab.

Polly seufzte. »Die zwei könnten die Welt umkrempeln, wenn man sie ließe. Vielleicht hätte ich sie nie aus meinem Leben ausschließen sollen.«

»Es ist dein Leben und dein Krebs. Du kannst ausschließen, wen du willst.«

Polly lachte. »Wegen solcher klaren Ansagen mag ich dich, Annie. Nie übst du irgendeinen Druck auf mich aus, lässt mich mein Ding machen – ob es nun gut ist oder nicht.«

»Ich hoffe, dass das, was du gerade tust, auch das ist, was du willst.«

»Ja, ist es. Ganz bestimmt würde ich nie etwas tun, nur weil die Leute es von mir erwarten.«

»Egal. Heute Abend jedenfalls müssen wir alle auf positiv und glücklich machen, als würden wir große Veränderungen stemmen, den bissigen Kommentaren von Dr. Max zum Trotz.«

»Ja, das müssen wir. Leider haben wir womöglich ein klitzekleines Problem.«

Panik stieg in ihr auf. »Und das wäre?«

Polly sah auf ihre Uhr. »Nun, ich weiß ja, dass George heute Abend den wichtigsten Part übernehmen soll, bloß habe ich ihn bislang nirgendwo gesehen.«

Annies schwarzes Trägertop war komplett durchgeschwitzt. Der Raum hinter der Bühne war voller Leute – Darsteller, die ihre Nummern durchgingen, Tänzer, die sich aufwärmten, Sänger, die Tonleitern übten, ein Pfleger, der mit Infusionsbeuteln jonglierte. Von George indes, der die Show moderieren und durch den Abend führen sollte, keine Spur. »Willst du ihn noch mal anrufen?«

»Ich hab's versucht.« Polly war noch blasser als zuvor. »Oh Gott. Ich wette, er hat die Nerven verloren. Genau das Gleiche ist passiert, als er seine Chance am West End bekam – als Soldat in der Tanztruppe von *Miss Saigon*. Er konnte seine Beine kaum bewegen und wurde nach einem Abend gefeuert. Hundertpro ist er bei diesem gottverdammten Caleb. Ich werde ihn umbringen, den Bastard.«

»Hör mal, vielleicht gibt es ja eine ganz simple Erklärung«, versuchte Annie sie zu beruhigen. »Ein Stau oder so …«

»Er kommt mit der U-Bahn«, erwiderte Polly düster und war drauf und dran, selbst zur Abwechslung die Nerven zu verlieren. Etwas, das Annie nie zuvor bei ihr gesehen hatte. »Alles wird den Bach runtergehen, wenn wir versagen. All die Fernseh- und Presseleute, Annie, wir werden sie im Stich lassen. Die Kinder. Das Krankenhaus.«

*Versagen.* Das Wort versetzte Annie einen Stich. War sie zu anmaßend gewesen? Vermutlich. Wie hatte sie je glauben können, dass sie es schaffen würde, so etwas auf die Beine zu stellen? Das war Hybris pur. Schließlich war sie keine Macherin, sondern eine bedeutungslose Person, die vom Leben mitgeschleift wurde. Sie war davor, panisch zu werden, als sie plötzlich ein seltsames Geräusch vernahm.

»Hörst du das?«, fragte sie und spitzte die Ohren.

»Was?« Polly hatte ihre Hände so fest ineinander verkrampft, dass ihre Knöchel weiß hervortraten.

»Das klingt wie …« Es war ein Weinen, da war Annie sich sicher, und die Richtung, aus der es kam, war eindeutig.

Ohne ein weiteres Wort eilten die beiden durch den kleinen Flur zum Behinderten-WC. Dort saß, zusammengekauert auf dem Toilettensitz, George in seinem roten paillettenbesetzten Smoking. Seine Schultern bebten, das Gesicht hatte er in den Händen verborgen.

»Was ist passiert?«, fragte Annie alarmiert, während Polly ihn mit kühler Miene aufforderte, ihr sein Gesicht zu zeigen.

Verzweifelt schüttelte er den Kopf.

»Lass es mich sofort sehen!«

Ganz langsam blickte er auf. Sein linkes Auge und die Wange waren vollständig von einem neuen blauvioletten Fleck bedeckt, in seinen verfilzten Haaren klebte Blut.

»Hat *er* das getan?«, wollte Polly wissen.

Ihr Bruder nickte stumm.

Polly fluchte. »Dieses Mal rufen wir die Polizei. Okay? Du hast es versprochen.«

Mit leiser, zaghafter Stimme, die Annie noch nie bei ihm gehört hatte, begann George zu reden. »Ich kann so nicht auftreten«, murmelte er. »Schaut mich an.«

»Du musst«, beschied ihn seine Schwester rigoros. »Du musst es tun!«

George schluchzte. »Sieh, was er mir angetan hat. Ich habe ihn geliebt. Und das ist der Dank. Ich bin ein Nichts für ihn, ein Niemand. So sieht er mich, der große Fernsehstar und Serienheld. Als Versager, einen fetten Versager ...«

Plötzlich begriff Annie. *Caleb.* Natürlich. Er war der Typ aus dieser beliebten Tierarztsoap.

»Ihr seid wieder zusammen«, stellte Polly mit mühsam unterdrückter Wut fest.

»Nein.« George schüttelte verlegen den Kopf. »Er wollte mich nicht zurück. Wir haben uns lediglich manchmal getroffen ...«

Erneut wurde seine Stimme von Tränen erstickt. »Ich wollte, dass er heute Abend kommt – er sollte sehen, dass ich ebenfalls was zustande bringe.« Er stieß ein bitteres Lachen aus. »Deshalb bin ich zu ihm gegangen – und das ist dabei herausgekommen.«

Polly kniete sich vor ihren Bruder. »Hör mir zu, George. Du bist kein Nichts. Er ist derjenige, der sich in Grund und Boden schämen sollte. Und wenn du mich fragst, gehört er hinter Gitter, denn er ist gemeingefährlich. Aber weil du sehr wohl jemand bist und was kannst, darfst du heute nicht kneifen. Ich brauche dich genau jetzt, und für dich ist es dein großer Auftritt. Ohne dich ist das Ganze nichts, du bist schließlich der einzige Profi. Weißt du, die Leute greifen lediglich tief in die Tasche, wenn ihnen die Show gefällt. Also schmeiß sie nicht, George, ich bitte dich.«

Plötzlich begann Polly hektisch in ihrer Tasche zu wühlen, die sie nie irgendwo stehen ließ, und zerrte einen Hut hervor, den Hut des Tages. Diesmal war es ein Fedora mit breiter Krempe.

»Setz den auf«, forderte sie ihren Bruder auf, »schieb ihn dir kokett in die Stirn, und wir besorgen vorher noch jemanden, der dich zusammenflickt – dieser reizende Pfleger Leroy schwirrt hier irgendwo herum –, dann noch ein bisschen Camouflage, und niemand wird was merken. Auf der Bühne ist es ohnehin dunkel.«

»*The show must go on*, sagt man das nicht in deinem Metier?«, wandte Annie sich jetzt an ihn, um Polly zu unterstützen, und plötzlich gab George sich einen Ruck und erhob sich.

»Ich trage keinen Fedora«, sagte er mit fester, würdevoller Stimme. »Ich will schließlich nicht aussehen wie Al Capone oder Indiana Jones. Schau, was du noch auftreiben kannst, und besorg mir den knackigsten Pfleger und den besten Maskenbildner, den du kennst. Wir werden das hier durchziehen.«

»Wird erledigt.« Polly streckte ihm ihre Hand zum High five hin. »Komm mit, wir haben nicht viel Zeit.«

Auf dem Weg zurück zur Bühne sah Annie Dr. Max im Flur stehen.

»Ist alles in Ordnung?«, erkundigte er sich.

»Hör zu, ich weiß, dass du das hier dämlich findest«, begann sie unüberhörbar genervt, »also lass uns lieber in Ruhe unsere Arbeit machen. Für müßige Diskussion ist jetzt echt keine Zeit.«

»Entschuldige, wenn ich mich vorhin missverständlich ausgedrückt habe ... Natürlich ist das hier keineswegs dämlich, überhaupt nicht. Und es war nicht richtig, es kleinzureden, weil das Gesundheitssystem versagt ... Es tut mir leid.«

Sie bedachte ihn mit einem skeptischen Blick.

»Ja, okay, das hier ist nicht mein Ding. Was aber nichts daran ändert, dass ich bewundere, was ihr auf die Beine gestellt habt, wirklich toll. Und das in der kurzen Zeit. Ihr werdet bestimmt viel Lob ernten, da bin ich mir absolut sicher.«

»Meinst du?«, fragte Annie. »Im Augenblick bin ich diejenige, der Zweifel gekommen sind. Das Ganze ist letztlich arg laienhaft, und es wäre schrecklich, wenn wir ausgelacht würden. Zu allem Überfluss hatte George, unser Profi, soeben einen Nervenzusammenbruch, nachdem sein Lover ihn grün und blau geschlagen hat. Und du hast sicher recht, dass die wichtigen Leute ganz anders ticken. Oh Gott, was werden sie denken, wenn ein paar halb nackte Tänzerinnen auf der Bühne erscheinen?«

»Hey, komm«, sagte er und streckte seine kräftigen Arme nach ihr aus. »Es wird alles gut. Beruhige dich. Tief einatmen.« Plötzlich fand Annie sich an seiner breiten Brust wieder, und sein Gesicht war dem ihren ganz nahe. Wie in Trance hob er eine Hand und strich über ihre Wange. »Annie. Alles wird gut, ich verspreche es.«

»Ich …« Hatte er etwa vor, sie zu küssen?

Ganz bestimmt nicht. Immerhin war er nach wie vor in erster Linie Pollys Arzt, dann liefen hier tausend Leute herum, und außerdem und vor allem hatte sie seit Jahren niemand mehr geküsst.

Der Moment dauerte an. Annie hielt seinem Blick stand, dachte jedoch an ihre schlechten Erfahrungen und an ihre Angst, sich erneut zu verlieben und womöglich erneut verletzt zu werden. Das, fürchtete sie, würde sie nicht ertragen. Andererseits galt: Wer nichts wagte, gewann auch nichts. Sollte sie es also riskieren? Er war einfach nett, fühlte sich so verlässlich an, und sie mochte ihn, sein zerknittertes Aussehen ebenso wie seinen Geruch nach Seife und Kaffee, der ihn ständig umwehte.

»Annie!« Polly stand hinter ihnen und sah sie stirnrunzelnd an. »Was tut ihr da?«

Dr. Max trat einen Schritt zurück und räusperte sich. »Annie ging es nicht gut, die Nerven haben ihr wohl einen Streich gespielt.«

»Na toll, wir wären nämlich so weit.«

»Okay, dann sollte ich besser gehen und nicht länger im Weg herumstehen«, meinte er und entfernte sich widerstrebend.

»Bist du bereit?«, erkundigte sich Polly misstrauisch.

»Entschuldige. Ja, ich bin bereit«, versicherte Annie hastig. »Lass uns loslegen.«


Später würde Annie sich lediglich ganz verschwommen an den Abend erinnern können. Ein Durcheinander aus Pailletten, Lichtern, Lachen, Applaus und Ohs und Ahs aus dem Publikum. Das Tappen von Füßen auf der Bühne des großen Tagungssaals, in dem normalerweise Vorträge über Krankheiten und Forschungsergebnisse gehalten wurden. Ein Ort, an dem der Tod ein allgegenwärtiges Thema war, aber sie hatten ihn mit prallem Leben gefüllt – laut, hell und glitzernd.

Annie allerdings war überwiegend hinter der Bühne beschäftigt und hatte kaum Gelegenheit, etwas von den Darbietungen zu sehen.

Dann war es gelaufen, und George setzte zu seinen Abschlussworten an. Die ganze Zeit über war er voll präsent gewesen: charmant, witzig und schlagfertig. Niemand wäre auf die Idee gekommen, dass es derselbe Mann war, der kurz davor auf der Toilette zusammengebrochen war. Er hatte bewiesen, dass er das Metier beherrschte und eine Show sowohl abziehen wie durchziehen konnte. Er musste nur sein Privatleben in Ordnung bringen. Würde er Caleb den Laufpass geben, so wie Polly es verlangte? Oder in der vergeblichen

Hoffnung auf mehr immer wieder zu ihm zurückkehren? Sie wusste selbst allzu gut, dass es nicht damit erledigt war, jemanden zu verlassen.

»Meine Damen und Herren, Doktoren, Schwestern und Pfleger, Eltern und Patienten«, hörte sie Georges Stimme. »Heute haben wir etwas Wundervolles vollbracht. Zusammen mit den Onlinespenden ist es uns gelungen, unglaubliche sechzigtausend Pfund zu sammeln, mit denen wir die Klinik bei der Anschaffung von alltäglichen Sachen unterstützen wollen, die den Patienten zugutekommen, oder beim Erwerb neuer medizinischer Geräte.« Im Publikum war ein Raunen zu vernehmen, und auf der Leinwand leuchtete die Spendenwebsite auf. »Und jetzt möchte ich Ihnen die wohl nervigste Patientin in der Geschichte dieses Krankenhauses vorstellen, die sich nicht zuletzt für diesen Abend eingesetzt hat, meine Schwester Polly.«

Annie, die sich inzwischen in den Saal geschoben hatte, beobachtete, wie Polly die Bühne betrat. Sehr langsam zwar, um nicht unkoordiniert zu wirken, doch sie winkte und lächelte. In der ersten Reihe machten sich Milly und Suze startklar, um das Ganze aufzunehmen und anschließend online zu posten.

»Hi!«, begann Polly mit belegter Stimme, »ich möchte Sie nicht lange aufhalten, da Sie sicher alle bald nach Hause müssen oder wollen.« Was mehr oder weniger besagte, dass Polly nicht mehr lange durchhalten würde. »Vor ein paar Monaten bekam ich hier, genau in diesem Krankenhaus, einen Gehirntumor diagnostiziert.« Als mitfühlendes Gemurmel ertönte, fuhr sie hastig fort. »Ich weiß, ich weiß, es klingt furchtbar – und das ist es selbstverständlich, aber ich kann Ihnen versichern, dass es in dieser Klinik wunderbare Menschen gibt, die mir und anderen Patienten zur Seite stehen. Tagtäglich. Sie sind selbstlos und großmütig, stellen sich hintan und opfern sich für ihre Schützlinge auf. Desungeachtet befinden sie sich nicht in diesem Raum, denn sie sind nach wie vor bei der Arbeit. Sie operieren, untersuchen, wechseln Infusionsbeutel, aktualisieren Patientenkurven, bringen Getränke und reinigen OP-Säle.« Polly blickte sich im Publikum um, ließ ihre Worte wirken und lächelte trotz ihrer Erschöpfung. »Als ich mir früher vorstellte, wo ich sterben würde, hatte ich ganz sicher nicht Lewisham im Sinn. Eher eine tropische Insel, wo ich vielleicht einen Rennbootunfall hatte. Mit neunzig wohlgemerkt.« Gelächter. »Doch nun, da es passiert, bin ich aufrichtig froh, hier zu sein. Wenn ich schon sterben muss, kann ich mir keinen besseren Ort vorstellen als dieses Krankenhaus mit all diesen Menschen, die sich hingebungsvoll um mich kümmern.«

Verstohlen wischte Annie sich über die Augen und hielt Ausschau nach Dr. Max, dem nicht zuletzt Pollys Dank galt. Vermutlich aber bastelte er gerade am Schädel von irgendeinem Patienten herum, kämpfte mit dem Snackautomaten oder trank einen seiner scheußlichen dreifachen Espressos.

Plötzlich bemerkte sie, dass Polly sie zu sich winkte. »Und jetzt möchte ich Ihnen eine wundervolle Person vorstellen, der die Verwirklichung dieses Abends zu verdanken ist. Bitte einen Applaus für meine Freundin Annie.«

Grundgütiger, sie musste auf die Bühne. So verschwitzt und derangiert, wie sie sich fühlte, konnte sie bloß hoffen und beten, dass man es ihr nicht ansah. Zögernd trat sie aus dem Backstagebereich vor. Hundert Augenpaare starrten sie an. Zweihundert Hände applaudierten. Polly schubste sie vors Mikrofon.

»Äh, hallo.« Sie sah, dass Milly und Suze ihren Auftritt filmten, und riss sich zusammen. »Es ist nicht wirklich mein Verdienst – der Dank geht vielmehr an jene, die mitgewirkt haben, ob als Akteure oder bei der Organisation. Und nicht zuletzt an jene, die kräftig die Werbetrommel gerührt und Spenden gesammelt haben. Ein ganz großes Dankeschön natürlich an die vielen großzügigen Spender.« Sie hielt einen Moment inne und überlegte, was sie sonst vorbringen konnte. »Ach ja, eines liegt mir noch am Herzen. Polly hat recht, was dieses Krankenhaus angeht. Die Menschen, die hier arbeiten, sind großartig. Ich habe es selbst erlebt, in glücklichen wie in schlimmen Zeiten. Ein Arzt hier hat meinen Sohn zur Welt gebracht, und ein anderer versuchte ein paar Monate später, ihn zu retten, als er am plötzlichen Kindstod starb.« Sie hörte, wie George im Hintergrund scharf einatmete. »Und ein weiterer Arzt kümmert sich, unterstützt von Schwestern und Pflegern, jetzt um meine demenzkranke Mutter und hilft mir zu verstehen, warum sie sich nicht oder kaum an ihre Tochter erinnert. Was ich damit sagen will: Wir alle brauchen irgendwann ein Krankenhaus. Deshalb sollten wir die Kliniken unterstützen, denn ohne sie können wir nicht leben. Im wahrsten Sinne des Wortes. Danke.«

Zitternd vor Aufregung stand sie noch da und bemerkte zunächst gar nicht, wer da auf die Bühne kam und ihr sanft das Mikrofon aus den Händen nahm.

»Gut gesprochen«, murmelte Dr. Max, der sich mittlerweile umgezogen hatte und mit ordentlichem Hemd und Krawatte und gebändigten Haaren seltsam gepflegt aussah.

»Hallo und Guten Abend, mein Name ist Maximilian Fraser, ich bin Leitender Oberarzt der Neurologie«, wandte er sich an das Publikum. »Ich hoffe, dem gerecht zu werden, was Annie gesagt hat. Natürlich arbeiten wir auch für Geld, schließlich müssen wir unseren Lebensunterhalt bestreiten, doch wir bringen darüber hinaus viel Idealismus mit. Geld oder Ansehen ist nicht alles. Deshalb tut es uns weh, dass unsere Arbeit durch die Mängel des Gesundheitssystems erschwert wird. Lassen wir das, ich habe nämlich versprochen, heute nicht zu schimpfen. Stattdessen werde ich Ihnen ein Lied vortragen und hoffe, Ihnen damit eine Freude zu machen.«

Und dann begann Dr. Max mit tiefer, voller Stimme zu singen. Es dauerte eine Weile, bis Annie begriff, was er da sang. Es war Dolly Partons *Nine to five*. Ein Titel, bei dem es um die alltägliche Situation am Arbeitsplatz geht und das sture Arbeiten nach der Uhr: von neun bis fünf. Daher der Insiderspruch im Krankenhaus, dass es eben kein Nine-to-five-Job sei.

Dr. Max sang es erst langsam und schwermütig, beinahe wie eine Ballade, legte dann aber Tempo zu, bis die Leute aufsprangen, stampften, jubelten und mitsangen. Gerade als Annie dachte, es könnte nicht verrückter werden, stapfte zudem ein Dudelsackspieler in schottischer Tracht auf die Bühne und befeuerte das Ganze. Es war einer der Pfleger von der Intensivstation, und Annie fragte sich, ob Dr. Max das wohl arrangiert hatte. Jedenfalls war es ein absolutes Highlight. Der Saal tobte, und sie selbst wurde ebenfalls mitgerissen von der Ausgelassenheit des Augenblicks.

Annie schaute zu Polly hinüber und sah sie lächeln. Doch plötzlich huschte ein Schatten über ihr Gesicht. Später würde Annie denken, dass es der Sensenmann war, der durch so viele Überlieferungen und Geschichten geisterte und der jetzt als Bote des bevorstehenden Todes in einem langen schwarzen Umhang an ihrer Freundin vorbeigezogen war. Sobald sie die Anzeichen bemerkte, stürzte sie über die Bühne auf Polly zu und erreichte sie gerade rechtzeitig, um sie aufzufangen, als die Beine unter ihr nachgaben und sie bewusstlos zu Boden sank.

## Tag 38: Besuch jemanden am Krankenbett

»Wie geht es ihr?«

George schüttelte stumm den Kopf. Er sah aus, als hätte er die ganze Nacht kein Auge zugetan. Annie hatte vor lauter Sorge ebenfalls nicht schlafen können und hatte gleich am nächsten Morgen den ersten Bus zum Krankenhaus genommen.

Sie blickte auf den riesigen Teddybären, den sie dabeihatte, und fühlte sich plötzlich albern. Bloß was hätte sie mitbringen sollen? All der *Gute-Besserung*-Kram verbot sich von vornherein, da es Polly definitiv nicht mehr besser gehen würde.

»Haben sie dir schon was gesagt?«

»Kein Wort. Max geht mir aus dem Weg. Und Mum und Dad …« George seufzte. »Sie treiben mich in den Wahnsinn. Kommst du bitte mit rein? Vielleicht hören sie ja auf, wenn du da bist.«

Annie folgte ihm in das Einzelzimmer. Pollys zerbrechlicher Körper verschwand beinahe unter den Laken und dem Krankenhauskittel und war an alle möglichen Gerätschaften angeschlossen. Herzmonitor. Atemmaske. Infusionsbeutel. Je mehr Schläuche man hatte, umso schlimmer stand es um einen, das wusste Annie ebenso gut wie die drei anderen.

Valerie und Roger saßen links und rechts des Bettes und redeten leise, richtiger: Sie stritten.

»Ich habe dir immer gesagt, wir sollen nicht dulden, dass sie dauernd unterwegs ist und allen möglichen Unfug treibt. Das tut sonst niemand, der so krank ist, Valerie!«

»Es war aber das, was sie wollte. Und es ging ihr ja recht gut.«

»Es ging ihr überhaupt nicht gut, sie hat nur so getan! Warum kannst du den Tatsachen nicht ins Auge sehen? Polly wird sterben. Und George ist völlig von der Rolle …«

»Er ist momentan verwirrt, Roger, was ja kein Wunder ist. Außerdem musst du gerade reden … Darf ich dich daran erinnern, dass wir ein Taxi rufen mussten, um herzukommen, weil du nicht mehr fahrtüchtig warst …«

»Annie ist da«, unterbrach George ihr Gezänk.

Beide setzten ein gekünsteltes Lächeln auf. »Oh, wie schön. Komm herein, Liebes«, begrüßte Valerie sie.

Annie blieb in der Tür stehen. »Ich will nicht stören und bin gleich wieder weg.«

In Valeries Augen schimmerten Tränen, ihre Stimme klang gepresst. »Leider wissen wir bislang nicht, ob der Zusammenbruch von gestern temporär ist oder nicht. Wir hoffen natürlich, dass es vorübergeht und sie einfach erschöpft war, weil sie sich übernommen hat.«

Roger schnaubte und verdrehte die Augen.

In diesem Moment trat Dr. Max ein.

»Hallo zusammen.« Sein Blick huschte über Annie und den Teddy in ihren Armen.

»Ich gehe lieber«, warf sie hastig ein. »Ihr müsst sicher etwas besprechen.«

George griff nach ihrem Arm und drückte ihn kaum merklich.

»Ich glaube, Polly würde wollen, dass du hier bist, Annie«, sagte er, und so blieb sie.

Max räusperte sich, während er die Röntgenaufnahmen an der Wandhalterung befestigte.

»Also gut. Das hier ist eine Aufnahme ihrer Lungen. Sehen Sie den kleinen weißen Fleck?«

Annie wusste mittlerweile, was weiße Flecken zu bedeuten hatten, nämlich nichts Gutes.

»Ein Tumor«, murmelte George leise.

»*Aye*. Ein Sekundärtumor auf der Lunge. Das erklärt ihre Kurzatmigkeit und die Rückenschmerzen, die sie uns seit Wochen verheimlicht hat.«

Annie verspürte einen Anflug von schlechtem Gewissen, da sie es immerhin des Öfteren mitbekommen hatte, wie sie ihre Hand auf den schmerzenden Rücken drückte.

»Können wir …? Gibt es irgendwas …?«, stammelte Valerie.

»Eine Strahlentherapie dürfte den Tumor etwas schrumpfen lassen, ihren Schmerz etwas lindern und ihr das Atmen erleichtern. Andererseits wird die Behandlung ihren Tribut fordern und sie noch mehr schwächen.«

Wenn sie zwischen den Zeilen las, entnahm Annie den Worten des Arztes, dass es begonnen hatte. Der Anfang vom Ende war gekommen.

»Ich sollte nicht hier sein«, stieß sie hervor, drückte Dr. Max den Plüschbären in den Arm und rannte in den Flur hinaus.

Weg von diesem Ort schlimmer Nachrichten und endloser Qualen. Sie wünschte sich, dass ihr endlich etwas Gutes widerfuhr: eine neue Liebe oder auch nur ein schöner Urlaub. Polly sterben sehen, das jedenfalls konnte sie nicht.

»Annie, warte!«

Sie drehte sich um und sah Dr. Max, der ihr mit langen, gleichmäßigen Schritten folgte. Er hielt immer noch den Teddybären in seinen Händen, als wüsste er nicht, was er damit anfangen sollte.

»Ich kann da nicht sein, es ist einfach nicht fair … Sie ist so jung und lebendig und … Warum kannst du nichts unternehmen, Dr. Max? Warum kannst du sie nicht heilen?« Sie schluckte ihre Tränen runter. »Tut mir leid. Scheiße. Tut mir leid.«

»Hör zu, ich wünschte, ich könnte etwas tun. Ich habe alles auf diesen verdammten Tumor abgefeuert, was ich habe. Chemo. Strahlen. OP. Medikamente. Aber er kommt immer wieder zurück. Trotz aller Bemühungen.«

»Ich weiß, dass du alles getan hast. Tut mir leid, dass ich das gesagt habe. Und es tut mir leid, dass …«

Sie wollte sagen, dass es ihr leidtat wegen gestern Abend, doch das wäre gelogen gewesen. Sie war so durcheinander.

»Ach, das sagen alle Angehörigen irgendwann. Leider sind wir keine Zauberer, Annie, sondern ganz normale Menschen.«

Sie wischte sich mit der Hand übers Gesicht. »Das war's dann, stimmt's?«

»Nicht ganz.« Seine Stimme war sanft. »Sagen wir es so, dass es beginnt. Du musst wissen, dass es von Anfang an aussichtslos war, Annie. Eine Hoffnung auf Heilung bestand bei ihrer Art des Tumors nie. Vermutlich werden wir, wenn die Studien gut laufen, in ein paar Jahren wirksamere Chemotherapien für Fälle wie diesen zur Verfügung haben. Für Polly gab es nie eine Chance.«

Es passierte. Ihre Freundin würde sterben. »Wie lange? Wie viel Zeit bleibt ihr noch?«

»Schwer zu sagen. Mit Glück können wir sie vielleicht für eine letzte große Abschiedsvorstellung noch einmal hier rausbekommen. Wie gesagt, mit Glück.«

Er zögerte, und sie hätte sich am liebsten in seine Arme geworfen, damit er sie festhielt. Schließlich war niemand sonst da, der sie trösten würde, aber der Augenblick ging ungenutzt vorüber.

Genau wie vorher sie, sagte Dr. Max jetzt: »Ich sollte besser gehen.«

Annie lehnte sich gegen die Wand und weinte. Um Polly,

245

um sich selbst, um Jacob und ihre Mum. Am meisten jedoch weinte sie, weil die Hoffnung, der man erlaubt hatte, im Herzen Wurzeln zu schlagen, sich als miese kleine Verräterin entpuppte.

## Tag 39: Hoffe

»Du sollst lediglich die Studien lesen, bitte!«

»Ich habe sie gelesen, Polly. Es ist mein Job, mich forschungstechnisch auf dem Laufenden zu halten«, erwiderte Dr. Max ruhig.

»Na dann! Die Stammzellentherapie hat gute Ergebnisse gezeigt …«

»In einem sehr begrenzten Versuchslauf. Und für eine völlig andere Krebsart. Außerdem sind zwei Patienten gestorben. Du siehst, man ist noch ein ganzes Stück von einer brauchbaren Therapie entfernt. Zwei Jahre mindestens. Und diese Zeit hast du leider Gottes nicht.«

»Aber ich könnte unterschreiben, dass ich es trotzdem versuchen will. Auf eigenes Risiko. Oder ich melde mich als Testperson.« Ihre Stimme brach. »Ich bin bereit, alles zu tun, wirklich alles.«

Annie ertrug es nicht, sie hörte das Gespräch teilweise durch die angelehnte Tür mit und war froh, als George auftauchte. Er hatte eine Einkaufstüte voller Delikatessen unter dem Arm. Obwohl Polly kaum noch etwas aß, versuchten sie alle weiterhin, ihren Appetit wieder anzufachen.

»Was ist los?«, flüsterte er, als er ihr Gesicht sah.

Sie deutete zur Tür. »Es ist schrecklich.«

»Ich kann nicht zulassen, dass du das tust«, vernahmen sie jetzt Dr. Max' Stimme. »Die Ethikkommission würde das nie durchgehen lassen.«

»Tja, dann gehe ich eben woandershin. Ich wette, dass es in den Staaten angeboten wird oder irgendwo anders, wo …«

»*Polly.*« So streng und ernst hatte Annie Dr. Max noch nie erlebt und George offenbar desgleichen nicht. »Bitte versteh. Mag sein, dass irgendein Krankenhaus dich einer Stammzellentherapie unterziehen würde – im Tausch gegen Abertausende von Pfund. Allerdings meines Erachtens ohne eine realistische Aussicht auf Erfolg. Hinzu kommt, dass du weder stabil genug bist für eine lange Reise noch für eine derart aggressive Therapie. Außerdem würdest du eine schriftliche Unbedenklichkeitserklärung von mir benötigen, die ich dir nicht ausstellen werde.«

»Warum?«

»Weil es dich umbringen würde.«

»Ich sterbe sowieso, verdammte Scheiße! Warum willst du mir nicht diese letzte Chance geben?«

»Weil es keine Chance ist, begreif das. Nach dem derzeitigen Stand der Forschung gibt es nichts mehr, was wir für dich tun können, Polly. Es tut mir leid.«

Sie schluchzte. »Ist es denn nicht wenigstens möglich, noch ein bisschen Zeit herauszuschlagen? Ein winzig kleines bisschen.«

»Herrje, Polly, selbst das haben wir bereits getan …«

Annie und George schreckten auf, als Dr. Max die Tür öffnete, und gaben sich Mühe, möglichst harmlos zu wirken.

»Also ja, heute ist Burritotag in der Cafeteria«, improvisierte George.

Der Arzt ließ sich nicht täuschen. »Ich nehme an, ihr habt alles mit angehört?«

Verlegen zuckten beide im Gleichklang die Schultern.

»Bitte versucht ihr das auszureden. Hat sie sich tatsächlich die ganze Zeit über Hoffnungen auf eine Art magische Last-minute-Heilung gemacht?«

Annie musste an die Fachzeitschriften denken, die Polly in der Klinikbibliothek gelesen hatte, an das Beharren ihrer

Mutter auf Akupunktur, Kräuterkuren und kreative Visuali-
sierungstechniken.

»Ich glaube, sie hat die Augen vor der letzten Wahrheit
verschlossen. Sie wollte es nicht akzeptieren. Schätzungsweise
ging sie keineswegs so locker-flockig mit ihrem bevorstehenden Ende um, wie sie immer tat.«

Im Nachhinein sah Annie es ganz deutlich. Polly, wie sie
fröhlich ihr Mantra herunterbetete: *Ich sterbe. Ich habe noch
drei Monate zu leben. Es geht mir gut. Ich bin glücklich.* Sie
sagte es auf wie jemand, der eine Rolle spielt – nicht wie
jemand, der wirklich daran glaubt.

Dr. Max nickte. »Genauso ist es. Diese Verdrängungs-
mechanismen finden sich bei vielen Krebspatienten. Ihre
Psyche baut eine Art Selbstschutz auf. Jetzt beginnt er zu
bröckeln, da ich ihr nicht einmal große Hoffnung auf ein
nochmaliges Hinausschieben machen kann. Es sei denn, es
geschieht ein Wunder. Je eher sie die Tatsachen also akzeptiert, desto besser.«

»Ich glaube, wir sind insgeheim alle davon ausgegangen,
dass sich unverhofft ein Rettungsanker...«, erklärte George
und hielt inne, als aus dem Krankenzimmer hemmungsloses
Schluchzen drang.

Polly, die scheinbar so abgeklärte, dabei optimistisch und
fröhlich wirkende Vorzeigepatientin, wie sie sich selbst sehen
wollte, war zerbrochen.

»Und es gibt wirklich nichts?«, hakte George nach.

»Nein, nichts«, erwiderte Dr. Max bestimmt und stapfte
davon – ihm setzte Pollys Sterben ebenfalls sichtlich zu.

George sah hilflos Annie an. »Himmel, wie soll ich das
meinen Eltern beibringen? Mum weigert sich ohnehin kate-
gorisch, die Wahrheit zu sehen.«

»Ich weiß es nicht – ich weiß es wirklich nicht.«

»Und noch schlimmer«, fing er erneut an, »ich kann dem

Thema Polly gegenüber nicht ausweichen. Was soll ich zu ihr sagen? Wie kann ich überhaupt mit ihr reden, jetzt, da wir Bescheid wissen? Gottverdammte Scheiße. Sie stirbt, Annie. Nicht mehr lange, und sie stirbt wirklich.«

»Ich weiß«, flüsterte Annie und spürte, wie die Erkenntnis langsam in ihr zu sacken begann. Wie ein Bleigewicht, das sie mit sich in die Tiefe zog.

George fuhr sich mit den Händen übers Gesicht. »Klar, sie haben alle gesagt, dass es hoffnungslos sei, aber wir haben es verdrängt … Weil es ihr so gut zu gehen schien und sie so fit wirkte, so energisch, so lebensvoll. Oder?«

»Ja, das tat sie. Wobei ich im Nachhinein denke, dass sie uns und sich selbst etwas vorgemacht hat. Vielleicht hat sie sogar geglaubt, wenn sie es sich per Selbstsuggestion einredet, wird es wahr und es erwischt sie nicht.«

Insgeheim musste Annie zugeben, dass sie selbst dieser Realitätsleugnung verfallen war und nicht sehen wollte, was offensichtlich war. Polly, die nach Luft schnappte. Ihre Rückenschmerzen. Ihr Gewicht, das praktisch über Nacht wegschmolz.

George blickte Annie fragend an. »Hat dieser Neurologe zweifelsfrei recht, dass wir keine Optionen mehr haben? Können wir uns auf ihn verlassen, oder sollten wir eine weitere Meinung einholen?«

Annie sah am anderen Ende des Flurs, wie Dr. Max mal wieder wütend auf den Snackautomaten einschlug. »Ja, ich glaube, er hat recht.«

## Tag 40: Sei ehrlich

»Sie will heute niemanden sehen.«

Dr. Max schüttelte den Kopf und schloss Pollys Tür hinter sich.

»Dabei schien es ihr wieder etwas besser zu gehen«, wandte Annie ein, wenngleich sie wusste, wie sinnlos es war und zudem wie falsch. Als ob ein Teil ihres Hirns starrsinnig darauf bestünde, dass Polly nicht sterben konnte. Vor wenigen Tagen erst war sie übermütig auf einer Leiter herumgeklettert – wie konnte es da sein, dass mit einem Mal ihre Zeit abgelaufen sein sollte.

Wie immer in solchen Situationen raufte er sich die Haare.

»Es ist der Tumor, ihn kann sie nicht dadurch beeinflussen, dass sie ihn ignoriert. Den meisten Patienten geht es am Anfang so, dass die Psyche sie gegen das Begreifen abschirmt. Die Betroffenen können auf diese Weise sehr lange Zeit auf Autopilot schalten und funktionieren. Die Hoffnung stirbt eben zuletzt.« Er schob die Hände in die Taschen seines weißen Arztkittels. »Wir sehen uns später.«

Nach wie vor spürte sie zwischen ihnen eine Verlegenheit, die ihn Distanz wahren ließ.

»Hör zu«, setzte sie an, »es tut mir leid, was passiert ist. Du weißt schon, neulich abends.«

Er blickte auf seine Füße. »Was ist denn passiert, Annie? Mir schien einfach, dass du eine Umarmung gebrauchen konntest. Keine große Sache. Bis dann.«

Sie stand da und schaute ihm hinterher, während der Regen gegen die Flurfenster peitschte. In diesem Moment wurde ihr einmal mehr klar, dass Polly wirklich starb – und sie alle auf der anderen Seite dieser Tür zurückließ. Doch irgendwie würde der Rest von ihnen einen Weg finden müssen, um weiterzumachen.

## Tag 41: Geh raus

»Wohin bringt ihr mich?«, fragte Polly schmollend. »Ich habe nicht die Erlaubnis, dieses Gefängnis zu verlassen.«

»Dr. Max meinte, du darfst eine halbe Stunde an die frische Luft.« George schob sie in einem Rollstuhl vor sich her, und Annie folgte ihm beladen mit Tüten.

»Ich will nicht raus. Wir sind in Lewisham, da draußen ist es hässlich.«

»Lass dich überraschen, du wirst staunen.«

Sie schoben sie durch den Hinterausgang des Krankenhauses, an der Entbindungsstation und der Ambulanz vorbei und über eine kleine Brücke, die sie unvermittelt an einen kleinen Bach und auf eine weite, offene Wiese führte.

»Wo sind wir hier?«

»Ladywell Fields«, verkündete Annie. »Ich bin früher oft hergekommen. Es ist wunderschön.«

Die weitläufige Parkanlage befand sich in der Nähe des Hauses, wo sie und Mike gelebt hatten. Sie war oft mit Jacob hier gewesen, hatte spielenden Kindern zugeschaut und sich vorgestellt, wie es sein würde, wenn ihr Sohn da mitmachen konnte. »Tja, das sind ja ganz neue Töne von dir, Little Miss Sunshine.«

George und Annie wechselten einen Blick. Das hier würde schwerer werden, als sie gedacht hatten.

»Komm schon, leg deine Arme um meinen Hals«, ermunterte George sie und hob seine inzwischen federleichte Schwester aus dem Rollstuhl. Mit Erschrecken beobachtete Annie, dass sie kaum die Kraft hatte, sich festzuhalten.

»Als du ein Baby warst, habe ich dich herumgetragen, und jetzt musst du mich hochheben. Weißt du eigentlich, dass ich dich mal auf den Kopf habe fallen lassen? Das erklärt wohl einiges.«

George und Annie lachten über die spitze Bemerkung, die für einen Moment die alte Polly aufblitzen ließ.

Sie breiteten eine Picknickdecke aus und richteten das Essen darauf an. »Schau«, schmeichelte Georg, »dein Lieblingsroquefort. Und da sind Oliven und Schinken und allerlei andere leckere Sachen.«

»Ich kann nicht im Freien essen, du Witzbold, denk an mein Infektionsrisiko.« Sie saß gebeugt und in ihre Strickjacke gehüllt in einem kleinen Liegesitz und rieb sich die Hände mit Desinfektionsgel ein. »Es ist, als wäre ich schwanger, nur dass ich es nicht bin und nie sein werde. Stattdessen wächst ein fetter alter Tumor in mir heran.«

»Hör zu, Polly«, begann George, »ich weiß, dass es ein herber Rückschlag ist ...«

»Ich sterbe. Ja, das darf man wohl mit Fug und Recht einen Rückschlag nennen.«

»Es hat sich nichts geändert, seit wir uns begegnet sind«, entgegnete Annie ruhig. »Damals hast du mir gesagt, dass du unheilbar krank seist und nicht mehr lange zu leben hättest.«

Polly blickte auf die Decke in ihren freundlichen Rosa- und Blautönen. Die Sonne schien, und in der Nähe wateten ein paar Kinder im Bach herum und kreischten, als der Schlamm zwischen ihren Zehen hindurchquoll. Es war eine unbeschwerte Szenerie, die sich im Augenblick schrecklich falsch anfühlte.

»Ich weiß. Es ist, als ob ich es in meinem Kopf gewusst hätte, aber nicht in meinem Herzen. Nicht wirklich. Irgendwie dachte ich wohl, ich sollte erst mal diese hundert Tage hinter mich bringen, die man mir gegeben hatte, und dann weitersehen. Nach einer alternativen Therapie Ausschau halten oder so. Erst jetzt realisiere ich wirklich, dass es zu spät ist und ich keine Zeit mehr habe.«

»Es ist noch nicht vorbei«, sagte George. »Dr. Max meinte ...«

»Dr. Max. Was ist mit Dr. Max? Was hat er eigentlich für mich tun können? So gut wie nichts. Vor zwei Monaten ging es mir noch blendend, und schau mich heute an. Ich kann kaum mehr eigenständig pinkeln.« Sie verzog ihr Gesicht, als müsse sie sich Mühe geben, nicht loszuheulen. »Was soll ich tun? Was soll ich bloß tun?«

»Jetzt übertreib mal nicht. Du machst weiter«, ermahnte Annie sie. »Aufgeben ist keine Lösung.«

»Und was ist Sinn und Zweck des Ganzen? Weshalb und wofür soll ich weitermachen?«

»Du hast gesagt, dass du den Menschen mit deinem Vorbild helfen willst. Mir hast du bereits geholfen, Polly. Und du kannst noch mehr tun. Milly meint, die Social-Media-Kampagne gehe echt durch die Decke ...«

»Sorry, spielt für mich keine Rolle mehr – ich werde nie einen dieser Menschen treffen, und außerdem ist es denen egal, ob ich lebe oder sterbe.«

Annie griff nach ihrem Handy und hielt es ihr hin. »Los, scroll durch.«

»Das sind alles Spenden?«, wunderte sich Polly.

»Ja. Allein gestern waren es hundert. Und schau, da sind ebenfalls Kommentare gepostet. Daran siehst du, dass es die Leute sehr wohl kümmert, Polly! Für diese Leute hast du etwas bewirkt und wirst es weiter tun. Sie haben sogar angefangen, ihre eigenen Glückstageprojekte ins Netz zu stellen.«

»Einer hat sich sogar *Bad putzen* als Glückschallenge ausgesucht – kannst du das glauben?«, warf George ein. »Diese Menschen brauchen dich, Polly. Lass sie nicht im Stich.«

»Und wir brauchen dich genauso«, fügte Annie hinzu. »Hast du eigentlich bemerkt, was ich heute anhabe?«

»Ja«, murmelte Polly indigniert. »Hast du dich auf dem Weg zu einem ABBA-Tribute-Konzert verlaufen? Ich meine, echt jetzt, Annie. Fransen?«

Wieder ein kurzes Aufflackern ihres alten Selbst unter dem erstickenden Nebel der Verzweiflung. Ein Hoffnungsstrahl, dass es noch nicht ganz vorbei war.

»Also gut«, stimmte Polly nach einer Weile zu. »Ich werde es versuchen, verspreche allerdings nichts. Würdest du im Gegenzug etwas für mich tun, George?«

»Sofern es nicht wieder dieses Kontakttanzen ist ... Zumindest verlange ich dann erstklassige Drogen.«

»Nein, nichts dergleichen. Ich möchte, dass du dich mit Mum aussprichst und ihr ein für alle Mal erklärst, dass du definitiv schwul bist und ihre Kuppelversuche daran nichts ändern, also völlig obsolet sind. Irgendwie scheint sie neuerdings Annie ins Auge gefasst zu haben.«

»Das meint sie nicht wirklich ernst, oder?«, erkundigte sich Annie alarmiert.

George seufzte. »Na ja, sie betont ständig, wie gut wir uns verstehen. Natürlich weiß sie, dass ich schwul bin, verdrängt es jedoch wie du deinen Krebs. Sie klammert sich an die Hoffnung, das richtige Mädchen werde mich bekehren.«

Annie sah zwischen den Geschwistern hin und her. »Komisch, eure Eltern kamen mir so cool vor, so aufgeschlossen und tolerant.«

»Sind sie in gewisser Weise auch. Sie haben keinerlei Vorurteile gegen Homosexuelle, das nicht. Trotzdem wünscht meine Mutter sich für ihren eigenen Sohn ein stinknormales Leben mit Haus und Garten, Frau und Kindern. Bevor Polly krank wurde, lastete wenigstens noch kein Fortpflanzungsdruck auf mir, jetzt hingegen ...«

»… erwartet sie von dir süße Enkelkinder«, warf Polly ein. »Lediglich deshalb stört sie der Gedanke, dass George schwul ist – es passt einfach nicht in ihr Idealbild einer Familie.«

»Genauso wenig wie meine gescheiterte Schauspielkarriere«, fügte George sarkastisch hinzu.

»Meine Güte, eure Familie scheint echt gut im Verdrängen zu sein«, spottete Annie.

»Tja, so ist es wohl. Wobei man meinen Eltern zugestehen muss, dass sie sich derzeit ebenfalls in einer Ausnahmesituation befinden. Deshalb rede mit ihr, Georgie, das Leben ist zu kurz zum Lügen. Ich muss es schließlich wissen.«

»Na gut. Das Gleiche gilt übrigens für dich. Hast du vor, dich noch bei Tom zu melden?«

Ihr Blick verdüsterte sich. »George, nicht.«

»Er hat das Recht, es zu erfahren.«

»Nein«, widersprach sie heftig. »Er hat kein Recht auf gar nichts. Und jetzt bringt mich bitte zurück.«

Auf dem Rückweg sahen sie eine einsame Gestalt in Leggins um den Krankenhauskomplex joggen, und Pollys Lebensgeister flackerten unvermittelt auf.

»Dr. Quarani?«, rief sie. »Dr. Quarani!«

Aber ihre Stimme war nicht viel mehr als ein heiseres Krächzen, sodass er sie nicht hörte. Kurz darauf war er verschwunden und ließ nichts als eine Wolke aufgewirbelten Staubes zurück.

## Tag 42: Tu etwas Spirituelles

»Genial. Und hast du dort auch David Bowie gesehen?«

Ein abgehacktes Husten. »Oh ja. Er war quasi Stammgast. Richte ihm bitte Grüße aus, wenn du da oben ankommst.«

»Ich weiß nicht, er ist ein Star. Bestimmt werde ich viel zu eingeschüchtert sein.«

Polly blickte auf, als Annie ins Zimmer trat und verlegen stehen blieb, weil ein ihr unbekannter älterer und unglaublich dürrer Mann in einem schwarzen Seidenpyjama neben dem Bett saß.

»Hi, wie ich sehe, geht es dir besser«, sagte sie betont munter.

»Ja, geht so. Dion, darf ich vorstellen? Meine Freundin Annie.«

Dion erhob sich schwerfällig, und Annie sah, dass sich die Rückenwirbel unter dem Seidenstoff abzeichneten.

»Ich lass dich mal in Ruhe, meine Hübsche. Gleich kommt ohnehin die gut aussehende Schwester mit den Medikamenten, das kann ich mir auf keinen Fall entgehen lassen.«

Galant warf er Polly einen Luftkuss zu, und als er an Annie vorbeikam, zupfte er ihren rosa Schal zu einer legeren Schlinge zurecht.

»Sieht viel adretter aus«, meinte er.

»Äh, danke schön.«

Polly klopfte lächelnd mit einer Hand auf den Stuhl neben dem Bett. Aus der Nähe sah sie furchtbar aus – dunkle Schatten unter den Augen, die Haut gräulich und fahl. Die Mütze, die ihren fast kahlen Schädel verbarg, wirkte viel zu groß,

258

mittlerweile brauchte sie Kindergrößen. Aber sie lächelte. Und das war immerhin etwas.

»Dion arbeitete früher als Kostümdesigner im Old Vic Theatre. Er ist ein wandelndes Lexikon in puncto Mode.«

»Weswegen ist er hier?« Annie setzte sich und sah, dass der Teddybär, den sie neulich mitgebracht hatte, auf Pollys Herzmonitor einen Platz gefunden hatte.

»Oh, eine faszinierende Geschichte. Er war der vierte Mensch in Großbritannien, der AIDS diagnostiziert bekam. 1983. Stell dir das vor!«

»Wow, und er ist immer noch am Leben.«

»Wahnsinn, oder? Alle fort. Kannst du dir das vorstellen. Sämtliche Freunde und zwei seiner ehemaligen Partner sind tot. Leider greift bei ihm die Krankheit allmählich sein Gehirn an, deshalb ist er hier.«

Trotz des traurigen Themas wirkte Polly seltsam aufgekratzt.

»Seitdem ich ihn kennengelernt habe, frage ich mich, wie es ist, dreißig Jahre lang den Tod ständig vor Augen zu haben so wie ich jetzt. Zu denken, dass jeder Tag dein letzter sein könnte, und das über einen so langen Zeitraum. Das dürfte nicht einfach sein. Außerdem hat die Krankheit seine Ersparnisse aufgezehrt, und nachdem seine Sozialhilfe gekürzt wurde, wird es knapp mit der Miete. Und er hat niemanden mehr, der ihn auffängt.« Polly deutete auf ein Buch, das auf ihrem Nachttisch lag. »Er hat mir das hier zu lesen gegeben: ... *trotzdem Ja zum Leben sagen.* Das ist von einem Mann, einem ziemlich berühmten Psychologen, der nach Auschwitz deportiert wurde, der dort Frau und Familie verlor und dennoch behauptet, dass es möglich sei, in jeder Lebenssituation glücklich zu sein. Glaubst du das?«

»Klar«, log Annie, obwohl sie sich in den vergangenen zwei Jahren hinreichend bewiesen hatte, dass sie dazu absolut nicht in der Lage war. Sie glaubte vielmehr daran, dass man über manche Dinge im Leben nie hinwegkam.

»Und hast du die Spendenwebsite gesehen? So viele Kommentare von Menschen, die glücklich geworden sind, indem sie Ungewöhnliches oder Unerwartetes getan haben. Das hat mich bewogen, ebenfalls damit weiterzumachen. Zumindest bis ich die hundert Glückstage voll habe. Das Problem ist, dass ich hier feststecke. Ich darf das Krankenhaus nicht verlassen, bis sie diesen neuen Tumor geschrumpft haben. Wusstest du, dass ich einen aufregenden neuartigen Tumor habe? Ich werde ihn Frank nennen.«

»Ja, ich weiß. Was hältst du davon, wenn George, Costas und ich diese Sache mit den Glückstagen für dich weiterführen, bis du selbst wieder einsatzfähig bist?«

»Wirklich?«

»Ja, natürlich, solange keine gruselig grinsenden Meereslebewesen involviert sind.«

Polly lachte, was indes in eine Hustenattacke umschlug. »Okay, ich rufe Seaworld und blase die bereits geplante Sache ab«, sagte sie grinsend und fügte, ganz ernst werdend, hinzu: »Das vergesse ich euch nie, ehrlich. Und weißt du was? Wenn ihr euch dabei filmt, könnten wir die Videos auf der Spendenseite hochladen. Wäre das nicht super? So als eine Art … Vermächtnis.«

Annie kam es beinahe so vor, als würde Polly allein durch die Energie, die dieses Projekt ihr abverlangte, am Leben gehalten. Würde sie, im Umkehrschluss, wie eine Kerze erlöschen, sobald sie es aufgab?

»Tolle Idee«, stimmte Annie zu. »Können wir später weiterreden? Ich muss ins Büro, mir ist in letzter Zeit so viel Arbeit liegen geblieben, und vorher will ich schnell bei meiner Mum vorbeischauen.«

»Oh, darf ich mitkommen?«

»Du bist bettlägerig.«

»Bin ich nicht, wenn du mich in den Rollstuhl verfrachtest. Bitte. Mir ist so langweilig.«

»Na schön, wenn du meinst, ein Ausflug in die Geriatrie sei spaßig.«

»In meiner Welt läuft so etwas unter wilder Disconacht.«

»Hör auf, Mitleid zu heischen. Soll ich eine Schwester rufen?«

»Nein, nein, die sind ohnehin so beschäftigt – wir schaffen das alleine.«

Nach einigem Hin und Her – Polly war zwar leicht, jedoch um einiges größer als Annie – hatten sie es mit vereinten Kräften geschafft, Polly aus dem hohen Krankenbett in den niedrigen Rollstuhl zu bugsieren.

»So. Wohin geht es jetzt, Mylady? Ich fahre Sie überallhin, ausgenommen in Gegenden südlich der Themse, zumindest nicht um diese Uhrzeit.«

Annie schob sie in den Aufzug, und von dort ging es weiter zur Geriatrie. Während sie Polly quietschend durch den Flur rollte, nickte sie den Leuten zu, die sie inzwischen erkannte: den gut aussehenden Assistenzarzt von der Kinderstation, die mütterliche Frau, die den Bücherwagen schob, die Empfangsschwester vom Patientenarchiv. Im Grunde konnte man sich an alles gewöhnen. Selbst ein Krankenhaus begann irgendwann, sich wie ein Zuhause anzufühlen. Eine Fremde konnte zu deiner besten Freundin werden und deine Mutter sich in eine Fremde verwandeln.

»Sie schläft momentan und die anderen Patientinnen ebenfalls«, sagte Dr. Quarani, den sie vor der Tür zum Krankenzimmer trafen, und versperrte ihnen den Weg.

»Geht es ihr gut?«

»Alles in bester Ordnung, würde ich sagen. Heute früh dachte sie, ich sei Omar Sharif – abgesehen davon …«

Annie lachte. »So ganz daneben ist das nicht, da hat sie bereits Schlimmeres geliefert.«

Ein leichtes Schmunzeln zeigte sich auf dem Gesicht des Arztes. »Und außerdem hat sie mich zu einer Partie Bridge eingeladen.«

»Hallo, ihr da oben?«, meldete sich Polly aus dem Rollstuhl. »Vergesst nicht, dass hier unten noch jemand ist.«

Quarani schaute sie an. »Hallo, Miss Leonard. Müssten Sie nicht schön brav in Ihrem Zimmer liegen? Soweit ich weiß, hat man Ihnen wegen der Infektionsgefahr eine gewisse Quarantäne verordnet.«

Polly zog eine Grimasse. »Ich kann nicht einfach dort herumliegen. Schließlich habe ich eine Menge zu erledigen.«

»Weiß Dr. Fraser, dass Sie auf den Fluren herumgondeln?«

»Vermutlich ja, vielleicht nein. Keine Ahnung. Aber genug von mir. Wie geht es Ihnen denn so?«

Annie hätte schwören können, dass Polly versuchte, mit den Wimpern zu klimpern – wenngleich sie keine mehr hatte. Und die Wange stützte sie kokett auf einer Hand ab, in der ein Katheter steckte. Sie konnte es einfach nicht lassen.

Der Arzt griff nach seinem Telefon. »Ich denke, ich sollte wirklich mit Dr. Fraser …«

»Oh nein, bitte, lassen Sie das. Er ist so ein Miesepeter. Erzählen Sie mir mehr von sich. Haben Sie hier drüben Familie oder …?«

Annie wandte den Blick ab. Das war Fremdschämen hoch zehn, wie Polly sagen würde.

»Familie? Nein.« Er blickte auf seine Uhr. »Miss Leonard …«

»Für Sie bitte Polly. Ich stehe schließlich nicht vor Gericht. Zumindest noch nicht, haha. Was ist mit Syrien, haben Sie dort Familie oder …?«

Abrupt klappte er seine Mappe zu. »Ich muss Sie bitten, auf Ihre Station zurückzukehren. Bald ist Zeit für die Blutabnahme, und wenn Sie nicht auf Ihrem Zimmer sind, bedeutet das zusätzliche Arbeit für das Personal.« Dann wandte er sich an Annie. »Miss Hebden, Ihre Mutter ist momentan stabil. Sie müssen heute nicht nach ihr sehen. Gönnen Sie sich etwas Ruhe und kommen Sie morgen wieder.«

Polly blickte ihm nach, als er sich entfernte.

»Halt die Titelseite frei, ich glaube, wir haben einen neuen Kandidaten für die Auszeichnung zum miesepetrigsten Arzt des Jahres.«

»Ernsthaft, Polly, was war das denn? Hast du gerade Dr. Quarani angebaggert?«

»Und wenn? Nur weil ich im Krankenhaus bin, heißt das noch lange nicht, dass ich innerlich tot bin.«

»Er ist Arzt, und du bist ...«

»Was? Krank? Ich weiß, dass ich krank bin, Annie. Herrgott, ist das alles, was ich für dich bin?«

Annie schob den Rollstuhl schneller und stieß zwischen zusammengebissenen Zähnen leise Flüche aus. Es war schwer, mit jemandem wie Polly zu streiten, und das nicht allein wegen ihrer Krankheit.

»Du weißt genau, dass das nicht stimmt. Dein Verhalten war schlicht unangemessen. Das ist alles.«

»Wenn du jedoch mit Dr. McGrummel flirtest, geht das in Ordnung, ja?«

»Ich *flirte* nicht mit ihm.«

»Oh, Dr. Max, zeigen Sie mir mehr Hirnscans ... Oh, Dr. Max, jemand sollte wirklich mal Ihre Hemden bügeln und Ihnen eine anständige Mahlzeit kochen!«

»So was habe ich nie gesagt«, beschwerte Annie sich mit erhobener Stimme und hastete weiter, bevor die Leute noch mehr glotzten.

»Ich habe einen Hirntumor, ich darf das«, insistierte Polly und verschränkte die dünnen Arme vor der Brust.

»Manchmal ist es schwer auseinanderzuhalten, wo der Tumor aufhört und deine Persönlichkeit anfängt.«

»Wie überaus charmant …«, höhnte Polly, um sodann aufzustöhnen. »Scheiße, da ist Dr. Max! Dreh um, dreh um! Da rein! Schnell!«

»Nein, das ist die …«

»Egal!«

Annie riss den Rollstuhl zur Seite und steuerte einen ruhigen, einladenden Raum an, durch dessen blaue Buntglasfenster das Sonnenlicht hereinschien. Sie befanden sich in der Kapelle, dem einzigen Ort im Krankenhaus, wohin sie sich stets zu gehen geweigert hatte, selbst ihrer Mutter zuliebe nicht. Zu sehr haderte sie nach wie vor mit diesem angeblich gnädigen, gütigen Gott, der ihr so vieles genommen hatte.

Ihre Hände umklammerten die Gummigriffe des Rollstuhls. »Komm, Polly, wir sollten von hier verschwinden.«

»Warum? Lass uns kurz hierbleiben. Es ist eine so schöne und friedliche Atmosphäre.«

Sie würde erneut zu spät zur Arbeit kommen. Widerstrebend parkte Annie den Rollstuhl und setzte sich auf eine der Holzbänke. Der Raum fühlte sich nicht an wie ein Teil des Krankenhauses, zumal der typische Geruch nach Desinfektionsmittel von einem dezenteren Weihrauchduft überlagert wurde.

Polly saß eine Weile schweigend da. »Diesen Teil habe ich vor mir hergeschoben, wenn ich ehrlich bin.«

»Welchen Teil?«

»Na, den, wo ich mich Gott zuwende oder Allah oder dem mystischen Universum, wie immer du es nennen willst. Den Teil, wo ich nach einem Schlupfloch suche.«

War Polly dabei, in die Verdrängungsphase zurückzufallen, oder auf der Suche nach einem Wunder?

»Schlupfloch?«

»Ist es das nicht, was Religion ausmacht? Eine Flucht, um nicht akzeptieren zu müssen, dass man stirbt und dass nichts mehr kommt. Und um sich nicht mit der Tatsache auseinandersetzen zu müssen, dass wir, wenn wir sterben, einfach weg sind.«

»Ist es das, was du glaubst?«

Pollys Blick war auf den Altar gerichtet, das Gesicht vom einfallenden Sonnenlicht in Blau getaucht.

»Das habe ich früher geglaubt und wollte meine Meinung nicht wegen der Krebserkrankung ändern. Schätzungsweise habe ich mir diese ganze Sache mit den Glückstagen ausgedacht, damit mein Leben *jetzt* schon einen Sinn hat und nicht erst nach meinem Tod.«

»Dein Leben hat auf jeden Fall einen Sinn. Das muss endlich bei dir ankommen, Polly.«

»Ach wirklich?« Sie griff sich unter die Mütze, kratzte sich am Kopf und zog eine Grimasse, als sie in ihrer Hand ein paar Haare zurückbehielt. »Gott, ich zerfalle buchstäblich. Das dürfte so langsam der Rest gewesen sein. Werde ich je wieder hier rauskommen, was denkst du?«

»Natürlich«, erwiderte Annie und gab sich Mühe, zuversichtlich zu klingen. »Es war ein Rückschlag.«

»Manchmal wünschte ich, es wäre einfach vorbei. Das ist schrecklich von mir, nicht wahr? Ich meine, da sind Mum und Dad und selbst Dr. McGrummel, die alles geben, um mich am Leben zu halten, und dennoch wünsche ich mir an manchen Tagen, ich könnte einfach Stopp sagen. Stopp mit all den Nadeln und Schläuchen und dem Gift, das in mich reingepumpt wird. Lasst mich an einen schönen Ort gehen, wo immer die Sonne scheint und heiße Kellner mir Mai Tais an den Pool bringen und ich mich einfach unbemerkt davonmachen kann. Auch wenn ich es an dem Abend der Benefizshow behauptet habe – eigentlich möchte ich nicht in Lewisham sterben, Annie. Nichts für ungut. Ich weiß, dass es ein lebendiges Viertel ist und den niedrigsten Kommunalsteuersatz von London hat, doch es ist nicht unbedingt Bali.«

»Nicht wirklich«, pflichtete Annie ihr bei und musste unwillkürlich lachen. »Obwohl Bali nie eine so hochmoderne Crossrailbahn bekommen wird. Ein Punkt also für Lewisham.«

»Verdammt, Annie, ich werde die Fertigstellung der Crossrail verpassen. Ist das nicht wieder mal typisch? All die Verkehrsstörungen musste ich ertragen, mit dem gottverdammten Ding hingegen werde ich nie fahren können. Sorry fürs Fluchen in einem Gotteshaus.«

Sie gab ein rasselndes Seufzen von sich und legte die Hände auf ihre abgemagerten Schenkel.

»Also gut. Ich sage dir jetzt, was wir tun werden. Noch bin ich nicht tot. Man hat mir hundert Tage versprochen, und die habe ich bislang nicht eingelöst. Folglich werde ich dafür sorgen, dass ich fitter werde und hier rauskomme. Und dann werden wir etwas richtig Schönes tun. Bestimmt werde ich nicht hier rumsitzen und warten, bis ich abkratze.«

»Klingt nach einem Plan. Jetzt allerdings solltest du dich ausruhen, oder du wirst gar nicht in der Lage sein, deine Ideen umzusetzen und uns herumzukommandieren. Und was dann?«

»Ich würde dich noch mit meinem letzten Atemzug herumkommandieren, Annie Hebden. Und jetzt roll mich gefälligst zu meinem persönlichen Reich zurück.«

Als sie herauskamen, wurden sie von Dr. Max angehalten. »Da bist du ja! Grundgütiger, Polly, wir hätten beinahe einen Suchtrupp nach dir losgeschickt!«

»Ich war beten«, tat Polly fromm. »Für dich beten, Dr. Max. Damit du die Kraft hast, deine Pflichten mit Geduld und Nachsicht zu erfüllen«, sagte sie und bekreuzigte sich demonstrativ.

Er schüttelte den Kopf. »Versteh einer diese Frau. Aber dass du da mitmachst«, wandte er sich an Annie, »das finde ich ziemlich überraschend, muss ich sagen.«

»Entschuldige«, erwiderte sie kleinlaut. »Ich bringe sie umgehend ins Bett zurück.«

Während sie sich von dem Arzt entfernten, hörte sie Polly vor sich hin murmeln: »Oh, verzeihen Sie mir, Herr Doktor, ich war ja sooooo ein böses Mädchen. Zeigen Sie mir jetzt, was Sie unter Ihrem Kilt haben?«

»Je eher sie dich ans Beatmungsgerät anschließen, desto besser«, grollte Annie.

## Tag 43: Fahr Achterbahn

Annie blieb im Flur stehen, einen Strauß gelber Rosen in der Hand.

Sie konnte Stimmen hören. Direkt vor Pollys Zimmer stritten sich schon wieder Valerie und Roger, zischten sich gegenseitig an wie kampfbereite Schlangen.

»Deine Tochter stirbt, Roger, und du kannst nicht einen Tag dein Handy zu Hause lassen?«

»Das nennt sich Arbeit, Valerie! Jemand muss schließlich das Geld verdienen. Was, wenn Polly Spezialpflege braucht? Ich will nicht, dass mein kleines Mädchen Schmerzen leidet oder dass es ihm an irgendetwas fehlt. Und weiß Gott, du hast seit Jahren keinen Penny mehr dazuverdient.«

»Das sieht dir wieder mal ähnlich. Die Arbeit vorzuschieben, um seit nunmehr vierzig Jahren zu Hause keinen Finger rühren zu müssen. Aber momentan ist nicht der Zeitpunkt dafür, okay? Sie braucht dich zu Hause! Nicht im Büro, nicht in der Kneipe und auch nicht Whisky schwenkend im Arbeitszimmer …«

»Herrgott, Valerie, warum muss es bei allem immer nur um dich gehen? Ich bin nicht derjenige, der Polly aufregt und wie ein Waschweib keift.«

Annie spürte eine leichte Hand auf ihrer Schulter.

»So geht das seit Tagen«, flüsterte George ihr zu. »Daheim ist es der reinste Horror. Ein Gefecht nach dem anderen.«

»Dann schleiche ich mich besser. Kannst du Polly die Blumen geben?«

George schüttelte den Kopf. »Gib sie den Pflegern, die

sollen sie ins Zimmer bringen. Sie tut so, als wäre sie bewusstlos, dabei geht es ihr eigentlich gar nicht so schlecht.
Sie erträgt schlicht das Gezeter unserer Eltern nicht mehr.«

»Und was willst du gerade tun?«

»Na ja, du und ich, wir haben klare Anweisungen bekommen.«

»Wie bitte? Ich muss gleich zur Arbeit.«

»Melde dich krank.«

»Wie stellst du dir das vor, ich …«

»Bitte, Annie. Wir müssen, sie besteht darauf. Außerdem
kann ich hier nicht tatenlos herumsitzen, Polly beim Sterben
zusehen und Mum und Dad beim Streiten zuhören. Ich
weiß, dass diese Sache mit den hundert Glückstagen dämlich
ist, doch sie scheint ihr irgendwie Hoffnung zu geben. Und
wenn nicht Hoffnung, dann zumindest irgendwas in dieser
Art. Für sie ist es der Grund, nicht aufzugeben. Morgens
wieder aufzuwachen.«

Annie warf einen Blick auf ihr Handgelenk: acht Uhr.
»Was hat sie sich ausgedacht?«

George zog ein Blatt Papier aus der Jackentasche und
reichte es ihr.

»Ist das dein Ernst?«

»Weniger meiner als ihrer. Und zusätzlich will sie, dass wir
das Ganze filmen, damit sie es sich anschauen kann. Also,
wirst du dich krankmelden?«

Annie hasste es, das zu tun – wenn sie vorgab, krank zu
sein, war sie nie überzeugend. »Ich bin die schlechteste
Schauspielerin auf diesem Planeten.«

»Dann ist es wohl ein Glück, dass du einen berühmten
Schauspieler an deiner Seite hast, was?« George streckte seine
Hand aus. »Gib mir das Handy. Nach wem soll ich fragen?«

»Sharon Horton. Sag, dass ich einen Nervenzusammenbruch hatte oder so.«

Sie musste sich den Mund zuhalten, um während des Telefonats nicht laut loszulachen.

»Die Sache ist die, Sharon ... darf ich Sie Sharon nennen? Danke. Sie haben eine so freundliche Stimme. Also, Sache ist, dass die arme Miss Hebden sich in letzter Zeit so aufopfernd um ihre Mutter und ihre todkranke Freundin gekümmert hat, dass sie einen Zusammenbruch hatte und wir sie zur Beobachtung hierbehalten mussten. Sie sollte ihre überstrapazierten Nerven etwas schonen.« Er schwankte irgendwo zwischen einer vornehmen Noel-Coward-Stimme und einem stoischen Cockneyakzent. »Sie verstehen sicher, was ich meine, Sharon. Ich höre es Ihnen an. Ich? Oh, mein Name ist Kent Brockwood. Pflegestationsleiter hier im Krankenhaus. Wir bewundern Miss Hebden sehr. Sie ist ein *wirklich* edelmütiger Mensch. Und dabei wahrt sie stets die Haltung, ein Fels in der Brandung. Ich danke Ihnen. Gott segne Sie, Sharon.«

Sie deutete einen Applaus an. »Gebt dem Mann einen Oscar.«

»Angenommen.«

»Woher kommen Sie eigentlich, Mr. Brockwood?«

»Aus einem Kaff in der Nähe von Letterkenny, glaube ich. Ich vermute stark, dass Sharon dich ein paar Tage in Ruhe lassen wird. Danach kannst du dich leidend ins Büro schleppen, und wenn du richtig Glück hast, wirst du wieder nach Hause geschickt.«

Letzteres war generell der ultimative Hauptgewinn: Du hast dich zur Arbeit gequält, aber dir geht es zu schlecht, also darfst du wieder gehen, ohne dass dir jemand Schwänzen vorwirft.

»*Sie haben eine so freundliche Stimme, Sharon.*« Annie kicherte. »Das war brillant. Und jetzt geht es in den Vergnügungspark?«

»Jawohl, auf in den Thorpe Park. Polly meinte, wir könnten auf dem Weg noch Costas abholen.«

Annie blickte hinüber zu Roger und Valerie, die unverändert mit gedämpften Stimmen stritten.

»Sollten wir …«

»Nein. Lass uns einfach gehen. Polly ist ein echter Glückspilz. Wenigstens kann sie so tun, als läge sie im Koma.«

Draußen hob George den Arm, um ein Taxi anzuhalten. »Wird das nicht zu teuer? Vielleicht sollten wir lieber die U-Bahn nehmen.«

»Polly hat mir einen dicken Packen Geld gegeben. Sie will, dass wir einen schönen Tag verbringen. Und was glaubst du, wie Costas' Gesicht strahlen wird, wenn wir ihn in einem schicken schwarzen Taxi abholen.«

Sie musterte George, als sie sich auf den komfortablen Rücksitz sinken ließen und das regnerische, düstere Lewisham hinter der Wagentür aussperrten.

»Du magst ihn, stimmt's?«

»Sorbas den Griechen? Er ist total süß. Viel zu nett für diese Stadt.«

»Ich meine, ob du ihn *magst*?«

»Er ist noch ein halbes Kind. Überdies verbringt er seine Tage damit, Milch aufzuschäumen.«

»Sei nicht so arrogant«, tadelte ihn Annie. »Er würde selbst lieber etwas anderes machen.«

George blickte schuldbewusst drein. »Ich bin bloß neidisch, weil er immer total glücklich wirkt. Obwohl er mutterseelenallein ist, weit weg von seiner Familie, mit einem aussichtslosen Job und geplatzten Träumen. Selbst wenn es bei der Arbeit scheiße läuft, ist er gut gelaunt.«

»Woher weißt du das?«

»Oh, wie sich herausstellte, sind wir im selben Fitnessclub.«

»Du hast dich in einem Fitnessclub angemeldet? Ich dachte, das sei lediglich eine Ausrede für deine Mutter, damit sie dich nicht so kontrolliert.«

»Ja, auch das. Gleichzeitig finde ich, es ist an der Zeit, ein paar schwule Klischees zu erfüllen. Demnächst gehen wir auf ein Barbra-Streisand-Konzert. Dennoch ist er, wie gesagt, zu jung für mich.«

»Er ist zweiundzwanzig, du bist neunundzwanzig. Das ist nicht die Welt. Außerdem hat er dir was voraus: Du hast dich erst vor gefühlt zwei Minuten geoutet, er vor deutlich längerer Zeit.«

Er tat es mit einem Schulterzucken ab. »Ich musste mich zu Hause sehr bedeckt halten, du kennst ja die Probleme. Mum möchte ihren geliebten Schatz vor einem endgültigen Abgleiten in die Schwulenszene bewahren. Nicht dass er irgendwann in Lack und Leder oder Frauenklamotten bei einer ihrer Gesellschaften aufschlägt. Zumindest stellt sie sich Schwule so vor.«

»Also stimmst du mir zu, dass Costas dir einiges voraushat, wenn es um Erfahrungen geht, wie man als Schwuler lebt, und mehr Schwulenjahre auf dem Buckel hat als du. Gibt es so etwas überhaupt? So wie Hundejahre?«

»Oh, das gibt's. Und entgegen deiner Spekulation fühle ich mich steinalt.«

»Du siehst keinen Tag älter aus als achtundzwanzig.« Sie knuffte ihn in die Seite. »Was würde Polly sagen? Nutze den Tag! Spring von einer Klippe! Pinkel in den Wind! Und so weiter.«

Er seufzte. »Vielleicht. Botschaft angekommen, okay? Im Moment allerdings – mit Pollys Krankheit und meinen Versuchen, mich von Caleb fernzuhalten – ist es einfach nett, einen guten Freund zu haben, ohne dass mehr dahintersteckt, verstehst du?«

Sie bedachte ihn mit einem Lächeln und stellte sich vor, wie glücklich Costas sein würde bei der Aussicht auf einen Tag im Freizeitpark.

»Ich verstehe. Ja.«


»Bereit?«

»Oh Gott. Ich muss bestimmt kotzen.«

»Ich hätte die Zuckerwatte nicht essen sollen.«

Costas war leichenblass. Sie wurden von der Achterbahn, einem absolut furchterregenden Exemplar mit gemeinen Windungen und Kurven, langsam hoch und immer höher gezogen. Annie spürte, wie ihr Magen rebellierte, sie hatte erst vorhin einen Burger, Pommes und einen Milchshake verputzt.

»Und los geht's!«

Sie nahmen Fahrt auf. Annie wurde bleich und bleicher, Costas umklammerte ihre Hand und die von George, während dieser mit seiner freien Hand sein Smartphone hochhob, das er mit einem Band an seinem Handgelenk gesichert hatte.

»Also gut«, brüllte er über den anschwellenden Lärm hinweg, »breit lächeln, und nicht fluchen. Aaaahhh! Fuck! Fuuuck! Heilige Scheiße! Wir werden alle sterben!«

## Tag 44: Bekräftige deine Ziele

*F\*\*\*! F\*\*\*! Heilige Sch\*\*\*! Wir werden alle sterben!*

George spähte auf Pollys iPad. »Man hört mich ja kaum vor lauter Piepsern, die Suze eingefügt hat.«

»Das musste sie«, erklärte Polly. »Dieses Baby wird ein Internethit. Schon zehntausend Views allein auf YouTube. Die Spendenseite hat seitdem irre Besucherzahlen.«

»Echt?« George horchte auf. »Ich sollte gleich einen Link zu meiner Castingseite hinzufügen.«

»Ja, du kannst den Bruder der tapferen krebskranken Polly Leonard geben ... Wie war sein Name noch mal? Der, der auf der Achterbahn geflucht hat?«

Er streckte ihr die Zunge raus. »Das war echt Furcht einflößend, stimmt's, Annie?«

»Ich habe mich anschließend in eine Mülltonne übergeben«, gestand sie. »Kann man mich etwa auf dem Video sehen? Hoffentlich nicht. Meine Kollegen werden es mir kaum abnehmen, dass ich zur Heilung meines plötzlichen Nervenzusammenbruchs auf die schlimmste Achterbahn Europas musste.«

»Wird schon gut gehen«, erwiderte Polly. Sie sah wieder viel besser aus als noch vor ein paar Tagen und saß aufrecht im Bett, die Wangen gerötet. »In deinem Büro kann sowieso niemand mit dem Internet umgehen, oder?«

»Höchstens mit *Farm World* auf Facebook«, sagte Annie. »Trotzdem sollte ich besser gehen, sonst bin ich wieder zu spät.«

Annie konnte nicht aufhören zu grinsen, als sie Pollys Zimmer verließ. Das dämliche Achterbahnvideo war einfach witzig.

»Du siehst heute aber fröhlich aus«, hörte sie eine mürrische schottische Stimme.

Dr. Max stand mal wieder vor dem Snackautomaten und starrte hinein, als würde eine tiefe Weisheit zwischen den Twix und Bountys auf ihn warten.

»Versuchst du gerade zu entscheiden, welchen Schokoriegel du rauslassen sollst?«

»Hm? Oh ja. Mir ist gerade ein Patient auf dem OP-Tisch gestorben.«

»Das tut mir leid.«

»Es war wirklich sehr schlimm. Ein zehnjähriger Junge. Ich konnte nichts mehr für ihn tun, der verdammte Tumor war zu groß«, sagte er sichtlich deprimiert.

»Wenigstens hast du es versucht«, erwiderte Annie und wusste zugleich, dass ihn das nicht trösten würde.

»Ja, versucht. Versucht und versagt.« Er schüttelte sich und hackte auf ein paar Knöpfe ein, bis ein Mars-Riegel herausfiel. »Ich muss wieder zurück. Bis bald, Annie.«

Als sie ins Freie trat, sah sie Johnny, den obdachlosen Typen, an der Bushaltestelle sitzen. »Hi.«

»Hallo. Schwere Zeit?«

»Meine Freundin ist ziemlich krank.«

»Tut mir leid, das zu hören«, gab er zurück, dabei war er selbst mehr als bedauernswert, so abgerissen, wie er war.

»Kann ich irgendwas für Sie tun? Ihnen irgendwas bringen, das Sie gebrauchen könnten?«, erkundigte Annie sich verlegen.

Johnny ließ den Blick über seine spärlichen Habseligkeiten und die Kiste schweifen, auf der er saß, um die Feuchtigkeit abzuhalten.

»Ein Jacuzzi wäre super.« Er lachte, gab sich tapfer. »Im Ernst, Sie müssen mir nichts geben. Ich vertreibe mir hier bloß die Zeit wie alle anderen auch. Alles bestens.«

»Okay.« Der Bus kam, und Annie stieg ein. Als sie losfuhren, blickte sie noch einmal aus dem Fenster zu der verlorenen Gestalt, die einsam auf dem Boden hockte.

## Tag 45: Sei albern

»Bereit? Auf die Plätze, fertig ... los!«

»Bist du sicher, dass das nicht zu gefährlich ist?«, rief Annie.

Polly und ihr Gegner ignorierten sie und sausten in ihren Rollstühlen an ihr vorbei, wobei sie wie wild ihre Räder drehten. Sie düsten den Flur entlang und kamen mit quietschenden Reifen neben einem Regal mit Bettlaken zum Stehen. Eine Krankenschwester, die gerade vorbeikam, ließ vor Schreck einen Stapel Bettpfannen fallen und fluchte wie ein Kesselflicker.

Dr. Max streckte aufgebracht den Kopf aus seinem Kabuff. »Ich hätte wissen müssen, dass du das bist, Polly. Von dir hingegen hätte ich mehr erwartet, Ahmed.«

»Tut mir leid, Sir«, erwiderte der glatzköpfige Junge kleinlaut, der einen *Action-Man*-Pyjama trug. Bei dem Siebzehnjährigen war ein zerebrales Aneurysma festgestellt worden, das jeden Moment in seinem Gehirn zu platzen drohte.

»Hör nicht auf ihn, Ahmed. Du bist der Schrecken der Neurologie. Schneller als der Blitz.« Polly hob die Hand zu einem High five.

Ahmed lächelte, schlug nach ihrer Hand und verfehlte sie komplett, der Verlust von Tiefenwahrnehmung war eine der Begleiterscheinungen seiner Krankheit. Dr. Max suchte Annies Blick, doch sie zuckte nur die Schultern. Das war alles Pollys Idee – der große Fünfkampf auf der Neurologie.

Nächste Disziplin: Bettpfannencurling mit dem Wischmopp.

Dr. Max verdrehte die Augen und bedachte sie mit einem kleinen kaum merklichen Lächeln, bevor er sich wieder in seinem Büro verkroch.

## Tag 46: Sammle Geld für einen guten Zweck

»Wollen Sie einen Cupcake?«, fragte das französische Dienst-mädchen.

Allerdings war das Mädchen ein Kerl, eins neunzig groß und mit behaarten Knien.

»Sind Sie das etwa, Dr. Khan?« Annie war völlig konster-niert, Yusuf Khan, den Chefarzt der Kardiologie, in solch ungewöhnlicher Verkleidung zu sehen.

»Ja, ich bin's. Ziemlich schräg, ich weiß, aber ich sammle Spenden mit dem Verkauf von Kuchen. Andere machen was anderes ...«

»Verstehe.« Sie ließ einen Fünfer in sein Körbchen fallen und nahm sich einen Cupcake mit rosa Topping – ganz ähn-lich dem, den Polly ihr bei ihrer ersten Begegnung geschenkt hatte. »Hat das ganz zufällig was mit Polly zu tun?«

Die Spendeneinnahmen flossen nach wie vor, und Polly wollte sie noch mal anschieben. Kleinigkeiten für die Verschö-nerung der Krankenzimmer waren inzwischen angeschafft worden, jetzt ging es um ein neues MRT-Gerät. Und da schien den seriösen Ärzten offenbar nichts zu blöd!

»Müssen Sie das wirklich fragen?«

»Nein, Sie haben recht. Und was ist sonst noch geboten?«, erkundigte sie sich und biss in den Cupcake. Das Topping schmeckte nach Erdbeere und nach viel Zucker.

»Wir versteigern ein paar Radiologen, die Pflegekräfte von der Säuglingsintensivstation tanzen eine Polonaise, und ein paar der haarigeren Angestellten werden in der Cafeteria öffentlich gewaxt ...«

»Nicht im Ernst«, hakte sie ungläubig nach, obwohl sie in diesem Krankenhaus langsam nichts mehr für unmöglich hielt.

Der Arzt amüsierte sich köstlich über Annies Entsetzen. »Doch, doch, ganz im Ernst. Und alle machen mit.«

Annie kam gerade rechtzeitig, um zu sehen, wie Dr. Max, der bäuchlings auf einem der Cafeteriatische lag, der Rücken enthaart wurde.

Peinlich berührt blickte er sie an. »Ach du liebe Güte. Was machst du denn hier? Hast du kein Zuhause?«

»Das sagt gerade der Richtige. Ich dachte, du hasst dämliche Wohltätigkeitsaktionen?«

»Tu ich auch. Ich hasse sie mit jeder Faser meines Herzens. Fast genauso sehr wie diese Epilation.«

»Oh, es tut fast überhaupt nicht weh.«

»Wirklich?« Er reckte hoffnungsvoll den Kopf.

»Nein, es ist die Hölle.«

Sie trat beiseite, als eine der Schwestern, die tagtäglich Patienten für ihre Operationen enthaarten, einen langen Stoffstreifen auf seinen Rücken drückte und ihn dann abzog. Sein Jaulen war wahrscheinlich bis in den dritten Stock zu vernehmen, wo Polly saß und zweifelsohne die Strippen für dieses ganze Theater zog.

Annie warf einen Blick auf ihre Uhr. »So gerne ich mir dieses unsägliche Theater hier weiter ansehen würde, rufen mich wichtigere Dinge«, spottete sie.

»Kein Problem, es wird Fotos geben«, murmelte er düster. »Diese verflixte Polly.«

Kopfschüttelnd verließ sie die Cafeteria. Das war ja das reinste Tollhaus! Unwillkürlich fragte sie sich, ob es noch einen vernünftigen Menschen gab, der sich diesem verrückten Treiben widersetzte.

Sie entdeckte ihn vom Fenster aus in Gestalt von Dr.

Quarani, der mal wieder für seinen Marathon trainierte. Ebenfalls eine Aktion, um Spenden für das Krankenhaus zu ergattern, bloß seriöser. Aber den Marathon hatte sich ja nicht Polly ausgedacht.

An der Bushaltestelle traf sie erneut Johnny, der in einem Terry-Pratchett-Buch blätterte.

Sie deutete darauf. »Das habe ich irgendwann mal gelesen, ist ganz witzig.«

»Oh ja. Zumindest bringt es mich zum Lachen. Wie geht es Ihnen heute?«

»Danke, mir geht's gut.« Im Vergleich zu ihm konnte sie schwerlich etwas anderes sagen. Sie wünschte, es gäbe etwas, das sie für ihn tun konnte. »Haben Sie vielleicht Lust auf einen Kuchen?«

Seit Polly ihr einen leicht zerdrückten Cupcake als Stimmungsaufheller geschenkt hatte, glaubte Annie an die heilsame Wirkung von Süßigkeiten jeder Art.

## Tag 47: Lern neue Leute kennen

»Du siehst inzwischen wieder viel besser aus!«

Polly betrachtete sich strahlend im Handspiegel, den Annie auf ihrem Esstablett aufgestellt hatte. »Schon, oder? Gott sei Dank, diese Krebsblässe war meinem Teint nicht besonders zuträglich. Reich mir bitte den Lidschatten.«

»Welchen?« Annie hielt Pollys riesigen Schminkkoffer auf dem Schoß.

»Den grünen mit Glitzer. Ich bin heute nämlich in grüner Glitzerstimmung.« Sie schloss die Augen. »Mach du das. Meine Hände sind noch immer ein bisschen zittrig. Aber erzähl das nicht herum, okay? Ich will nicht, dass die Jungs das hören.«

»Willst du wirklich, dass ich das mache? Ich bin ein hoffnungsloser Fall, was Schminken angeht.«

»Du musst das lernen. Ich werde schließlich nicht immer da sein, um dich aufzuhübschen und dir deine Klamotten auszusuchen. Allerdings, ich muss es zugeben, dein heutiges Ensemble hat was. Lass mich mal sehen.«

Annie erhob sich, trat einen Schritt zurück und drehte sich ein paarmal um die eigene Achse, damit Polly ihren Wildlederrock und ihre Stiefel begutachten konnte, die sie zu einem Ringelpulli trug.

»Schön. Sehr schön. Du wirst mich nicht mehr lange brauchen.«

»Sei still jetzt.«

Annie wollte nicht über das Ende reden. Nicht, wenn Polly gerade wieder frischer aussah und sich besser fühlte. Natürlich wusste sie genau, dass es nicht mehr als ein Strohfeuer und ein weiterer gemeiner Trick des Tumors war.

Seufzend schickte sie sich an, die Freundin zu schminken.

»So, das hätten wir. Hoffe, dir gefällt es. Du siehst aus wie eine Dragqueen auf Chemo. Ich werde noch ganz schön üben müssen, bevor ...« Fast hätte sie gesagt, *bevor du gehst,* aber sie kriegte in letzter Sekunde die Kurve und fügte stattdessen hinzu: »Bis ich es wirklich kann.«

Trotzdem verspürte sie erneut diesen zentnerschweren Druck auf ihrer Brust, als sie sich klarmachte, dass Polly nicht gehen würde, um etwa eine Karibikkreuzfahrt zu machen, sondern dass sie sich zu einer Reise ohne Wiederkehr anschickte und der Tag des Aufbruchs bald erreicht war.

Die Tür öffnete sich, und eine Wolke Chanel wehte ins Zimmer.

»Schätzchen, wie geht es dir? Oh, hallo, Annie.«

»Hi, Valerie. Wir sind gerade dabei, Polly hübsch zu machen.«

»Das ist schön. Ich glaube, George ist ebenfalls irgendwo in der Nähe. Ich bin sicher, dass er dich gerne sehen würde.«

Annie nickte stumm. George schob die Aussprache mit seiner Mutter offenbar weiter vor sich her.

»Hast du mir etwa noch mehr von diesen Antikrebskräutern mitgebracht, Mum? Die schmecken nämlich echt nach Pferdepisse«, trällerte Polly fröhlich.

Valerie bedachte ihre Tochter mit einem missbilligenden Blick. Sie wirkte trotz ihres sorgfältigen Make-ups und ihrer nicht weniger sorgfältig frisierten Haare irgendwie erschöpft. Kein Wunder: Das Sterben des eigenen Kindes erleben zu müssen, forderte seinen Tribut.

»Draußen wartet ein Besuch für dich, Schätzchen«, druckste sie verlegen herum.

»Wer ist es? Milly?«

Ihre Mutter schüttelte den Kopf. »Nein, ich denke, du solltest alleine mit ihm sein.«

Ein Wink mit dem Zaunpfahl.

Annie erhob sich sofort und machte sich daran, den Schminkkoffer einzuräumen. »Ich muss sowieso los.«

Pollys Hand schoss vor und packte ihren Arm. »Bleib bitte. Du bist gerade erst gekommen. Außer es ist Ryan Gosling.«

Valerie knetete seufzend die Hände, öffnete die Tür und sprach mit irgendwem, der auf dem Flur wartete.

»Geh rein. Ich mische mich da nicht ein und bleibe lieber draußen.«

An ihrer Stelle trat jemand ein, den Annie nie zuvor gesehen hatte. Ein Mann in exquisitem Anzug. Hochglanzpolierte Schuhe. Rote Krawatte. Groß, attraktiv, kurzes dunkles Haar, breite Brust und starke Arme. Ein Fitnessfan und Modeltyp.

Polly starrte ihn an. Ihre Hand umklammerte unverändert Annies Arm, und alle Farbe war aus ihrem Gesicht gewichen, was selbst das Make-up nicht zu verbergen vermochte.

»Scheiße.«

»Hi.« Die Stimme klang heiser, gepresst. »Bist du ... Jesus, du siehst ... Ich hatte ja keine Ahnung.«

»Mir geht's gut. Super sogar. Was zum Teufel tust du hier?«

»Was ich hier tue? Lieber Himmel, hast du eigentlich eine Vorstellung, was für Sorgen ich mir gemacht habe? Ich wusste nicht mal, ob du am Leben bist, bis ich diese verdammte Spendenseite im Netz entdeckt habe.«

Annie versuchte, sich unauffällig Richtung Tür zu verdrücken, aber Polly klammerte sich an sie, als hinge ihr Leben davon ab.

»Geh nicht.«

Der Mann kam näher. »Polly. Bitte, rede mit mir. Du kannst nicht so eine Bombe platzen lassen und dann einfach abhauen.«

»Ich kann tun und lassen, was ich will. Ich habe Krebs«, fauchte sie ihn an.

In diesem Moment explodierte die Wut zwischen ihnen. Annie kam es vor, als hätte jemand eine Granate ins Zimmer geworfen.

»Krebs? Es liegt nicht am Krebs, sondern an dir. Du hast schon immer ausschließlich das getan, was du wolltest. Das Haus streichen. Mit deinen Freunden in den Urlaub fahren. Was ist mit mir? Was ist mit dem, was ich wollte?«

Annies Kopf zuckte zwischen den beiden hin und her. Wer war das? Was war hier los?

»Es ist mir egal, was du willst!«, schrie Polly in einer Lautstärke, die man ihr gar nicht mehr zugetraut hätte. »Hau einfach ab! Du hast dein Recht verwirkt! Du wolltest mich nicht, also wirst du ganz sicher nicht an meinem Bett stehen, wenn ich sterbe. Dafür habe ich andere Menschen.«

»Wen? Irgendeine Spinnerin, die du gerade erst getroffen hast?«

Das war nun doch etwas heftig.

»Annie ist meine *Freundin*, und sie war die letzte Zeit immer da für mich. Nicht wie gewisse andere Leute ...«

»Na klar, als ob du mir eine Wahl gelassen hättest!«

»Schließ die Tür, Annie«, bat Polly zitternd.

»Äh, wie bitte?«, stammelte Annie.

»Hinter ihm, nachdem du ihn rausgeschmissen hast. Ich habe nicht die Kraft, es selbst zu tun, jedenfalls kann ich mir das nicht länger anhören.«

Tolle Idee. Sie sollte einfach hingehen und diesen riesigen Muskelprotz aus dem Zimmer schieben, der sie ansah, als wäre sie irgendein ekliger Fleck auf dem Bürgersteig.

»Tut mir leid«, begann sie, »Polly darf sich unter keinen Umständen aufregen. Wenn Sie also bitte ...«

»Wer zum Teufel sind Sie überhaupt? Was gibt Ihnen das Recht, hier Befehle zu erteilen?« Er wandte sich an Polly. »Bitte, hör mir zu, ich muss wirklich mit dir reden. Du kannst mich nicht einfach wegschicken.«

»Und ob ich das kann«, murmelte sie erschöpft.

Annie reckte ihr Kinn. »Sie haben es gehört. Polly will, dass Sie gehen ...«

Sie hielt ihm die Tür auf, und tatsächlich stapfte er hinaus. Sie hatte es geschafft.

»Grundgütiger. Was war *das* denn?«

Pollys Gesicht war aschfahl, keuchend schnappte sie nach Luft. »Danke. Du warst ... super.«

»Alles in Ordnung mit dir?«

Sie nickte. »Ich wette, er ist noch nie in seinem Leben vor die Tür gesetzt worden.«

»Und willst du mir vielleicht endlich verraten, wer das war?«

Polly seufzte, sank in ihre Kissen zurück und schloss die grün glitzernden Augenlider, weil ein Hustenanfall sie schüttelte.

»Sag es mir, Polly«, drängte Annie sie.

»Meine Güte, lass mich erst mal Luft holen. Das, meine liebe Annie, war Tom. Mein Ehemann.« Zitternd verzog sie ihr Gesicht und begann zu weinen.

Es dauerte eine ganze Weile, bis sie sich beruhigte.

»Okay.« Polly holte ein paarmal tief Luft. »Ich werde dir erzählen, was passiert ist. Weil du mir alles von dir erzählt hast und wir keine Geheimnisse mehr voreinander haben.«

»Ein paar schon noch.«

»Möglich, aber jetzt hör zu, ohne dass du mich unterbrichst, in Ordnung? Sag nicht *Gott, wie schrecklich, du Ärmste* oder irgendwas in der Art. Es ist weder eine Tragödie noch eine supertolle Geschichte. Eigentlich ist es nicht einmal wichtig – es ist einfach das, was mir widerfahren ist.« Ihr Atem ging wieder schwerer, man merkte ihr die Anstrengung an. »Und dann muss Schluss sein. Ich kann nicht weitere kostbare Zeit damit verschwenden, mir deswegen die Augen auszuheulen.«

»Also schön«, versprach Annie. »Ich sage kein Wort.«

Schweigend nahm sie auf einem der orangefarbenen Plastikstühle Platz, während sich Polly in ihren Kissen aufsetzte.

»Okay. Kapitel eins: Ich bekam meine Krebsdiagnose und fiel, wie die meisten Leute, aus allen Wolken. So etwas konnte unmöglich mir passieren. Mein Leben war hektisch und ziemlich crazy. Du siehst ja, wie Suze drauf ist. Sie hat eine App, um ihr Hosenfach im Ankleidezimmer rotieren zu lassen, und Milly plant den Sex mit ihrem Ehemann sechs Monate im Voraus. Ich war genauso. Früh aufstehen, Grünkohlsmoothie trinken, auf dem Weg zur Arbeit den Black-Berry zücken … Tipp, tipp, tipp, einstellen, ausrichten, bester Winkel. Habe PR-mäßig alles aus allem rausgeholt. Dann Yoga. Meditation. Wochenendausflüge nach Cornwall und Val d'Isère. Theater, Ausstellungen, die angesagtesten Restaurants, in denen man das Essen in Minihängematten serviert bekam und weiß der Henker was sonst. Das war mein Leben. Und ich hatte den Ehemann, der dazu passte: gut aussehend, reich und selbstverständlich Börsenmakler in der Londoner City. Ein Mann, der stets noch mehr arbeitete, als ich es tat. Wir befanden uns quasi auf einer direkten Schnellstraße, die zu ein, zwei Luxuskindern führte, einem Ferienhaus in Devon und einer freiberuflichen Tätigkeit für mich, während er seine Boni einstrich.«

Annie nickte und versuchte zu folgen. Polly schnappte nach Luft und krallte die Finger um die Bettdecke. »Und dann auf einmal wurde ich krank. Nach der Diagnose ging ich nach Hause und bereitete mich auf meine Rolle als tapfere Krebskranke vor. Natürlich ohne die Wahrheit sehen zu wollen. Doch kann man mir das wirklich vorwerfen? Und schließlich zerbrach mein Leben in tausend Stücke. Ich konnte es förmlich hören, das Splittern und Krachen um mich herum.«

»Ich verstehe. Was ist passiert?«

»Das werde ich dir erzählen.«

*Sobald sie vom Krankenhaus zurückgekommen war, hatte sie lange, sehr lange geduscht, bis ihre Haut rosarot anlief und schmerzte, und dann ihr Lieblingskleid angezogen, das mit den Kornblumen drauf. Sie erwischte sich dabei, wie sie sich wie besessen mit den Händen durch ihr langes blondes Haar fuhr.*

*Als sie wieder herunterkam, stand Tom im Flur und starrte auf sein Handydisplay, die Schultern in seinem Savile-Row-Anzug nach vorne gebeugt.*

*»Hast du den Klempner angerufen? Die verdammte Toilette läuft immer noch.«*

*Sie ging ins Wohnzimmer und zündete eine Duftkerze an – vielleicht weil sie der Meinung war, dass dieser Moment es rechtfertigte, die sündhaft teure Jo-Malone-Kreation mit Kardamom und Mimose abzubrennen. Wartend saß sie dann dort, perfekt geschminkt, perfekt gekleidet. Ihre übliche Yogahosen-Skisocken-Kombi passte nicht zu ihrem Plan. Wenn sie nur hübsch genug aussah, dachte sie, würde das Universum bemerken, dass es die falsche Person erwischt hatte. Sie hatte viel zu viel vor für so was. Ihr Terminkalender war voll bis Weihnachten.*

*»Bitte, geh weiter, hier gibt es nichts für dich zu holen«, flüsterte sie.*

*Er sah flüchtig auf. »Hast du noch nicht mit dem Abendessen losgelegt? Ich bin am Verhungern.«*

*»Ich war unterwegs.« Ein Teil von ihr dachte, dass es ihm*

leidtun werde, sobald sie es ihm erzählte. »Könntest du bitte reinkommen?«

Ihre Stimme klang ruhig und gefasst. Sie stand weit über so banalen Dingen wie undichten Klos und verspäteten Abendessen.

Er schob die Tür auf – Hemd zerknittert, Krawatte verrutscht. Das Haar über den Schläfen allmählich ergrauend. Und sie dachte: Wie ist das bloß passiert? Wie konnten wir einander so verlieren?

»Was ist? Ich brauche unbedingt eine Dusche, die Reise war höllisch anstrengend wie üblich.«

»Ich hatte heute meinen Arzttermin, den ich neulich ausgemacht hatte. Weißt du nicht mehr?«

Sie hatte es ihm erzählt, auf eine eher beiläufige Art. Warum sollte sie die Pferde scheu machen, wenn das Ganze sich sowieso als falscher Alarm herausstellen würde. Jeder hatte mal Kopfschmerzen – selbst wenn sie täglich kamen, selbst wenn sie die Anzeigetafel in der U-Bahn nicht mehr lesen konnte, hatte das sicher nichts zu bedeuten. Stress, einfach Stress. Beinahe hätte sie den MRT-Termin abgesagt, da er sich mit dem Kundentreffen einer Müslifirma überschnitt. Wahrscheinlich musste sie sich anschließend eine Brille anfertigen lassen, mehr Wasser trinken, regelmäßiger schlafen oder es mit Ibuprofen und Akupunktur versuchen. Vielleicht sogar ihr Leben umkrempeln, ihren Job kündigen und einen Blog darüber schreiben.

»Oh.« Sein schlechtes Gewissen, dass er nicht mehr daran gedacht hatte, schlug sofort in Abwehr um. »Du hättest mich daran erinnern sollen.«

Tom hatte im Grunde nichts von den starken Kopfschmerzen und den Sehstörungen mitbekommen. Oder dass sie neulich vergessen hatte, die Schuhe anzuziehen, bevor sie das Haus verließ. Folglich war er kein bisschen besorgt. Noch nicht.

»Ist schon okay.«

Sie gab sich gefasst, obwohl ihr Herz bis in den Hals schlug angesichts der Tatsache, dass sie gleich ihrer beider Leben zerschlagen musste.

»Liebling«, begann sie, wenngleich sie ihn sonst nie so nannte, »bei der Untersuchung im Krankenhaus hat man was gefunden. In meinem Gehirn. Daher die Kopfschmerzen ...«

»Was?«

Sein Blick war wieder zu seinem Handy zurückgeschweift. Sie hätte es ihm am liebsten aus der Hand gerissen und unter ihren Füßen zerstampft. So ein selbstsüchtiger Bastard. Er hatte gefälligst zuzuhören, während sie ihre beherrschte, tapfere Ansprache hielt.

»Sie glauben, es sieht nicht gut aus.«

Sein Gesicht verzog sich leicht. »Was sagtest du gerade?«

»Dass ich einen Gehirntumor habe.«

»Scheiße. Wirklich? Und was nun?«

»Es ist ein Glioblastom, Stadium IV. Sehr aggressiv, schnelles Wachstum ...«

»Scheiße, scheiße, Polly. Es muss doch etwas geben, oder etwa nicht?«

»Sie werden verschiedene Dinge ausprobieren. Operation, Bestrahlungen, Chemo, das ganze Programm. Dennoch war der Arzt nicht zuversichtlich. Er schien irgendwie missmutig, als würde es ihn kränken, dass er nichts für mich tun kann. Leider liegt der Tumor außerdem ziemlich ungünstig, was eine Totalentfernung offenbar eher sehr unwahrscheinlich macht.«

»Scheiße«, wiederholte Tom und verschränkte die Hände samt Handy hinter dem Kopf. »Es tut mir leid. Und warum ausgerechnet jetzt?«

»Gäbe es denn einen besseren Zeitpunkt dafür?«, hakte sie zynisch nach.

»Nein, sorry, ich brauche ...«, stotterte er und stürzte aus dem Zimmer.

Vielleicht war er ja einfach panisch geworden vor Angst,

dachte sie und wartete. Ihr Handy auf dem Tisch vibrierte, und sie hob es auf.

Die Nachricht war von ihm. »Scheiße, schlechte Nachrichten hier. Sie ist krank. Richtig krank, glaube ich. Muss das erst klären.«

Offenbar hatte er in seiner Verwirrung die falsche Adresse eingegeben. Wahrscheinlich war die SMS an seine Mutter gerichtet.

Und sie hätte es womöglich übersehen, hätte nicht gemerkt, was da ablief – immerhin war sie ziemlich durch den Wind –, wenn er nicht noch einen Schritt weitergegangen wäre. Einen Schritt, den er nicht mehr für sie gemacht hätte:

»Ich liebe dich, das schwöre ich dir«, stand da am Ende der Nachricht.

Er kam ins Wohnzimmer zurück, sein Smartphone wie festgewachsen in den Händen. Seine Augen waren gerötet, aber sie glaubte nicht mehr, dass seine Tränen ihr gegolten hatten.

»Ich kann das nicht glauben. Ich kann nicht. Ist... Ist es wirklich wahr?«

Sie hielt ihm ihr Handy entgegen, schwebte nach wie vor in ihrem Orbit über dem Krebsland. Ruhig. Abgeklärt. Nobel.

»Wen liebst du, Tom?«

Sein Gesicht fiel in sich zusammen wie nasses Zeitungspapier. »Oh Gott, so eine Scheiße.«


»Wow«, sagte Annie, nachdem Polly ihr die ganze Geschichte erzählt hatte. Wie sie mit ihrer Krebsdiagnose heimgekommen war und Tom ihr versehentlich eine SMS geschickt hatte, die eigentlich an die Frau gerichtet war, mit der er eine Affäre hatte – das war schon ein starkes Stück.

»Zunächst wollte er nicht mit der Wahrheit raus, doch als ich dann die Krebskarte so richtig ausspielte – von wegen, mit einer Krebskranken dürfe man so nicht umgehen, und er sei moralisch verpflichtet, mir die volle Wahrheit zu sagen, und so –, rückte er mit der Sprache raus und gestand, dass es eine andere gab, eine gewisse Fleur. Ja, er habe mit dem Gedanken gespielt, mich zu verlassen, gestand er. Für eine Mittzwanzigerin, die als Yogalehrerin und Ausdruckstänzerin ausgerechnet in dem Fitnessstudio arbeitete, das ich ihm empfohlen hatte.«

»Also hast du ihn einfach verlassen.« Es war mehr eine Feststellung als eine Frage.

»Ohne ein weiteres Wort zu verlieren. Wenn das Leben zu kurz ist, um diese verdammte Jo-Malone-Kerze immer weiter aufzuheben, ist es ganz gewiss zu kurz, um einem untreuen, iPhone-süchtigen Ehemann nachzutrauern. Also zog ich wieder bei meinen Eltern ein und verbrachte etwa zwei Wochen damit, mir im Bett die Augen auszuheulen. Nicht einmal wegen dem dämlichen Tumor, nein, wegen ihm. Dabei hatte ich mir vorgenommen, ihm keine Träne nachzuweinen. Ist das nicht total bescheuert?«

»Nein, überhaupt nicht«, versicherte Annie. »Das ist in Ausnahmesituationen ganz normal, irgendwie brauchen wir ein Ventil für unseren Frust und für unseren Kummer.«

»Angeblich ist diese Fleur mittlerweile in mein Haus eingezogen, kaum dass ich fort war. Nett, oder?«

»Darf ich jetzt was dazu sagen?«

»Ja, sofern du mich nicht als tapferste Krebskranke aller Zeiten bezeichnest.«

»Hatte ich nicht vor. Ich wollte sagen: Gut gemacht. Du hast hiermit eindeutig unseren Wettstreit, wer mit der tragischsten Story aufwarten kann, gewonnen.« Annie seufzte. »Offenbar geht es nicht anders, als dass du einfach immer und überall die Beste bist, oder?«

Sie war erleichtert, als sie Polly halb lachen, halb husten hörte.

»Gewöhn dich besser gleich an den Gedanken, Hebden.«

»Also, an dem Tag, als wir uns trafen und du so rundum glücklich zu sein schienst ...«

»An diesem Tag ging es mir in Wahrheit hundsmiserabel, Annie. Ich hatte gerade meinen Mann verlassen, die Behandlung hatte sich als wenig erfolgreich erwiesen, und mir war ein paar Tage zuvor mein ungefähres Verfallsdatum mitgeteilt worden.«

»Und was ...?«

»Anfangs war ich wütend, suhlte mich in meinem Elend und grollte dem Schicksal, dass mir so was angetan wurde. Aber als ich mir dann klarmachte, wie wenig Zeit mir blieb, habe ich mir überlegt, dass dieses Jammern mich bloß ganz runterzieht und mir meine letzten Wochen oder Monate vermiest. Da beschloss ich zu versuchen, trotzdem glücklich zu sein. Glück ist eine Geisteshaltung, Annie.«

In ihrem Kopf schwirrte alles durcheinander. Das Leben jener Frau, die sie vor siebenundvierzig Tagen im Krankenhausbüro getroffen hatte, sollte damals ein Scherbenhaufen gewesen sein? Sie hatte so selbstbewusst, so zielstrebig und so munter gewirkt.

Polly legte sich wieder hin. »Ich hoffe, du notierst dir all diese inspirierenden Lebensweisheiten. Ich erwarte nach meinem Abgang mindestens vier Memoiren von deinem Leben mit mir.«

Tag 48: Denk über die Sterblichkeit nach

»Hallo, ich bin hier, um ...«

»Sie ist gerade beschäftigt«, unterbrach Annie resigniert. Momentan fungierte sie quasi als Pollys unbezahlte persönliche Assistentin.

Gleich nachdem Polly erneut ins Krankenhaus eingewiesen worden war, hatten sich alte Freunde und Bekannte eingestellt. Leute, mit denen sie mal einen Kurs gemacht hatte, die sie im Urlaub kennengelernt oder mit deren Bruder sie mal ausgegangen war. Polly witzelte bereits, dass sie eine Obsthandlung betreiben könnte, einen Blumenladen oder eine Confiserie. Hinzu kamen Geschenkartikel, die oftmals daneben waren. Wie etwa eine riesige Postkarte mit lustigen Elefanten, die sich Eisbeutel an eine Beule am Kopf hielten.

»Um Himmels willen, ich habe einen Gehirntumor, keinen blauen Fleck«, kommentierte Polly die misslungene Anspielung. »Was ist eigentlich mit diesen Menschen los?«

Die heutige Besucherin war eine extrem dürre Frau mittleren Alters in einem tristen dunkelblauen Anorak, die einen schmuddeligen Hanfbeutel an ihre Brust gedrückt hielt.

»Wen darf ich melden?«, fragte Annie ganz professionell, nachdem die Frau angeklopft hatte.

Vielleicht konnte sie ja, wenn dies alles vorbei war, einen Job als Empfangsdame ergattern. Mit dieser praktischen Erfahrung!

»Ich bin Emily.«

»Emily und weiter?«

»Oh, sie wird schon wissen, wer ich bin.«

»Sie ist sehr müde, wissen Sie, und deshalb müssen wir die Besuche leider einschränken.«

»Wir haben vor Jahren zusammen gearbeitet.«

»Und sind Sie seitdem in Kontakt geblieben?«

Die Frau schüttelte den Kopf. »Ich bin im Netz auf sie gestoßen, zufällig, und dachte gleich, das ist doch Polly! Das PR-Mädchen! Sie war noch ganz jung, als ich sie kennenlernte. Frisch von der Uni, eine Anfängerin. Ja, und ich wollte ihr das hier bringen.« Sie zog etwas aus ihrem Beutel – eine unprofessionell gestaltete Broschüre mit dem Titel *Heilen durch Nahrung*, der ein penetranter Geruch nach Patschuli und Schweiß anhaftete. »Es ist immer noch Zeit, müssen Sie wissen. Sofern man es sofort in Angriff nimmt.«

»Zeit für was?« Annie wich ein Stück zurück.

»Vegan zu leben. Sie hat früher bereits immer viel zu viel tierische Produkte gegessen, speziell so einen besonderen Kochschinken, zu viel Alkohol getrunken, Milch in ihren Kaffee getan, lauter schädliche Sachen. Zeigen Sie ihr diese Broschüre, sie kann sich nach wie vor mit Fastenkuren und Kräutertinkturen heilen und …«

Annie setzte ein Lächeln auf. »Vielen Dank, Emily. Wie gesagt, Polly darf lediglich eine begrenzte Anzahl von Besuchern pro Tag empfangen, außerdem schläft sie gerade. Aber ich reiche ihr die Broschüre gerne weiter. Vielen Dank für Ihren Besuch und Auf Wiedersehen.«

»Nein, nein, Sie müssen mich zu ihr lassen! Es ist wirklich wichtig. Wer sind Sie überhaupt?«

»Ich regle das, Annie. Danke dir.« Valerie war mit einem Pappbecher Tee in der Hand aufgetaucht. »Was ist hier los?«

Emily eilte zu Valerie und umfasste ihre Hand. »Sie müssen die Mutter sein! Diese Ähnlichkeit. Hallo, ich bin gekommen, um ihr ein paar Broschüren zu geben.«

»Meine Tochter hat einen Namen«, beschied Valerie sie reserviert. »Was für Broschüren überhaupt?«

Emily drückte ihr eine in die Hand. »Es geht darum, dass eine Umstellung der Ernährung Krebs heilen kann. Selbst in einem fortgeschrittenen Stadium. Es ist ganz einfach. Der Patient muss lediglich auf Fleisch, Zucker, Alkohol, Gluten und alle Zusatzstoffe verzichten.«

Es entstand eine kurze Pause, während Valerie die Broschüre überflog.

»Kennen Sie meine Tochter überhaupt? Waren Sie je mit ihr in Kontakt?«

»Nicht die letzten Jahre, doch als ich hörte, was passiert war, fühlte ich mich verpflichtet herzukommen! Ich meine, es ist so einfach, sich selbst zu heilen – ganz ohne all diese schrecklichen Gifte und Schadstoffe.« Sie sah sich angewidert im Krankenhausflur um. »Die verstecken bloß die Wahrheit vor uns, sie sind den Pharmariesen hörig.«

»Lassen Sie es mich auf den Punkt bringen: Sie, die meine Tochter kaum kennen, haben den ganzen Weg auf sich genommen, um ihr zu sagen, dass sie Krebs hat, weil sie gelegentlich einen Schokoriegel gegessen hat? Das kann ja wohl nicht Ihr ernst sein!«

»Nicht allein. Ebenfalls Fleisch, Alkohol, Milchprodukte führen direkt zum Krebs. Trotzdem kann sie sich immer noch retten! Indem sie dieses Krankenhaus verlässt, ihre Behandlungen abbricht und umgehend eine Fastenkur beginnt«, erklärte Emily inbrünstig.

Pollys Mutter holte tief Luft, sie kochte vor Wut. »Wie können Sie es wagen hierherzukommen – an einen Ort, wo die Leute wirklich darum bemüht sind, das Leben meiner Tochter zu retten – und ernsthaft zu erzählen, dass sie derart leidet wegen Zucker, Milch und Wurst. Raus hier!«

»Aber ...«

»Kein Aber. Verschwinden Sie, oder ich rufe den Sicherheitsdienst!«

Beleidigt und widerwillig zog Emily ab, wobei sie ein paar extrem unganzheitliche Flüche ausstieß.

»Diese Leute wollen sie einfach nicht in Ruhe lassen«, empörte Valerie sich. »Alle kommen sie her und denken, sie könnten ihr sagen, was sie tun oder lassen sollte. Das ist so was von ungehörig und unsensibel.«

Valerie bückte sich, um die Broschüren aufzusammeln, die Emily vergessen hatte.

»Es passiert wirklich, nicht wahr? Sie wird nicht durch irgendwelche Massagen oder Reiki gerettet werden und genauso wenig durch irgendeine wundersame neue Heilmethode oder durch dieses Zeug hier.«

»Nein, ich fürchte nein.«

Es wäre so verlockend zu lügen, zu sagen, dass in letzter Minute womöglich noch ein Wunder geschieht, doch sie beide kannten tief innen die Wahrheit.

»Lange Zeit habe ich mich ja selbst an alles Mögliche wie Tees und Tinkturen geklammert, um mir einen Rest Hoffnung zu bewahren«, räumte Valerie ein.

»Ich glaube, Polly ist jetzt bereit, den Tatsachen ins Auge zu sehen und das Beste aus der Zeit zu machen, die ihr noch vergönnt ist.«

»Danke für alles, was du für sie tust, Annie.« Valerie drückte ihre Hand. »Bitte glaube nicht, wir hätten das nicht bemerkt. Ich weiß, dass es nicht einfach war und ist.«

»Man kann es genauso andersherum sehen, denn eigentlich tut sie mehr für mich als ich für sie. Viel mehr.«

»Wie auch immer. Wir sind dir sehr dankbar.«

Da Valerie Zeit für sich allein zu brauchen schien, kehrte Annie zu Polly zurück, die belustigt ihren neuesten Blumengruß betrachtete – ein Kakteenarrangement in einem Übertopf mit der Aufschrift: *Zeig ihnen deine Stacheln.* »Was meinst du, was das symbolisieren soll? Meine stachelige Persönlichkeit?«

»Vielleicht. Schau dir dieses Zeug mal an.« Sie ließ eine der Broschüren auf ihr Bett fallen. »Deine Mum hat eine Hippietante für dich rausgeworfen, eine fanatische Anhängerin veganer Lebensweise. Emily, eine alte Kollegin von dir.«

Polly musste einen Moment überlegen. »Ach du liebe Güte! Emily. Sie hatte ausschließlich die Weltrettung im Kopf, unseren Server hingegen ließ sie ständig abstürzen.«

»Ist den Typen eigentlich nicht klar, dass es nicht sonderlich cool ist, herzukommen und dich zu nerven?«, meinte Annie und ließ sich auf den Stuhl neben dem Bett fallen.

Polly zuckte die Achseln. »Die finden das scheinbar aufregend. Irgendwie ist das eine Art mit Angst gepaarter Voyeurismus. Die Leute haben totalen Schiss, dass ihnen dasselbe passiert. Im Grunde sind sie Stalker. Und wenn sie irgendeinen Anhaltspunkt finden, dass meine Lebensweise schuld ist an meinem Tumor, dann wiegen sie sich gleich selbstgerecht in Sicherheit.«

»Warum lässt du diese Besucher überhaupt rein?«

»Was soll ich sonst tun hier drinnen? Im Übrigen hören die Leute jemandem, der an der Schwelle des Todes steht, wie es so schön heißt, wirklich zu. Das ist einer der Pluspunkte. Wer weiß, vielleicht inspiriere ich ein paar von ihnen ja tatsächlich dazu, ihr Leben zu ändern und glücklich zu sein.«

»Genauso gut ist es möglich, dass sie kommen, um deine Glatze anzuglotzen.«

»Gleichfalls denkbar.« Polly grinste. »Nur gut, dass du mich immer wieder auf den Boden der Tatsachen zurückholst. Anderenfalls könnten die Dinge hier gefährlich aus dem Ruder laufen. Nicht dass die Leute am Ende glauben, ich könnte übers Wasser watscheln wie du weißt schon wer.«

## Tag 49: Unterstütze jemanden

»Juhuu! Los, Dr. Quarani! Weiter so!«

Annie sprang auf und ab und winkte wie wild. Sie hatte über eine Stunde gewartet, um ihn beim Vorbeijoggen zu erwischen. Er schien sie nicht zu hören, sondern trabte einfach weiter, die schicken Laufklamotten nicht ansatzweise verschwitzt. Sie drehte das Handy herum, sodass Polly via Skype zuschauen konnte.

»Da ist er!«

Überall um sie herum drängten die Leute sich vor zu den Absperrzäunen an der Marathonstrecke, wedelten mit den Benefizwimpeln und skandierten aufmunternde Parolen. Annie hatte Buster an der Leine mitgenommen, und der kleine Hund bellte jedes Mal wie wild, wenn ein Läufer vorbeigerannt kam. Alle Umstehenden fanden den Welpen sooo süß und streichelten ihn, lächelten der stolzen Besitzerin zu. Vielleicht sollte sie Buster öfter mitnehmen, überlegte Annie mit einem Anflug von Selbstironie. Jedenfalls schien die Theorie, dass Hunde die Herstellung von Kontakten förderten, zu stimmen.

Polly an ihrem Handy hingegen hatte einzig Augen für den attraktiven syrischen Arzt. »Gott, er hat so einen knackigen Hintern in der Leggins.«

»Polly!«

»Stimmt doch. Wo ist Dr. McGrummel?«

»Weiß ich nicht genau. Oh, da kommt er ja! Juhuu! Auf geht's, Dr. Max!«

Der mühte sich auf den letzten Metern ab. Sein Gesicht

war knallrot angelaufen, und er sah aus, als würde sein Kopf gleich explodieren. Zudem war er total verschwitzt, und das Logo der Krankenhausstiftung, für die er sich die Seele aus dem Leib rannte, war von dunklen Flecken durchtränkt. Optisch also das genaue Gegenteil zu seinem distinguierten Kollegen.

»Weiter so!«, feuerte sie ihn an. »Du schaffst es!«

»Glaube ich nicht«, hörte sie Pollys spöttische Stimme aus dem Handy. »Ich gebe schon mal in der Notaufnahme Bescheid, dass sie ein Bett freimachen sollen.«

»Pfui, wie kannst du so gemein sein«, schimpfte Annie, während Polly sich weiter über ihren Arzt lustig machte.

»Ich liebe dich, Dr. McGrummel! Und ich schaue ganz bestimmt nicht unter deinen Kilt, falls du kollabierst.«

»Halt die Klappe, Polly!«

## Tag 50: Häng deinen Job an den Nagel

»Es tut mir leid, Annie, aber wir müssen dieser Sache auf den Grund gehen.«

Das Herz rutschte ihr in die Hose. Sie war in Jeffs Büro zitiert worden, wo Sharon bereits mit einer Miene auf sie wartete, als würde sie auf vergammelten Sardinen herumkauen. Heute trug sie Outfit Nummer drei – einen schlabbrigen, mit Welpen bedruckten Pullover, der flächendeckend mit echten Hundehaaren übersät war. Annie musste schon bei dem bloßen Anblick einen Niesanfall unterdrücken.

»Was ist denn los, Jeff?«

Ihr Chef musterte sie betreten, ihm war die Sache sichtlich unbehaglich.

»Nun, Annie, mir wurde da ein gewisses Internetvideo zugespielt.«

Oh nein. Ihr Herz rutschte noch tiefer, bis es irgendwo zwischen ihren Knöcheln baumelte. Nicht diese blöde Achterbahnsache.

»Ach ja, und was?«, gab sie sich ahnungslos.

»Bist du das?« Jeff drehte seinen Laptop herum, der ein Standbild von Annie zeigte, wie sie den Mund zu einem Schrei aufriss.

»Schwer zu sagen«, wich sie aus. »Es ist ziemlich verschwommen und so seltsam verzerrt.«

»Ich weiß leider aus zuverlässiger Quelle, dass du das bist. Was bedeutet, dass du in einem Vergnügungspark warst, obwohl du dich an diesem Tag krankgemeldet hattest.«

»Irgendein Kerl hat angerufen«, warf Sharon ein. »Ein

Pfleger aus der Klinik. Er redete etwas von einem Nerven-zusammenbruch.«

»Und wieso kommst du auf die Idee, dass ich das auf dem Foto bin?«, hakte Annie betont lässig und kühl nach.

»Wir haben unsere Quelle, können es allerdings nicht be-weisen. Mein Vorschlag wäre, es nicht an die große Glocke zu hängen. Gib es zu, und wir belassen es bei einer münd-lichen Verwarnung. Andernfalls müssten wir ein Disziplinar-verfahren einleiten, um die Angelegenheit zu klären …«

Annie überkam ein allzu vertrautes Gefühl, als sie da in Jeffs Büro saß, in dem es miefig nach Proteinshakes und Fer-tignudeln roch. Sie dachte an all die Male, die man sie hier gemaßregelt hatte, weil sie nicht genug lächelte, zu traurig war oder nicht mit den Kollegen über ihre Kinder plaudern mochte. Und das an einem Ort, der sie andererseits in einen Roboter verwandelte, der stur die immer gleichen Arbeiten verrichtete. Das Wissen, dass sie diese verknöcherte Bürokra-tie nie würde ändern können, legte sich schwer auf ihre Seele. Mittlerweile ertrug sie es kaum noch, morgens den Türcode einzugeben.

»Ich kann das hier nicht mehr«, hörte sie sich selbst sagen.

»Was? Es zugeben?«

»Nein. Das alles hier. Warum kommen wir Tag für Tag in dieses schreckliche Büro, verrichten eine langweilige Arbeit, die uns nicht befriedigt. Nein, ich will nicht mehr. Nicht einen Tag länger. Es muss schließlich etwas geben, das uns mehr fordert, uns mehr Freude bereitet. Hier hingegen wird man runtergezogen – so sehr, dass wir einander nicht mal leiden können.«

Jeff öffnete den Mund, als wollte er zum Protest ansetzen, tat es aber nicht.

Annie fuhr fort. »Was ist der Sinn des Ganzen? Warum pendeln wir stundenlang in überfüllten U-Bahnen mit gestressten, deprimierten Menschen, sitzen den ganzen Tag an einem hässlichen Ort, essen schlabbrige Sandwiches und fade Fertigsuppen, ignorieren einander, bekommen Ischias? Und abends hocken wir uns vor den Fernseher und ziehen uns Sendungen übers Backen und Tanzen rein und über andere Leute, die desgleichen nur vor dem Fernseher kleben.«

»Wir sind eben nicht alle mit einem goldenen Löffel im Mund zur Welt gekommen«, schnappte Sharon.

»Nein, sind wir nicht. Trotzdem sollte es möglich sein, etwas zu finden, das uns mehr entspricht und das es wirklich wert ist, getan zu werden. Nicht bloß ein Beruf, sondern ebenfalls eine Berufung. Wir denken vorrangig immer an mehr Geld, um uns dieses und jenes leisten zu können. Du, Jeff, träumst bestimmt davon, in der Kommunalverwaltung aufzusteigen, ein Haus auf dem Land zu haben und deine Kinder auf Privatschulen zu schicken. Alles gut und schön, aber steht es wirklich dafür, dass du deine jungen Jahre damit vergeudest, so zu tun, als würdest du dich für Küchendienstpläne und Benutzungsregeln für den Kopierer interessieren oder dafür, wer welches Papier abstempelt? Mit dem einzigen Ziel, eines Tages eine gute Rente zu kriegen?«

»Annie, ich muss dich bitten aufzuhören. Du vergreifst dich inzwischen gewaltig im Ton.«

»Das ist mir durchaus klar, doch ich musste das mal loswerden.«

Sie hatte das Gefühl zu fallen, immer tiefer, als hätte die Schwerkraft Besitz von ihr ergriffen und sie könnte nicht anhalten, selbst wenn sie es wollte. Ihre Ängste waren es, die sie herabzogen, begriff sie mit einem Mal. Sie hatte sich verdammt weit vorgewagt. Wie sollte sie ohne Job die Miete bezahlen oder die Pflege für ihre Mutter?

Dann plötzlich dachte sie an Pollys Worte: Wenn man dabei sei zu sterben, sehe der Geist wirklich klar. Und in

Annies Fall starb der Teil von ihr, der sich tagtäglich zu dieser langweiligen Arbeit geschleppt hatte, und sie erkannte, dass jede weitere Stunde in diesem Büro eine zu viel war.

»Ich kündige«, hörte sie sich sagen. »Ich kann hier nicht länger arbeiten.«

Jeff musterte sie verwirrt. »Annie, es gibt ein Prozedere, eine Kündigungsfrist und …«

»Das weiß ich. Und wenn ich jetzt beispielsweise hier rausspaziere, was genau könntest du tun?«

»Und was ist mit deinem Arbeitszeugnis, dem letzten Gehalt?«

»Ist mir egal.« Wenn sie ihr Leben schon bis auf die Grundfesten abfackelte, konnte sie genauso gut noch Benzin drüberschütten. »Also: Wirst du mich aufhalten, wenn ich jetzt gehe?«

»Nein, aber die Abschiedsfeier? Normalerweise sammeln wir für ein Geschenk …«

»Das ist sehr nett, Jeff, doch ich kann nicht so tun, als würden wir uns alle liebhaben und als würdet ihr mich vermissen. Ich muss anfangen, ehrlicher in meinem Leben zu sein. In diesem Sinne lebt wohl.« Annie erhob sich. »Und übrigens diese Stellenstreichungen, die seit Monaten über unseren Köpfen schweben, damit alle schön brav spuren, Überstunden machen und ihre Klappe halten – Jeff, du wärst verrückt, wenn du Fee gehen lässt. Sie ist die Einzige in diesem Laden, die tatsächlich arbeitet.«

Sie verließ den Raum mit verschwommenem Blick und wackligen Knien. Oh Gott, was hatte sie getan. Sie musste mit Polly reden – die zumindest würde es super finden.


»Okay, okay, hör auf zu jubeln. Immerhin habe ich gerade meinen Job verloren, wenngleich auf eigene Initiative«, sagte sie in ihr Handy.

»Du hast es dem Kerl gezeigt«, quietschte Polly vergnügt. »Du bist in die Freiheit ausgebrochen! Das sind echt super Neuigkeiten!«

»Wirklich? Jedes Mal, wenn ich an meine Miete denke, wird mir speiübel.«

»Miete, du wirst im Handumdrehen was Neues finden. Außerdem hast du bestimmt irgendwelche Ersparnisse, oder?«

»Ein wenig.«

»Jetzt kannst du tun, was immer du willst. Greif nach den Sternen, Annie! Selbst wenn du danebengreifst, landest du mindestens auf dem Mond.«

»Dir ist offenbar nicht klar, dass die Sterne sich Millionen von Kilometern hinter dem Mond befinden«, frotzelte Annie.

»Egal, mach dir jedenfalls keinen Kopf wegen eines Jobs. Was du in erster Linie brauchst, ist Zeit, um alles zu überdenken. Um dich neu auszurichten, dich zu entspannen.«

Annie fixierte sie argwöhnisch. »Was ist der nächste Plan?«

»Schottland«, erwiderte Polly aufgekratzt. »Stell dir vor, Annie, Herden von Highlandrindern. Majestätische, schneebedeckte Berge. Ein kleines Schlückchen Whiskey, um das Herz zu wärmen ...«

»Arbeitest du seit Neuestem für die schottische Tourismusbehörde oder so was in der Art?«

»Die Ärzte meinen, dass ich fit genug sei, um hier rauszukommen und eine Behandlungspause einzulegen. Wir fahren alle zusammen hin: du, ich, George, Costas und Dr. McGrummel. Wir können im Bauernhaus seiner Mutter in den Highlands unterkommen.«

»Ist es da nicht um diese Jahreszeit noch furchtbar kalt? Könnten wir nicht stattdessen nach Barbados fliegen?«

Polly seufzte. »Ich hab's versucht, ehrlich. Leider meint der Spielverderber, ich dürfe nicht fliegen und sollte mich nicht allzu weit vom guten alten britischen Gesundheits-system entfernen. Dennoch wird es sicherlich grandios. Da oben gibt es haufenweise tolle Dinge zu unternehmen. Wuss-test du, dass man dort das ganze Jahr Ski laufen kann – es ist ganz oben so kalt, dass sie selbst im Sommer Kunstschnee machen können. Toll, was? Und abends kuscheln wir uns am Kaminfeuer aneinander oder gehen raus, um nach Polarlich-tern Ausschau zu halten. Das wollte ich lange schon, habe es aber bisher jedes Mal verpasst. Bin sogar extra nach Nor-wegen und Island geflogen. Keine Lichter. Dieses Mal muss ich einfach Glück haben.«

Als würde auf Pollys Beharren hin die Aurora borealis höchstpersönlich erscheinen. Warum nicht? Immerhin klapp-te es bei anderem ja auch.

»Von mir aus, mein Terminkalender ist auf einmal ziem-lich leer.«

»Super. Ich sage McGrummel Bescheid. Er fährt mit uns, will sowieso seine Mutter besuchen.«

Annie hatte eine kurze Vision von einem lodernden Kaminfeuer, einem Fellteppich und Dr. Max, der in einem Kilt neben ihr saß, mit einem Whiskey in der Hand und …

Nein. Meine Güte, was dachte sie sich eigentlich dabei? Sie konnte sich nicht in einen verlotterten, miesepetrigen Arzt verlieben – vor allem nicht in einen, der das Leben ihrer Freundin in seinen großen, behaarten Händen hielt.

»Und pack warme Klamotten ein«, schob Polly hinterher. »Du kannst hoffentlich Ski fahren, oder?«

## Tag 51: Stürz dich in die Urlaubsplanung

»Mum, ich habe Neuigkeiten.«

Annies Mutter rutschte unruhig auf ihrem Stuhl herum, die Hände zuckten rastlos in ihrem Schoß. »Was für Neuigkeiten? Sind Sie die Zahnärztin, meine Liebe?«

»Nein, die bin ich nicht … Hast du etwa Zahnschmerzen, Mum?«

Ihre Mutter spähte über Annies rechte Schulter hinweg in die Leere. »Das waren die vielen Karamellbonbons. Sally hat die früher auch immer gern gegessen und sich dabei einen Zahn rausgebrochen!«

»Ja, schön, Mum, aber jetzt hör mir bitte zu. Ich verreise ein paar Tage, nicht lange, dann bin ich wieder zurück. Ich fahre nach Schottland.«

»Oh, dann können Sie ja Andrew einen Gruß ausrichten.«

Annie runzelte die Stirn. Warum erwähnte sie plötzlich dauernd ihren abhandengekommenen Ehemann, nachdem er die ganze Zeit praktisch ein Tabuthema gewesen war. Sein Name war lediglich vorwurfsvoll gefallen, wenn es darum ging, dass kein Geld da war für die Uni und nicht mal für das Schullandheim und den Skikurs.

»Mum? Verstehst du, was ich gerade gesagt habe?«

»Natürlich«, erwiderte Maureen Clarke beleidigt. »Sie fahren in den Urlaub.«

Ihre Mutter war früher immer bei ihnen vorbeigekommen, wenn sie und Mike im Urlaub gewesen waren, hatte die Pflanzen gegossen, die Post durchgeschaut und zweifelsohne gründlich in Schränken und Schubladen herumgeschnüffelt.

Heute war sie nicht einmal mehr sicher, ob ihre Mutter merken würde, dass sie weg war.

»Stimmt, ich fahre in Urlaub. Weil ich nämlich meinen Job geschmissen habe.«

»Ihren Job?« Die wässrig blauen Augen schweiften ziellos über Annie hinweg.

»Ja, ich konnte einfach keine Sekunde länger dort bleiben.«

»Da haben Sie absolut recht, meine Liebe. Warum sollten Sie überhaupt arbeiten, eine junge Frau wie Sie? Sie müssen zu Hause sein und sich um Ihre Kinder kümmern.«

Annie betrachtete die Hände ihrer Mutter. »Geht es dir wirklich gut? Du wirkst etwas unruhig.«

»Oh, ich hätte nur gerne mein Strickzeug. Die Warterei beim Zahnarzt ist furchtbar, ich habe das Gefühl, bereits seit Wochen hier zu sein.«

Maureen hatte zwar seit ihrer Diagnose nicht mehr gestrickt, doch davor war sie eine wahre Meisterin gewesen, hatte Socken, Mützen und Pullis in den kompliziertesten Mustern fabriziert.

»Ich könnte dir etwas Wolle besorgen, falls die Ärzte erlauben, dass du mit Stricknadeln hantierst.« Wie aufs Stichwort tauchte in diesem Moment Dr. Quarani auf. »Hallo, Doktor. Ich versuche, ihr gerade zu erklären, dass ich verreise.«

»Ist inzwischen zu mir durchgedrungen – nicht Ihretwegen, sondern wegen unserer Lieblingspatientin.« Er machte eine Notiz in der Patientenkurve. »Machen Sie sich keine Sorgen, Miss Hebden. Ich werde mich um Ihre Mutter kümmern. Bei ihrem derzeitigen Zustand wird sie Ihre Abwesenheit nicht wirklich registrieren.«

Nein, offensichtlich nicht, höchstens würde sie die Zahnärztin vermissen. »Danke. Ich weiß Ihre Fürsorge zu schätzen.«

Sie fragte sich, wann er wohl das letzte Mal Urlaub gehabt

hatte. Er war immer so beherrscht, so distanziert. Es war schwer sich vorzustellen, dass Dr. Quarani überhaupt so etwas wie ein Privatleben führte.

Tag 52: Kauf dir neue Klamotten

»Auf keinen Fall«, erklärte Polly entschieden.

»Doch, mir gefällt er.« Annie hielt schützend ihren Lieblingskapuzenpulli fest – sie besaß ihn, seit sie siebzehn war.

»Es gibt Teenager, die jünger sind als dieser Pullover. Herrje, Annie, gönn dir mal was Neues. Da draußen wartet ein ganzes Universum voller Klamotten auf dich. Und erzähl mir ja nicht, dass du kein Geld hast. So wie es aussieht, hast du dich seit deiner Trennung von diesem Mike überwiegend in Sozialkaufhäusern und Ramschläden eingedeckt. Was Gescheites hast du dir seitdem nicht mehr geleistet. Also musst du zwangsläufig was zurückgelegt haben.«

Annie verzog missmutig das Gesicht. »Mal abgesehen vom Geld haben oder nicht, hasse ich Shoppen. Die Kabinen sind winzig, die Beleuchtung ist grauenhaft, und nie passt etwas. Und jetzt bin ich zudem arbeitslos, muss also erst recht mein Geld zusammenhalten.«

Im Grunde durfte sie gar nicht daran denken. Sobald sie es trotzdem tat, rumorte ihr Magen, als säße sie wieder in der Achterbahn.

Polly, einen geflochtenen Schlapphut auf dem Kopf, hockte auf dem Bett der Freundin. Inzwischen war sie erstaunlicherweise wieder in der Lage, das Krankenhaus immer häufiger zu verlassen.

»Annie, ich wünschte, ich könnte es dir begreiflich machen. Du sollst ja nicht dein gesamtes Geld verpulvern, sondern lediglich ein paar neue Sachen kaufen. Der größte Teil deiner Garderobe ist nämlich für die Tonne, und das weißt du genau.« Sie blickte vielsagend auf Annies ausgeleiertes, ausgefranstes Oberteil. »Und sowieso wirst du was Schickes für deine Vorstellungsgespräche brauchen, die paar Outfits, die du von unserer kleinen Modenschau behalten hast, reichen auf Dauer nicht und sind zudem nicht gerade businessmäßig.«

Annie nickte widerwillig. »Ich schätze, du hast recht.«

Polly begann zu lachen und deutete in die Zimmerecke. »Schau, Buster weiß, wie man unbrauchbare Sachen entsorgt.« Annie sprang auf und entriss dem Welpen, der unbemerkt ins Zimmer geschlüpft war, den Pulli, den er gerade annagte.

»Böser Junge! Hörst du wohl auf, meine Garderobe zu fressen!«

»Oh, er ist kein böser Junge, er ist ein braver Junge, ein ganz braver.« Polly nahm ihn hoch, küsste ihn und säuselte: »Hör nicht auf die fiese Annie, du bist kein böser Junge.«

Buster hustete und spuckte einen Fetzen Stoff aus.

»Du hast gut reden. Immerhin hat er dir nicht sämtliche Schuhe angeknabbert, oder?«

»Dann ist es erst recht an der Zeit, dir neue zu kaufen.« Polly grinste triumphierend, setzte den Hund auf dem Bett ab, auf die hübsche, neue und saubere Bettwäsche, und streckte ihre Hand aus. »Gib mir deinen Laptop.«

»Warum?«

»Gib einfach her.«

Annie gehorchte und reichte ihr das vorsintflutliche Modell. »Über die Details reden wir später. Fürs Erste lass mich dich in die Freuden des Onlineshoppings einführen.«

## Tag 53: Verschenk etwas

»Na ja, ich habe mir selbst ein paar Sachen gekauft, und da dachte ich … Passt sie denn?«

Johnny war sprachlos, als er die Jacke ansah, die sie ihm bei ihrem Shoppingausflug im Internet bestellt hatte. Sie war mit Fleece gefüttert und wasserdicht und schien ihr somit ein Kleidungsstück, das man sich wünschen würde, wenn man sich ständig im Freien aufhielt.

»Ist sie okay?«, erkundigte sie sich. Sie war sich völlig unsicher, ob der Mann sich nicht mehr über Geld gefreut hätte.

Johnny zuckte auf einmal zusammen, und da erst begriff sie, dass er weinte.

»Ich hab seit zwei Jahren nichts Neues mehr getragen«, sagte er mit erstickter Stimme. »Sie riecht sogar neu. Nicht nach Wohltätigkeitsbasar oder alten Leuten oder Moder.« Er streifte den stinkenden alten Lumpen ab, den er trug, und zog seine neue Jacke über. »Wie steht sie mir?«

»Super«, versicherte sie. »Sieht klasse aus.«

»Vielen Dank, äh …«

»Annie. Ich heiße Annie.«

»Freut mich. Mein Name ist Johnny.«

»Ja, ich weiß.«

»Ich danke Ihnen, Annie.«

»Nicht der Rede wert, wirklich nicht.«

Verglichen mit dem, was sie hatte, war es tatsächlich nichts. Selbst jetzt, nach dem Verlust ihres Jobs, war sie Welten von einem Leben auf der Straße entfernt. Sie hatte immer noch Freunde. Eine Mutter. Polly.

»Hören Sie, ich fahre ein paar Tage weg, falls Sie etwas brauchen, lassen Sie es mich wissen. Ich weiß ja, dass es Ihnen an vielem fehlt ...«

Er erlöste sie mit einem Winken aus ihrer Verlegenheit. »Das werde ich. Viel Spaß, Annie.«

Tag 54: Unternimm einen Roadtrip

»Absolut und völlig ausgeschlossen.«

»Und warum?«, jammerte Polly.

»Weil es mein Auto ist. Wir lassen nicht ABBA laufen. Das verbitte ich mir.«

Polly, die selbstverständlich vorne sitzen durfte, drehte sich zu den anderen um. Annie, Costas und George saßen zusammengequetscht auf dem Rücksitz von Dr. Max' Renault und waren überhäuft mit allerlei Kram, zumeist medizinischen Gerätschaften. *Frag du ihn,* signalisierte sie Annie.

»Was für Musik magst du denn gerne, Dr. Max?«, erkundigte sie sich daraufhin, woraufhin Polly so tat, als würde sie sich den Finger in den Hals stecken.

»Den üblichen Oparock. Clapton, Fleetwood Mac. Und natürlich Jazz.«

George stöhnte. »Du liebe Güte, bloß keinen Jazz. Wie wäre es mit Musicals? Ich hab den *Miss-Saigon*-Soundtrack auf meinem Spotify.«

»Warum nicht Discomusik?«, nuschelte Costas unter Pollys Skijacke hervor. »Donna Summer! *Frankie Goes to Hollywood!*« Buster zu seinen Füßen fiepte beipflichtend.

Max hatte widerstrebend zugestimmt, dass sie ihn mitnehmen durften, solange er brav auf Zeitungspapier saß.

»Als ob das bisschen Welpenpipi diesem Schrotthaufen noch schaden könnte«, hatte Polly daraufhin gelästert.

George wuschelte Costas durchs Haar. »Das ist so was von *passé.* Du bist echt putzig.«

»Keine Musicals«, erwiderte Dr. Max entschieden. »Tut

314

mir leid, George. Ich müsste mir buchstäblich selbst eine Lobotomie verpassen, um mir die nächsten zehn Stunden Musicalgedudel anhören zu können.« Er begegnete ihrem Blick im Rückspiegel. »Annie, warum suchst du nicht was aus? Du bist schließlich eine vernünftige Person.«

Annie gab sich große Mühe, nicht in Pollys Richtung zu schauen. »Um ehrlich zu sein, mag ich ABBA ebenfalls.«

»Na schön, ich bin anscheinend überstimmt.« Er seufzte, drückte auf den Knopf der Anlage, und *Dancing Queen* trällerte aus den Lautsprechern. Als alle, inklusive Dr. Max, beim Refrain mit einstimmten, bei dieser mitreißenden Melodie, bei der einem das Herz aufging, sah Annie zu Polly nach vorne. Sie hatte die Augen geschlossen, und ein seliges Lächeln lag auf ihrem blassen Gesicht.

## Tag 55: Überwinde deine Angst

Annie beäugte skeptisch die Prozession von Skifahrern, die auf einer Art Laufband den Berg hinaufbefördert wurden.

Dr. Max hatte es als einen Zauberteppich bezeichnet, aber so sah das Ding nicht unbedingt aus, als es sie quietschend durch den kalten Schnee zog. Annies Gesicht war eingefroren, fühlte sich so taub an wie nach einem Zahnarztbesuch.

»Das ist *echt* hoch.« Sie hätte wissen müssen, dass dieser Ausflug diverse furchterregende Herausforderungen mit sich bringen würde.

»Nicht wirklich. Keine dreißig Meter«, schätzte Dr. Max. Sein schottischer Akzent war witzigerweise ausgeprägter geworden, seit sie die Grenze überquert hatten, und er klang fröhlicher, weniger düster. In seinem schwarzen Skianzug sah er schnittig aus wie ein Otter.

Annie, die natürlich keine Skiausrüstung besaß, fühlte sich albern in ihrer Trekkinghose und Regenjacke. Außerdem trug sie so viele Lagen Pullis darunter, dass sie Angst hatte, den kompletten Hügel wie eine Kugel herunterzurollen, falls sie umfiel. Was gar nicht so unwahrscheinlich war. Nervös verlagerte sie das Gewicht – die Skier an ihren Füßen fühlten sich schwer und klobig an wie die Pfoten eines Hobbits.

»Ich weiß nicht, ob das eine gute Idee ist. Ich habe das erst ein einziges Mal gemacht, bei einem Schulausflug zu der Indoorskihalle in Milton Keynes. Meinst du, sie nimmt es mir sehr übel, wenn ich einen Rückzieher mache?«

Zuvor hatte es eine erbitterte Diskussion zwischen Polly und ihrem Arzt gegeben, ob sie nun Ski fahren dürfe oder nicht. Es sei zu kalt, meinte er, und ihre Knochen seien so schwach, dass ein Sturz ihr den Rest geben würde. Polly blieb hartnäckig. Sie würde auf keinen Fall das Zeitliche segnen, ohne ein letztes Mal auf Skiern gestanden zu haben. Noch nie in ihrem Leben sei sie gestürzt, werde sich an einen Idiotenhang halten, einen Haufen Pausen einlegen, um heiße Schokolade zu schlürfen. Natürlich hatte sie gewonnen. Gerade glitt sie mit rosigen Wangen elegant die Anfängerpiste herunter. In ihrem trendigen pinkfarbenen Skianzug und der neckischen Pudelmütze auf dem Kopf sah sie aus wie ein Mädchen aus reichem Haus, das in den Weihnachtsferien in die Alpen zum Skilaufen fuhr, und nicht wie eine Todgeweihte.

Es schien tatsächlich noch Wunder zu geben, selbst wenn sie nicht von Dauer waren. Niemand von ihnen begriff nämlich, wie Polly sich so erholen konnte. Immerhin hatte sie zuvor kaum mehr Kraft gehabt, sich aus dem Bett zu schleppen. Schaffte sie das alles mit ihrer unerschöpflichen Energie und ihrem unbeugsamen Willen?

George schoss vorbei und wirbelte den Schnee hinter sich auf. »Als Nächstes probiere ich vielleicht die schwarze Piste. Bist du dabei, Max?«

Costas, der aus sonnigeren Gefilden stammte, hatte sich geweigert, es mit dem Skifahren überhaupt zu versuchen, und sich stattdessen ins Café gesetzt, wo er in Gesellschaft von Buster heiße Schokolade mit Bailey's trank.

Annie war immer noch nicht weiter nach oben gefahren. Sie stand wie festgefroren unten am Lift und hielt die Warteschlange auf.

»Entschuldigen Sie.«

Sie rückte beiseite, um den Nächsten durchzulassen und wieder den Nächsten.

»Du musst es nicht tun«, sagte Max mit einem sehnsuchtsvollen Blick zu den höher gelegenen Pisten, die sich weiß und glatt wie Laken an den Hang schmiegten. »Polly wird das bestimmt verstehen.«

»Es ist einfach so, dass es mich nicht das kleinste bisschen mit Glück erfüllt, sondern mit einer Heidenangst.«

Er verlagerte seine Skier, die sich mit den ihren verhakt hatten wie Füße morgens im Bett.

»Die Sache mit dem Glück, Annie, ist die, dass es manchmal in den Gegensätzen liegt. Ein heißes Bad an einem kalten Tag. Ein kühler Drink in der Sonne. Das Gefühl, wenn dein Wagen auf einer vereisten Straße beinahe ins Schleudern gerät und am Ende alles gut geht ... Es ist schwer, Sachen wertzuschätzen, solange man nicht weiß, wie es ohne sie ist.«

Annie blickte zur Piste hinauf, die ihr Angst einflößte. Sie schob sich das Haar aus dem Gesicht. »Willst du denn nicht lieber eine schwierigere Piste fahren?«, fragte sie hoffnungsvoll. Falls er ging, könnte sie sich heimlich zur Bar davonstehlen.

»Nein, ich bleibe heute an deiner Seite. Ich kann noch oft hier fahren.«

Polly nicht. Heute war höchstwahrscheinlich das letzte Mal, dass sie einen Hang hinunterglitt, den Fahrtwind kalt und klar in ihren Lungen spürte, das knisternde Wuuusch des Schnees hörte, wenn sie darüber hinwegrauschte. Und Annie hatte zu viel Bammel, selbst den Idiotenhügel runterzufahren. Wie albern.

»Hilfst du mir, in den Lift zu kommen?«, fragte sie.

Sie klammerte sich an Dr. Max, als hinge ihr Leben davon ab. Er murmelte ihr beruhigende Worte zu, während sie mit der Eleganz einer betrunkenen Giraffe aus dem Lift torkelte.

»Gut so. Braves Mädchen. Weiter so.«

Als Annie den Boden unter sich wegrutschen spürte, presste sie ihre Schenkel ganz fest zusammen, sodass die Skier sich verkanteten.

»Oh Gott. Oh Gott!«

»Annie?«, schnaufte Dr. Max. »Darf ich dir einen Rat geben? Wenn du so weitermachst, wirst du nie vorankommen. Verstanden?«

Einen Moment glaubte sie, er meine, im Leben vorankommen ... Dass er ihr einen inspirierenden Spruch à la Polly reindrückte, doch dann begriff sie und stellte sich lockerer hin, die Ski parallel, begann zu rutschen.

»Nicht loslassen«, rief sie panisch.

Er ließ los. Sie bewegte sich vorwärts, flog, die Schwerkraft ergriff Besitz von ihr, und sie glitt von ihm weg die Piste runter.

»Schneepflug!«, brüllte Dr. Max.

Annie versuchte zu tun, was er sagte. Skispitzen zusammen, hinten V-förmig auseinander, damit sie bremsen konnte, bloß schaffte sie es nicht. Ihr fehlten die Kraft und die Nerven. Hilflos ruderte sie mit den Armen, schwankte hin und her, bald würde sie stürzen.

Dann plötzlich schoss Dr. Max wie ein schwarzer Nebelschweif an ihr vorbei und setzte sich vor sie, machte ihr vor, wie sie es machen musste.

»Schneepflug! Dreh nach rechts ab, nach rechts!«

Annie verlagerte sich schwerfällig auf ihr rechtes Bein und meisterte die Kurve. Mit dem kleinen Schönheitsfehler, dass sie dabei direkt in ihren Retter hineinschlitterte. Er hatte es wohl kommen sehen, denn er stieß ein schockiertes »Oh« aus, bevor sie ihn umnietete und mit voller Wucht auf ihm landete.

Zusammengeknäult lagen sie im dichten Schnee, während die Kindergartenkinder an ihnen vorbeiflitzten.

»Oje, das tut mir leid. Alles in Ordnung? Oh Gott, deine Hände!«

Er lag unter ihr und schnappte nach Luft. »Es geht gleich wieder.«

»Tut mir wirklich leid. Ich bin so ein Tölpel.«

»Ach, Annie, jeder fällt mal hin. So lernt man das Skilaufen. Kannst du aufstehen?«

Polly, die gerade vorbeidüste, rief ihnen spöttisch zu: »Sucht euch gefälligst eine Skihütte, ihr beiden.«

Annie, der die ganze Sache hochnotpeinlich war, ließ sich sichtlich verlegen wieder auf die Beine helfen.

»Na, bitte«, sagte er. »Du hast es geschafft.«

»Äh, eigentlich bin ich hingefallen.«

»Keine Sorge«, erklärte er lachend. »Genau das ist Skifahren – die Zeit zwischen den Stürzen. Du musst einfach immer wieder aufstehen.«

»Wie im echten Leben«, erwiderte Annie zitternd. »Nur dass ich es offenbar nicht mal schaffe, alleine aufzustehen.«

»Tja, beim Skifahren wie im echten Leben braucht man eben manchmal jemanden, der einem auf die Beine hilft. Komm mal her.« Er klopfte ihr den Schnee vom Rücken. »Bist du bereit für den Rest?«

Sie blickte die Piste hinunter. Gestürzt war sie bereits – was sonst könnte noch schiefgehen? Und außerdem war Stürzen Teil eines Lernprozesses und bedeutete nicht zwangsläufig, dass sie tollpatschig oder dumm war.

»Zeig mir mal, was ich gerade falsch gemacht habe«, sagte sie und bohrte die Skistöcke entschlossen in den Schnee.

## Tag 56: Erblick die Wunder der Natur

»Ich habe ihn gesehen, ich habe ihn gesehen! Das war definitiv ein Schwanz!«

Alle stürzten zur anderen Seite des Bootes, das daraufhin gefährlich zu schwanken anfing. Annie stemmte sich gegen die Reling.

Dr. Max trug eine regengesprenkelte blaue North-Face-Jacke. Auch in seiner Strickmütze und dem Bart, den er sich stehen ließ, seit er im Urlaub war, hingen Tropfen.

»Hast du es ebenfalls gesehen?«

Annie schüttelte den Kopf. »Nein, bin zu beschäftigt, nicht aus dem Boot zu fallen.«

»Da.« Er hielt ihr ein schweres Fernglas hin.

Sie blickte hindurch, doch das Meer war eine einzige graue Masse. »Ich sehe nichts.«

»Komm, ich zeig es dir.« Er beugte sich über ihre Schulter, und sie hielt unwillkürlich den Atem an. Seine Stimme wisperte an ihrem Ohr. »Weiter links. Siehst du die kleine Schwanzflosse, die hochschnellt? Das ist ein Grindwal.«

Annie spähte angestrengt, wenngleich ohne Erfolg. Sie konnte ihn nicht sehen. Da war nichts als Grau, Grau und noch mehr Grau, aber dann für einen ganz kurzen Moment …

»Ich habe was gesehen!«, rief sie euphorisch aus. »Und da … Was ist das?«

Während sie noch schaute, schossen drei Delfine aus den wogenden Wellen und tauchten spritzend wieder hinein. Sie waren so unglaublich schnell.

Er lachte, als er ihr erstauntes Gesicht sah. »Sie spielen mit den Walen, die kleinen Frechdachse.«

»Warum springen sie eigentlich die ganze Zeit aus dem Wasser?«

Er nahm das Fernglas wieder an sich und schlang das Band um sein Handgelenk. »Aus reiner Freude. Um glücklich zu sein, könnte man sagen.«

»Springen zum Spaß«, sagte sie versonnen, den Blick auf das Wasser gerichtet.

»*Aye*. Trotzdem habe ich nie verstanden, warum die Leute so versessen darauf sind, mit Delfinen zu schwimmen. Muss wirklich schlimm sein für die armen Viecher. Immerhin sind es intelligente Wesen.«

Annie nickte so heftig, dass ihr die Mütze beinahe vom Kopf rutschte. »Ich hätte es nicht treffender sagen können.«

»Oh Gott. Warum schaut ihr alle so glücklich aus? Das ist ja grauenhaft.«

George stolperte mit aschfahlem Gesicht an ihnen vorbei und kotzte voller Inbrunst über die Reling. Seine orange-farbene Rettungsweste stand in krassem Kontrast zu seinem gräulichen Teint.

»Diese Londoner«, meinte Max kopfschüttelnd, »sind einfach nicht für die See geboren.«

»Also *mir* geht's gut«, betonte Annie, wobei sie geflissentlich unterschlug, dass sie eine halbe Stunde gebraucht hatte, um sich der Reling überhaupt zu nähern.

»*Aye*, vielleicht bist du ja speziell.« Er sagte es einfach so und ging zu Polly hinüber, die sich, dick eingepackt in Mäntel und Decken, auf einem Liegestuhl rekelte. »Dass du dich ja nicht verkühlst, hörst du? Das könnte katastrophale Folgen haben.«

Gott, sie liebte diesen schottischen Akzent mit dem rollenden R, dachte Annie und schaute erneut aufs Meer hinaus, entdeckte abermals die sich tummelnden Delfine und die ausladende Schwanzflosse des langsameren Wals, die schwer aufs Wasser schlug. Beim Anblick der grauen aufgewühlten Oberfläche hätte man nie vermutet, dass da etwas war.

Jetzt hatte sie es mit eigenen Augen gesehen, dass es darunter nur so von Leben wimmelte.

## Tag 57: Iss etwas anderes

»Was ist denn in diesem Haggis drin?«

Costas guckte auf seinen Teller und stocherte in einer seltsamen Masse herum. Unter der durchsichtigen Haut hatte sie durchaus eine gewisse Ähnlichkeit mit einem Tumor, fand Annie.

»Das ist Lamm«, erwiderte Dr. Max, der das Fleisch aus einem Schmortopf hob. Buster schnüffelte zu ihren Füßen herum und wurde ganz wild vom Geruch des Bratens. »Ihr esst doch viel Lamm in Griechenland, oder?«

»Hör nicht auf ihn, Costas«, sagte George und zog eine Grimasse. »Das ist Schafsmagen.«

»Magen?« Costas riss die Augen auf. »Vielleicht ich esse lieber bloß Kartoffeln.«

»*Haggis, neeps and tatties.* Haggis, Steckrüben und Kartoffeln«, erklärte Dr. Max. »Das schottische Nationalgericht. Probiert ein kleines bisschen, ihr werdet es lieben.«

Polly hatte die wenigen Bissen, die sie schaffen konnte, bereits verspeist. »Also, ich würde ja alles essen. Ihr wisst ja, das Leben ist zu kurz, um die Nase zu rümpfen«, brachte sie eine ihrer Lebensweisheiten an.

»Ich habe sogar mal eine lebende Made gegessen«, warf Dr. Max gut gelaunt ein, der überhaupt deutlich besserer Stimmung war, seit sie in Schottland waren. »Während meines Praxisjahrs in Brasilien. Hat nach Kokosnuss geschmeckt.«

»Pfuibäääh.« George tat so, als müsste er würgen. »Ich kann dich echt gut leiden, Dr. Max, aber gibt es hier irgendwo einen Pizzalieferdienst?«

»Nicht im Umkreis von fünfzig Meilen. Probier es einfach mal. Annie?«

Der Arzt hielt eine Schüssel mit sahniger Whiskeysauce hoch. Er trug die geblümte Schürze seiner Mutter, und sein Haar war von dem heißen Dampf in der Küche noch wirrer als sonst.

»Ich wusste gar nicht, dass du kochen kannst.« Sie schob ihren Teller rüber – vielleicht würde die Sauce ja den Schafsmagengeschmack überdecken. »Dachte, du ernährst dich ausschließlich von Twix.«

»*Aye,* viele Chirurgen kochen. Du weißt schon, geschickte Händchen.«

Annie wich Pollys bohrendem Blick aus.

»Ich schätze mal, du bist es gewohnt, das Innere von Leichen zu sehen«, brummte George und stocherte in seinem Haggis, während Polly mit der Gabel auf seinen Teller klopfte.

»Iss und benimm dich!«

Max sah Annie, die genauso wie die anderen misstrauisch ihr Essen beäugte, erwartungsvoll an. »Mach schon. Es ist köstlich, ehrlich. Mein Lieblingsessen.«

Als Annie tapfer die Haut des Haggis durchschnitt, quoll eine schwarze Pampe heraus, die ein bisschen an Blumenerde erinnerte. Zögerlich führte sie einen winzigen Happen an ihre Lippen, und ihr Mund füllte sich mit einem fleischigen, würzigen Geschmack.

»Echt lecker«, lobte sie.

»Sag ich doch. Probier es mal mit der Whiskeysauce, ich habe extra einen zehn Jahre alten Lagavulin dafür geopfert.«

»Vielleicht könnte ich ja eine Scheibe Toast essen«, jammerte George.

Dr. Max lenkte ein. »Das auf deinem Teller ist ein vegetarischer Haggis. Auch sehr lecker. War nicht mal in der Nähe eines Magens. Versprochen.«

Schließlich aßen sie alle ihren Haggis und tranken ihren Whiskey, wahlweise pur oder als Whiskey Sour, wofür Dr. Max sie leise verfluchte und sie einen Haufen Banausen schimpfte. Seine Mutter Edna, eine zierliche Dame mit silberblau getönter Haarpracht, kam vorbei, um ihnen eine Gute Nacht zu wünschen. Sie trug einen rosafarbenen, gesteppten Morgenmantel.

»Hat euch der Haggis geschmeckt?«

»Er war köstlich«, erwiderte George mit einem strahlenden Lächeln. Vielleicht würde er es als Schauspieler am Ende noch zu was bringen, dachte Annie. »Gehen Sie etwa bereits zu Bett, Mrs. Fraser?«

»Oh ja, es ist meine gewohnte Schlafenszeit. Eure Betten sind alle gemacht, und ich habe jedem eine kleine Wärmflasche reingelegt. Wie gestern.«

»Das wäre nicht nötig gewesen, Mrs. Fraser«, sagte George. »Wir wollen Ihnen auf keinen Fall Umstände bereiten.«

Für ihn und Costas war der Aufenthalt eine besondere Situation, denn die alte Dame hatte ihnen bei ihrer Ankunft ein gemeinsames Zimmer zugewiesen mit der Bemerkung, es mache *den Burschen* hoffentlich nichts aus.

»Das sind keine Umstände«, winkte sie jetzt ab. »Bleibt ruhig sitzen und trinkt noch ein Schlückchen. Maximilian bringt nie Freunde mit. Deshalb freut es mein altes Herz, endlich mal welche kennenzulernen.«

»Sind alle oben?«, fragte Dr. Max.

Er und Annie hatten gerade das Geschirr abgespült und lauschten in angenehmem Schweigen dem Radio. Er sang mit, wenn Lieder kamen, die er mochte. The Eagles. Smokey Robinson. Überraschenderweise sogar Abba.

»Sag nichts«, meinte er, als sie erstaunt ihre Augenbrauen hob. »Vielleicht sind sie ja wirklich nicht so übel.«

Jetzt waren sie fertig und saßen im Wohnzimmer. Buster war vor dem Feuer eingeschlafen, seine Pfoten zuckten, während er Traumhäschen jagte.

»Ich glaube, Polly ist noch im Bad. Und George und Costas wollten angeblich nach Polarlichtern Ausschau halten«, antwortete Annie, deren Schlafplatz das Ausklappsofa im Wohnzimmer war.

Sie wollten es sich noch vor dem Kaminfeuer gemütlich machen und einen Absacker trinken. So langsam fand Annie Geschmack an dem schottischen Nationalgetränk, an dem warmen Nachglühen und dem torfigen Geruch, der sie an Heidekraut und sprudelnde Frühlingsbäche erinnerte.

Max kauerte sich neben das Feuer und stocherte mit dem Schürhaken darin herum, bis die orangene Glut richtig aufflammte. Der Geruch nach Torf war derselbe wie der von Annies Whiskey, warm und irgendwie sauber, nach frischer Luft und Erde und freier Natur riechend. Sie konnte die Stelle auf seinem Kopf sehen, wo sein widerspenstiges Haar etwas lichter wurde. Im fortgeschrittenen Alter würde er eine Halbglatze kriegen, mit fünfzig oder so. Dennoch würde er vermutlich auf die gute Art altern, mit ergrauendem Bart und ... Schluss, ermahnte sie sich und beendete ihr Gedankenspiel.

»Ich freu mich, dass es dir gefällt«, sagte er. »Ich meine, nicht allein der Whiskey, sondern Schottland generell. Tut es doch, oder?«

»Natürlich. Ich kann gar nicht glauben, dass ich nie zuvor hergekommen bin. Die Landschaft ist wirklich unglaublich schön.«

»Hier oben kann ich klarer denken. In London ist alles lärmüberflutet. Nicht allein um mich herum, sondern auch in mir. Meine Gedanken, mein Kopf. In Schottland kann ich einfach … ich selbst sein.«

»Ich weiß, was du meinst. Warum arbeitest du eigentlich nicht hier oben?«

Er setzte sich auf seine Fersen und schwenkte sein Whiskeyglas. »Ich habe gelegentlich darüber nachgedacht. Es müsste natürlich eine Großstadt sein, allerdings hat sich bisher keine passende Stelle aufgetan. Außerdem betreiben wir in London bahnbrechendere Forschungsarbeit. Aber ja, daran gedacht habe ich durchaus. Zumal meine Mutter nicht jünger wird.«

Da Annie kein Interesse daran hatte, dass er nach Schottland zog, brachte sie die Londoner Vorzüge in Stellung.

»Ich denke mal, London hat mehr Kultur zu bieten … Theater und solche Sachen.«

»Zweifellos.« Er kraulte geistesabwesend Busters Bauch. »Und wann warst du das letzte Mal im Theater?«

»Oh Gott, vor fünf, sechs Jahren vielleicht.«

»Siehst du, bei mir ist es nicht anders. Also, warum bleiben wir wirklich?«

»Meine Mutter ist in London. Ich bin dort geboren und aufgewachsen. Meine Arbeit, na ja, die gibt's nicht mehr. Und jetzt, keine Ahnung.«

»Die Welt ist groß und gleichzeitig klein. Wir sehnen uns nach Abwechslung und einer großen Palette von Chancen und Angeboten und nehmen sie dennoch zu wenig wahr. Ziehen uns stattdessen in unseren vertrauten und gleichzeitig begrenzten privaten Bereich zurück, weil wir im Grunde unseres Herzens nicht polyglott sind. Ich glaube, das ist letztlich unser Dilemma«, schloss Dr. Max.

Annie nickte. Momentan war sie restlos glücklich. Sie befand sich im schönsten Teil dieses Landes mit einer guten Freundin im Obergeschoss, gutem Essen im Magen und einem guten, etwas verlotterten Mann zu ihren Füßen. Er saß so nah, dass sie ihren Arm hätte ausstrecken und seinen Kopf streicheln können.

»Annie?«

»Hm?«

»Hast du eigentlich mal darüber nachgedacht, wie es weitergeht … Ich meine danach?«

»Danach?«, sagte sie automatisch, obwohl sie wusste, worauf er abzielte.

»Polly. Sie mag ja die Hänge heruntergefahren sein, trotzdem ist sie immer noch todkrank. Das hier ist ein letztes Aufbäumen. Also, was hast du danach vor?«

Sie seufzte. »Wenn ich das wüsste. Polly hat gewissermaßen eine Granate in mein Leben geworfen. Ich werde mir einen neuen Job suchen müssen und eine Unterbringung für meine Mutter.«

»Das müsste nicht in London sein, oder?«

»Nein, ein billigerer Ort wäre sicher besser. Und wo ich einen Job finde, steht in den Sternen.«

Er hob das Glas an seine Lippen, hatte das Gesicht abgewandt und blickte ins Feuer. Auf einmal hatte sie den Eindruck, dass er kurz davorstand, etwas Wichtiges zu sagen. Ihre Schultern verspannten sich.

»Na ja, vielleicht …«

»Ich störe hoffentlich nicht, oder?«, unterbrach Polly sie von der Tür aus.

Enttäuscht sank Annie in sich zusammen. »Natürlich nicht. Gehst du jetzt ins Bett?«

Polly trug einen flauschigen Fleecepyjama mit Herzen drauf, der nicht zu verbergen vermochte, wie dünn sie war, wie ausgemergelt. Doch ihr Kinn war energisch vorgereckt, und ihre Augen strahlten.

»Max, könnte ich kurz mit Annie sprechen? Unter vier Augen?«

»Klar. Ich gehe derweilen raus und schau mal, wo die Jungs abgeblieben sind.«

Polly kam herüber, setzte sich an die Stelle, wo er gehockt hatte, und zog die Beine an. Sie griff nach seinem Glas und trank den letzten Schluck, was Annie irgendwie störte – sie selbst würde nie aus einem benutzten Glas trinken.

»Igitt.« Polly schüttelte sich. »Wie kann man so was bloß trinken?«

»Was wolltest du mit mir besprechen?«

»Du weißt ja, dass morgen unser letzter Tag ist.«

»Sicher weiß ich das.« Annie seufzte. »Leider muss ich zurück, schon wegen meiner Mutter.«

»Genau darüber wollte ich mit dir reden.« Polly hielt das leere Glas hoch und inspizierte blinzelnd die letzten Tropfen, die an der Innenseite herunterperlten. »Wie Tränen«, sagte sie und schaute Annie an. »Was, wenn es da noch jemanden gäbe, der dich entlasten könnte?«

»Wie meinst du das?«

»Sei nicht sauer auf mich«, bat Polly sie und lächelte geheimnisvoll.

»Ich werde mir Mühe geben. Also? Was ist es?«

»Als du mir das erste Mal von deinem Vater erzählt hast, dass du ihn nie kennengelernt hast und so weiter, fand ich das schrecklich schade. Nicht zuletzt angesichts der Tatsache, dass du auf gewisse Weise jetzt ebenfalls deine Mum verloren hast. Ich möchte nicht, dass du alleine bist. Deswegen habe ich es getan. Ich hoffe, du verstehst mich.«

»Was hast du getan?«, stieß Annie alarmiert hervor.

»Na ja, ich habe nach deinem Dad gesucht«, meinte Polly recht beiläufig.

»Du hast *was*? Oh mein Gott, was soll das?«

330

»Damit du nicht allein bleibst. Schau, Annie, wir hatten viel Spaß, oder? Aber ich werde nicht mehr lange da sein. Und was wirst du dann tun? Dich wieder in deine Wohnung verkriechen, mit deiner armen Mum, die nicht weiß, wer du bist? Mike und Jane online stalken? Nie ausgehen? Ich will nicht, dass du so endest.«

Annie war sprachlos. »Ich bin kein Kind, Polly, und kann durchaus auf mich selbst aufpassen.«

»Wirklich? Bevor wir uns kennenlernten, schienst du das nicht besonders gut auf die Reihe gekriegt zu haben.«

*Sie stirbt, sie stirbt,* schoss es Annie durch den Kopf.

»Du hast also meinen Dad gesucht. Hast du ihn ... ausfindig gemacht?«

»Oh ja. Über das Wählerverzeichnis war das ganz einfach. Er lebt sogar hier in der Nähe, zumindest für schottische Verhältnisse.«

Mit einem Mal fiel es ihr wie Schuppen von den Augen. Ihre Mutter wusste, wo ihr verschollener Ehemann abgeblieben war, deshalb hatte sie *von Andrew sehen* geredet. Doch wie hatte sie davon erfahren?

»Deswegen dachte ich«, redete Polly weiter, »dass Max dich morgen hinfährt, während wir einen Spaziergang in der Stadt machen. Die Brennerei besichtigen und so.«

»Einfach so?«

Annie zögerte, sie bekam da gerade einen Vater serviert, den sie nie kennengelernt hatte und nie kennenlernen wollte.

»Ja, einfach so. Max wird dich bestimmt hinbringen.«

»Der Transport dürfte das geringste Problem bei dieser Geschichte sein«, gab sie sarkastisch zurück.

Polly runzelte die Stirn. »Was ist los? Freust du dich nicht?«

Nein, nicht wirklich. Überdies fand sie, dass Polly endgültig zu weit gegangen war. Es war eine Sache, sie umzustylen, sie immer wieder zu überreden, die Arbeit zu schwänzen, sie zu bizarren Tanzkursen und Achterbahnfahrten zu nötigen, aber ohne Absprache nach ihrem Vater zu suchen, das war schon heftig.

Bevor sie das jedoch klarstellen konnte, ging die Tür auf, und Costas und George brachten einen Schwall winterlich kalter Luft mit herein, ihre Mützen und Jacken waren mit Schnee gepudert.

»Wir haben Sterne gesehen, so viele Sterne«, verkündete Costas begeistert. »Die Kassiopeia, die Plejaden, alles Namen von den Griechen.«

»Behauptet er«, warf George grinsend ein. »Wenngleich ich keine Ahnung von Sternen habe – wow, das da draußen ist unglaublich. Nur Polarlichter haben wir keine gesehen, tut mir leid, Polly. Was ist los mit euch beiden?«

## Tag 58: Finde zu deinen Wurzeln

»Warum hältst du an?«, fragte sie nervös.

Der Motor war aus und das Radio abrupt verstummt.

»Weil«, sagte Max, »wir am Ziel sind.«

Panik durchfuhr sie. »Bist du sicher? Das Navi ...«

»Ich bin sicher. Es ist das einzige Haus in der Straße.«

Straße war zu viel gesagt, eher handelte es sich um einen Schotterweg mit einem einsamen Haus. Hinter den Fenstern brannte Licht, denn es war den ganzen Tag über nicht richtig hell geworden.

Annie wischte ein Guckloch in die beschlagene Scheibe. Das Haus ihres Vaters.

Sie holte tief Luft. »Dann muss ich es wohl tun.«

»Solltest du, immerhin sind wir zweihundert Meilen gefahren, um hierherzukommen.«

»Und das in einem Schneesturm.«

»Das war doch kein Schneesturm, höchstens ein kleines Gestöber.«

Ein kleines Gestöber! Annie musste lachen. Der Himmel war voller dicker Wolken, aus denen Schnee in weißen, schweren Flocken herabfiel und den Wagen bedeckte. Und dieser Schotte bezeichnete das als kleines Gestöber.

»Ich wette, er ist es sowieso nicht, sondern ein ganz anderer Andrew Clarke. Ist ja nicht unbedingt ein seltener Name.«

»Möglich«, räumte er ein. »Ich warte besser im Wagen. Melde dich einfach, falls du mich brauchst.«

»Wirst du dich nicht zu Tode frieren?«

Er winkte ab. »Erstens ist es nicht kalt, zweitens kann ich immer noch den Motor anstellen.« Er holte ein Buch heraus.

»*Spieler*? Von Jilly Cooper?«

Er blickte verlegen drein. »Ich bin vor Jahren über ihre Bücher gestolpert, als ich noch Assistenzarzt war. Man hat nur wenig Zeit zum Lesen, also braucht man etwas Packendes, das man zwischendrin weglegen kann. Außerdem hat mir der Glanz und Glamour gefallen. Du weißt schon, eine Welt, in der nicht alles mit Kotze und Blut bedeckt ist und in der nicht ständig gestorben wird.« Er klappte das Buch auf. »Und jetzt geh, lass mich lesen. Ich bin gerade bei einer Stelle, wo zwei kurz davor sind, in einem Pferdetransporter zu poppen.«

Als Annie die Wagentür öffnete, schlug ihr ein Schwall frostiger Luft entgegen, und Flocken, teils Schnee, teils Eis, peitschten ihr ins Gesicht.

»Gott, das ist ja saukalt.«

In ihrem Magen herrschte ein ähnlich aufgeregtes Gestöber. Wie würde ihr Vater reagieren, sofern er es wirklich war. Was tat sie da? Der Mann hatte seine kleine Familie verlassen, als sie zwei Tage alt war. Zu früh, um sie jemals gewickelt oder gebadet zu haben. Die Frage, ob er sie geliebt hatte, erübrigte sich eigentlich. Wie konnte sie unter diesen Voraussetzungen einfach an seiner Tür klingeln, sich mit einem Lächeln vorstellen und ihn fragen, warum er fünfunddreißig Jahre lang kein Interesse an seiner Tochter gezeigt hatte?

Am liebsten hätte sie auf der Stelle kehrtgemacht und sich zu Max und seiner Schmonzette ins Auto geflüchtet, was indes angesichts des ganzen Aufwands mehr als feige und unfair wäre. Also setzte Annie ihren Weg über den knirschenden Schnee zur Haustür fort und klingelte. Niemand öffnete. Erleichterung durchströmte sie. Bestimmt war, wer immer hier wohnte, unterwegs und hatte versehentlich das Licht angelassen …

»Hallo?« Die Tür öffnete sich einen winzigen Spalt – gerade so weit, dass das Gesicht einer Frau mit großer Brille zu erkennen war.

»Äh …« Annies Kopf war wie leer gefegt.

»Wir kaufen nichts, da hängt ein Schild …«

»Nein, nein. Deswegen bin ich nicht hier. Tut mir leid, ich weiß nicht, wie ich das …« *Atmen, Annie, tief einatmen*, sagte sie sich und dachte an Polly, die bei ihrem Anblick die Augen verdrehen würde. *Gib dir Mühe, nicht wie eine komplette Irre rüberzukommen.* »Mein Name ist Annie Hebden«, brachte sie schließlich heraus. »Ursprünglich Annie Clarke.«

Schweigen.

»Ich möchte Sie nicht stören«, fuhr sie fort, »es ist nur so, dass ich jemanden suche, einen Andrew Clarke …«

Die Sicherheitskette rasselte, dann ging die Tür auf. Die Frau vor ihr war etwa fünfzig Jahre alt, hatte langes graues Haar und trug einen Cardigan und Jeans.

»Komm herein.«

»Aber …«

»Ich weiß, wer du bist, also rein mit dir.«

Welch unerwarteter Empfang! Erleichtert folgte Annie der Frau in die Küche, die wohlig warm war. Holzscheite prasselten im Kamin, und der Tisch war mit grauen Schüsseln und bunten Wassergläsern für das Abendessen gedeckt. Ein junges Mädchen mit gelangweiltem Gesichtsausdruck saß eingekuschelt auf dem Sofa vor dem Fernseher und blickte die Besucherin neugierig an. Alles erweckte den Eindruck einer glücklichen Familie. Annie musste an ihre Mutter denken, und plötzlich fühlte es sich wie Verrat an, überhaupt hier zu sein.

»Mach das bitte aus, Morag«, forderte die Frau ihre Tochter auf, denn das musste sie, der Ähnlichkeit nach zu urteilen, sein. »Kann ich dir eine Tasse Tee anbieten?«, wandte sie sich sodann an Annie.

»Ja gerne, mit Milch bitte.«

»Morag, setz Wasser auf.«

Das Mädchen, das ein schwarzes Nirvana-T-Shirt und modisch zerrissene Jeans trug, stieß einen dramatischen Seufzer aus, stakste zur Küchenzeile und schaltete den Wasserkocher an. Als sie an ihr vorbeiging, durchfuhr es Annie wie ein Blitz: Das Mädchen hatte genau die gleichen blauen Augen wie sie.

»Setz dich doch.« Die Frau klopfte mit der flachen Hand auf das Sofa, das weich und einladend wirkte. Annie setzte sich. Auf dem Fernseher stand ein gerahmtes Familienfoto, Einzelheiten ließen sich aus der Entfernung nicht ausmachen. »Schön, dass du gekommen bist.«

»Woher wissen Sie von mir? Ich habe keine Ahnung …«

»Ich dachte, du wüsstest Bescheid. Ich bin Sarah, und das maulige Mädchen da drüben ist Morag.«

»Wundern Sie sich nicht, dass ich einfach so hereinschneie?«

»Nein, Liebes, ehrlich gesagt, haben wir gehofft, du würdest eher kommen. Vermutlich warst du zu beschäftigt in London.«

Die Frau hatte eindeutig einen gewaltigen Informationsvorsprung. Woher wusste sie, dass sie in London lebte, und wieso hatte sie mit ihrem Kommen gerechnet?

»Die Sache ist die, ich suche, wie gesagt, einen Mann namens Andrew Clarke. Lebt er hier?«

Sarah blinzelte angestrengt, sah zu Morag hinüber, schien sich mit dem Mädchen stumm zu verständigen, bevor sie einen Seufzer ausstieß.

»Liebes. Du weißt es nicht, nicht wahr?«

»Was weiß ich nicht?«

Ein unbehagliches Gefühl ergriff von ihr Besitz, und sie fragte sich, was jetzt wohl kommen würde.

»Nun, du fragst an der richtigen Stelle nach, aber Andrew, dein Vater, ist vor zwei Jahren von uns gegangen.«

Die Worte rauschten an ihr vorbei, ohne dass sie ihre Bedeutung wirklich erfasste. Dafür stieß Morag ein ersticktes Schluchzen aus und stürzte aus dem Raum.

»Armes Ding. Sie stand ihrem Papa sehr nahe.«

*Papa.* Annie versetzte es einen Stich. Obwohl sie ihn nie kennenlernen wollte, nie nach ihm gesucht hatte, beneidete sie jetzt Morag, die um ihren Papa weinte. Um den Mann, der genauso ihr Vater gewesen war.

»Eine Freundin von mir hat ihn für mich ausfindig gemacht, ich habe das irgendwie nie versucht und vermutlich trotzdem darunter gelitten, dass ich ihn nicht kannte. Und da wir gerade zufällig in Schottland sind, gab sie mir diese Adresse ...«

»Mit anderen Worten: Du weißt im Grunde rein gar nichts? Herrgott, was hat sich deine Mutter bloß dabei gedacht? Ich habe ihr geschrieben, als er krank wurde. Weil ich fand, dass ihr beide Bescheid wissen solltet. Offensichtlich hat sie es dir verschwiegen.«

»Meiner Mutter geht es nicht gut. Sie ... ist manchmal etwas verwirrt. Okay, sie ist fortgeschritten dement. Komischerweise hat sie in letzter Zeit immer mal wieder seinen Namen genannt – allerdings kramt sie auch andere Leute aus ihrer Jugend aus. Wenn ich es recht verstehe, hat sie auf den Brief nicht geantwortet.«

»Doch, hat sie. Sogar sehr ausführlich. Sie erzählte, was du so machst, dass du verheiratet bist und ein Baby bekommen hast. Einen kleinen Jungen. Sie wollte, dass Andrew es erfuhr.« Erneut durchzuckte es sie schmerzhaft. »Er hat sich so gefreut, denn er wollte seit Jahren Kontakt mit dir aufnehmen. Seit Morag auf die Welt gekommen war, dachte er verstärkt an seine große Tochter. Dennoch brachte er den Mut nicht auf, Kontakt zu deiner Mutter aufzunehmen. Dann, als er krank wurde, hoffte er, ihr würdet euch melden.«

Annie schüttelte langsam den Kopf. »Sie war damals schon nicht mehr sie selbst. Vielleicht hat sie es vergessen, ich weiß es nicht. Jedenfalls habe ich niemals von diesem Brief erfahren.«

Sarah sah sie bestürzt an. »Liebes, das tut mir leid, nur lässt sich nichts mehr ändern.«

Nein, das war wohl so. Jedenfalls musste Annie das Gehörte erst mal verarbeiten. Zu wissen, dass ihr Vater sie hatte sehen wollen, dass seine Frau ihrer Mutter geschrieben hatte, veränderte alles, und sie musste ihre Einstellung überdenken. Dazu brauchte sie Ruhe, musste wieder zu sich kommen, musste weg von hier. Sie warf beinahe ihren Stuhl um, als sie hastig aufsprang und mit einem flüchtigen Abschiedsgruß aus dem Haus stürzte.

Der Arzt öffnete ihr die Wagentür, merkte sogleich, dass es da drinnen nicht nach Wunsch gelaufen war.

»Er ist tot. Er ist tot, Max. Mein Vater ist tot«, rief sie immer wieder, bis sie hemmungslos zu schluchzen begann.

Annie bekam alles lediglich wie durch einen Nebel mit. Das Knistern des Feuers und seine Wärme. Sarah und Max in der Küche, die auf Schottisch leise etwas murmelten. Das Blubbern des Wasserkochers, das Klirren von Tassen. Er hatte, soweit Annie mitbekam, ihre Situation geschildert, die Belastungen durch die Krankheit ihrer Mutter, das traumatische Erlebnis von Jacobs Tod, um ihren Zusammenbruch zu erklären.

Sarah war ihr nach draußen gefolgt und hatte sie beide ins

Haus geholt. Jetzt schob sie ihr einen Becher mit Tee hin. »Trink das, es wird dir guttun nach dem Schock.«

Annie schluchzte noch immer. »Ich habe mir all die Jahre eingeredet, dass ich meinen Vater hasse. Dabei habe ich mir im Grunde meines Herzens gewünscht, ihn kennenzulernen – und jetzt, wo ich dachte, es sei so weit, ist es zu spät. Das ist bitter.«

»Er wusste, dass er dir Unrecht getan hat. Jahrelang habe ich versucht, ihn dazu zu bringen, dir zu schreiben, leider vergeblich. Ich glaube, er schämte sich zu sehr.«

Annie verspürte einen dumpfen Schlag in ihrem Inneren, und sie wusste, dass der richtige Schmerz erst noch kommen würde. Wieder einmal musste sie verkraften, was *zu spät* und *nie wieder* bedeutete. Es war die brutale Endgültigkeit des Todes. Nichts ließ sich mehr nachholen, nichts wiedergutmachen. Polly hatte das ganz klar erkannt und versuchte deshalb, noch so vieles zu tun, bevor es zu spät war für sie. Sobald sie fort wäre, würde es sein, als hätte es sie niemals gegeben.

Annie trank einen Schluck Tee. »Es tut mir leid, Sarah. Wenn ich das gewusst hätte, wäre ich nicht gekommen.«

»Unsinn, wir wollten ja, dass du kommst. Ich habe euch sogar den Termin der Beerdigung mitgeteilt.«

Nichts hatte sie erfahren. Wenn sie ihn vor seinem Tod hätte treffen können, wäre vieles anders gelaufen, und vielleicht hätte sie ihm womöglich vergeben können, dass er sie und Maureen sitzen gelassen hatte. In ihrem Kopf wirbelten die Emotionen wild durcheinander – so wild wie der Schneesturm, der draußen tobte.

Morag kam zurück ins Zimmer geschlichen, die Augen gerötet. »Also bist du jetzt so was wie meine Schwester?«, flüsterte sie.

»Ja, ich schätze schon, genau genommen deine Halbschwester.« Es war so seltsam. Ein Leben lang ein vaterloses Einzelkind zu sein, und plötzlich stand da dieses Mädchen, diese Schwester, die der unbekannte Vater ihr beschert hatte.

»Wie alt bist du?«

»Fünfzehn.« Widerstrebend huschte ihr Blick zu Annie. »Und du?«

»Viel älter. Fünfunddreißig.«

Also war sie zwanzig gewesen und bereits mit Mike zusammen gewesen, als dieses Mädchen auf die Welt kam. Morag hätte das Blumenmädchen auf ihrer Hochzeit sein können. Aber nein, hätte sie nicht. All diese Fragen, was unter anderen Umständen gewesen wäre, führten zu nichts. Das taten sie nie.

Morag beugte sich ein Stück vor und dämpfte die Stimme. »Ist das dein Mann? Oder dein Verlobter oder so?«

»Dr. Max? Oh nein. Nein, nichts von alldem. Er ist ein guter Freund.«

Sie blickte zur Küche, wo er mit Bechern und Löffeln herumhantierte, als würde er im OP-Saal stehen. Sein Haar war feucht vom Schnee und wie immer unordentlich, sein grauer Fleecepulli alt und abgewetzt.

Sie würde Zeit brauchen, ihrer neuen Familie alles zu erklären. Dass sie einst verheiratet gewesen war, dass sie keinen Mann mehr hatte, dass ihr Sohn tot war. In diesem Moment traf sie die Erkenntnis, dass Jacob ebenfalls Teil dieser Familie gewesen war. Als Andrews Enkel und Morags Neffe. Auch hier würde es nie ein Kennenlernen geben. Erneut wurde Annie von einer Welle der Trauer erfasst. Unwillkürlich fragte sie sich, ob sie sonst noch was von ihm geerbt hatte außer den blauen Augen und der Unfähigkeit, eine Ehe und ein Arbeitsverhältnis aufrechtzuerhalten. Zumindest hatte Maureen ihn so beschrieben. Andererseits war er bei Sarah und Morag geblieben. Bis zu seinem Tod.

Der Gedanke, dass ihr Vater dieses andere Leben vorgezogen hatte, diese andere Familie, dieses andere Kind – dieser Gedanke schmerzte insbesondere deshalb, weil sie inzwischen niemanden mehr hatte. Er war tot, ihre Mutter in der Dunkelheit verloren. Und Polly? Bald würde Polly ebenfalls fort sein.

Zitternd stand sie auf. »Es tut mir leid«, sagte sie. »Ich denke, wir sollten besser gehen.«

Sarah schien enttäuscht. »Oh Liebes! Ich dachte, ihr bleibt zum Abendessen? Ihr könnt gerne außerdem hier übernachten. Das Wetter lädt nicht gerade zu einer langen Autofahrt ein.«

»Nein, das geht nicht. Leider. Unsere, meine Freundin ist krank, außerdem müssen wir morgen früh abreisen.«

»Bist du sicher?« Max hatte sich ein geblümtes Geschirrtuch über die Schulter geworfen. »Es ist wirklich kein Problem, noch eine Weile länger hierzubleiben. Polly wird mich nicht ausgerechnet jetzt branddringend brauchen.«

Warum kapierte er nicht, dass sie wegwollte? »Nein. Wir sollten gehen, ich muss das Ganze erst mal überschlafen.«

Sehr viel später, zu einer unchristlichen Uhrzeit, wie Max es ausdrückte, hielt der Wagen vor dem Tor seines Elternhauses. Es war kalt und unheimlich still, kein Windhauch rührte sich.

Annie war müde, ihre Augen brannten. Sie hatten die gesamte Fahrt über nicht gesprochen, während sie durch die Hügel rollten und die Scheinwerfer die Augen der nachtaktiven Tiere aufglühen ließen.

»Du weißt, dass wir hätten bleiben können«, sagte er, als er den Motor ausmachte.

Er war enttäuscht von ihr, das spürte sie, und sie wusste, dass sie sich unmöglich benommen hatte, peinlich geradezu.

»Es war ein bisschen viel auf einmal«, versuchte sie sich zu verteidigen. »Erst erfahre ich, dass mein Vater lebt, um dann zu hören, dass er tot ist. Und rate mal, was noch? Er wollte mich treffen, Sarah hatte Kontakt zu meiner Mutter aufgenommen, und die hat ihr sogar zurückgeschrieben. Ohne mir ein Sterbenswort davon zu sagen. Warum sie das tat, dieses Geheimnis wird sie vermutlich mit ins Grab nehmen. Ach ja, die Tatsache, dass ich plötzlich eine Schwester habe, von der ich nichts wusste, will desgleichen verdaut werden.«

»Ich weiß, ich weiß, dass es ziemlich heftig war. Aber sie haben sich so um dich bemüht, und du servierst sie ziemlich unfreundlich ab. Nichts von alldem war schließlich ihre Schuld.«

»Okay, und genauso wenig ist es deine Angelegenheit.«

Er schwieg einen Moment. »Ja, das gibst du mir deutlich genug zu verstehen.«

»Hör zu, ich bin dir wirklich dankbar, dass du mich gefahren hast, doch jetzt muss ich erst mal mit mir selbst klarkommen. Mit all diesen widersprüchlichen Gefühlen. Und weißt du, was mir besonders zusetzt? Dass in meinem Leben nie etwas funktioniert. Statt meinen Vater kennenzulernen, erfahre ich, dass er vor zwei Jahren gestorben ist. Bei mir ist immer alles zu spät.«

»Annie, ich weiß, dass dir wirklich schlimme Dinge widerfahren sind, nur bist du nicht die Einzige, die so etwas bewältigen muss, vergiss das nicht. Denk an Pollys Familie. Nicht mehr lange, und sie werden keine Tochter und Schwester mehr haben. Seit Monaten haben sie das vor Augen. Oder Dr. Quarani – er kam über ein Arbeitsvisum hierher, seine Schwester hingegen sitzt mit zwei kleinen Kindern in Aleppo fest und fürchtet täglich um ihr Leben. Ihr Foto steht auf seinem Schreibtisch, vielleicht hast du es gesehen. Seit Monaten bemüht er sich vergeblich, sie rauszubekommen. Von seinem Bruder fehlt jede Nachricht. Meinst du, das ist leicht für ihn? Hinzu kommt, dass er in diesem Land nicht unbedingt willkommen ist, obwohl er sich halb tot arbeitet, um Leben zu retten. Diese Menschen haben genauso ihr Päckchen zu tragen wie du.«

Beschämt senkte sie den Kopf. »Du hast recht, und das mit der Familie deines Kollegen habe ich nicht mal geahnt.«

»Entschuldige, ich will dir kein schlechtes Gewissen machen, so sind nun mal die Fakten.«

Schweigend saßen sie in der Stille des Wagens, der langsam zuschneite. Annie wischte sich mit den Händen die Tränen aus den Augen.

»Das ist wirklich furchtbar für Dr. Quarani. Er muss ja ganz krank sein vor Sorge.«

»Ist er, das Leben in Syrien ist nun mal schrecklich. Erzähl es bitte nicht Polly, sonst versucht sie am Ende noch, eine obskure Rettungsmission zu organisieren.«

Annie sah, dass nach wie vor Licht im Wohnzimmer brannte. »Versprochen, lass uns jetzt reingehen. Danke noch mal, dass du mich gefahren hast.«

»Kein Problem. Und du denk darüber nach, mit Sarah oder Morag Kontakt aufzunehmen, sobald du den Schock überwunden hast.«

Sie nickte. »Vielleicht später. Zunächst muss ich vor allem erst mal schlafen. Ich bin hundemüde, und dir geht es sicher nicht anders.«

Drinnen schlug ihnen die Hitze entgegen wie eine Feuerwand. Polly lag in eine dicke Decke gewickelt auf dem Sofa, ihre Skimütze auf dem Kopf. Buster schlummerte in ihrer Armbeuge. Im Raum waren bestimmt dreißig Grad, trotzdem fror sie. Kein gutes Zeichen. Ihre bläulichen Augenlider flatterten, als sie eintraten.

»Oh, da seid ihr ja. Und wie war's?«

»Lief nicht unbedingt nach Plan«, sagte Annie zurückhaltend.

»Warum nicht? Wegen dem Wetter? Dachte, es würde alles wie am Schnürchen laufen mit eurrren famosen Schneerrreifen«, versuchte sie den schottischen Akzent zu imitieren.

»Annie hat eine schlechte Nachricht erhalten«, erklärte Dr. Max. »Vielleicht solltest du nicht ...«

»Was ist denn jetzt wieder passiert?«, fragte Polly und gähnte demonstrativ, was Annie prompt kränkte.

Wollte sie damit etwa zum Ausdruck bringen, dass Annie ständig Gründe fand, um traurig zu sein?

»Mein Vater ist tot, das ist passiert«, erwiderte sie spitz. »Er ist vor zwei Jahren verstorben.«

»Oh Gott! Annie, tut mir leid. Das ist echt mies.«

»Ja. Außerdem habe ich eine Halbschwester, von der ich natürlich nichts wusste.« Sie spürte, wie ihre Stimme zitterte. »Sie ist fünfzehn.«

»Das ist wiederum super.« Polly strahlte, als hätte sie einen absoluten Volltreffer gelandet. »Eine Schwester! Welch ein Glück, dass ich nach deinem Vater geforscht habe.«

Annies Hände verkrampften sich. »Dennoch musst du einsehen, dass du so was nicht über meinen Kopf tun durftest.«

»Von dir aus hättest du ja nie etwas unternommen. Du hast viel zu viel Angst vor allem und jedem, stimmt's?«, wandte Polly sich an Max, der die Vorhänge schloss und das Kamingitter vorschob.

»Lasst mich da raus«, beschied er sie knapp.

»Und wenn schon, was dann?«, giftete Annie sie an. »Es ist und bleibt meine Sache. Du kannst nicht jeden Aspekt meines Lebens kontrollieren, nicht einfach entscheiden, wann es an der Zeit ist, meinen Vater kennenzulernen oder herauszufinden, dass ich eine Schwester habe. Sie hatte ihn ihr ganzes

Leben, und ich habe ihn nicht einmal gekannt. Wie bitte soll ich damit umgehen?«

Polly verdrehte die Augen. »Ach, Annie. Du legst es wirklich darauf an, dich ständig mies zu fühlen. Du warst traurig, dass du keine Familie mehr hast, und jetzt akzeptierst du deine Schwester nicht, weil du ihr das Leben mit deinem Vater missgönnst. Und das im Nachhinein. Ernstlich, das ist völlig krank.«

»Findest du? Ich finde es krank, dass du uns alle herumschubst, wie es dir beliebt, und uns vorzuschreiben versuchst, wie wir leben, was wir tun und was wir anziehen sollen.«

»Hör bitte auf«, mischte sich Dr. Max jetzt ein, der befürchtete, dass seine Patientin sich zu sehr aufregte.

Annie jedoch ließ nicht locker, war nicht zu bremsen. »Gib's zu, du bist meiner Meinung«, suchte sie ungeachtet der Zurechtweisung die Unterstützung des Arztes. »Du weißt genau wie ich, dass sie sich ständig in alles einmischt, hast du selbst gesagt. Und dass sie labil ist«, regte sie sich weiter auf. »Ich reise ab«, fügte sie gekränkt hinzu. »Gleich morgen früh.«

»Wir reisen morgen alle ab, Annie«, versetzte Polly gedehnt. »Sei nicht so pathetisch!«

»Ich fahre alleine, und zwar mit dem Zug.«

»Na schön. Wenn du mich im Stich lassen willst, wenngleich ich krank bin«, spielte die Freundin ihre Krebskarte aus, die diesmal indes nicht zog.

»Du hast deinen Bruder und deinen Neurologen, der übrigens gerade deshalb keine anderen Leben rettet, weil er dir diese Fahrt nach Schottland ermöglichen wollte«, gab Annie brutal zurück. »Du siehst, letztendlich geht es immer allein um dich.«

In diesem Augenblick verlor Polly die Nerven. »Ist das denn zu viel verlangt, wenn einem lumpige drei Monate geblieben sind, um noch Dinge zu tun, die man sich wünscht oder die einem am Herzen liegen? Diese Krankheit hat mir so viel genommen. Meinen Job. Meine Freunde. Mein Haar. Meine Würde. Mein gewohntes Leben. Ich kann nicht essen, kann nicht schlafen, und niemand schaut mich mehr an, außer um zu sehen, ob ich bald sterbe, oder um Nadeln in mich reinzustecken. Ich habe nichts, und du gönnst mir nicht einmal die paar Tage Aufmerksamkeit? Herrje, Annie. Ich dachte, wir seien Freundinnen.«

Annie schluckte, denn es fiel ihr schwer, hart zu bleiben. »Nein, so läuft das nicht. Freundinnen schubsen einander nicht rum oder behandeln sie wie Marionetten, bei denen man die Strippen zieht.«

Polly lachte. Es war ein harsches, bitteres Lachen. »Du vergisst da so einiges, Annie. Wo wärst du wohl heute, wenn ich dich nicht geschubst hätte? Säßest nach wie vor deprimiert in diesem Büro und würdest jeden einzelnen Tag deines Lebens hassen. Dich in Selbstmitleid suhlen und dein Leben vergeuden. Du hast ja keine Ahnung, was für ein Glück du hattest! Ohne mich hättest du dich nie aus diesem Schlamassel befreit.«

»Wie meinst du das?«, hakte Annie misstrauisch nach, und dann dämmerte ihr, worauf sie anspielte. Polly hatte Jeff die Information über das YouTube-Video zugespielt, ihm den Link geschickt. Er selbst hätte es nie entdeckt, genauso wenig wie Sharon. »Sag, dass du das nicht getan hast! Warst du wirklich diejenige, die dafür gesorgt hat, dass ich gefeuert wurde?«

Polly zuckte die Achseln. »Du wurdest nicht gefeuert, du hast gekündigt. Und wenn, jemand musste es tun. Du warst dabei durchzudrehen in diesem Büro. Ich habe dir lediglich einen kleinen Stoß verpasst.«

»Du hast dafür gesorgt, dass ich meinen Job verliere«,

geriet Annie vollends in Rage. »Wie konntest du das tun? Unfassbar. Du bist der selbstsüchtigste Mensch auf diesem Planeten.«

»Gut«, sagte Polly, »denn genau das möchte ich sein. Wenigstens werden sich die Leute deswegen mal an mich erinnern, wenn ich weg bin.«

Annie spürte Max' Hand auf ihrem Arm. Nicht sanft, liebevoll oder tröstend, nein, streng und warnend. »Ich denke, ihr solltet jetzt aufhören. Geht ins Bett, und zwar beide.«

»Glaubt ja nicht, ich würde nicht sehen, wie ihr einander schöne Augen macht«, räsonierte Polly verärgert. »Mein Tod zahlt sich prächtig für euch aus. Ja, nur zu, verliebt euch über meine Leiche hinweg. Das ist *nicht fair*. Alle dürfen mit ihrem Leben weitermachen, bloß ich werde fort sein. Tot, für immer!«

»Schluss jetzt«, donnerte der Arzt, dem das alles langsam über den Kopf wuchs. »Ihr benehmt euch wie Kinder, alle beide. Jetzt geht schlafen, wir klären das morgen.«

»Auf mich müsst ihr verzichten«, erklärte Annie von oben herab. »Ich reise so früh wie möglich ab. Schließlich habe ich noch ein Leben, das auf mich wartet, und einen Job, den ich finden muss. Dafür kann ich mich bei ihr bedanken.«

## Tag 59: Verreise

»Meine Damen und Herren, wir entschuldigen uns für die Verzögerung aufgrund von … Kühen auf den Gleisen.«

Ein kollektives Stöhnen ertönte, als die Lautsprecherdurchsage erklang.

Annie hatte in Edinburgh keinen Sitzplatz in dem überfüllten Zug bekommen, und so war sie gezwungen, bis Doncaster auf ihrem Koffer in der Nähe der Toiletten zu hocken, während die Leute sich an ihr vorbeiquetschten und ihr penetrant der Gestank nach Bleichmittel und Pisse in die Nase stieg.

Die mit so viel Euphorie gestartete Reise hatte sich in einen einzigen Albtraum verkehrt.

Und in London wartete eine leere, feuchte Wohnung auf sie. Und Einsamkeit, denn Costas würde mit George und Buster noch ein paar Tage in Schottland bleiben. So oft hatte sie ihren Untermieter ans andere Ende der Welt gewünscht, jetzt würde sie sein Geträller im Nebenzimmer vermissen. Der Besuch bei ihrer Mutter im Krankenhaus dürfte, sofern kein Wunder geschah, ihre einzige Abwechslung sein.

Schwer lag ihr auf der Seele, wie sie Polly aus dem Weg gehen sollte. Seit sie wieder mobil war, würde das nicht so einfach sein. Es war nicht fair, dachte Annie voller Bitterkeit. Polly kriegte sogar ihr Sterben besser auf die Reihe als sie ihr Leben. Beliebt, cool und umtriebig, wie sie war, machte sie die Welt mit jedem ihrer noch verbleibenden Tage zu einem besseren oder zumindest angenehmeren Ort. Wohingegen sie selbst um sich herum Chaos und Unfrieden stiftete. Sie würde immer mehr vereinsamen. Eine traurige alte Jungfer ohne Halt und ohne Wurzeln. Verwaist. Geschieden. Annie spürte eine überwältigende Welle von Traurigkeit, Hoffnungslosigkeit und Selbstmitleid in sich aufsteigen.

»Alles in Ordnung mit Ihnen?« Eine ältere Dame blickte sie über den Rand ihrer Frauenzeitschrift hinweg an.

Normalerweise würde sie jetzt einfach gesagt haben, alles okay, oder sie hätte sich mit Kopfschmerzen oder Heuschnupfen herausgeredet. Diesmal nicht.

Stattdessen begann sie zu schluchzen und stammelte: »Ich bin so traurig. Einfach *traurig*.«

»Oh meine Liebe, was ist denn los?«

Wie sollte sie das alles erklären?

»Meine ... Meine beste Freundin stirbt«, flüsterte sie und brach endgültig zusammen, wurde zu einem Häufchen Elend, das Rotz und Wasser heulte.

Alle waren so nett.

Die alte Dame, Patricia, erzählte ihr die Geschichte von ihrer besten Freundin, die im Jahr zuvor gestorben war: »Gott hab sie selig, immerhin hat sie vierundachtzig Jahre geschafft und war dennoch sauer, als ihr klar wurde, dass sie Wimbledon verpassen würde.«

Ein Soldat mit tätowierten Armen bot ihr seinen Sitzplatz an, und ein Student mit Dreadlocks holte ihr einen Tee aus dem Speisewagen, doch die nette Geste ließ sie bloß noch mehr heulen.

Plötzlich fiel ihr eine Szene aus einem alten Schwarz-Weiß-Film ein, den sie früher mal mit ihrer Mutter gesehen hatte. Es ging um ein Gespräch, dessen tieferer Sinn ihr bislang verborgen geblieben war. Zum ersten Mal verstand sie ihn in diesem Moment, als sie verzweifelt zwischen lauter unbekannten Menschen saß.

Ja, man riss sich gerne zusammen in Gegenwart der Menschen, die man kannte – was einem hingegen mitten ins Herz schnitt, war die Güte von Fremden.

## Tag 60: Nimm dir eine Auszeit

Da Costas vorerst nicht zurückkam, lief Annies erster Tag in London folgendermaßen ab:

11:00 – 13:38: Im Bett liegen und die modrigen Flecken an der Decke anstarren, im Geist immer wieder die Gespräche mit Polly durchspielen.

13:38 – 14:07: Gespräch mit Dr. Max rekapitulieren, Kopf ins Kissen drücken und laut stöhnen.

14:07 – 15:45: Überlegen, in den Supermarkt zu gehen, um Essen zu kaufen, dann darauf verzichten.

15:45 – 15:59: In der Küche nach was Essbarem stöbern, Stücke alten Brotes abreißen und in den Mund stopfen, eine ganze Tüte von Costas' Pistazien verschlingen, die Schalen überall auf dem Boden verstreuen, noch mehr weinen, weil er wahrscheinlich bald ausziehen würde und sie immer so gemein zu ihm war.

16:00 – 18:00: Weinend auf dem kalten Küchenboden liegen, dort eines von Busters zernagten, vollgesabberten Hundespielzeugen finden und weinen, weil sie zu ihm ebenfalls immer gemein gewesen war.

18:00 – 20:45: Bad einlassen, um sich aufzumuntern, dann trotzdem noch ein bisschen mehr weinen, im schmuddeligen Kühlschrank hinter schimmelnden Paprikaschoten eine Flasche Rosé ausfindig machen, sie im lauwarmen Badewasser komplett austrinken, liegen bleiben, heulen.

20:45 – 03:00: Alte *Grey's-Anatomy*-Folgen schauen, bei allen traurigen Szenen erneut weinen, ungefähr alle drei Minuten.

Tag 61: Auf die Gesundheit achten

Nächster Tag: das Gleiche.

Bis auf einen kurzen Ausflug zum Minimarkt unten an der Ecke, einem schmuddeligen Sozialhilfeempfängerlädchen, in dem Milch und Joghurt immer abgelaufen waren, um Rosé, Chips und Ben-&-Jerry's-Eis zu holen. Sich wünschen, Costas hätte Buster bei ihr gelassen, damit sie wenigstens jemanden zum Schmusen hätte. Für ein bisschen unvoreingenommene tierische Zuneigung würde sie jetzt mit Freuden sein Pipi aufwischen. Sie überlegte sogar, Polly anzurufen, um sich auszusprechen, bis ihr die bösen Worte: *dein Leben vergeuden, dich in Selbstmitleid suhlen* einfielen und ihr klar wurde, dass sie sich dem noch nicht stellen konnte.

## Tag 62: Den lokalen Einzelhandel unterstützen

»Tut mir leid. Kein Ben & Jerry's mehr da. Sie hab'n gestern den letzten Becher mitgenommen.«

»Was?« Annie sah sich panisch in dem unappetitlichen Laden mit den trashigen Zeitschriften und dem vom Lastwagen gefallenen Bier um. »Sie müssen doch was dahaben. Chunky Munky? Phish Food?«

»Wie ich bereits sagte, kein Ben & Jerry's mehr da. Wie wär's mit einem Carte d'or?«

»Welche Geschmacksrichtung?«

Er spähte in die Gefriertruhe. »Vanille.«

Sie biss sich auf die Lippe und gab sich größte Mühe, um nicht mitten im Laden loszuheulen. Auf ihrem Weg nach draußen – ohne Eiscreme, sie hatte schließlich ihren Stolz – erhaschte sie im Monitor der Überwachungskamera einen Blick auf sich selbst. Wirres, strohiges Haar, in dem etwas zu hängen schien, das verdächtig nach einer Pistazienschale aussah. Fettige, großporige Haut. Irrer Blick aus geschwollenen Augen.

Sie hätte selbst die Straßenseite gewechselt, um sich aus dem Weg zu gehen. Völlig deprimiert kehrte sie nach Hause zurück und legte sich wieder ins Bett und starrte beinahe eine Stunde ihr Handy an, ohne etwas zu tun. Polly würde sowieso nicht mit ihr sprechen wollen. Wenn dem so wäre, hätte sie angerufen.

*Sein Leben vergeuden. Sich in Selbstmitleid suhlen.* Wer wollte schon mit so jemandem befreundet sein?

## Tag 63: Erlerne eine neue Fertigkeit

»Das wird bestimmt witzig.«

Costas war endlich zurückgekommen, bis obenhin bepackt mit Shortbread und Haggis, das ihm offenbar mittlerweile schmeckte, und Zierkissen mit Schottenmuster. Buster sprang mit seinen tapsigen Pfoten an Annies Beinen hoch, und sie war so gerührt über seine Wiedersehensfreude, dass sie beinahe wieder weinen musste.

»Komm endlich, Annie. Du hast bestimmt nicht die Wohnung verlassen die ganze Zeit«, bettelte er.

»Doch, habe ich«, murmelte sie, »war mit Freunden von früher unterwegs. Ich brauche Polly nicht. Wie geht es ihr eigentlich?«

»Unverändert, glaube ich.«

»Hat sie gesagt, ob sie vielleicht ... Ach, egal. Es kümmert mich nicht.«

Er bedachte sie mit einem mitleidigen Blick. »Bitte, ich würde mich so sehr freuen, wenn du mitkommst heute Abend.«

»Da wimmelt es bestimmt so von Hipstern, diesen modebewussten Spießern mit Bärten und Karohemden.«

»Du warst mal da?«

»Nein, nein«, wehrte sie ab. »Lass es gut sein – jedenfalls will ich keinen Ukulelekurs machen. Ich kann ja nicht mal Blockflöte spielen.«

»Wird witzig, bestimmt. Wir lernen Lieder und spielen und singen. Nette Menschen. Netter Pub. Nette Musik. Netter Wein.«

Sie funkelte ihn entnervt an. »Hör auf. Ich mag nicht. Außerdem müsste ich erst mal duschen, Haare waschen, das ganze Programm ...«

»Echt, müsstest du«, erwiderte Costas naserümpfend, der definitiv bereits zu viel Zeit mit George verbracht hatte. »Dann beeil dich, ich dir auch spendiere Glas Wein.«

»Okay, na gut«, erwiderte sie. »Ein richtig großes Glas, hoffe ich.«

Eine halbe Stunde später verließen sie das Haus. Costas mit seinem Talent, immer das richtige Outfit zu wählen, hatte einen Pulli mit Pinguinen angezogen, während sie selbst wieder wie früher Schwarz in Schwarz ging. Wenigstens war sie frisch geduscht.

Als sie die Stufen zum Pub emporstiegen, verspürte sie die alte Nervosität, die Scheu, sich Fremden zu stellen. Am liebsten hätte sie direkt an der Tür kehrtgemacht, aber Costas stürmte voran und winkte den Anwesenden zu, die sich in einem Halbkreis versammelt hatten. Alle mit Ukulelen in den Händen. Pullis mit ironischen Statements schienen zur Uniform zu gehören.

»Hi, hallo, alle zusammen!« Costas besorgte ihnen zwei Stühle. »Das ist meine Freundin Annie.«

Sie brachte ein gequältes Lächeln zustande, als jemand ihr eine Ukulele in die Hände drückte und ihr einen Notenständer vor die Nase schob.

»Wir beginnen mit einem ganz einfachen Stück«, verkündete der Lehrer, ein Typ mit einem Vollbart, der ihm knapp bis zur Brustmitte reichte. Annie fragte sich, was Polly wohl dazu sagen würde. Sie versuchte, die Noten auf dem Ausdruck zu entziffern. *Over the Rainbow*. Natürlich. Judy Garland im *Zauberer von Oz*. Nur dass es in Annies Welt keine blauen Vögelchen gab und die Probleme nicht dahinschmolzen wie Zitronendrops. Sie fühlte sich eher wie die böse Hexe des Westens.

»Und? Hat dir gefallen der Abend mit kleiner Gitarre?«

»War gar nicht so schlecht«, räumte Annie ein. Eine Weile war sie vollauf damit beschäftigt gewesen, die richtigen Noten zu zupfen, und hatte dabei so gut wie alles andere vergessen. »Gehst du oft hin?«

»Außer ich muss zur Arbeit oder zum Basketball oder zu Schneiderkurs«, erwiderte er fröhlich. »Gibt so viel, was man kann machen in London.«

»Gefällt es dir hier inzwischen?«

»Manchmal, ganz am Anfang, ich war einsam. Vermisste meine Schwestern und meine Mama und griechisches Essen. Aber sind viele gute Cafés in Lewisham und viele spaßige Dinge, auch für Schwule. Leute haben nicht so viele Vorurteile.«

Annie hatte sich nie vorstellen können, dass er mit zweiundzwanzig ganz allein in ein fremdes Land gegangen war, dazu mit sehr rudimentären Sprachkenntnissen. Und jetzt: Er kannte mehr Leute und unternahm mehr als sie. Sie musste unbedingt etwas ändern, nahm sie sich mal wieder vor.

»Hast du Lust auf eine Pizza oder so?«, fragte sie zögernd. »Wir könnten uns unterwegs eine holen und zu Hause einen Film anschauen.« In der ganzen Zeit, die sie zusammen wohnten, hatte sie sich die größte Mühe gegeben, die Mauer zwischen ihnen aufrechtzuerhalten. Nie wäre sie auf die Idee gekommen, mit ihm fernzusehen, mit ihm auszugehen oder von seinem Essen zu probieren. Und jetzt musste sie feststellen, dass er einer der besten Freunde war, die sie hatte. Allerdings hatte sie kaum noch welche.

Costas' Gesicht leuchtete auf wie das eines kleinen Kindes. »Ich will auf Pizza bitte Peperoni. Und können wir vielleicht *Dirty Dancing* schauen?«

## Tag 64: Bring dich ein

»Komm schon, Buster. Bitte. Mach Pipi! Bitte!«

Buster wedelte eifrig mit seinem Schwanz, tapste dann aber davon, um an einer leeren Chipstüte zu schnüffeln. Annie schlotterte vor Kälte. Sie hatte zwar eine Jacke übergestreift, bevor sie ihn nach unten brachte, doch es war drei Uhr früh und ziemlich frisch. Außerdem fand sie die verwilderte Grünfläche zwischen den Hochhausblocks selbst bei Tag nicht sonderlich einladend, bei Nacht hingegen war sie geradezu Furcht einflößend.

»Komm, Buster, Leckerli«, lockte sie ihn. Der Welpe kam herüber und schleckte an ihrem Schuh. Annie seufzte. »Na schön, lass uns wieder reingehen.«

Sie trug ihn in den Aufzug und in die Wohnung zurück und schloss dankbar die Tür hinter sich. Costas war nicht daheim, er hatte Nachtschicht und bereitete sich wahrscheinlich gerade darauf vor, den ersten Pendlern Kaffee zu servieren. Was für ein Scheißjob. Wenigstens konnte sich Annie, jetzt da sie arbeitslos war, Vollzeit darum kümmern, im Bett herumzuliegen und sich elend zu fühlen.

Da sie ohnehin nicht mehr einschlafen konnte, schaltete sie den Wasserkocher an, um sich einen Tee aufzubrühen, und schnappte sich ihren Laptop. Mit einem unbehaglichen Gefühl klickte sie Pollys Facebookseite an, denn seit ihrem Trip nach Schottland gab es keine neuen Posts. Sie sollte sie anrufen. Schließlich war es unmöglich, sich mit einer Freundin zu entzweien, die nur noch wenige Wochen zu leben hatte. Jedes Mal aber, wenn sie nach dem Handy griff, fielen ihr Pollys verletzende Worte wieder ein, und sie machte einen Rückzieher. Sie ertrug den Gedanken nicht, womöglich zurückgewiesen zu werden, wenn sie den ersten Schritt tat.

Stattdessen klickte sie ein Jobportal an. Während sie durchscrollte, stellte sie fest, dass viele der Finanzverwaltungsjobs von Wohltätigkeitsorganisationen angeboten wurden. Schlecht bezahlt, doch wenigstens hatte man das Gefühl, etwas Sinnvolles zu tun. Sie musste sich allmählich wirklich Gedanken um ihre Zukunft machen. Für die Zeit nach Polly. Das Leben ging weiter, und Annie würde daran teilnehmen müssen.

Buster kam herübergetappt, und als er sich in ihrer Armbeuge zusammengerollt hatte, schaute Annie die verschiedenen gemeinnützigen Organisationen durch, bis sie das Gefühl bekam, sich selbst vielleicht eine Zukunft aufbauen zu können, und das leise Schnarchen des Welpen den Raum erfüllte.

## Tag 65: Geh in die Bücherei

Annie schob die schwere Tür auf und atmete den Geruch nach alten Büchern ein. Die Stadtbibliothek war voller Menschen, die sich vor dem kalten, prasselnden Regen in die Wärme geflüchtet hatten. Seit ihrer Schulzeit war sie nicht mehr hier gewesen. Früher kam sie mit ihrer Mutter jeden Samstagvormittag her, um sich ein paar Bücher auszusuchen und anschließend in einem nahen Café Milchkaffee und Rosinenbrötchen zu bestellen.

Ihre Mutter liebte insbesondere Milly & Boon, Catherine-Cookson-Romane, blutrünstige Krimis aus dem wahren Leben, Familiensagas und generell alles, was dick und tröstlich war. Inzwischen vermochte sie der Handlung eines Buches natürlich nicht mehr zu folgen, deshalb wollte sie ihr ein paar Strickmuster besorgen.

Ihr Blick blieb an einem Ständer mit den Neuzugängen hängen, in einem Fach lehnte ein Buch mit dem Titel *Ukulele für Anfänger*. Das würde Costas gefallen. Sie nahm es mit. Dann entdeckte sie die Abteilung mit Gartenbüchern. Fünf ganze Regale zu allen Themen rund um das Pflanzen, das Anlegen von Beeten, das Unkrautjäten und die Gartengestaltung. Lauter Dinge, die Annie früher so gerne gemocht hatte. Für sie war ein Garten immer eine Art Sinnbild dafür gewesen, dass man im wahrsten Sinne des Wortes Wurzeln schlug. Jacob und seine Geschwister hätten dort herumtoben sollen. Vorbei. Und nicht einmal der Garten war noch das, was er einmal gewesen war. Mike würde wahrscheinlich irgendwann statt der Beete eine Holzterrasse installieren, um seine Kollegen von der Versicherung zum Grillen einladen zu können. Ein Leben, das nicht ihres war.

Annie griff nach einem Buch mit dem Titel *Gärtnern auf der Fensterbank*. Warum nicht, konnte auch ganz nett sein, und Fensterbänke hatte sie immerhin.

Auf dem Weg nach draußen fiel ihr neben der Tür ein Aushang ins Auge. *Guerilla-Gardening – urbane Landschaften entwickeln*. Annie betrachtete den Zettel eine ganze Weile, zog ihr Handy hervor und machte ein Foto davon.

## Tag 66: Entschuldige dich

»Annie. Annie!«

»Hm?« Langsam wachte sie auf und merkte, dass Costas neben ihrem Bett stand. »Was tust du hier?«

»Sorry!« Er trat mit erhobenen Händen zurück. »Du nicht bist aufgewacht, als ich habe geklopft. Entschuldige, aber du musst jetzt aufstehen, Annie.«

Sie gähnte ausgiebig. »Nein, muss ich nicht. Ich habe keinen Job mehr, also kann ich genauso gut liegen bleiben.«

»Annie, Polly geht es nicht gut. Wirklich nicht gut. Gestern sie hat ...« Er wedelte mit den Händen, wartete vergeblich darauf, dass ihm das Wort einfiel. »Sie ist schlimmer geworden«, sagte er schließlich. »Sehr schlimm.«

Annie setzte sich kerzengerade auf. »Ihre Lunge?«

»Nein, nein, ihr Kopf. George sagt, Tumor ist viel größer jetzt.«

Scheiße. Annie schleuderte die Bettdecke beiseite. »Wie schlimm?«

»Sie nicht mehr kann sehen, plötzlich beim Aufwachen. Bitte beeilen.« Er zog ihre Schubladen auf und suchte eine Jeans und einen frischen Pulli aus. »Zieh das an und vorher vielleicht duschen.«

Eine Stunde später hastete Annie hinter Costas den Flur der Neurologie entlang. Die Wände links und rechts von ihr schienen zu kippen und zu schwanken. Das konnte nicht das Ende sein. Sie bereute diesen blöden Streit zutiefst, das war wirklich Vergeudung von Lebenszeit gewesen. Das Einzige, woran sie sich klammern konnte, war die Prognose mit diesen drei Monaten, von denen erst zwei vorbei waren. Demnach hätten sie immer noch Zeit – sofern die Ärzte sich nicht verschätzt hatten.

Vor Pollys Tür stand Dr. Max, ein Klemmbrett in der Hand, einen grimmigen Ausdruck im Gesicht. Annie bemühte sich, nicht daran zu denken, was sie ihm in Schottland alles an den Kopf geworfen hatte, sie Idiotin.

»Wie geht es ihr?«, stieß sie bang hervor.

»Im Moment stabil«, sagte er ohne die Spur eines Lächelns. »Es ist so weit, Annie.«

»Oh nein. Bitte nicht.«

»Tut mir leid. Der Tumor ist wieder gewachsen und drückt auf ihre Sehnerven. Ich habe einen Shunt gelegt und etwas Flüssigkeit abgeführt, damit sie eventuell ein Stück weit an Sehfähigkeit zurückgewinnt. Eine rein temporäre Maßnahme wohlverstanden«, erklärte er mit seiner Schlechte-Nachrichten-Stimme.

Aller Mut verließ sie. »Kannst du denn nichts …?«

»Nein.« Er hängte die Patientenkurve zurück an die Halterung neben der Tür. »Glaub mir, Annie. Ich habe alles in meiner Macht Stehende getan. Polly ist austherapiert, da geht nichts mehr.«

»Wie lange noch?«

»Das kann ich nicht mit Bestimmtheit sagen. Eine Woche, vielleicht zwei.«

»Aber wir sind erst bei Tag sechsundsechzig. Sie hat ihre drei Monate noch nicht gehabt«, protestierte Annie törichterweise.

»Ich weiß.« Max wirkte erschöpft. »Du kannst hineingehen, wenn du willst. Sie wird bald zu sich kommen. Doch ich warne dich, die OP war recht brutal. Sie sieht nicht mehr aus wie vorher.«

Wie war das möglich, dass sie innerhalb einer Woche völlig verfallen konnte? Am liebsten hätte Annie sich selbst eine runtergehauen. Wie egoistisch von ihr, in ihrer Wohnung vor Selbstmitleid zu zerfließen, während Polly im Sterben lag. Warum hatte sie nicht die Tür zu ihrem Zimmer eingetreten und sie gezwungen, wieder Freundinnen zu sein? Zögernd legte sie ihre Hand auf die Türklinke.

Dr. Max nickte, und sie schob die Tür auf.

Polly sah winzig aus in dem Krankenhausbett. Annie schlug sich die Hand vor den Mund, Costas neben ihr wurde blass und wich langsam zurück.

»Annie, ich gehe suchen George. Er hat gesimst, dass er ist in Kantine. Entschuldigt. Ich euch lasse allein.«

Annie blickte ihre Freundin entsetzt an. Ihr kahler Kopf war über der OP-Stelle mit einem dicken Watteverband verklebt und zusätzlich mit elastischen Binden umwickelt. Die Hände, von Schläuchen durchbohrt und mit alten und neuen Blutergüssen übersät, erinnerten an Klauen.

»Was haben sie mit dir gemacht?«, murmelte Annie und legte sanft ihre Hand auf das Bett, auf dem sich, trotz der Hitze im Raum, zusätzliche Decken häuften.

»Ich bin ... noch nicht ... tot«, röchelte Polly, ohne die Augen zu öffnen. »Annie, bist du's? Diesen Geruch nach Chips ... und Verzweiflung ... würde ich überall wiedererkennen.«

Annie schniefte. »Hey, Glatzi.«

»Gefällt's dir? Total der ... Sinead-O'Connor-Retro-Style ... Alle behaupten ... dass die ... Neunziger wieder ... im Kommen sind.« Sie öffnete die Augen, zuckte jedoch zusammen, als würde das Licht ihr Schmerzen bereiten. »Ich kann nicht richtig sehen ... Komm rüber.« Sie winkte sie zu sich.

Annie setzte sich auf den orangenen Plastikstuhl und stützte sich auf dem Bett ab. »Sorry, ich hatte keine Zeit, dir etwas Nettes mitzubringen. Costas tat so, als würdest du dich auf der Schwelle zum Tod befinden, also bin ich so schnell wie möglich gekommen.«

Sie hustete so heftig, dass ihre Schläuche vibrierten. »Ich habe ihn instruiert. Wusste ja ... dass du in deiner Bude hockst und Trübsal bläst.«

»Gut gemacht, Miss Marple. Du stehst also nicht an der Schwelle zum Tod?«

»Höchstens im Vorgarten.« Sie griff nach Annies Hand und umklammerte sie. Ihre Haut war eiskalt. »Annie. Ich glaube, das war's.«

Sie hatte einen Kloß in der Kehle, der sie zu ersticken drohte. »Oh Polly, es tut mir so leid.«

»Hey, kein Mitleid. Erinnere dich an unseren Pakt. Trotzdem schade, dass ich ... nicht wenigstens ... alle hundert Tage machen kann.«

Tränen brannten in Annies Augen. »Immerhin hatten wir viele. Und ohne dich hätte ich keinen einzigen davon gehabt. Polly, ich kann nicht glauben, dass ich all diese schlimmen Dinge zu dir gesagt habe. Du bist todkrank, und mir fällt nichts Besseres ein, als dich anzuschreien und ein Drama abzuziehen. Ich bin ein schrecklicher Mensch. Echt mies-fies!«

Polly winkte müde ab. »Wie heißt es gleich so schön: Schwamm drüber. Außerdem bin ich zu oft übers Ziel ... hinausgeschossen ... und das tut mir wiederum leid. Ich werde ... einfach so wütend, wenn ... ich sehe, wie ... Leuten ihre Zeit ... vergeuden, während ich ... keine mehr habe. Es tut mir wirklich ... leid, das mit deinem Dad. Und wegen deinem Job! Was habe ich mir ... bloß dabei gedacht? Meinst du, du kommst klar?«

»Ganz ehrlich, ich weiß es nicht. Bislang habe ich es noch nicht wirklich zu Ende gedacht. Ich habe keine reichen Eltern, auf die ich mich im Zweifelsfall verlassen kann. Deshalb war ich dir gegenüber ab und an etwas giftig.«

»Ist mir … gar nicht aufgefallen«, keuchte Polly und versuchte, es ironisch klingen zu lassen.

»Wenn ich ehrlich sein soll, war ich manchmal neidisch auf dich. All die Dinge, die du hattest. Tolle Familie, coole Eltern, ein hübsches Haus, Freunde, Bildung, Klamotten und Coolness. Bis hin zu deinem Namen. Eine Polly würde nie im Leben als Sachbearbeiterin enden oder in einer schäbigen Wohnung in Lewisham. Ich fand das alles total unfair, dass ich so stiefmütterlich vom Leben behandelt worden bin. Dabei war es unfair, so zu denken, wo du doch Krebs hast, aber so war es nun mal.«

Polly öffnete ein Auge. »Und ich habe *dich* beneidet … Weil du noch alle Zeit der Welt … hast, noch alles sein kannst, was immer du willst … Und weil du dich so gut mit McGrummel … verstehst, während dieser … Dr. Quarani mich angesehen hat wie … einen Tumor auf zwei Beinen. Du brauchst mich … nicht mehr, Annie. Dir wird es gut … gehen, wenn ich fort bin … Du hast eine Zukunft. Ich dagegen … brauche dich. Das hier schaffe ich … nicht alleine.«

»Das musst du auch nicht. Ich verspreche, dass ich bei dir sein werde. Die ganze Zeit, bis du die Schnauze voll von mir hast.«

»Versprochen?«

Sie fasste Pollys Hand fester. »Versprochen. Ich werde hier sein. Die ganze Zeit. Bis … Bis zum bitteren Ende.«

»Na ja, jetzt … lass uns mal nicht pathetisch werden. Du darfst … trotzdem zwischendurch heimgehen und duschen und so.«

»Ach, Duschen wird total überbewertet.«

»Das ist meine Annie, wie ich sie kenne. Und übrigens: Ich heiße gar nicht Polly.«

»Waaas? Wie bitte ist dann dein richtiger Name?«

Sie hustete. »Du musst mir versprechen, es niemandem zu verraten. Selbst nachdem ich tot bin nicht. Oder ich schwöre ... beim großen Spaghettimonster ... dass ich wiederkomme und dich ... heimsuchen werde.«

»So schlimm kann es kaum sein.«

»Oh doch.« Sie schüttelte sich, wobei sich beinahe eine Kanüle gelöst hätte. »Mein Name lautet ... Pauline. Nach irgendeiner Großtante ... Ich habe mich selbst umbenannt, als ich fünf war, weil ... ich diesen Namen hasste.«

Annie sah sie mit großen Augen an. *Pauline.* Eine Pauline könnte durchaus als Sachbearbeiterin enden. Eine Pauline könnte übergewichtig, deprimiert und *Grey's-Anatomy*-süchtig sein. Eine Pauline könnte von ihrem Mann sitzen gelassen werden und in einer grauenhaften Wohnung landen.

»Ach du meine Güte.« In Annies Kopf drehte sich alles. Polly war nicht als Polly zur Welt gekommen. Polly war erst Polly *geworden.*

»Falls du es je irgendwem verraten solltest, werde ich dich ... mit bloßen Händen erwürgen.«

»Du würdest den Kürzeren ziehen, Pauline.«

»Stimmt«, gab sie zu und fing an zu lachen, ließ ein tiefes gurgelndes Lachen hören, in das Annie nach ein paar Sekunden einstimmte.

## Tag 67: Lerne ein Neugeborenes kennen

»Oh Gott, nicht noch eine Blutentnahme«, jammerte Polly. »Warum lässt man den Zwischenschritt nicht einfach weg und setzt eine permanente Pumpe zwischen meinen Adern und dem Labor ein? Sorry, Khalid, ich weiß, du bist bloß der Vollstrecker des bösen Dr. McGrummel.«

Der grün gekleidete Pfleger lächelte. »Ich bin nicht wegen dir hier, Polly.« Er sah zu Annie hinüber. »Sind Sie Mrs. Hebden?«

»Ja, bin ich, allerdings lieber Miss.«

»Wir haben eine andere Mrs. Hebden auf der Entbindungs-station, und die verlangt nach Ihnen.«

Es dauerte eine Weile, bis bei Annie der Groschen fiel und sie begriff, dass Jane sich ausgerechnet dieses Krankenhaus ausgesucht hatte, um ihr Kind zu kriegen. Na ja, es war für sie das nächstgelegene, also warum nicht. Aber woher wusste sie, dass sie, Annie, hier war?

Polly richtete sich sensationslüstern auf. »Will sie jetzt etwa, dass du dabei bist? Nicht ihr Ernst, oder? Die Frau hat vielleicht Nerven!«

»Ich dachte, du seist der Meinung, wir sollten den Men-schen vergeben und die Vergangenheit loslassen.«

»Schon, doch es gibt für alles Grenzen.«

Khalid sah sie verwirrt an. »Was soll ich ihr nun sagen? Dass Sie kommen, oder? Sie schreit ziemlich herum.«

Annie seufzte. »Wir sehen uns später, Polly, okay?«

»Was, du lässt mich sitzen wegen *der*? Das werde ich dir nie vergessen, Annie Hebden«, schmollte sie demonstrativ.

»Das ist ganz allein deine Schuld. Mich auf Vergebungs-
mission zu schicken wie eine heilige Mutter Theresa in Poly-
esterhosen. Bis später.«

»Sie hört einfach nicht auf zu schreien«, sagte die Hebamme
sichtlich gestresst. »Ich habe versucht, ihr beizubringen, dass
es noch eine ganze Weile dauert. Sind Sie ihre Freundin?«

»Äh, ja. Hat sie bereits richtige Wehen?«

»Nicht wirklich. Sie ist einfach vollkommen hysterisch.
Haben Sie eine Ahnung, wo dieser Mike stecken könnte,
nach dem sie immer ruft?« Sie warf einen Blick auf ihr
Klemmbrett. »Das ist der Ehemann, nehme ich mal an.«

Und mein Ex, hätte sie am liebsten sarkastisch hinzugefügt,
denn schließlich war die Situation ziemlich schräg.

»Können Sie ihn nicht erreichen?«, erkundigte sie sich
stattdessen.

»Er geht nicht an sein Handy. Soweit ich verstanden habe,
gab es einen Streit, und er ist aus dem Haus gestürmt. Der
reguläre Termin ist eigentlich erst in einem Monat.«

»Okay, soll ich reingehen?«

»Wenn Sie wollen. Ich an Ihrer Stelle würde mir vorsichtshalber Ohrstöpsel besorgen.«

Noch bevor sie das angegebene Zimmer erreichte, war ein
kehliges Heulen zu hören, wie von einem Tier, das Schmerzen
litt. Wenn Annie durch ihre ständigen Besuche im Krankenhaus etwas gelernt hatte, dann das: Im Grunde waren Menschen nicht mehr als Tiere, kreatürlich und von Instinkten
beherrscht, sobald ihre zivilisatorische Fassade von Schmerz
und Angst weggerissen wurde.

Sie schob die Tür auf. Jane saß im Bett und umklammerte
das Gitter. Sie trug einen Krankenhauskittel, der hinten auf-
klaffte und das Tattoo auf ihrem Rücken entblößte. Eine
Lotusblüte, die sie sich mit siebzehn in einem heruntergekom-

menen Studio in Croydon hatte stechen lassen. Annie hatte damals einen Rückzieher gemacht, so wie immer in ihrem Leben.

»Jane? Jane!«

»Aaaaaahhh, Annie, bist du das?« Keuchend hörte sie einen Moment auf zu schreien.

»Du wolltest mich sehen?«

»Komm her, bitte komm.« Sie streckte ihre Hände aus und packte Annie mit eisernem Griff. »Oh Gott, diese Schmerzen. Ich halte das nicht aus.«

»Du wirst es durchstehen wie all die anderen vor dir. Und falls es wirklich zu viel wird, lässt du dir eine PDA geben.«

»Eigentlich wollte ich eine natürliche Geburt, aber jetzt … Heilige Scheiße! Ich habe das Gefühl, in zwei Teile gerissen zu werden. Und dann ist Mike nicht da. Wo zur Hölle steckt er?«

»Keine Ahnung, wie soll ich das wissen.« Ganz automatisch begann Annie, den Rücken ihrer ehemals besten Freundin zu reiben. Jane atmete hektisch, angstvoll, panisch fast. »Sie werden ihn bestimmt rechtzeitig auftreiben. Die Hebamme meint, du hast noch ewig Zeit, also versuch dich zu entspannen. Woher wusstest du eigentlich, dass ich hier bin?«

»Ich habe bei dir zu Hause angerufen, irgendein Typ meinte, du seist …« Eine Wehe unterbrach den Satz und löste erneutes Geschrei aus. Jane wurde zunehmend hysterischer. »Ich werde sterben, Annie, ich werde sterben, und es wird mir ganz recht geschehen wegen dem, was ich dir angetan habe.«

»Hör auf mit dem Unsinn, sei nicht albern. So schnell stirbt man nicht – ich sehe da im Augenblick ganz andere Sachen. Und mal ganz davon abgesehen, bist du hier in besten Händen.«

Tränen strömten über das Gesicht der Gebärenden, sie stöhnte und schrie. Annie rieb ihr den Rücken in der Hoffnung, dass es sie beruhigte. Sie erinnerte sich selbst noch gut an all das. An die schmerzhaften Wehen, das Gefühl, in der Mitte entzweigerissen zu werden, an den Wunsch, es möge bald vorbei sein. Bei Jane kamen erschwerend Angst und Panik hinzu.

»Ist schon okay«, murmelte Annie. »Alles ist gut. Alles wird gut gehen, keine Sorge.«

Sie winkte eine Krankenschwester durch die Glasscheibe in der Tür herein. »Können Sie ihr nicht irgendwelche Schmerzmittel geben?«

Die Schwester zuckte die Schultern. »Sie hat die Höchstdosis längst, mehr ist im Augenblick leider nicht drin.«

»Und was ist mit einer PDA?«

»Viel zu früh, ich lasse ihr Eisstückchen bringen.«

»Was hat sie gesagt?«, schluchzte Jane. »Krieg ich bald wieder Schmerzmittel? Oh Gott, ich nehme alles, was sie haben. Dabei habe ich immer behauptet, ich würde das weder wollen noch brauchen. Was habe ich mir dabei gedacht, so naiv daherzureden?«

»Das denken alle, bevor es losgeht. Reiß dich zusammen, konzentriere dich aufs Atmen, dann wird's besser. Und hinterher ist alles vergessen, du wirst sehen.«

Annie rieb weiter Janes Rücken und beobachtete, wie sich unter der Bauchdecke das Baby drehte und wendete. Das Baby ihres Exmanns. Das hier war definitiv die absurdeste Situation, die man sich vorstellen konnte. Glücklicherweise hatte sie dank Polly mittlerweile Erfahrung mit verrückten Dingen.

»Komm schon«, sagte sie. »Jetzt mach endlich deine Atemübungen.«


Später würde sich Annie an einen ebenso interessanten wie überwältigenden Tag zurückerinnern. Während der Geburt ihres eigenen Kindes war sie durch diverse Medikamente die meiste Zeit leicht weggetreten gewesen und hatte das Geburtsgeschehen nicht wirklich bewusst erlebt. Als Beobachterin hingegen hatte sie alles mitbekommen, jede blutige Einzelheit bis hin zum ersten Schrei von Janes Tochter.

Bis es allerdings so weit war, hatte es ein paar Stunden gedauert, in denen Annie ihre unentwegt jammernde und schreiende Freundin mit Eisstückchen fütterte, ihre Hand hielt und ihr den Schweiß von der Stirn wischte.

»Wo ist Mike, verdammt? Wo zur gottverfluchten Hölle ist Mike?« Wenn es um ihren Mann ging, wechselte Jane regelmäßig vom Wimmern ins Fluchen.

Und Annie gab ihr die immer gleiche Antwort: »Ich weiß es nicht, ich weiß es wirklich nicht.«

»Ich bin so froh, dass du da bist«, versicherte Jane in den Wehenpausen, und plötzlich fiel Annie ein, dass sie es gewesen war, die gleich nach Jacobs Geburt ins Krankenhaus geeilt kam.

Beladen mit Luftballons und einem großen blauen Plüschteddy, hatte sie in ihrem Zimmer gestanden und nicht nur sie, sondern ebenfalls Mike überschwänglich umarmt. War das ein frühes Anzeichen gewesen? Nein. Einen solchen Gedanken durfte sie erst gar nicht an sich heranlassen, sonst würde sich jede schöne Erinnerung in etwas Hässliches verwandeln, verdorben von Bitterkeit, Frust und Hass.

»Okay, und jetzt ein letztes Mal fest pressen«, sagte die Ärztin schließlich, während Jane erneut Mike verfluchte und die Drohung ausstieß, dass sie ihm das nie, niemals verzeihen werde.

Dann ein leises Quäken, und das Baby war da, wurde in ein Tuch geschlungen und Jane auf die Brust gelegt.

»Ein Mädchen«, verkündete die Ärztin. »Herzlichen Glückwunsch an die Mama.«

*Mama.* Annie erwischte sich dabei, wie sie kurz schluckte.

Niemand hatte sie je so genannt, Jacob war nicht die Zeit geblieben, das Wort sprechen zu lernen.

»Geht es ihr gut?« Jane zog ihre Tochter an sich. »Ist sie in Ordnung?«

»Sie ist wunderhübsch«, erklärte Annie, »das hübscheste kleine Wesen auf dieser Welt.«

Wenig später saß sie auf dem Stuhl neben Jane, die tief und fest schlief. In ihren Armen hielt sie das noch namenlose, in eine weiße Waffelpiquédecke gewickelte Baby, das die Hände zu Fäusten geballt hatte. Plötzlich öffnete sich die Tür, und Mike trat ein, starrte sie ungläubig an – seine Exfrau, die sein Baby in den Armen wiegte.

Annie erhob sich so hastig, dass das Baby ein unwilliges Geräusch von sich gab.

»Die Schwestern konnten dich nicht erreichen, deshalb hat Jane mich gebeten, bei ihr zu bleiben. Sie hatte mich angerufen und von meinem Untermieter erfahren, dass ich im Krankenhaus war. Eine Freundin von mir ist todkrank. Hier, nimm sie«, schloss sie und streckte ihm das Baby entgegen wie ein Weihnachtsgeschenk.

Mikes Blick zuckte zwischen Jane, Annie und seinem Kind hin und her. »Mein Handy war ausgeschaltet, wir hatten einen Streit … Oh Gott, das Kind sollte eigentlich erst in einem Monat kommen.«

»Na ja, jetzt ist sie jedenfalls da!«

»Sie? Wir hatten es uns nicht sagen lassen, was es wird«, murmelte er.

»Jetzt weißt du es.« Annies Stimme brach. »Du hast eine wunderhübsche Tochter, Mike. Nimm sie endlich!«

Erinnerungen kehrten zurück, die ihr das Herz schwer machten. Genauso wie jetzt seine Tochter hatte er Jacob gehalten, genauso hatte er ihn angesehen.

»Es ist immer wieder ein Wunder«, flüsterte er. »Ich kann es einfach nicht glauben. Und du warst die ganze Zeit hier?«

»Jane hat mir beinahe die Hand gebrochen, so fest hat sie mich umklammert.« Sie hielt den Arm hoch und zuckte zusammen, als Mike ihn ergriff.

»Annie, wie soll ich dir je danken, das war bestimmt nicht leicht für dich. Und Jane, sie muss mich hassen …«

»Ach, das hat sie schnell vergessen, denke ich.«

Mike schüttelte den Kopf. »Wir hatten einen Streit, weißt du. Deinetwegen. Ich habe ihr Vorwürfe gemacht, dass sie sich auf ein Gespräch mit dir eingelassen hat. Sie fühlte sich so elend wegen alldem! Zu allem Überfluss redet sie sich neuerdings ein, wir würden dafür bestraft, was wir dir angetan haben … Und prompt kam das Baby zu früh …«

»Die Ärztin sagt, sie ist kerngesund, lediglich ein bisschen kleiner als normal.«

Sein Gesicht verzog sich ängstlich, und er schien den Tränen nah. »Was, wenn es wieder passiert, Annie? Ich könnte es nicht ertragen.« Er senkte den Kopf. »Deshalb wollte ich eigentlich kein Kind mehr.«

Annie nahm ihm das Baby sanft ab. »Das wirst du nicht ein zweites Mal erleben, Mike. Was mit Jakey passiert ist, war einfach Pech, ein schrecklicher Zufall.«

Er schluchzte in seine Hände. »Wie kannst du überhaupt noch mit uns reden? Nach allem, was wir dir angetan haben? Was ich dir angetan habe. Du musst uns wirklich hassen.«

Annie zuckte hilflos mit den Schultern. »Ich habe euch gehasst. Eine Zeit lang. Dich. Sie. Am meisten mich selbst. Zum Glück haben sich die Dinge in letzter Zeit geändert, und ich habe erkannt, dass du und ich das ohnehin nicht gemeinsam hätten durchstehen können.«

»Nein, vermutlich nicht. Ich kam einfach nicht mehr zu

dir durch, fühlte mich vollkommen hilflos. Doch ich hatte nie vor, dir wehzutun.«

»Ich weiß«, beschwichtigte ihn Annie, wenngleich ein kleines bisschen gegen ihre Überzeugung. »Du und ich, wir waren damals beide gebrochen, am Boden zerstört. Du hast trotzdem mit deinem Leben weitergemacht, ich konnte es leider nicht.«

»Jane wünscht sich so verzweifelt, dass du ihr verzeihst.«

»Okay, wenn ihr so viel daran liegt: Ich vergebe ihr«, erwiderte Annie. »Inzwischen bin ich dazu bereit, obwohl mein Schmerz darüber, wie alles gelaufen ist, vermutlich nie ganz verschwindet.«

Zu ihrem Erstaunen merkte sie, dass sie es sogar ehrlich meinte. Was geschehen war, ließ sich nicht mehr rückgängig machen. Und wenn man das akzeptierte, spielte es keine Rolle mehr.

Erneut wurde die Tür geöffnet, Polly lugte hindurch. Sie reckte sich in ihrem Rollstuhl hoch und schirmte die Augen ab, um besser zu sehen.

»Du sollst das Bett eigentlich nicht verlassen«, ermahnte Annie sie lächelnd und legte den Finger auf die Lippen.

»Mir ist so langweilig. Was um Himmels willen war hier los? Du warst stundenlang weg.«

»Das hier war los«, erklärte Annie und zeigte ihr das Baby, das sie in den Armen hielt.

»Grundgütiger! Warst du etwa bei der Geburt dabei?«

»Ich hatte nicht unbedingt eine Wahl. Mike war unauffindbar«, wisperte sie der Freundin hinter vorgehaltener Hand zu.

»Das ist er?« Polly spähte neugierig an ihr vorbei zu Mike hinüber, der nach wie vor deprimiert neben dem Bett seiner Frau saß, und auf Jane, die nach wie vor schlief. »Annie, du wirst mir jedes einzelne Detail erzählen müssen«, verlangte sie.

»Das werde ich. Aber schau dir dieses kleine Mädchen mal an. Ist sie nicht entzückend?« Sie hielt das Baby so weit nach unten, dass Polly es sehen konnte.

»Mein Gott, ist die winzig.«

»Sie sieht ganz genauso aus wie er, wie Jacob«, stieß Annie mit tränenerstickter Stimme hervor. »Bloß ein wenig kleiner.«

»Ach du liebes bisschen.« Polly blickte sie mitleidig an. »Du wirst eines Tages selbst noch ein Baby bekommen, das weiß ich. Haufenweise kleine süße Babys, vielleicht sogar mit kleinen Schottenröcken …«

»Stopp.« Annie wischte die Tränen weg und lächelte. »Sag erst mal Hallo zu einem Mädchen, das zumindest für einen Wimpernschlag der jüngste Mensch auf diesem Planeten gewesen ist.«

## Tag 68: Bring die Menschen zusammen

»Der Schäfer geht zum Tor hinein, holt mit dem Stab das Schäfelein, kommt mit dem Schäfelein heraus und schließt hinter sich das Haus!«

»Bei Ihnen sieht es so viel leichter aus, Mrs. Clarke«, seufzte Polly, die sich mit Nadeln und Wollknäuel abmühte und kaum die Kraft hatte, das Strickzeug in ihren Händen zu halten.

»Heutzutage kann leider niemand mehr stricken. Ihr jungen Mädchen kauft euch die Pullis lieber im Laden! Dabei ist das so teuer!«

»Ich kann stricken, Mum«, korrigierte Annie sie. »Du hast es mir beigebracht, weißt du noch? Sonntags und abends beim Fernsehen.«

Wie sie so nebeneinandersaßen, wirkte Maureen inzwischen fitter als Polly, die noch vor wenigen Monaten so lebhaft und strahlend schön ausgesehen hatte. Mittlerweile schien alle Farbe aus ihr gewichen, sie war bleich und ausgezehrt, was der weiße Krankenhauskittel zusätzlich verstärkte. Außerdem schien sie immer kleiner zu werden, als würde sie anfangen, in die Erde zu wachsen.

Obwohl sich der körperliche Zustand von Annies Mutter gebessert hatte, zeigte ihre Gedächtnisleistung keine positive Veränderung. Nach wie vor wusste sie nicht, wer Annie war, und die Chancen, dass sie es je wieder wissen würde, sanken. Gerade jetzt sah sie ihre Tochter mal wieder völlig verwirrt an.

»Ich soll Ihnen das Stricken beigebracht haben? Wann

und wo ist denn das gewesen? Wer sind Sie überhaupt, meine Liebe?«

»Nicht so wichtig«, beschwichtigte Annie sie. »Es ist wirklich nett, dass Sie es uns zeigen, Maureen.«

Inzwischen hatte Annie es aufgegeben, sie immer zu korrigieren und ihr immer vor Augen zu führen, dass sie nicht mehr sie selbst war. Zum einen war es grausam, zum anderen sinnlos.

»Ich habe früher Kindern das Stricken beigebracht, wissen Sie. In einer Grundschule. Ich wollte eigentlich eine Ausbildung zur Lehrerin machen, doch wir hatten kein Geld.«

Annie wusste, dass ihre Mum sich immer mit mehreren Jobs durchgeschlagen hatte und dass einer in der Nachmittagsbetreuung von Kindern einer Ganztagsschule bestanden hatte. Annie zwang sich zu einem Lächeln. »Könnten Sie es uns noch einmal zeigen, Maureen? Sie machen das so gut.«

Tag 69: Lass es krachen

»Annie!« Costas stand vor Pollys Krankenzimmer und wedelte aufgeregt mit den Händen. »Gott sei Dank, du bist da. *Wir haben ein Problem, Houston*«, zitierte er den wohl berühmtesten Satz aus dem Film *Apollo 13*.

»Was ist denn los? Ist etwas mit Polly?« Annie versuchte, über seine Schulter zu spähen, doch er versperrte ihr die Sicht.

»Ich habe getan etwas Schlimmes.«

»Ach was, ich bin sicher, dass es nicht so schlimm sein kann.«

Er hob kapitulierend die Hände. »Schau selbst. Geh und schau. Ist sehr schlimm.«

Im Zimmer sah Annie Polly rauchend den Kopf zum Fenster hinausstrecken. Nicht dass es was gebracht hätte, denn der ganze Raum stank nach Gras. George, ebenfalls anwesend, saß eher abwesend mit geschlossenen Augen neben dem Rollstuhl seiner Schwester.

Annie drehte sich zu Costas um, der sie mit angstgeweiteten Augen ansah. »Hast du ihnen das besorgt?«

»Ein Freund von der Arbeit hat ein bisschen … Ich wusste nicht, dass sie es rauchen wollen hier, Annie! Wir bekommen Ärger, großen Ärger!«

»Mach dich mal locker, Costas«, meldete sich Polly gedehnt zu Wort. »Ich will nichts als ein letztes Mal in meinem Leben high sein. Was ist daran so falsch?«

»Du *kiffst*«, zischte Annie. »In einem Krankenhaus! Mit einem Tumor in deiner Lunge! Würdest du jetzt bitte deinen

Kopf aus dem Fenster zurückziehen und deinen Arsch wieder in den Rollstuhl verfrachten!«

»Es wird mir ja kaum einen weiteren Tumor bescheren, oder?«, ätzte sie.

»Darum geht es nicht! Schau dich mal an, wie du frierst.« Tatsächlich zitterte Polly am ganzen Körper und hatte eine Gänsehaut, die Augen waren glasig und gerötet, wie Annie es von den Jungs an ihrer Schule kannte, die ständig hinter den Fahrradunterständen gekifft hatten. Sie zupfte ihr den glühenden Joint aus den Fingern und ertränkte ihn in einem Glas Wasser.

»Marsch ins Bett«, befahl sie, bevor sie sich an George wandte: »Wie konntest du das zulassen?«

Keine Antwort.

»Äh, Annie«, meldete sich Costas, »er schläft oder ist zumindest weggetreten.«

»Verdammt, ihr seid solche Idioten. Ich fasse es nicht«, schimpfte Annie. »Los, Costas, geh und hol Dr. Max.«

»Nein!«, heulte Polly auf. »Er wird mich zur Schnecke machen und mir eine seiner dämlichen Predigten halten. Warum überhaupt das ganze Theater? Was habe ich noch zu verlieren? Nichts. Ich sterbe, aber wenn man euch hört, hat man den Eindruck, ihr wärt um meine Gesundheit besorgt. Wie schwachsinnig ist das denn?«

»Hör auf mit dem Gezeter.« Annie stand mit in die Hüften gestemmten Händen da und starrte vorwurfsvoll die ausgezehrte Gestalt im Bett vor sich an. »Ich nehme an, das war deine Idee?«

»Ich wollte es noch ein letztes Mal tun«, gab Polly trotzig zurück. »Um mich lebendig zu fühlen. Normal. Sei nicht so eine Spielverderberin, Annie.«

»Und sei du nicht so unvernünftig, ich mache mir einfach Sorgen um dich. Hör dir nur deinen Atem an.« Ihre Lunge

379

rasselte wie ein Penny, der einen Staubsauger hochgesogen wurde. »Selbst wenn es dich nicht retten wird, all diese Vorschriften zu beachten, hilft es immerhin, dir die letzte Zeit einigermaßen erträglich zu machen.«

Polly schüttelte hustend den Kopf. »Man kann es auch anders sehen. Ich möchte den Rest meiner Tage so intensiv leben, wie ich eben kann, und ich glaube nicht, dass es wirklich einen gravierenden Unterschied macht. Von kleinen Wehwehchen mal abgesehen.«

Wie immer konnte sie Polly nicht böse sein. »Mach, was du willst, mich würde es jedenfalls nicht wundern, wenn du es am Ende schaffst, an einer banalen Blasenentzündung zu sterben«, spottete sie.

Polly entfuhr ein lautes Geräusch, halb Schluchzer, halb Lachen, das Annie in den vergangenen Tagen immer öfter gehört hatte. Es zeigte ihr, dass der Galgenhumor, den die Freundin bisher geradezu zelebriert hatte, seine Wirksamkeit verlor. Wie jetzt, denn Polly brach in Tränen aus.

»Scheiße, Annie. Ich hatte meine letzten Male bereits, ohne dass ich es gemerkt habe. High sein, mir die Kante geben, mich von jemandem flachlegen lassen … Ich werde nie wieder irgendwas davon tun können, werde nicht mal mit irgendwem anders in einem Bett liegen. Nein, ich werde hier sterben, in diesem tristen Krankenzimmer, in dieser langweiligen Bettwäsche, die definitiv nicht aus ägyptischer Baumwolle mit vierhunderter Fadendichte besteht.«

Spontan zog Annie ihre Chucks aus. »Rutsch rüber.«

»Was tust du da?«

»Mich zu dir legen.«

»Nimm's mir nicht übel – ich dachte mehr so an ein Kaliber wie Ryan Gosling.«

»Tja, jetzt bin ich da. Pech gehabt.«

Da lagen sie dann nebeneinander in diesem schmalen

Krankenhausbett, in diesem nüchternen Zimmer voller lebenserhaltender Technik. Annie musste unwillkürlich an die Pyjamapartys mit Jane und den anderen Mädels denken, bei denen sie im Dunkeln Geheimnisse geteilt und so heftig gekichert hatten, dass die jeweilige Mutter immer wieder vorbeikam und gegen die Tür hämmerte, damit sie endlich Ruhe gaben.

»Wird Dr. Max arg sauer sein?«, fragte Polly, deren Aufbäumen vorbei war, mit kläglicher Stimme.

»Steht zu befürchten.«

»Vielleicht kannst du es ihm ja erklären. Er mag dich, weißt du. So richtig.«

Darüber wollte Annie gerade nicht nachdenken. »Lass gut sein, er wird dir nicht den Kopf abreißen, dafür bist du viel zu zerbrechlich. Und im Grunde versteht er dich, aber als dein Arzt kann er nicht anders handeln.«

Sie strich ihr übers Gesicht, das unter der zu groß gewordenen Mütze winzig klein wirkte und in dem sich jeder einzelne Knochen unter der straff gespannten Haut abzeichnete. Sie sah aus wie eine alte Frau und schien mit jeder Minute weniger zu werden.

»Annie«, flüsterte Polly ganz leise, »ich glaube, du bist jetzt meine beste Freundin. Wusstest du das? Danke, dass du hier bist. Bleibst du bei mir?«

»Natürlich. Ich gehe nirgendwohin.«

»Ich brauche dich nämlich, um das durchzustehen. Tut mir leid, dass ich so egoistisch war und schlimm und …«

»Ganz ruhig.« Annie schluckte den Kloß in ihrer Kehle runter. »Ist okay. Alles ist gut.«

»Was zur Hölle ist hier los?«

Die Tür wurde aufgestoßen, und Dr. Max kam hereingeplatzt, gefolgt von einem ängstlich dreinblickenden Costas.

»Psst.« Annie hob den Zeigefinger an die Lippen. »Sie schläft seit ein paar Minuten, nachdem sie sich endlich beruhigt hat.«

Der Arzt musterte seine Patientin, die gleichmäßig atmend dalag und die Fäuste unter dem Kinn geballt hatte wie ein Kind.

»Schläft sie wirklich, oder tut sie bloß so, damit ich ihr nicht die Leviten lese? Gras rauchen, Grundgütiger!« Er trat ans Bett, um ihren Puls zu fühlen, während Annie vorsichtig aufstand.

»Es tut mir so leid«, sagte Costas händeringend. »Geht es ihr gut?«

»Nun, nicht schlimmer als zuvor. Doch im Ernst, wir können uns das hier bei aller Liebe und bei allem Verständnis für Polly nicht erlauben. Verstanden? Das nächste Mal werde ich die Polizei rufen müssen.«

Costas sah aus, als würde er jeden Moment in Tränen ausbrechen.

»Schätzungsweise war ihm nicht klar, dass das Gras im Krankenhaus geraucht würde«, nahm Annie ihn in Schutz. »Er wollte lediglich helfen.«

»Ja, mit *illegalen Drogen*.« Dr. Max hob vorsichtig eines von Pollys Augenlidern an.

»Hast du nie Mist gebaut? Komm schon, lass den armen Jungen in Ruhe.«

»Annie, so was ist in einem Krankenhaus strengstens verboten, ich darf da nicht mitmachen und eigentlich auch kein Auge zudrücken.« Dann lenkte er ein. »Okay, zum Glück ist weiter nichts passiert, also lassen wir Gnade vor Recht ergehen. Obwohl George es wirklich hätte besser wissen müssen. Wo ist er überhaupt?«

Sie drehten sich um, ihre Blicke schweiften zum leeren Stuhl und zur offenen Tür. Schließlich fanden sie ihn im Flur vor dem Snackautomaten, in dem er mit einem Arm feststeckte.

Dr. Max kniete sich hin. »Ich weiß nicht, George. Was sollen wir bloß mit dir tun? Erst die Drogen, und jetzt versuchst du, KitKat zu stehlen?«

»Ich habe dafür bezahlt«, protestierte er. »Der Riegel kam einfach nicht raus.«

»*Aye*, das kenne ich. Lass mich mal sehen.« Der Arzt spähte in den Münzschlitz, drückte ein paar Tasten und streckte seine Hand aus, um das Ding aufzufangen, das ausgespuckt wurde. »Tja, George, da hätten wir dein Problem. Der Automat nimmt keine Wertmarken für den Spind in deinem Fitnessstudio an. Zum Glück hast du den weltbesten Experten im Bereich der extraktiven Operationen bei dir.«

»Operation?« Seine Lippe zitterte. »Was für eine Operation?«

»Es wird uns wohl nichts anderes übrig bleiben, als den Arm abzunehmen, Junge.«

Entsetzt starrte George ihn an. Offenbar vermochte sein umnebeltes Hirn nicht zwischen Spaß und Ernst zu unterscheiden.

Dr. Max verdrehte die Augen. »Herrje, die Bekifften nehmen alles so furchtbar ernst. Kommt, helft mir, ihn zu befreien, bevor er völlig durchdreht.«

Ein paar Sekunden später, nach einigem Zerren und Ziehen, war George wieder frei. Zwar ohne KitKat, dafür im Vollbesitz seiner Gliedmaßen. Dass die anderen ihn schadenfroh auslachten, fand er gar nicht lustig.

»Das war echt schrecklich. Ich dachte, ich müsste *sterben*«, erklärte er pathetisch, wie es sich für eine echte Dragqueen gehörte.

»Vielleicht solltest du die Finger lieber von Drogen lassen, mein Lieber«, ermahnte ihn Max. »Du scheinst sie nicht sonderlich gut zu vertragen, wenngleich du immer so tust, als ob, und mit deinem Kiffen ganz schön angibst.«

George presste die unverletzte Hand auf die Augen. »Es war ihre Idee. Sie hat mich angebettelt, ihr was zu besorgen und es ins Krankenhaus zu schmuggeln. Bestand darauf, es noch ein letztes Mal krachen zu lassen. Wie sollte ich da Nein sagen? Oh Gott. Wie kann es überhaupt das letzte Mal gewesen sein? Meine Schwester. Sie ist meine Schwester. Ich werde ein Waise sein … Nein, wie heißt das richtige Wort?«

Annie und Max wechselten einen vielsagenden Blick. »Ein Einzelkind?«, schlug sie vorsichtig vor.

»Das ist nicht fair«, lamentierte George. »Warum Polly? Sie ist so lieb und so klug und so lebendig und so toll. Und jetzt stirbt sie. Das ist einfach ungerecht.«

Costas nahm ihn in die Arme und murmelte auf Griechisch beschwichtigende Worte. Annie sah zu Max und hatte das Gefühl, ein leichter Stromschlag würde durch sie hindurchfahren, vom Kopf bis zu den Zehen. So mächtig und stark, dass sie glaubte, abheben zu müssen, und überrascht war, noch an Ort und Stelle zu stehen.

Ihr Doktor schien Ähnliches empfunden zu haben, denn er kratzte sich verlegen am Kopf und wurde auf eine verdächtige Weise rot.

»Hör mal«, murmelte sie, unfähig, ihm in die Augen zu sehen. »Wegen Schottland. Ich weiß nicht, ob ich mich je entschuldigt habe wegen … dem allem. Es tut mir leid. Wirklich. Du warst ein so guter Freund, und ich zahle es dir auf diese Weise heim. Echt schäbig.«

»Ein guter Freund.«

»Na ja. Warst du doch.«

Wie sollte sie ihm zu verstehen geben, dass sie sich mehr wünschte, dass er mehr für sie war, viel mehr? Sie wusste schlicht und ergreifend nicht, wie sie Platz finden sollte in ihrem Herzen, das so beansprucht war von Pollys Sterben und ihrem bevorstehenden Tod.

»Ist schon gut«, sagte er. »Es spielt keine Rolle. Komm, lass uns den kleinen George hier in ein Bett legen, damit er seinen Rausch ausschlafen kann.«

Tag 70 bis 80: Lass los

Zum Ende hin, während Pollys letzter Tage, fühlte Annie sich wie ein Höhlenbewohner. Sie ging nur noch nach Hause, um zu duschen und sich umzuziehen, ansonsten verbrachte sie ihre gesamte Zeit im Krankenhaus und pendelte zwischen einem Bett und dem anderen hin und her.

Jane wurde entlassen. Sie hatte das Baby vor ihre Brust geschnallt und flehte Annie an, vorbeizukommen und sie zu besuchen. Mike bestätigte die Einladung, wenngleich viel zurückhaltender.

Annie versprach, natürlich werde sie kommen, zwar nicht gleich, da es derzeit schwierig sei, wegen der kranken Freundin länger als einen Tag im Voraus zu planen. Ob sie ihr Versprechen jemals einlösen würde, wusste sie nicht. Fürs Erste ließ sie die drei ziehen: Jane, Mike und das Baby. Sie verschwanden aus ihrer Sicht wie ein Boot am Horizont. Und das war gut so.

Inzwischen war dank der zahlreichen Spenden sogar die Anschaffung eines neuen MRT-Geräts möglich geworden. Milly pitchte die Story an den *Guardian*, der umgehend einen Artikel darüber brachte, wie inspirierend Polly als Mensch sei. Und auf dem Gerät wurde eine Plakette angebracht, auf der stand: *Gespendet von Polly Leonards Freunden.*

Annie wiederum ertappte ihre Mutter jetzt öfter dabei, dass sie sie argwöhnisch musterte, als würde sie in einer wenig überzeugenden Verkleidung stecken. Als könnte sie sich dunkel an sie erinnern. Der Name allerdings wollte ihr partout nicht einfallen.

George ergatterte ein weiteres Vorsprechen für den Chor eines West-End-Musicals – dieses Mal für *Guys and Dolls*. Erst wollte er mit Rücksicht auf seine sterbende Schwester nicht hingehen, doch auf Pollys Aufforderung hin setzte ihm Annie so lange zu, bis er seine Meinung änderte.

Costas wurde in seiner Kaffeebar zum Mitarbeiter des Monats ernannt und brachte ihnen allen Gratisgebäck mit. Meistens schmuggelte er Buster mit hinein, damit Polly ihn sehen konnte. Das ging so lange, bis Dr. Max eines Tages feststellte, dass die Sporttasche des Griechen bellen konnte, und er den Hund verbannte.

»Tyrann«, beschwerte sich Polly daraufhin schwer atmend.

Milly brachte Harry und Lola mit, die die Wände des Krankenzimmers mit Kajalstift bekritzelten und dann hemmungslos Unmengen von Schokolade vertilgten, die Polly geschenkt bekommen hatte, aber nicht mehr essen konnte. Mit dem Ergebnis, dass Harry sich hinter dem Herzmonitor übergab.

Suze kam mit Nackenkissen, Wärmflasche und ihrem neuesten Lover vorbei – Henry, ein schrecklicher Typ, der ein Start-up-Café in Shoreditch führte.

»Mein letzter Wunsch ist, dass du nie wieder jemanden datest, der was mit Start-ups anfängt«, wisperte Polly der Freundin zu.

Außerdem hatte sie inzwischen online darum gebeten, statt Blumen Spenden an die Stiftung zu schicken, da an manchen Tagen das Zimmer aussah wie ein Gewächshaus oder ein exquisites Floristikstudio.

Valerie hatte endlich die grausame Realität akzeptiert und brachte statt Kräutertees nunmehr duftende Taschentücher mit, deren ätherische Öle Polly das Atmen erleichterten. Oder sie cremte hingebungsvoll die trockene Haut ihrer Tochter.

»Siehst du, mein Schatz, reinigen, tonisieren und pflegen, heißt es nicht so für einen hübschen Teint?«

Roger wiederum las ihr aus Frauenzeitschriften vor. »Und weiter geht's mit den zehn schlimmsten Fehlern, die man mit Wimperntusche anstellen kann … Ach du liebe Güte, was soll denn dieser Mist?«

Die beiden hatten praktisch ihre Zelte in Pollys Zimmer aufgeschlagen. Sie brachten neben den Dingen des täglichen Bedarfs auch Unsinniges mit: Bücher, die Polly nicht lesen, und selbst gekochtes Essen, das sie nicht essen konnte.

Ein weiterer häufiger Besucher war Dr. Quarani, der eigentlich gar nichts mit der Neurologie zu tun hatte und auf einem ganz anderen Stockwerk arbeitete. Jedem in der Klinik schien Pollys Schicksal zu Herzen zu gehen.

Ein Tag nach dem anderen verging. »Sie ist immer noch da«, erklärte Annie auf Nachfragen. »Vorerst.« Mehr gab es nicht zu sagen.

An den meisten Tagen lief Annie Dr. Max in der Cafeteria über den Weg, wenn er sich gerade einen vierfachen Espresso bestellte. Sie hatte das Gefühl, dass es zwischen ihnen noch einiges gab, das gesagt werden musste, doch das musste warten.

Ein ganz besonderer Tag war es, an dem Polly den Leiter des Krankenhausradios, DJ Snazzy Steve, so lange bezirzte, bis er *Is this the Way to Amarillo* spielte und die gesamte Station – Angestellte, Besucher und die Patienten, die fit genug waren – dazu brachte, eine Polonaise auf den Fluren zu machen und sich von einem zum nächsten zu schlängeln.

Oder der Tag, an dem sie für alle im Krankenhaus Pizza bestellte, die sie, obwohl es Mai war, in einem Nikolauskostüm an ihre Betten lieferte, wobei George, als Weihnachtself verkleidet, ihren Rollstuhl schob.

Und viele erschienen einfach, um Abschied zu nehmen.

Wie Dion, der entlassen worden war und ausgemergelt, indes elegant wie eh und je, in einem hellgrauen Anzug und mit poliertem Gehstock, vorbeikam. Oder Stylistenfreundin Sandy – modisch und beinahe so dünn wie Polly –, die Amaretto in einem Flachmann hineinschmuggelte und skurrile Anekdoten zum Besten gab: von alten und von neuen Freunden, von echten und falschen, von lachenden und weinenden, von stoischen und egoistischen. All das ging vorüber, genau wie die Zeit, die unaufhörlich verrann.

## Tag 81: Schließ deinen Frieden

»Ich verstehe nicht ganz«, sagte Tom. »Was wollen Sie hier?«

Annie versuchte, geduldig zu bleiben. Wie sie aus eigener Erfahrung wusste, konnte es ganz schön unangenehm sein, eine fremde Frau vor der Tür stehen zu haben.

»Polly schickt mich. Sie ist jetzt bereit, mit Ihnen zu reden.«

Tom trug einen dunkelblauen Frotteebademantel, obwohl es zehn Uhr mitten in der Woche war. An seinem Arbeitsplatz hatte man ihr mitgeteilt, dass er seit einer Weile bereits nicht mehr im Büro gewesen sei. So wie er aussah, wäre das auch nicht ratsam gewesen, denn offenbar hatte er sich seit mehreren Tagen nicht mehr rasiert.

»Letztes Mal hat sie mich hochkant rausgeworfen.«

»Ich weiß. Sie war damals noch nicht so weit. Jetzt ist sie es.«

»Ich weiß nicht einmal, wer Sie sind.«

»Hören Sie, spielt das eine Rolle? Okay, ich bin eine Freundin, kenne sie allerdings erst seit etwa zwei Monaten. Das war zu der Zeit, als man ihr mitgeteilt hatte, wie viel Zeit ihr noch bleibe. Sie sollten wirklich mit mir kommen. Vertrauen Sie mir. Sonst werden Sie es später vielleicht bereuen.«

Er warf einen Blick hinter sich in den Flur. »Ich bin nicht angezogen. Ich … na ja, ich habe mir eine kleine Auszeit von der Arbeit genommen. Also eigentlich haben sie mich heimgeschickt. Nach dem, was letztes Mal im Krankenhaus passiert ist, war ich nicht mehr ich selbst. Es gab da einen kleinen … Zwischenfall. Ich habe was kaputt gemacht.«

»Wirklich? Was denn?«

»Erst eine Tasse und dann einen Kopierer. Ich war ein bisschen ... frustriert.«

Annie kannte das Gefühl. »Ist Ihre Freundin nicht da? Fleur, wenn ich mich recht erinnere.«

Er schüttelte den Kopf. »Sie ... ist ausgezogen. Sie meinte, ich sei ein hoffnungsloses Wrack.«

Annie seufzte. So viele blieben in diesem Drama auf der Strecke.

»Wissen Sie was? Warum duschen Sie nicht rasch, ziehen sich an und kommen mit mir? Polly geht es ernstlich nicht gut, Tom. Es ist bald so weit.«

Sie beobachtete ihn, während die Nachricht sich in ihm setzte wie Kaffeesatz nach dem Aufbrühen.

»Oh, ich dachte irgendwie ... Scheiße, ich fühle mich nicht in der Lage, ihr gegenüberzutreten.«

»Ich glaube nicht, dass irgendwer von uns jemals für so etwas bereit ist. Wir müssen uns überwinden, Polly zuliebe. Also kommen Sie mit und machen Sie reinen Tisch. Es ist das Mindeste, was Sie tun können.«

Annie wartete in der Küche, in der es chaotisch aussah. Schmutzige Teller stapelten sich in der Spüle, Pizzaschachteln häuften sich neben dem Mülleimer. Trotzdem konnte man erkennen, wie schön sie in sauberem Zustand aussah. Und wie luxuriös. Der Boden war mit feinstem Marmor gefliest, die Möbel waren edles Design, ebenso funktional wie teuer. Eine Wand war mit Fotos aus Pollys und Toms gemeinsamem Leben bedeckt, in einer Vielzahl verschiedener Shabby-Chic-Rahmen. Mit ihren Eltern, mit George. Auf einem anderen Bild erkannte sie Milly und Suze in Brautjungfernkleidern – keine Sahnebaisermodelle mit Rüschen und Puffärmelchen, sondern stylische Kreationen aus fließender rosaroter Seide. In der Mitte stand Polly in ihrem Brautkleid. Sie sah so wun-

derschön aus wie ein Filmstar in dem figurbetonten Spitzen-
kleid, das Haar zu einem gekonnt nachlässigen Zopf geflochten und mit haltbar gemachten Gänseblümchen dekoriert.

Es war kaum zu glauben, dass dies dieselbe Frau sein
sollte, die, zusammengeschrumpft auf die Größe eines Kindes, in einem Krankenhausbett lag, kahl und bleich und von
einem schuppigen Ausschlag bedeckt. Eine Frau, die vor ihrer
Erkrankung das perfekte Leben geführt hatte, zumindest
nach außen hin. Und dennoch hatte es sie kalt erwischt.

»Das war der Tag unserer Hochzeit.«

Tom stand in der Tür; er roch nach Limone und trug eine
graue Jeans zu einem dicken marineblauen Pullover. Da war
er wieder, der Mann aus dem Modekatalog. Der scheinbar
perfekte Ehemann.

Annie wusste nicht, was sie darauf erwidern sollte. »Sie
war eine traumhaft schöne Braut.«

Er rieb sich über die Augen. »Ich kann einfach nicht glauben, dass sie sterben wird.«

»Aber sie tut es. Gehen wir.«


»Bleiben Sie etwa im Zimmer?« Tom verharrte in der Tür
und schien sich höchst unbehaglich zu fühlen. Polly hatte
die Augen nicht geöffnet, als sie eingetreten waren. Ihr ras-
selnder Atem indes war trotz des Gepiepses und Gesumms
der Geräte ringsum zu hören.

»Ich wurde ausdrücklich darum gebeten«, erwiderte sie.
»Sie hat Probleme zu sprechen, seit sie am Beatmungsgerät
hängt, deshalb hat sie vorher genau gesagt, was sie Ihnen zu
sagen wünscht – falls sie zwischendurch mal nicht sprechen
kann, soll ich gewissermaßen für sie einspringen. Ist eine
blöde Situation, ich weiß.«

Er blickte gequält drein. »Wir haben uns vielleicht Dinge
zu sagen, die sehr privat sind.«

Annie konnte sehen, dass Polly wach war, denn ihre Augenlider flatterten ganz leicht, kaum wahrnehmbar. Man musste viel Zeit mit ihr verbracht haben, um es zu erkennen. Sie holte tief Luft und hustete in ihre Beatmungsmaske.

»Tom«, sagte sie krächzend.

»Hey, wie geht es dir?« Er verstummte. »Mein Gott, Polly. Es tut mir so leid, ganz schrecklich leid. Ich hatte ja keine Ahnung, dass es so schnell gehen würde, dachte eigentlich, sie würden dich wieder hinkriegen …«

Polly drückte Annies Hand – ein Zeichen, dass sie Hilfe brauchte.

»Sie will nicht, dass Sie sich entschuldigen. Und sie weiß, dass sie Ihnen hätte sagen müssen, was mit ihr los war.«

»Können die Ärzte wirklich nichts unternehmen?«

»Sie haben alles versucht«, erwiderte Annie. »Strahlentherapie, Chemo, OP … Der Tumor ist aggressiv und wächst immer weiter und lässt sich nicht mehr in Schach halten. Zudem hat sie einen Sekundärtumor in der Lunge, der auf ihre Wirbelsäule drückt und ihr das Atmen erschwert. Sie kann inzwischen nicht mehr gehen, ihr Sprach- und Sehvermögen schwindet, und sie hat sehr starke Schmerzen.«

Polly zog ihre Maske ab, ihr Körper wurde von einem Hustenkrampf geschüttelt. »Fleur …«

»Sie ist nicht mehr da. Entschuldige, dass ich sie habe einziehen lassen. Das war so was von falsch und gemein. Ich weiß nicht, was ich mir dabei gedacht habe.«

Polly tippte Annies Arm an, damit sie Tom eine weitere vorbereitete Frage stellte.

»Sie möchte wissen, ob Sie glücklich sind mit Fleur. Oder ob Sie es zumindest waren.«

»Äh, ich denke schon, doch ich habe nicht …«

»Liebe?«, hauchte Polly.

»Haben Sie Fleur geliebt? Hat Fleur Sie geliebt? Wenn ja,

möchte Polly, dass Sie mit ihr glücklich werden. Sie hat mir erzählt, dass Sie beide nicht wirklich glücklich waren. Für Polly ist es zu spät, für Sie nicht. Sie hat immer gesagt, das Leben sei zu kurz, als dass irgendeiner von uns nicht glücklich sein sollte.« Annie blickte zu Polly, die schwach nickte. »Also, gehen Sie heim, rufen Sie Fleur an und versöhnen sich mit ihr. Und wenn Sie zur Beerdigung kommen möchten, sind Sie willkommen, das hat sie mir ausdrücklich gesagt, einschließlich Fleur.«

Tom drohten angesichts dieses Wunsches alle Gesichtszüge zu entgleisen. »Wie kann sie so was sagen? Mein Gott, Polly! Das kann es nicht sein! Du bist nach wie vor meine Frau!«

Sie tippte Annie an und nickte. »Sie will Ihnen sagen, dass es okay ist. Sie sollen sich als geschieden betrachten, Tom. Tut mir leid, sie hat mich schwören lassen, dass ich das alles sage. Sie findet, dass wir unser Leben sinnlos vergeuden, wenn wir unglücklich sind, obwohl wir glücklich sein könnten.«

Tom schob sich an Annie vorbei, nahm Pollys dünne Hand und presste sie an sein Gesicht. Die Kranke versteifte sich einen kurzen Moment, dann ließ sie sich in seine Arme schließen, und ihre eigenen schwachen Arme legten sich um ihn, während er sie wiegte und erstickte Schluchzer ausstieß.

Auf Zehenspitzen ging Annie in den Flur hinaus. Dieser Moment musste ihnen allein gehören. Sie vernahm noch beim Rausgehen, wie sich ihr Schluchzen mit seinem vermengte. Würde Tom je in der Lage sein, sich selbst zu verzeihen? Oder würde das Wissen darum, was er Polly angetan hatte, ihm jegliches zukünftige Glück vergällen? In diesem Augenblick wurde Annie endgültig klar, dass sie Jane und Mike ein für alle Mal vergeben musste. Wirklich vergeben. Mehr für sich selbst als für irgendwen sonst.

Nach einer Weile kam Tom in den Flur hinaus, den Mund zusammengepresst, die Schultern bebend und weit davon entfernt, das Offensichtliche zu akzeptieren.

»Wir müssen sie jetzt gehen lassen«, sagte Annie leise.

Schluchzend sank er gegen die Wand. »Sie müssen mich für einen schrecklichen Menschen halten. Meine todkranke Frau zu betrügen.«

»Sie wussten nicht, dass sie krank ist.«

»Nein, das nicht. Es ist nur … Ich habe sie mal geliebt. Glaube ich zumindest. Ist das nicht furchtbar, dass ich mich nicht mal richtig daran erinnern kann, ob ich sie geliebt habe und ob wir glücklich waren? Eigentlich hatten wir ein gutes Leben. Schönes Haus. Urlaub, Reisen und all das. Ich dachte, wir seien glücklich. Dabei arbeiteten wir die ganze Zeit, sahen uns meist bloß zwischen Tür und Angel. Wenn sie gerade zum Yoga ging und ich vom Golfen zurückkam. Hingen im Bett vor unseren Handys, teilweise bis drei Uhr morgens. Unser Job war uns das Wichtigste. Dann, eines Tages, traf ich Fleur, und mir wurde schlagartig bewusst, dass Polly und ich nicht glücklich waren. Kein bisschen. Wir waren zwei Fremde, die zusammen in einem Vorzeigeheim ein Vorzeige-leben führten.«

»Vermissen Sie Fleur?« Annie stellte sich unwillkürlich eine schlanke Mittzwanzigerin in knalligen Leggins vor.

»Sehr. Als ich vor ein paar Tagen einen ihrer Sportsocken in der Wäsche fand, musste ich heulen.«

»Dann gehen Sie und holen sie sich zurück. Polly stirbt, und wir müssen sie schweren Herzens gehen lassen. An-schließend aber steht uns etwas bevor, das noch schwieriger ist.«

»Und das wäre?« Er wischte sich übers Gesicht, vermut-lich waren es die ersten Tränen, die er seit dreißig Jahren vergoss.

»Wir müssen unser Leben leben. Versuchen, glücklich zu sein.«

Als er sich entfernte, war sein abgehacktes Schluchzen noch eine ganze Weile zu hören.

## Tag 82: Schreib deinen eigenen Nachruf

»Nein, nein, nein und noch mal nein. Auf keinen Fall.«

»Und warum nicht?«, keuchte Polly.

»Um Himmels willen, ich werde keine Grabrede schreiben, wenn du noch am Leben bist!«

Polly saß in ihre Kissen gestützt im Bett, die Glatze unter einer ihrer Perücken versteckt, einem kurzen pinkfarbenen Exemplar. Heute hatte sie nach schlechten Tagen mal wieder einen guten. War das der »letzte gute Tag«, von dem in der Krebsforschung gesprochen wurde?

»Antworte, warum du das nicht willst«, forderte sie Annie mit überraschend energischer Stimme auf. »Ich fände es schön, sie selbst noch zu hören.«

»Weil es geschmacklos ist, völlig daneben – so was macht man einfach nicht. Gott, das ist wie Instagram oder so.«

Polly blieb ruhig. »Ich will lediglich wissen, was die Leute von mir gedacht haben. Was bringt es denn, all die netten Dinge zu sagen, wenn ich sie nicht mehr hören kann? Viel schöner wäre es, wenn man einem Sterbenden versichert, dass man ihn liebt und dass er so und so viele tolle Dinge gemacht hat. Im Nachruf hat er nichts mehr davon. Dir ist schon klar, dass … ich sterbe, oder?«

»Wie kannst du so was sagen?«, empörte Annie sich. »Bei allem, was wir die letzten Monate getan haben, ging es ständig darum, dass du stirbst. Nur bist du so beschäftigt damit zu sterben, dass du vergisst, dass wir alle noch leben.«

Polly versuchte, die Augen zu verdrehen. »Wenn hier irgendwer vergessen hat, dass er lebt, dann ja wohl du!«

»Na schön.« Annie hasste es, wenn Polly recht hatte. »Du wirst sowieso deinen Kopf durchsetzen wie bei allem anderen. Also, was willst du?«

Polly grinste zufrieden. »Ich will eine … Pseudobeerdigung. Schätze mal, in der Kapelle, da ich ja nicht nach draußen kann. Aber pepp die Sache ein bisschen auf, ja? Du weißt, mit Blumen und Kerzen und all dem Zeug. Frag Sandy. Sie hat einen Abschluss in Innenarchitektur. Und sorg dafür, dass niemand Schwarz trägt. Vor allem du nicht. Das ist so deprimierend. Ich will Farbe, Farbe und noch mehr Farbe.«

»War's das?«

»Hier findest du eine Liste meiner Wunschmusik.« Sie tippte mit dem Finger auf ein ledergebundenes Notizbuch neben sich. »Und um Himmels willen lass ja nicht meine Mutter *The Wind Beneath My Wings* spielen oder so was Kitschiges. Mum wird bestimmt einen Pfarrer wollen. Sie ist heimlich total traditionell eingestellt. Ich dagegen will, dass mein Kumpel Ziggy die Zeremonie leitet. Er ist ein humanistischer Zoroastrier und lebt in einem Baum. Sie wird es hassen. Sag ihr, dass ich es so wünsche.«

»Warum sagst du es ihr nicht selbst? Schließlich lebst du noch.«

Polly winkte ab. »Hätte ich beinahe vergessen. Als Nächstes das Essen. Frag Tom nach der Firma, die das Catering für unsere Hochzeit übernommen hat. Und richte ihnen aus, keine Essiggurken, unter keinen Umständen.«

Annie machte sich eine Notiz auf ihrem Smartphone. »Das wird wirklich die schrägste Veranstaltung aller Zeiten.«

»Ein Klassiker, typisch Polly eben, habe ich recht?«

»Du kannst so nicht über dich sprechen, das klingt total narzisstisch.«

»Warum auf den letzten Metern eine lebenslange Angewohnheit ablegen, Schätzchen?«, spottete sie und schob ihre Füße unter der Bettdecke hervor. »Ich könnte eine letzte Pediküre gebrauchen. Kannst du nachschauen, ob es jemanden gibt, der im Krankenhaus vorbeikommt? Allerdings nicht so jemanden, der sich um die ekligen Hühneraugen von alten Leuten kümmert. Ich will einen Profi, der sich mit Gelnägeln auskennt – es muss voll der Knaller werden.«

»Was bin ich hier eigentlich, deine persönliche Assistentin?«

»Warum? Hast du was Besseres zu tun?«

»Nein, weil ein gewisser Jemand dafür gesorgt hat, dass ich keinen Job mehr habe.«

»Was denkst du, das ich anziehen sollte? Trägt man auf der eigenen Beerdigung Schwarz?«

»Du kannst tragen, was du willst. Wirst du ohnehin tun.«

»Auch wieder wahr. Ruf Sandy an. Sag ihr, ich will *das* Outfit für meinen Tod. Also das umwerfendste Kleid, das sie sich überhaupt für mich vorstellen kann. Immerhin bin ich jetzt schlank genug, um alles tragen zu können.«

Annie machte sich Notizen. Es war weniger anstrengend, sich einfach zu fügen. »Pediküre, Klamotten, Essen, Musik, Deko. Was noch?«

»Eine Diashow meines Lebens. Besorg mir ein paar Nummern von Videofritzen. Ach ja, und jeder soll was über mich sagen. So eine Art Toast ausbringen wie bei einer Hochzeit – mit dem Unterschied, dass er mir alleine gilt.«

»Warst du eigentlich seit jeher so narzisstisch?«

»Nicht ganz. Ich glaube, mein unmittelbar anstehender Tod hat meine Skrupel auf ein gesundes *Scheiß drauf* reduziert.« Polly betrachtete erneut ihre trockenen, rissigen Füße und seufzte. »Weißt du, was ich mir am meisten wünsche, es noch einmal zu erleben?«

»Mit dem Heißluftballon über die Sahara fliegen? Eine Vorführung von *Les Miserables* mit Katzen anschauen?«

»Nein, viel bescheidener: ein richtiges Rendezvous. Ist echt albern, oder? Es ist einfach so, dass ich seit Tom keine Verabredung mehr hatte und vergessen habe, wie sich das anfühlt. Weißt du, mit allem Drum und Dran. Schickes Outfit, schicke Location, schicker Typ. Aber wer würde mich schon ausführen? Mal abgesehen davon, dass ich dieses dumme Krankenhaus ohnehin nicht verlassen kann.«

Annie machte sich ein paar Notizen. »Nun, man weiß nie. Wenn du mir etwas beigebracht hast, Polly, dann Folgendes: Nichts ist unmöglich.«

»Vielleicht sollte ich es mal auf Tinder versuchen und eruieren, ob es außer mir irgendwen hier im Krankenhaus gibt, der dabei ist zu sterben und ein Last-Minute-Date möchte. Wäre überdies was für Typen mit Bindungsängsten.«

»Ja, stimmt«, meinte Annie abwesend, da sie gerade mit ihren Gedanken ganz woanders war.

Polly lehnte sich zurück und schloss die Augen. »Und? Was willst du mir nun bei deiner Trauerrede sagen?«

»Oh, dass du total machtbesessen warst, mich um meinen Job gebracht und dazu gezwungen hast, in einem eiskalten Brunnen zu tanzen und hundertmal einen schneebedeckten Berg runterzunageln.«

»Gern geschehen.«

Annie schwieg einen Moment und drehte den Stift zwischen ihren Fingern. Es war ein Glitzerstift, so einer wie Polly ihn ihr vor vielen Wochen geschenkt hatte, um ihren tristen Schreibtisch zu verschönern.

»Polly, was ich dich seit Langem fragen wollte: Warum hast du das alles für mich getan? Zumal ich null zu dir passe, langweilig, ängstlich und pessimistisch bin.«

Das Lachen aus ihrer trockenen Kehle klang wie ein heiseres Krächzen. »Als ich dich damals im Krankenhaus traf, sahst du so elend aus, so gebrochen, dass ich mir dachte:

Endlich jemand, der die Sache so sieht, wie sie ist. Jemand, der weiß, dass das Leben richtig beschissen ist und dass das ganze Theater letzten Endes bloß darauf hinausläuft, allein in einem kleinen, schäbigen Raum zu verrecken. Ich wollte keine beschönigenden Plattitüden. Meine Freunde, sie sind alle super, jedoch immer so unangemessen positiv. Sie hätten alle meine Facebookposts geliked und nie ehrlich und offen mit mir über die Tatsache gesprochen, dass ich sterben werde. Und sie hätten Selfies von meinem Krankenlager gepostet und traurige Emojis gesetzt, und irgendwie wäre es nie ganz bis zu ihnen durchgedrungen, dass es kein Joke, sondern bittere Wahrheit war. Selbst Milly und Suze wollten nicht wirklich etwas Negatives hören. Und welcher Sinn lässt sich einem vorzeitigen Tod überhaupt abgewinnen? Selbst meine Eltern hatten Angst, sich dem allen ehrlich zu stellen. Sie meinten es gut, aber ich brauchte Bodenhaftung, brauchte jemanden, der die Realität nicht beschönigte. Auf dieser Basis nämlich wollte ich meiner Situation begegnen und das Beste daraus machen. Weißt du, früher war ich ganz anders. Voll auf Arbeit und Karriere fixiert. Habe mir Sorgen gemacht, ob ich genug Likes auf Instagram hatte, und dem schönen Schein zu viel Bedeutung beigemessen. All dieser Mist. Du hingegen warst eindeutig unglücklich, und da dachte ich, wenn du es schaffen könntest, glücklich zu sein, dann wüsste ich, dass es wirklich möglich ist, die Dinge zu ändern und tatsächlich glücklich zu werden.«

»Dann war ich also so was wie dein Versuchskaninchen?«

»Anfangs ja, vielleicht. Mit der Zeit bist du mir ans Herz gewachsen. Ich meine, es ist echt schräg. Wenn ich dich nicht mal mehr anrufen oder dir mailen kann von dort aus, wo ich hingehe, wie soll ich dir dann sagen, was du tun musst? Wie soll ich je herausfinden, ob du was mit McGrummel angefangen hast? Oder dich einfach fragen, wie es dir geht?«

Annie betrachtete Polly, die nach wie vor die Augen geschlossen hielt. Sie war wieder bleicher geworden und verschmolz fast mit der Farbe des Kissens. Es war allzu einfach, sich vorzustellen, wie sie aussehen würde, wenn diese Augen sich nie wieder öffnen würden.

»Polly, habe ich mich eigentlich je bei dir bedankt?«

»Nein. Daran würde ich mich erinnern.«

»Na ja, dann danke schön.«

»Selbst dafür, dass du gefeuert wurdest?«

»Hm.«

»Es wird schon alles gut werden, Annie. Es gibt so viele Dinge, die du tun, so viele Orte, an die du gehen kannst. Glaub mir, wenn du eines Tages so daliegst wie ich jetzt, wirst du froh darüber sein.«

»Ich weiß«, erwiderte Annie leise. »Ich weiß. Danke, Polly.«

Ihre dünne Hand schob sich unter der Decke hervor. »Ich danke dir ebenfalls, Annie Hebden-Clarke. Ohne dich hätte ich das hier nicht mit Anstand und Würde über die Bühne gebracht. Ich wäre als heulendes, schreiendes Wrack geendet. Du hast mir gezeigt, dass es okay ist, traurig zu sein, wenn das Leben gerade richtig mies ist, ich dagegen habe dir gezeigt, dass das Leben sich trotzdem immer lohnt.«

Polly lachte ganz leise, und nach ein paar Minuten ging ihr Atem wieder flach und gleichmäßig. Annie hielt ihre Hand noch ein paar Sekunden länger, dann befreite sie sich sanft und schlüpfte aus dem Zimmer.

## Tag 83: Geh zu einem Rendezvous

»Hey, schau sich das einer an!«

Polly streckte stolz ihre Zehen vor, die in einem kräftigen Orangerot lackiert waren. »Gut, oder? Knallen wie ein Feuerwerk.« Dann spreizte sie ihre Finger, die in verschiedenen Neontönen lackiert waren: Limette, Himbeere, Zitrone. »Ich werde die hipste Leiche aller Zeiten sein.«

Annie zuckte zusammen. Sie wünschte, Polly würde nicht ständig diese Dinge von sich geben, doch es ging hier nicht um sie. Welches Recht hatte sie, von Polly zu erwarten, auf ihre Gefühle Rücksicht zu nehmen, wenn sie diejenige war, die starb!

»Wie geht es dir?«

»Gut. Ich fühle mich gut. Habe mir das Haar richten lassen, habe meinen Fummel an. *I am ready to rock.*«

Sie sah tatsächlich besser aus: Die Perücke, die sie heute trug, sah aus wie früher ihr eigenes Haar: lang und blond fiel es ihr in lockeren Wellen bis auf die mageren Schultern. Das Make-up verlieh ihr etwas Farbe.

»Sandy hat mir ein unfassbar tolles Kleid geschickt. Wirklich schade, dass ich bis zu meiner Pseudobeerdigung warten muss, um es anzuziehen.«

Annie warf einen Blick auf ihre Uhr – es war beinahe an der Zeit. »Na ja, vielleicht musst du das gar nicht.«

»Was?« Polly rümpfte die Nase über ihrem Essenstablett, auf dem sich eine Schale Suppe und ein paar Scheiben Weißbrot befanden. »Grundgütiger, was ist denn das für eine undefinierbare Brühe?«

»Iss das nicht. Du gehst heute Abend aus. Also nicht richtig aus, aber zumindest raus aus diesem Zimmer. Das Krankenhaus zu verlassen, haben sie uns leider nicht erlaubt.«

»Uns? Was ist hier los?« Polly legte klappernd den Löffel weg.

*Dann mal los.* Das alles konnte leicht auch nach hinten losgehen. »Na ja, als du meintest, du würdest gerne noch mal ein Rendezvous erleben, habe ich eins für dich arrangiert.«

»Mit wem?«

»Was denkst du denn? Mit deinem Krankenhausschwarm natürlich.«

»Nein, Annie. Um Gottes willen. Ich habe mich total zum Affen gemacht, als ich mit ihm zu flirten versuchte.«

»Trotzdem hat er zugestimmt«, erklärte Annie, die im Grunde immer noch nicht glauben konnte, dass George den Mann wirklich dazu überredet hatte, so professionell und reserviert, wie er normalerweise war.

»Das ist nicht fair, mich dermaßen hinterrücks zu überfallen.«

»Das musst gerade du sagen. Darf ich dich an verschiedene Aktionen erinnern – etwa an die Sache mit meinem Job. Oder daran, dass du Dr. Max gesagt hast, ich würde auf ihn stehen …«

»Was du ja definitiv tust.«

»Oder als du mich dazu gebracht hast, mich nackt fotografieren zu lassen oder irgendeine der zahlreichen anderen bescheuerten Sachen zu tun. Also rede nicht, Polly Leonard.«

»Hm. Ich möchte kein schäbiges Mitleidsdate.«

»Tja, ich denke, mehr ist momentan nicht drin. Sorry, Süße. Und jetzt hör endlich auf zu jammern. Schwing dich aus deinem abartigen Pyjama und hinein in dein schickes Kleid. Er ist so gut wie da.«

Polly schien einen Moment zu überlegen, kaute auf ihrer

Unterlippe. Dann hob sie zum Zeichen der Ergebung die Arme. »Scheiß drauf, ich schätze mal, das ist meine letzte Gelegenheit. Hilfst du mir beim Umziehen?«

»Du siehst wunderschön aus.«

»Danke. Schön für eine Todkranke, nehme ich an?«

»Na ja, die Models heutzutage sehen irgendwie ebenfalls alle aus, als ob sie gleich umkippen. Du würdest überhaupt nicht auffallen.«

Polly betrachtete sich, von Annie gestützt, im Badezimmerspiegel. Das Kleid war aus schwerer roter Seide mit U-Boot-Ausschnitt und eng anliegenden Ärmeln, kaschierte also ihre Magerkeit und die vielen blauen Flecken. An den Hüften bauschte es sich zudem leicht auf, sodass man darunter Rundungen vermuten konnte. Der Lippenstift passte perfekt zum Farbton des Kleides.

»Gott, Annie, wenn man nicht genau hinschaut, sehe ich fast normal aus. Wie ich selbst nach einer monatelangen Saftkur.«

»Du wirst ihm einen Herzinfarkt bescheren.«

»Haha.«

»Er kommt.« Annie spähte durch die Glasscheibe in der Tür nach draußen. »Da ist er.«

»Herrje, Annie, beruhige dich. Ich gehe schließlich nicht zum Abschlussball, wenngleich es sich zugegeben ein bisschen so anfühlt.« Polly umklammerte ihre Hände und grinste breit. »Ich habe ein Rendezvous, höchst romantisch im Krankenhaus!«

»Psst, bist du bereit?«

Es klopfte an der Tür. »Lass ihn warten«, raunte Polly. »Eins, zwei, drei … Ach, scheiß drauf, mach auf. Ich habe keine Zeit für Spielchen.« Dann stand er vor ihr. »Hallo, Dr. Quarani.«

»Nennen Sie mich Sami, bitte.« Er trug einen marineblauen Anzug, ein hellblaues Hemd und verströmte einen himmlischen moschusartigen Duft. »Polly. Sie sehen bezaubernd aus.«

»Danke, Sami. Also, wohin bringen Sie mich?«

»Wir gehen zu einer netten Lokalität, die ich kenne.«

»Etwa in die Kantine?«, scherzte Polly.

»Natürlich nicht. Es ist ein ganz reizendes Restaurant, das sich nur zufällig am selben Ort befindet wie die Kantine. Sollen wir?«

Er hielt ihr seinen Arm hin – Polly erhob sich schwerfällig und stützte sich auf ihn, stolzierte Schritt für Schritt vorwärts, wobei der schimmernde Seidenstoff ihre Knöchel umspielte. Sie hatte sich geweigert, heute Abend den Rollstuhl zu benutzen. Da es lediglich zehn Schritte bis zum Aufzug waren, würde sie es hoffentlich schaffen.

»Macht langsam«, warnte Annie und flitzte an ihnen vorbei. »Ganz zufällig weiß ich, dass eure Kellnerin noch nicht da ist.«


»Heute Abend darf ich Ihnen ein ganz besonderes griechisches Menü anbieten. Wir beginnen mit gefüllten Weinblättern, gefolgt von Moussaka. Dürfte ich Ihre Weinbestellung entgegennehmen?«

Annie musste Pollys Blick ausweichen, um nicht loszukichern. Sie hatte sich ein Geschirrtuch über den Arm geschlungen und trug über ihrem weißen Hemd eine schwarze Weste, die sie sich von George ausgeliehen hatte. Die Lichter waren gedimmt, und Kerzen flackerten auf den Kantinentischen, die mit roten Tüchern verhüllt worden waren. Sie hatte ein iPad aufgestellt, aus dem Michael Bublé dudelte. Es sah fast realistisch aus, wenn man die Augen etwas zusammenkniff und den penetranten Geruch nach Bleiche ignorierte, den selbst ein gigantischer Strauß Lilien nicht hatte vertreiben können.

»Haben wir Wein da?«

»Champagner, um genau zu sein.« Annie deutete auf den Eiskübel, den George mitgebracht hatte.

»Darf ich denn?«

»Offenbar ja. Ein Glas. Und Sie, Sir?«

Quarani schüttelte den Kopf. »Danke, für mich nicht. Ich trinke keinen Alkohol.«

»Kein Problem, Sir. Wir hätten da einen exquisiten Traubensaft.«

Nachdem sie ihm eingeschenkt hatte, hob er sein Glas. »Alles Gute, Polly. Wie alt sind Sie eigentlich?« Polly warf Annie einen irritierten Blick zu, der dem Arzt nicht entging. »Oh, Entschuldigung, das war eine unhöfliche Frage. Wie sagt ihr hier noch mal? Prost.«

Annie goss Polly Champagner ein und zog sich zurück. »Ich lasse Sie mal in Ruhe plaudern.«

In der Küche ging es heiß her. Costas mühte sich mit hochrotem Gesicht am Hackbrett ab und fluchte auf Griechisch. »Wenn meine Mama macht das, sieht nicht so aus.«

George schwitzte ebenfalls, sein weißes T-Shirt klebte an seinem Rücken. »Diese gottverfluchten Weinblätter wollen einfach nicht zusammenbleiben. Hat deine Mutter sich bei dir gemeldet, Costas?«

Sein Handy piepste, und Costas schnappte es sich. »Sie sagt, das ist Arbeit für Frauen. Typisch Mama.«

»Ist leider nicht besonders hilfreich. Mist verdammter.« George saugte an einem Finger, der zu engen Kontakt mit dem Messer gehabt hatte.

»Gibt es Probleme?«, meldete sich eine schottische Stimme. Dr. Max lehnte im Türrahmen, die Hände in den Taschen seines mehr oder weniger weißen Kittels vergraben.

»Die Weinblätter halten einfach nicht«, jammerte Costas. »Ich kapiere nicht, wie meine Mama das macht.«

Der Arzt krempelte die Ärmel hoch. »Würde mir jemand bitte erklären, was hier los ist?«

»Äh, wir haben alles mit dem Krankenhaus geregelt«, erwiderte Annie schuldbewusst. »Sie wollte noch ein letztes Mal ausgehen, du weißt schon, ein letztes Rendezvous.«

»Und ausgerechnet Sami muss dafür herhalten? Er, der nie seine professionellen Grenzen überschreitet, hat ein Rendezvous mit einer sterbenden Patientin?«

George wischte sich ein paar Reiskörner von der Wange. »Sorry, ich habe das Wort *Rendezvous* nicht verwendet.«

»Was hast du ihm denn erzählt?«

»Na ja, ich habe ihm erzählt, es sei Pollys Geburtstagsparty und dass wir dafür Gäste brauchen.«

»Du hast *was*?«

George und ebenso Annie kamen sich plötzlich unter seinem ungläubigen Blick wie Idioten vor und schauten sichtlich betreten drein.

Max seufzte. »Und keiner von euch hat daran gedacht, dass Dr. Quarani dafür abgemahnt werden könnte, sich mit einer Patientin unter so merkwürdigen Umständen im Krankenhaus zu treffen? Und dass er, wenn er hier fliegt, direkt ins Kriegsgebiet zurückgeschickt wird?«

»Woher sollte ich das wissen?«, beschwerte sich George und wich zurück. »Jetzt mal im Ernst: Kochen und einen Hetero zu einem Date einladen, ist nicht das, wofür ich mich üblicherweise freiwillig melde.«

Costas verstand gar nichts mehr. Unsicher schaute er von einem zum anderen. »Wir kochen kein Abendessen?«

»Keine Sorge, das ziehen wir jetzt durch«, versicherte Dr. Max. »Um die hier kann ich mich kümmern.« Er meinte die Weinblätter, die er geschickt zusammenzurollen begann.

»Woher weißt du, wie man das macht?«, wollte Annie wissen.

»Ist nicht viel anders als Chirurgie. Dinge rausholen, die nicht reingehören, und sicherstellen, dass andere Dinge schön drinbleiben«, sagte er achselzuckend und bohrte einen Spieß durch das Weinblatt, als würde er eine Wunde klammern. »So, das hätten wir. Wie läuft es mit dem Rest?«

»Die Moussaka ist im Ofen«, sagte Costas. »George macht Baklava.«

»Nicht dass es mir jemand danken würde«, meldete sich Pollys Bruder vom anderen Ende der Küche.

Dr. Max wusch sich die Hände und stellte den Wasserhahn mit dem Ellbogen aus. »Also gut. Annie, du kommst mit mir raus.«

»Warum?« Sie löste ihre Schürze, die mittlerweile voller klebriger Reiskörner war.

»Wenn das Pollys letzte Chance für ein Rendezvous ist, liegt es jetzt an uns, den Abend zu retten. Na gut, vor allem an mir, aber es schadet nicht, wenn du mitkommst.«

Schadet nicht, ach ja, dachte sie und stapfte wütend hinter ihm her.

»Es war eine äußerst heikle Angelegenheit, da die Darmwand des Patienten durchgebrochen war und Fäkalien in die …«, hörten sie Dr. Quaranis Stimme, der Polly gerade von einer besonders grausigen OP erzählte. Ihr Champagnerglas stand unberührt vor ihr, und sie bedachte Annie mit einem erbosten Blick. Tolles Thema für ein Rendezvous!

Dr. Max eilte zu ihnen hinüber. »Sami, Polly! Ist das nicht schön? Doch was ist das für ein ätzendes Gedudel?« Er schaltete den iPod aus. »Das kriegen wir besser hin, würde ich sagen.« Er deutete in eine Ecke des Raumes, wo unter einem roten Tuch versteckt ein Klavier stand. »Der Freundeskreis des Krankenhauses hat das gespendet. Die meinten wohl, das würde

409

die Moral heben oder so ...« Rasch zog er den Stoff runter und setzte sich auf den Hocker. »Irgendwelche Wünsche?«

»Du kannst Klavier spielen?«

Annie war dermaßen sprachlos, dass sie darüber ihre Rolle als Kellnerin vergaß. Gab es eigentlich irgendwas, das dieser Mann nicht konnte?

»Klar«, sagte er. »Alles eine Sache der Fingerfertigkeit. Wie wäre es mit ein bisschen Frankie für den Anfang? Nicht dein neuer Tumor, Polly, sondern Frank Sinatra?« Schon begann er *I Get a Kick Out of You* zu intonieren, und seine tiefe, kehlige Stimme füllte den Raum. Bei der Zeile *I get no kick from champagne* nickte er seinem abstinenten Kollegen zu, der daraufhin tatsächlich lächelte, während Polly nach ihrem Champagner griff und Dr. Quarani zuprostete.

*Oh Gott, bitte, gratulier ihr jetzt nicht zum Geburtstag,* betete Annie stumm.

»Auf Sie, Polly«, sagte er. Und das war alles.

Das inszenierte Rendezvous dauerte nicht übermäßig lange, da Polly letztlich zu müde und zu schwach für eine solche Aktion war. Welch eine rapide Verschlechterung seit Schottland, wo sie immerhin auf Skiern gestanden hatte, dachte Annie. Jetzt aß sie mühsam ein Weinblatt, einen halben Löffel Moussaka und ein winziges Stück Baklava. Inzwischen war es eine große Runde am Tisch geworden. Das Rollenspiel war zu Ende. Sie saßen zu sechst da, aßen und tranken, plauderten und lachten bei Kerzenlicht, bis sie merkten, dass es Zeit wurde, Polly auf ihr Zimmer zurückzubringen.

Dann lag sie auf dem Bett, immer noch in ihrem neuen roten Seidenkleid. Auf Annies Frage, ob sie ihr beim Ausziehen helfen sollte, schüttelte sie den Kopf.

»Ich behalte es an. Es ist zu schön, um es auszuziehen.«

»Hat es dir eigentlich gefallen, dein Rendezvous?«

»Er wusste nicht wirklich, um was es ging, oder? Ich hatte mich bereits gewundert, dass er sich darauf überhaupt eingelassen hat.«

Annie strich hastig das Kissen glatt. »Keine Ahnung, George hat mit ihm geredet.«

»Ist auch egal. Ich habe bekommen, was ich wollte – ein Essen mit einem gut aussehenden Mann, ein hübsches Kleid und einen Abend mit den großartigsten Menschen, die ich kenne. Vielleicht sollten alle Rendezvous in einer Gruppe stattfinden.« Sie hielt einen Moment inne. »Er hat mir erzählt, was drüben in seiner Heimat und mit seiner Familie los ist. Ich glaube, dass er einsam ist. Ausgerechnet in Lewisham festzustecken und dann nicht mal trinken zu dürfen, das ist echt bitter. Der Ärmste.«

»Willst du, dass ich bei dir bleibe?«

»Nicht nötig, schlaf dich lieber mal aus.«

»Wenn du wirklich meinst.« Annie ging zur Tür und dimmte das Licht. »Klingle nach einer Schwester, falls sie dein Make-up entfernen soll oder so. Dafür werden sie zwar nicht bezahlt, aber dir lesen sie gerne jeden Wunsch von den Augen ab.«

»Okay, mache ich. Annie?«

»Ja?«

»Danke für heute. Das war das beste falsche Rendezvous, das ich je hatte.«

»Nichts zu danken. Schlaf gut.«

»Gute Nacht, Annie Hebden-Clarke.«

Als sie ging, schaute Annie ein letztes Mal zu Polly hin, die in ihrem scharlachroten Kleid auf der Bettdecke lag – reglos wie eine Statue, das blonde Haar ihrer Perücke schimmerte golden im gedämpften Licht.

## Tag 84: Sag Lebewohl

Das Handy klingelte. Annie griff unter ihr Kissen, fand es schließlich und drückte hektisch auf die Tasten. Geisterhaft blaues Licht erfüllte ihr Schlafzimmer. »Ja?« Wie viel Uhr mochte es sein? Immerhin war es noch dunkel draußen.

»Annie?«

Es war George. Seine Stimme schien von weither zu kommen, wie von einem fernen Planeten. Warum rief er sie mitten in der Nacht an? Sie richtete sich kerzengerade auf.

»George? Ist …?«

Er antwortete nicht. Sie hörte lediglich ein leises, tränenersticktes Schlucken. Worte waren überflüssig. Annie war bereits aus dem Bett, schlüpfte in ihre Jeans und suchte nach den Wohnungsschlüsseln.

»Ich komme, bin gleich da.«

Sie konnte sich später kaum noch an die Einzelheiten der Fahrt erinnern. Das Glimmen der orangefarbenen Lichter, als sie durch Catford rasten, das Schweigen des Taxifahrers, der, von ihrer Unruhe angesteckt, aufs Gaspedal trat und an jeder Ampel abrupt abbremste. Sie stieg aus, bedankte sich bei ihm und rannte hinein in den grünlichen Schein des nächtlichen Krankenhauses mit seinem gedämpften Gepiepse, den grellen Neonlichtern, den herumeilenden Schwestern und Pflegern. Statt auf den Aufzug zu warten, hastete sie keuchend die Treppen hoch. Am anderen Ende des Flures sah sie eine Gruppe Menschen stehen. Ihre Augen nahmen den Anblick in sich auf, aber ihr Verstand verarbeitete nicht, was sie sah. Valerie, die an Georges Schulter weinte, während er mit tränenüberströmtem Gesicht ihren Rücken tätschelte. Roger, der mit bebenden Schultern danebenstand. Annie hielt vor der Tür zu Pollys Zimmer inne und blickte durch die Glasscheibe. Einen Moment lang begriff sie nicht. War Polly verlegt worden? Warum standen dann alle hier herum?

Dr. Max kam auf sie zu, in denselben Sachen, die er am Vorabend getragen hatte, und mit demselben Tomatenfleck am Hemdsärmel. Offenbar hatte er die Nacht mal wieder im Krankenhaus verbracht.

»Wo ist sie?«

»Es tut mir leid, Annie, sie ist heute Nacht von uns gegangen.«

»Nein.«

»Es muss passiert sein, kurz nachdem du gegangen bist. Sie trug immer noch das Kleid, und sie sah so friedlich aus, wirklich friedlich ...«

»*Nein.*«

»Du hast ihr einen wundervollen letzten Abend beschert, aber nun ist sie fort. Wir haben es vor etwa einer Stunde entdeckt. Sie ist im Schlaf gestorben, sie hat nichts gespürt. Es war das Beste, was wir uns unter diesen Umständen für sie erhoffen konnten.«

Wie bitte konnte das so schnell gehen. Es war schließlich erst wenige Stunden her, dass sie in der Kantine alle zusammengesessen hatten – glücklich und lebendig, lachend und plaudernd, Champagner trinkend. Wie war es möglich, dass sie in dem einen Moment noch da war und im nächsten nicht mehr?

Max legte seinen Arm um ihre Taille und führte sie sanft und zugleich bestimmt von der Tür weg. »Komm jetzt, Annie. Es gibt nichts mehr, was du hier tun kannst. Alle sollten nach Hause gehen.«

»Und ihre Pseudobeerdigung, was wird jetzt mit der? Sie ist ja erst in ein paar Tagen«, wandte Annie törichterweise ein.

»Ehrlich gesagt glaube ich, dass Polly nicht ernstlich eine Trauerfeier zu Lebzeiten wollte. Sie hat so getan, weil sie auf diese Weise ganz locker vorbringen konnte, wie sie sich ihre Beerdigung wünschte. Und nun komm!«

Noch einmal blickte sich Annie nach dem Zimmer um, in dem sie so viele Stunden mit Polly verbracht hatte. Das Bett war bereits gegen ein neues, frisch bezogenes ausgewechselt worden, die Maschinen standen dunkel und stumm da. Es sah aus, als wäre sie nie dort gewesen.

## Tag 85: Bleib im Bett und weine

Polly war tot.

Tag 86: Nimm die Tablettenpackung aus deinem Badezimmerschrank, starre sie an und lege sie wieder zurück

Polly war tot. Sie war tot. Tot. Wie konnte sie einfach tot sein? Das war so unfair. So verdammt ungerecht.

## Tag 87: Sitz stumpfsinnig auf dem Wohnzimmerboden und glotz den ausgeschalteten Fernseher an

Polly war tot. Sie war tot, sie war tot, sie war tot, sie war tot, tot, tot, tot.

»Annie?« Costas' Hand legte sich ganz sanft auf ihre Schulter. »Ich gehe mit Buster Gassi.« Der kleine Hund schnüffelte um Annies Füße herum, aber ihr war zu schwer ums Herz, um mit ihm zu schmusen. »Willst du, dass ich Pizza mitbringe?«

Sie fand ihre Stimme wieder, irgendwo tief in ihrem Inneren. »Nein, danke.«

»Du musst essen, Annie.«

Warum? Polly war tot: tot, tot, tot, und nichts, rein gar nichts, hatte noch einen Sinn. Polly war tot. Egal, wie oft Annie es vor sich hersagte, es drang nicht bis in ihr Inneres. Sie wusste nicht, wie sie sich je wieder davon erholen sollte.

## Tag 88: Sprich vor anderen Menschen

War es wirklich möglich, dass eine Frau in fünfunddreißig Lebensjahren so viele Menschen gekannt hatte?

Die Kirche war gerammelt voll. Außer dass die Trauerfeier nicht wie bei der geplanten Pseudobeerdigung in der Krankenhauskapelle stattfand, blieb alles so, wie Polly es sich gewünscht oder, richtiger, angeordnet hatte. Nur dass sie selbst nicht dabei war. Zumindest nicht lebendig.

Annie ging den Mittelgang entlang, fühlte sich verloren, vereinsamt. Sie hatte viel Zeit damit verbracht, sich zurechtzumachen, schließlich hatte Polly sogar einen Kleidungskodex für die Trauergäste festgelegt. Bunt, nichts Schwarzes, und Annie hatte sie sogar diese silbernen High Heels aufgedrängt, in denen sie kaum laufen konnte.

Sie fand einen Platz in der zweiten Reihe, direkt hinter Pollys Familie, und quetschte sich, Entschuldigungen murmelnd, hinein. George saß in seinem paillettenbesetzten Smoking vor ihr, rechts und links hatten seine Eltern Platz genommen. Valerie unter einem riesigen roten Hut mit Schleier und Roger mit steinerner Miene in einem grünen Tweedanzug.

Und dort, direkt vor dem Altar – in einem biologisch abbaubaren Hanfsarg –, lag Polly. Ihr Körper, ihr Geist, alles, was sie je gewesen war. In einer einfachen Kiste. Für immer.

Annie blickte sich um. Da war Suze mit ihrem Hipsterlover, den sie ermahnen musste, sein Handy wegzustecken. Sie selbst sah trotz ihres sommerlichen korallenrosa Partykleids dünn und elend aus. Dann war da Milly, ganz in

Grün, die ihre Kinder unter Kontrolle zu bringen versuchte – das Mädchen in einem hellblauen Kleid, der Junge in einem kleinen dunkelblauen Anzug. Der Vater und Ehemann saß unbeteiligt daneben. Außerdem waren da unter anderem Costas in einem modischen dunkelgrauen Anzug mit pinkfarbener Krawatte und Dion, der sich in einen altmodischen, piekfeinen pastellblauen Anzug geschmissen hatte, der jetzt indes ziemlich um seinen ausgemergelten Körper schlotterte. Die meisten Leute aus Pollys großem Bekanntenkreis kannte sie nicht. Was ihr noch auffiel – und was sie rührte –, waren die zahlreichen Krankenhausmitarbeiter, die dieser besonderen Patientin das letzte Geleit gaben, allen voran Dr. Max und Dr. Quarani, Pollys letztes »Date«.

Vorne in der Kirche rührte sich etwas.

Der Pfarrer, auf dem Valerie bestanden hatte, trat heraus, flankiert von einem Mann mit langem grauem Haar und einer regenbogenfarbenen Stola um den Hals. Das musste Pollys Freund, der humanistische Zoroastrier, sein. Annie begegnete Georges Blick – er verdrehte die Augen gen Himmel, verzog den Mund zu einem kleinen Lächeln und zuckte die Achseln. *Typisch Polly*, schien er ihr zu signalisieren. Was blieb ihnen anderes übrig, als mitzuziehen?

»Liebe Schwestern und Brüder, ich möchte Sie heute hier herzlich begrüßen«, begann der Pfarrer. »Ich möchte ebenfalls … Reverend Ziggy willkommen heißen, der diese Feier ganz im Geiste der Menschlichkeit mit mir durchführen wird, so wie Polly es sich für den heutigen Tag gewünscht hat. Ihrem Wunsch entsprechend, sind Sie alle bunt und fröhlich gekleidet erschienen, und ich weiß, dass es sie sehr gefreut hätte.«

Nach ihm ergriff der Zoroastrier das Wort. »Peace, Leute. Lasst Pollys Geist erstrahlen wie einen Regenbogen, yeah! Gebt mir ein *Ja, verdammt!*«

Die Zuhörerschaft antwortete wenig begeistert mit einem vagen Murmeln, und der Pfarrer übernahm wieder.

»Wir werden jetzt einige kurze Würdigungen von Pollys Freunden und Verwandten folgen lassen. Als Erste wird, ihrem Wunsch entsprechend, ihre Freundin Annie Hebden sprechen.«

Sie war gemeint. Annie schrak auf, umklammerte ihre Karteikarten, die sie als Spickzettel vorbereitet hatte, und stakste unsicher nach vorne, hatte dabei das Gefühl, dass alle Blicke kritisch auf sie gerichtet waren.

*Oh Gott, Polly. Du schuldest mir was,* dachte sie. *Und zwar was verdammt Großes.*

Der Weg zum Altar schien eine Ewigkeit zu dauern. Als sie endlich da war, musste für sie erst das Mikrofon heruntergelassen werden, was ihre Nervosität nur verstärkte. Trotzdem oder vielleicht gerade deshalb fiel ihr eine so banale Tatsache auf wie die, dass der Pfarrer sich beim Rasieren unter dem Ohr geschnitten hatte.

Verlegen trat sie schließlich ans Mikrofon. In der Kirche herrschte Totenstille. Und die versammelten Leute in Rot, Grün und Orange schauten wie auf Kommando zu ihr hin.

»Hallo. Ich heiße Annie Hebden, bald wieder Annie Clarke, mein alter Name, und ich glaube, Polly würde das gefallen.« Polly, die in der Kiste direkt vor ihr lag und es nie erfahren würde. »Verglichen mit den meisten von Ihnen, habe ich Polly erst vor Kurzem kennengelernt, doch immerhin haben wir sehr viel Zeit miteinander verbracht, und dass sie mich gebeten hat, heute hier zu sprechen, liegt wohl daran, dass sie der Meinung war, ich sei diejenige, die am meisten davon mitbekommen hat, wie sie ihrem Tod begegnete. Es war schlicht ergreifend und höchst bemerkenswert. Sie nahm die tödliche Krebsdiagnose, für die meisten Menschen der Albtraum schlechthin, an und verwandelte sie in eine

Chance, das Leben anders zu sehen und anders zu leben. Bewusster. Dankbarer. Offensiver. Und sie hatte sich zum Ziel gesetzt, ebenfalls das Bewusstsein anderer Menschen zu ändern. Einer davon war ich.«

Inzwischen war es so still in dem großen Kirchenschiff geworden, dass man eine Stecknadel hätte fallen hören können.

»Als ich Polly traf, war ich ein Häufchen Elend. Ich hasste mein Leben und alles, was damit zu tun hatte, und fühlte mich wie der einsamste, betrogenste Mensch auf der Welt. Dadurch wurde ich für Polly zum Versuchsobjekt par excellence. Sie beschloss, mich zu bekehren und mir eine positive Lebenseinstellung zu verpassen. Zu diesem Zweck spielte sie jedes Mal, wenn ich deprimiert und mutlos war und mich nur selbst bemitleidete, ihre Krebskarte aus, wie sie es nannte. So nach dem Motto *Hey, schau mich an. Wer hat hier eigentlich Grund zum Jammern?* Am Anfang wollte ich nichts von ihr wissen – hielt sie für zu schrill, zu hippiemäßig mit ihren kunterbunten Klamotten und, ganz ehrlich, für übergeschnappt. Aber sie ließ nicht locker, heftete sich an meine Fersen und krallte mich. Nun ja, hier bin ich und möchte mit Ihnen teilen, was ich die letzten knapp drei Monate erlebt und gelernt habe.«

Annie schaute sich um, ließ den Blick über das Meer von Gesichtern schweifen und sah, wie die Trauergäste unter Tränen lächelten. Sie holte tief Luft, bevor sie weitersprach.

»Manchmal sagen die Leute, man solle jeden Tag so leben, als ob es der letzte wäre. In mancher Hinsicht richtig, in mancher nicht. Es darf nicht dazu führen, dass man allem gegenüber gleichgültig und nachlässig wird. Stellen Sie sich vor, Sie beschließen jeden Tag, dass es sich nicht mehr lohnt, den Küchenboden zu wischen, die Steuern zu zahlen, die Wohnung in Ordnung zu halten, sich gesund zu ernähren. Das wird ziemlich übel, wenn Sie noch jahrelang leben. Deshalb möchte ich Ihnen gerne vermitteln, was ich von Polly gelernt habe – meiner Freundin, die mir durch ihr Sterben beigebracht hat zu leben. Wobei zu unserem Leben das Sterben dazugehört, das sollten wir uns bewusst machen. Polly wusste das. Und wir können nicht erwarten, jeden Tag glücklich zu sein, denn es wird immer Krankheiten, Probleme und Kummer geben, aber wir sollten uns nie davon umwerfen lassen und uns in unserer Trauer, unserem Schmerz oder unserem Frust vergraben. Niemand von uns hat die Zeit dafür – ob wir nun hundert Tage zu leben haben oder hunderttausend.«

Annie fühlte sich plötzlich überfordert davon, all ihre Gefühle zusammenfassen zu müssen, für ihre lebensbejahende, quirlige Freundin zu sprechen – ausgerechnet sie, die immer ein Trauerkloß gewesen war. Verdammt, wer verlangte bitte schön so etwas von einem? Wer schon? Polly natürlich. Sie hatte immer viel zu viel verlangt, mehr als die meisten zu leisten vermochten.

»Äh, das ist eigentlich alles. Zum Abschluss möchte ich lediglich noch mal betonen, dass Polly mein Leben grundlegend verändert hat, obwohl wir uns so kurz kannten. Ich werde nie wieder dieselbe sein. Und ich vermisse sie, werde sie immer schrecklich vermissen. Danke, dass Sie mir zugehört haben.«

Annie ging die paar Stufen vom Altarraum hinunter, dabei angestrengt auf ihre silbernen Schuhspitzen starrend, während die versammelten Gäste ihr applaudierten und ihr die Hände entgegenstreckten.

*So schön gesprochen …*

*Danke, Annie …*

*Es hätte ihr gefallen …*

Annie indes nahm bloß ein Gesicht wahr, hörte bloß eine Stimme, spürte bloß zwei Arme, die sich um sie schlossen, und sie schmiegte sich ungehemmt schluchzend an seine Schulter, an sein zerknittertes Hemd.

Nach ihr sprachen noch andere ein paar Worte, hin und wieder unterbrochen durch ein Musikstück, das Polly sich gewünscht hatte. Besonders rührten Annie Georges Erinnerungen an die gemeinsame Kindheit mit seiner älteren Schwester und Millys kleine Tochter, die sich tapfer vors Mikrofon stellte, um *Over the Rainbow* zu singen, mittendrin den Text vergaß und zurück zu ihrer Mutter rannte. Gewöhnungsbedürftig fand sie hingegen Ziggy, der ihr mehr wie ein Guru und weniger wie ein Reverend erschien und der alle Anwesenden nötigte, durch den Raum zu wandern und fremde Leute zu umarmen. Annie fühlte sich fatal an den seltsamen Kontakttanzkurs erinnert, zu dem Polly sie und George geschleppt hatte.

Sobald es vorbei war – mit einer höllisch lauten Version von *Time of My Life*, die aus den Lautsprechern dröhnte –, drängte Annie sich durch die Menge nach draußen in die Sonne, wo sie endlich das Gefühl hatte, wieder frei atmen zu können.

Zu ihrer Verwunderung entdeckte sie Valerie, die ebenfalls früher die Kirche verlassen hatte und mit einer Zigarette in der Hand auf einem Grabstein saß, den roten Hut neben sich. Sie wirkte so verloren, so traurig.

»Ich habe mich früher abgesetzt, ich konnte einfach nicht mehr.« Ihre Stimme bebte, ihre Augen wurden feucht. »Sie hat in dieser Kirche geheiratet, weißt du. Ganz in Weiß. Sie war so wunderschön.«

»Wie geht es dir?« Es war eine dämliche Frage, doch Annie wusste nicht, was sie sonst sagen sollte.

Sie inhalierte noch einmal. »Polly hat mir erzählt, dass du ein Kind hattest, das früh gestorben ist.«

»Ja, das stimmt.«

»Kommt man je darüber hinweg? Hört es irgendwann auf, dieses Gefühl …«, Valerie tippte sich an die Brust, »als würde man selbst sterben? Sie war mein kleines Mädchen, Annie. Mein Baby.«

»Ganz ehrlich, ich weiß es nicht. Mit der Zeit, denke ich, packt man Schichten darüber.«

»Ich will sie nicht zupacken, will mich vielmehr an alles erinnern.« Valerie drückte ihre Zigarette aus. »Warum passieren diese Dinge, Annie? Dein Junge, meine Tochter?«

»Ich weiß es nicht«, erwiderte Annie hilflos und nahm ihr den Stummel ab. »Vielleicht ist es besser, es nicht zu wissen. Im Übrigen glaube ich, dass so etwas einfach passiert. Zufällig, völlig grundlos. Dass es weder Fügung noch Schicksal noch Strafe ist. Und wir, wir müssen damit leben.«

Valerie stieß einen tiefen Seufzer aus und setzte ihren Hut wieder auf. »Typisch Polly, uns zu solchen Clownsverkleidungen zu zwingen«, sagte sie und lächelte unter Tränen.

»Mir gefällt es eigentlich«, erwiderte Annie wahrheitsgemäß. »Es ist etwas Besonderes. So wie sie selbst besonders war.«

»Danke für alles, was du heute über sie gesagt hast. Es bedeutet mir sehr viel.« Sie stand auf. »Dieser Tag ist schwer für mich, und ich werde mich sehr am Riemen reißen müssen, um ihn einigermaßen mit Würde durchzustehen. Polly war so tapfer, da darf ich mich nicht gehen lassen.« Sie beugte sich vor, um sich einige der Blumenkränze anzuschauen, die an der Kirchenmauer lehnten. Es waren so viele, dass nicht alle um den Sarg herum aufgebaut werden konnten.

So langsam leerte sich die Kirche, und die Trauergäste formierten sich, um dem Sarg zu Pollys letzter Ruhestätte zu folgen. Da Polly hierfür keine Anweisungen hinterlassen hatte, war es eine schlichte Zeremonie. Ganz nach ihrem Gusto hingegen ging es anschließend weiter.

George kam auf sie zu. »Wenn ich das richtig sehe, steht jetzt für den kleineren Teil der Trauergemeinde ein Bus bereit, der uns nach Hause bringt.«

Valerie zuckte mit den Schultern. »Noch so ein verrückter Plan deiner Schwester.«

»Typisch Polly, ein Hochzeitsbus für ihre Beerdigung«, murmelte George, als sie in den Doppeldecker kletterten.

Es handelte sich um einen Oldtimer, den man für besondere Gelegenheiten mieten konnte. Jetzt war er wie für eine Hochzeit dekoriert, und es gab sogar Gastgeschenke. Kleine Bilderrahmen mit einem Foto von Polly auf der einen Seite und einem Gedicht auf der anderen.

»*Stehe nicht an meinem Grab und weine ...*«, las George. »Ach du liebe Güte. Ich wünschte, ich könnte ihr sagen, wie kitschig das ist.«

Suze zog eine Flasche aus ihrer Umhängetasche und trank einen Schluck. »Auf Polly! Sie hat einen neuen Trend gesetzt: Beerdigungen werden die neuen Hochzeiten. Mag irgendwer Gin?«

»Den brauche ich dringend«, verkündete George und nahm einen großen Schluck.

Costas murmelte empört vor sich hin. »Wo waren die Gebete? Und der Weihrauch? Stattdessen musste man klatschen und Leute umarmen! Das ist nicht richtig.«

»So ist das eben hierzulande, mein kleiner orthodoxer, schwuler Freund.« George legte den Arm um ihn. »Da, trink ein bisschen Gin. Du bist schließlich über achtzehn, oder?«

Hatte Annie gedacht, die Sache mit dem Hochzeitsbus sei nicht mehr zu toppen, so wurde sie bei der Ankunft im Haus der Leonards eines Besseren belehrt.

Sämtliche Bäume auf dem Grundstück waren mit Wimpeln und Luftballons geschmückt, die an einen lustigen Kindergeburtstag erinnerten. Makaber hingegen die *Hier-geht's-*

*zur Beerdigung*-Schilder. Annie fragte sich, wen Polly überredet haben mochte, sie zu drucken und anzubringen. Die
Slideshow mit Fotos hingegen, die auf eine riesige Leinwand
im Wohnzimmer projiziert wurde, hatten sie gemeinsam ge-
plant. Jetzt sah sie Polly als Kind, Polly beim Studienab-
schluss, Polly auf einer Yacht, Polly auf dem Inkapfad, Polly
bei einem Marathon. Eine lächelnde blonde Frau, strahlend
und absolut perfekt. Annie vermochte sich nicht vorzustellen, dass sie je die Freundin dieser Person hätte sein können,
der alten Polly. Insofern war sie dankbar, dass sie sich zu einer
späteren Zeit getroffen hatten, als sie beide schon vom Leben
verändert worden waren.

Drinnen liefen lächelnde Cateringangestellte in schwarzen
Westen herum und verteilten Champagnerflöten. »Heilige
Scheiße«, murmelte Annie, während sie die Szenerie in sich
aufnahm. Alles vom Feinsten. Polly hatte sich nicht lumpen
lassen, nicht einmal auf ihrer Beerdigung. Sie könne ja nichts
mitnehmen, hatte sie immer wieder betont und ihr Geld
großzügig unter die Leute gebracht.

Annie lächelte wehmütig. Wie sehr würde sie sich wünschen, Polly wäre da, um sie wegen ihrer spießigen Sparsam-
keit zu schimpfen. Oder sie dachte daran, wie sie wegen ihres
mangelnden Savoir-vivre die Augen verdreht oder *Krebskarte*
gerufen hatte. Statt Pollys raumgreifender Präsenz umfing sie
nichts als Leere und Stille.

»Hi!«, sagte Polly.

Annie erstarrte. Sie hatte zwar ein paar Gläser Champagner
intus, aber gewiss nicht genug, um zu halluzinieren. Dann
wurde ihr klar, dass die Stimme echt war und aus dem
Wohnzimmer kam. Hastig stöckelte sie ins Haus, wobei
kleine Rasenstücke an ihren dämlichen Absätzen hängen
blieben. Ein junger Mann in Polohemd fummelte am Pro-

jektor herum, woran Valerie ihn offenbar zu hindern versuchte.

»Sorry, Ma'am. Sie hat mich dafür bezahlt herzukommen und das Video abzuspielen. Ich muss es tun.«

»George, wusstest du davon?«, wandte Valerie sich Hilfe suchend an ihren Sohn.

Er zuckte die Achseln. »Ich tippe mal, noch so eine verrückte Polly-Idee. Was ist das überhaupt für ein Video?«

Der Techniker drückte einen Knopf, und das riesige Gesicht von Polly füllte die Leinwand. Es war in der Woche zuvor aufgenommen worden – Annie erkannte es an der Strickmütze, die sie trug.

»Hallo, allerseits! Hoffe, ihr amüsiert euch gut auf meiner Beerdigung. Tut mir leid, dass ich nun doch nicht dabei sein konnte. Probiert die Lachshäppchen, die sind der Hammer.«

Alle starrten sie an. Eine Videobotschaft von einer Toten? Das war der Hammer, nicht die Lachshäppchen.

»Also, da ich nicht persönlich anwesend sein kann, will ich auf diese Weise ein paar Worte loswerden – wobei ich im Übrigen glaube, dass Livebeerdigungen zukünftig im Trend liegen werden. Also hier meine Botschaft aus dem Grab.« Sie verzerrte ihr Gesicht zu einer gruseligen Grimasse, lachte und musste husten. »Mist. Ich sollte wohl nicht zu witzig werden. Okay. Der letzte Wille von mir, Pauline Sarah Leonard – ja, richtig gehört, Pauline, so heiße ich nämlich wirklich –, einer Frau von gesundem Geist und weniger gesundem Körper. Um es vorabzuschicken: Ich verteile hier keine weltlichen Güter. Viel ist da ohnehin nicht übrig, da Tom das Haus behalten hat. Hi, Tom, falls du da bist.«

Tom, der gerade ein Häppchen mit Wachtelei verspeiste, verschluckte sich und hustete in eine Serviette, während Polly auf der Leinwand weiterredete. »Also. Was ich heute weitergeben will, sind keine Besitztümer, sondern vielmehr

immaterielle Güter. Hallo, Costas.« Er winkte, als könnte sie
ihn sehen. »Sandy, bist du ebenfalls da?« Ja, war sie, schlank
und rank in elegantes Elfenbeinweiß gehüllt, nippte sie an
einem Mineralwasser. »Ich will, dass du Costas einen Job be-
sorgst. Es ist die reinste Verschwendung, den Jungen Kaffee
kochen zu lassen. Er hat das beste Gespür für Farbe, das ich
je gesehen habe, und ich glaube, dass er dich stolz machen
wird. Wetten, er sieht richtig toll aus heute?«

Sandy nickte. »Wir sprechen nachher, Costas.«

»Und jetzt George. Wo ist mein geliebter Bruder? Meckert
über das Essen, wetten?« George erstarrte mit der Hand über
den Gemüsesticks, die er mürrisch inspiziert hatte. »George,
du und ich, wir wissen beide, dass du kein ehrliches Leben
geführt hast. Ich kann es dir nicht wirklich vorwerfen – wer
von uns könnte das schon? –, aber es ist an der Zeit für dich,
der zu sein, der du wirklich bist. Egal, was Mum denkt.«
Valerie, die auf dem Sofa saß, versteifte sich. »Also vertraue
ich dir Dion an – ich hoffe, er war fit genug, um kommen zu
können.« Dion wedelte mit seinem Gehstock aus der Ecke,
in der er sich niedergelassen hatte. »George, kümmere dich
um ihn. Was ihm und seinen Freunden widerfahren ist, war
schrecklich – zum Glück haben wir inzwischen andere Zeiten, sodass dir so etwas hoffentlich nicht passiert. Hör dir
trotzdem seine Geschichten an. Du bist immerhin Teil einer
speziellen Community, und ich will, dass du stolz darauf bist
und dich nicht dafür schämst. Mum, tut mir leid, es ist die
Wahrheit. Lass Georgie sein, wer er ist, und lass ihn vor allem
glücklich sein. Vielleicht wird er dann aufhören, mit so miesen Losern herumzuziehen. Hauptsache, er wird geliebt, egal
wer ihm diese Liebe schenkt.«

Während George und Dion einander zuwinkten, redete
Polly auf der Leinwand weiter.

»Und jetzt zu euch, Mum und Dad. Es tut mir leid, dass

ich euch so viel Kummer bereitet habe. Ich weiß, wie hart es für euch war zu wissen, dass ich frühzeitig sterben werde. Bitte, gebt auf euch acht, okay. Es muss echt mies sein, ein Kind zu verlieren, vor allem natürlich so ein tolles wie mich.« Valerie konnte sich nicht mehr beherrschen und begann hemmungslos zu schluchzen. »Eigentlich wollte ich euch allerdings etwas ganz anderes sagen. Mum, Dad, lasst euch bitte endlich scheiden.« Ein lautes Klirren ertönte, als Roger das Weinglas aus der Hand fiel. »Ihr wart nie glücklich, nicht wirklich. Ihr habt eine perfekte Fassade errichtet – das hübsche Haus, die Freunde, die Dinnerpartys –, dennoch wussten George und ich immer, dass ihr euch nicht wirklich liebt. Dad ständig bei der Arbeit, Mum ständig am Nörgeln – das ist einfach nicht richtig.«

Roger hastete zum Techniker hinüber, um das Video abstellen zu lassen. Vergeblich. Er sei nicht befugt dazu, erklärte er.

»Also, Dad, warum gibst du dir nicht einen Ruck und krempelst dein Leben um? Mit weniger Alkohol vielleicht, denn ich will nicht, dass du dich allzu bald zu mir gesellst. Und Mum, glaub mir: Es bringt nichts, sich an einen Mann zu klammern, der einen nicht liebt. Ich spreche aus eigener Erfahrung. Lass Dad gehen. Finde jemanden, der dich wirklich liebt. Mach deinen Töpferkurs oder dein Taekwondo oder was immer. Du brauchst Dad nicht, um du selbst zu sein. Und Dad, ich weiß, dass du ein schlechtes Gewissen haben wirst, aber es ist nichts Falsches dabei, vorrangig an sein eigenes Glück zu denken. Das möchte ich ebenfalls Tom sagen, falls er sich getraut hat zu kommen … Wenn du Fleur liebst, bleib mit ihr zusammen und werde glücklich. Meinen Segen hast du. Versprich mir nur, auf meine marokkanischen Fliesen aufzupassen – die aus Essaouira heranschaffen zu lassen, hat ein Vermögen gekostet.« Sie grinste uns von der

Leinwand zu. »Und nun zum Rest. Milly, meine Liebe, du bist die beste Social-Media-Managerin, die ich kenne. Bitte tu mir den Gefallen und nimm deinen Job wieder auf, es wird sich bestimmt eine gute Betreuung für Lola und Harry finden. Lass dich von deinem Mann nicht ewig im Haus festhalten. Hi, Seb, falls du da bist, steh ihr nicht länger im Weg!«

Lola piepste: »Mummy, ist das Polly?«

»Psst, Liebes«, brachte Milly sie zum Schweigen.

»Suze, allerliebste Suze«, ertönte es jetzt von der Leinwand. »Du bist ein so besonderer und so lieber Mensch. Bitte, bitte, gib deinem schrecklichen Lover den Laufpass und such dir jemand Nettes. Oder bleib eine Weile allein. Das ist immer noch besser, als mit jemandem zusammen zu sein, der dich nicht zu schätzen weiß und dich sämtliche Rechnungen zahlen lässt, während er irgendein piefiges Pop-up-Café eröffnet. Okay?«

Suze und Henry standen nebeneinander und kippten hastig ihren Champagner, wobei sie es vermieden, einander anzuschauen.

»Und jetzt zu Annie. Natürlich bist du da, das muss ich erst gar nicht fragen. Du hast hoffentlich deine Trauerrede gehalten, sonst werde ich dich aus dem Jenseits heimsuchen. Ich möchte mich bei dir bedanken. Du hast immer behauptet, ich hätte dir vieles beigebracht, und das habe ich wohl, richtig viel sogar, doch genauso habe ich von dir gelernt. Und zwar über Traurigkeit und wie man damit umgeht. Das war nämlich etwas, das ich vor meiner Diagnose nie wirklich erfahren hatte. Ich wuchs in dem Glauben auf, man müsse, wenn man sich schlecht fühlt, bloß ein Glas Wein trinken, ein Selbsthilfebuch zur Hand nehmen, einen Yogakurs machen oder ein paar Pillen schlucken. Ich hatte vorher nie darüber nachgedacht, wie es wohl ist, wenn dein gesamtes Leben sich in einen einzigen Haufen Scheiße verwandelt.

Bei mir war es der Krebs, du hingegen musstest mit dem schlimmsten Schmerz leben, den ich mir vorstellen kann. Einen, der durch eine positive Einstellung oder Yoga nie gelindert werden könnte. Du hast dein Baby morgens tot in seinem Bettchen gefunden. Zwar bist du zusammengebrochen, aber irgendwann hast du weitergemacht. Das bewundere ich. Das ist Mut. Das ist Kampfgeist. Ich bin lediglich stilvoll untergegangen, während du versucht hast, nicht in dem Strudel aus Schmerz und Trauer und Einsamkeit zu versinken, und das jeden einzelnen Tag.«

Alle Augen ruhten nun auf Annie. Sie blickte auf die Leinwand, auf das lächelnde Gesicht ihrer Freundin. »Danke, Polly«, warf sie mit bebender Stimme ein. »Hättest du mir das nicht sagen können, als du noch am Leben warst?«

Ein leises Lachen ertönte. Es war der Techniker. Annie vermutete, dass das die schrägste Präsentation war, die er je gestaltet hatte. So schräg, dass er heute Abend bestimmt seinem Mitbewohner, seiner Freundin, seinem Freund oder seinen Eltern davon erzählen würde. Und Polly würde auf diese Weise ein paar weitere Leben streifen, ähnlich einem brennenden Kometen, der über den Himmel schießt.

»Also, Annie«, fuhr Polly fort, »ich übergebe dir hiermit feierlich meine Krebskarte – deute sie um, und zieh sie, wenn mal wieder alles totale Scheiße ist und du das Gefühl hast, alles Unglück der Welt ballt sich um dich zusammen. Dann kokettiere damit, gebärde dich als Dramaqueen. Du wirst sehen, es hilft. Und dann ist da noch etwas, das ich dir hinterlassen möchte. Dr. Max. Und Max, falls du da bist, ich überantworte dir Annie. Ihr beide müsst endlich was miteinander anfangen, und zwar schnell. Wirklich jeder außer euch beiden hat es mittlerweile geschnallt.«

»Amen«, murmelte George, während Annie mit offenem Mund die Leinwand anstarrte.

»Also, los. Tut es. Packt das Leben am Schopf. Und ich, ich bin hiermit fertig. In mehr als lediglich einer Hinsicht. An alle: Bitte sagt nicht, ich hätte den Kampf gegen den Krebs verloren. Ich habe gar nichts verloren. Die Wahrheit ist, es gibt Dinge, die man nicht bekämpfen kann, egal was für Geschütze man auffährt. Dr. Max hat sein Bestes gegeben, um mich zu retten – niemand hätte mehr tun können. Leider hat es nicht geklappt. That's life. Es kann nicht immer alles positiv sein. Nachdem du in einem Brunnen getanzt hast, musst du dir die Füße abtrocknen. Nachdem du Achterbahn gefahren bist, musst du womöglich in einen Mülleimer kotzen. Es ist alles eine Frage des Gleichgewichts. Und bitte macht euch keine Sorgen um mich – mir geht es gut. Ich war so verzweifelt darum bemüht, alles Mögliche zu tun, damit man sich an mich erinnert. In den letzten Wochen dann ist mir klar geworden, dass man das so oder so tun wird. Ihr werdet an mich denken, wenn ihr ein bestimmtes Lied im Radio hört oder über einen Witz lacht, den ich euch erzählt habe, oder einen Kaffee im Sonnenschein trinkt oder euer Lieblingsoutfit tragt. Ich weiß, dass man sich an mich erinnern wird, und das bedeutet, dass ich euch nicht verlassen habe. Nicht wirklich.« Sie streckte verschmitzt zwei Finger in die Höhe. »Also dann, Leute … Peace! Und in diesem Sinne bis bald.«

Nachdem die Leinwand weiß geworden war, herrschte eine Weile Schweigen, erst langsam begannen die Anwesenden, sich wieder zu unterhalten.

»Annie?« Sie drehte sich um, als sie seine Stimme hörte. Dr. Max stand in der Tür, seine Krawatte gelockert, die Ärmel hochgekrempelt. »Hast du sie dazu angestiftet?«

»Nein, um Himmels willen! Ich hatte keine Ahnung, das schwöre ich.«

»Wieso habe ich dann das Gefühl, von euch beiden mani-

puliert zu werden. All diese unklaren Botschaften, erst an-
nähern, dann wieder zurückziehen. Ich habe da keine Lust
drauf, Annie.« Damit drehte er sich um, stapfte zur Haustür
hinaus und schlug sie so fest zu, dass die Scheiben in den
Fenstern klirrten.

Einen Moment lang stand sie wie angewurzelt da, unfähig,
sich zu rühren.

»Du musst hinterherrennen!«, rief Costas. »Hast du nie
gesehen einen Liebesfilm?«

Also rannte sie und lief keuchend die Straße entlang, sah,
wie er im Gehen sein Jackett überstreifte. »Dr. Max! Warte!«

»Was willst du, Annie?«

»Hör zu, es tut mir leid, okay? Ich entschuldige mich, obwohl ich nichts davon wusste, Ehrenwort. Allerdings weiß
ich, dass sie recht hatte. Mit uns. Zumindest, was mich betrifft.«

Er schüttelte den Kopf. »Es ist zu spät. Ich bin einfach
fertig mit alldem, habe diesem Krankenhaus in den letzten
zehn Jahren alles geopfert. Mein Privatleben. Die meisten
meiner Freunde, drei Beziehungen. Und eine Menge Haare.
Und was bekomme ich dafür? Patienten, die mir immer und
immer wieder unter den Händen wegsterben, für die ich
nichts tun kann. Dazu eine ignorante Verwaltung, die an
allen Ecken und Enden Mittel kürzt und uns Steine in den
Weg legt, und als wäre das nicht genug, drohen uns Familien
mit Klagen, weil wir angeblich einen Angehörigen falsch behandelt haben. Ich habe die Schnauze gestrichen voll. Leider
war ich nicht in der Lage, Polly zu helfen – und was dich
betrifft, bin ich es erst recht nicht. Ich bin kein Seelenklemp-
ner, du wirst dich selbst aus dem Loch ziehen müssen, Annie.
Am Ende müssen wir das alle.«

»Aber …« Was konnte sie noch sagen? Dass er unrecht
hatte? Doch er hatte nicht unrecht.

Er drehte sich um, verschwand über den Hügel und rief zurück: »Richte Pollys Eltern bitte aus, dass es mir unendlich leidtut.«

Und damit war er fort.

## Tag 89: Lies alte Briefe

Annie betrat das Haus ihrer Mutter, die Luft im Inneren war abgestanden und feucht. Staubpartikel schwebten in den Sonnenstrahlen vor den schmierigen Fenstern, und die Scheiben wackelten jedes Mal, wenn ein Bus auf der Hauptstraße vorbeifuhr.

Dies war das Haus, in dem sie aufgewachsen war, in dem sie gelebt hatte, bis sie Mike traf und mit ihm zusammenzog. Wenn Annie die Augen schloss, konnte sie ihre Mutter so sehen, wie sie früher war: verlässlich, wenngleich manchmal mit dem Hang, sich zu sehr einzumischen. Stets für sie da, bis sie sich selbst zu verlieren begann. Mittlerweile wusste Annie, dass niemand für immer bleiben würde.

»Du hattest recht, Mum«, flüsterte sie in die Stille. »So etwas wie ein perfektes Leben gibt es nicht. Aber es gibt so etwas wie ein glückliches Leben. Vielleicht.«

Alles war so vertraut. Die Porzellanfiguren auf dem Kaminsims, die mal gründlich abgestaubt gehörten, der durchgesessene Sessel, in dem ihre Mutter Kreuzworträtsel gelöst, ferngesehen oder Bücher gelesen hatte; der abgenutzte gemusterte Teppich, der da war, seit Annie denken konnte. Maureen hatte nie eine Sache durch eine neue ersetzt.

*Wir können es uns nicht leisten,* hatte sie immer gesagt. *Wir sind eben nicht mit Reichtum gesegnet. Wegen deinem Vater.*

Inzwischen wusste sie, dass ihr Vater es versucht hatte, zumindest gegen Ende, und dass er es schon vorher gerne getan hätte, sich jedoch nicht traute. Sie schloss die Augen und gab sich für eine Weile dem Gedanken hin, wie anders alles hätte verlaufen können, wenn ihr Vater Sarahs Drängen früher nachgegeben hätte, sich mit ihr in Verbindung zu setzen. Wochenenden und Ferien bei ihrem Vater, der mit ihr schöne Dinge unternommen, sie verwöhnt und umsorgt, bei dem sie sich geliebt gefühlt hätte. Zu spät, jetzt war ihr Vater tot.

Sie öffnete die Augen wieder und kehrte in die Realität zurück – in das Wohnzimmer mit den schäbigen Möbeln, in dem man die Armut förmlich zu atmen meinte und in dem ihre Mutter nie wieder leben konnte. Dieses Haus mit all seinen traurigen Erinnerungen musste verkauft und für Maureen ein Heim gesucht werden.

Sie fand den Brief in der untersten Schublade des Nachtschränkchens in einer Schuhschachtel. Mit angehaltenem Atem griff sie danach und zog ihn, als stünde Polly drängend hinter ihr, rasch aus dem Umschlag. Ganz normales blau liniertes Schreibpapier, eine ordentliche Handschrift, die von Sarah.

*Liebe Annie! Ich hoffe, deine Mutter wird diesen Brief an dich weiterleiten ...* Ihre Sicht verschwamm. Nein, jetzt nicht, sie würde den Brief später lesen, beschloss sie und steckte ihn in den Umschlag zurück. Noch war sie zu angegriffen von Pollys Tod und von der Abfuhr, die ihr Dr. Max erteilt hatte.

Da war noch etwas anderes in der Schachtel – ein Stück Stoff von der Farbe verdorbenen Lachses. Ein Überbleibsel ihres Abschlussballkleids, das ihre Mutter mit so viel Liebe und Sorgfalt angefertigt und das Annie zurückgewiesen hatte, weil es so weit entfernt war von der eleganten Vorlage. Dabei hatte ihre Mutter ihr Möglichstes getan ... Und unter dem Stoff lag ein winziges Plastikarmband, wie man es den Neugeborenen in den Kliniken überstreifte, damit es keine Verwechslungen gab. *Anne Maureen Clarke.* All die Jahre aufbewahrt, genauso, wie sie es mit Jacobs gemacht hatte.

Blind vor Tränen saß Annie auf dem groben altrosa Teppichboden im Schlafzimmer ihrer Mutter, benommen vom Duft nach *Anaïs Anaïs* und der muffigen Feuchtigkeit, und weinte. Sie weinte um alles, was sie verloren hatte. Und dann um alles, was sie nie hatte und nie haben würde.

## Tag 90: Besuch ein Grab

Das Grab war wie eine offene Wunde im Boden – die Erde aufgewühlt, die Kränze darüber zerrupft oder verwelkt.

»Du fändest es schrecklich, Polly. So absolut stillos«, sagte Annie laut in das Schweigen ringsum. »Ich schätze mal, ich sollte damit anfangen, öfter vorbeizukommen. Um dafür zu sorgen, dass du hübsch und ordentlich bleibst. Du liegst auf demselben Friedhof wie Jacob, weißt du, sodass ich euch beide besuchen kommen kann.«

Die Kranzschleifen flatterten in der Brise. Annie schob die Hände tief in ihre Jackentaschen.

»Ich sollte es dir besser gleich erzählen. Dr. Max ist fort. Sieht aus, als wäre er entgegen deinen Vermutungen nicht an mir interessiert.« Sie seufzte. »Okay. Du hast recht. Er *war* interessiert, aber ich habe ihn vergrault, weil ich mich ständig so blöd benommen habe. Vor allem in Schottland, das hat alles verdorben. Meine Schuld.« Sie hielt inne und dachte nach. »Was kann ich dir sonst berichten. Außer mir und Dr. Max machen alle brav, worum du sie gebeten hast. Deine Eltern sind offenbar dabei, sich zu trennen – soweit ich weiß, schaut sich dein Dad nach einer neuen Wohnung um. Und George will endlich Caleb anzeigen. Weiß ich alles von Costas, der übrigens in seiner Kaffeebar gekündigt hat. Meine Mum kommt demnächst aus dem Krankenhaus, ohne dass ich einen Plan habe, was ich tun soll. Ich wünschte echt, du wärst hier, um mir zu raten. Soll ich ihr Haus verkaufen? Soll ich ihr sagen, dass ich das von Dad weiß? Nein, Letzteres nicht, das wird sie kaum verstehen.«

Es kam keine Antwort, natürlich nicht. Nie wieder. Falls sie glaubte, Pollys Stimme in ihrem Kopf zu hören, war das reine Einbildung, eine Projektion, ein Geist. Oder sie erinnerte sich an Dinge, die die Freundin mal gesagt hatte.

»Ich wünschte wirklich, du könntest mir so eine E-Mail schicken, in der du mir sagst, dass es dir gut geht. Dass ich mich wie ein Trottel aufführe. Einfach irgendwas.«

Nichts. Annie kniete sich in der Stille des Friedhofs nieder und begann damit, die Kränze von den welken Blüten und Blättern zu befreien.

## Tag 91: Schwelge in Erinnerungen

»Was ist los mit dir, meine Liebe? Du siehst aus wie hundert Tage Regenwetter.«

Annie betrachtete die Hände ihrer Mutter, die hin und her flogen, während sie die weiche gelbe Wolle verstrickte. Sie hoffte, dass es nicht noch mehr Babysachen waren. Das nämlich war für sie nach wie vor schwer zu verdauen.

Erst mit Verzögerung realisierte sie plötzlich, dass ihre Mutter sie vertraulich mit Du angeredet hatte. Zum ersten Mal nach langer Zeit.

»Genauso fühle ich mich. Weißt du, Polly ist gestorben. Sie ist tot, und ich weiß nicht so recht, was ich mit der Welt anfangen soll, jetzt wo sie nicht mehr da ist. Es fühlt sich an, als befände man sich auf einer Party, bei der die coolen Leute längst weg sind.«

»Wer ist Polly?«

Die Augen ihrer Mutter schweiften unkoordiniert durch das Krankenzimmer, lediglich ihre Hände arbeiteten konzentriert. So geschickt, so flink. Nie ließ sie eine Masche fallen. Wie bekam sie das überhaupt hin, wenn sie sonst kaum noch etwas auf die Reihe kriegte?

»Sie war meine Freundin.«

»Ist Jane nicht deine Freundin?«

Annie erstarrte. »Das stimmt, Maureen. Du erinnerst dich an Jane? Dann weißt du sicher auch, wer ich bin.«

Sie blickte nicht von ihrem Strickzeug auf. »Natürlich weiß ich das, Annie. Schließlich sitze ich hier und rede mit dir. Und was soll dieses ewige Maureen? Nenn mich gefälligst Mum.«

»Entschuldige.« Annies Herz klopfte wie wild. War das nun eine temporäre oder eine dauerhafte Besserung? Von Dr. Quarani wusste sie ja, dass ihre Mutter durchaus zwischenzeitlich lichte Momente haben konnte. Kurze Episoden wie diese, in denen die Nebel in ihrem Gehirn sich hoben und den verschütteten Erinnerungen erlaubten, für eine Weile an die Oberfläche zu kommen. Phasen, in denen sie wieder zu sich selbst fand.

»Wie geht es dir denn, Mum?«

»Oh, ganz gut. Bloß geht mir, um ehrlich zu sein, dieser Ort hier etwas auf die Nerven. Das Essen ist fürchterlich. Schlimmer als damals 1975, als dein Dad und ich ins Butlins Resort in den Urlaub gefahren sind.«

Jetzt wäre der richtige Augenblick, ihr zu sagen, dass er tot war, und sie zu fragen, warum sie ihr verschwiegen hatte, dass er sie hatte sehen wollen, doch sie ließ ihn verstreichen. Weil sie zu feige war? Weil sie fürchtete, es könnte ihre Mutter zurückwerfen? Annie wusste es nicht.

»Na ja, vielleicht kriegen wir dich ja bald hier raus«, erwiderte sie stattdessen lahm. »Wo würdest du eigentlich gerne leben, Mum? Hättest du Lust, bei mir zu wohnen?«

»In deiner winzigen Bude?« Also erinnerte sie sich sehr wohl, dass Annie aus ihrem hübschen Haus ausgezogen war. »Nichts für ungut, mein Schatz, ich wäre lieber in meinen eigenen vier Wänden.«

»Ich weiß, aber da ist es nicht wirklich sicher für dich. Du bist gestürzt, weißt du nicht mehr? Wollen wir nicht lieber ein richtig schönes Pflegeheim für dich suchen? Wäre das in Ordnung für dich? Wenn wir das Haus verkaufen, können wir uns das leisten.«

Maureen nickte und wandte sich wieder ihrer Strickarbeit zu. »Eigentlich habe ich das Haus sowieso nie gemocht. Solange man mich nicht mit einem Haufen alter Schachteln zusammensteckt, soll mir alles recht sein. Immerhin sabbere ich bislang nicht in meinen Frühstücksbrei.«

Annie seufzte erleichtert. »Ich bin sicher, dass wir etwas Nettes finden«, sagte sie und beschloss, die günstige Gelegenheit zu nutzen und ihre Mutter auf Dinge anzusprechen, die sie zwischenzeitlich vergessen hatte. »Mum, erinnerst du dich noch an das, was mit mir und Mike und Jane passiert ist?«

Sie runzelte die Stirn. »Du und Jane, ihr hattet einen schlimmen Streit, oder?«

»Das stimmt, Mum, doch das ist vorbei. Jane hat ein Baby bekommen, eine Tochter. Sie haben sie Matilda genannt.«

»Ein hübscher Name. Hieß so nicht dieses Buch, das du als kleines Mädchen so mochtest?«

Annie nickte, war bereits leicht euphorisch, dass ihre Mutter wieder einigermaßen zu funktionieren schien, als sie etwas sagte, das sie wie ein Keulenschlag traf.

»Wie schön für Jacob, nicht wahr? Eine kleine Spielgefährtin zu haben. Warum hast du ihn heute nicht mitgebracht?« Sie sah sich suchend um, als müsste er irgendwo stecken.

Die Illusionen, die Annie beflügelt hatten, lösten sich in Nichts auf. Maureen erinnerte sich offenbar sehr selektiv, nur musste sie unbedingt glauben, dass Jacob noch lebte? Annies Herz wurde schwer. Was sollte sie tun? Vermutlich war es sinnlos, ihr zu vermitteln, dass ihr Enkel tot war. Zugleich fühlte sich Annie überfordert, dauerhaft so zu tun, als würde Jacob noch leben. Vorerst indes ging sie darauf ein, um ihre Mutter nicht aufzuregen.

»Nein, Mum. Ich konnte ihn heute nicht mitbringen.«

»Na, dann das nächste Mal. Wir könnten mit ihm in den Park gehen«, erklärte sie strahlend und wirkte rundum glücklich.

Glücklicher, als sie früher je gewesen war. Konnte es sein, dass dieses Vergessen sie zugleich befreite? Von all den Sorgen und Erschwernissen, die ihr Leben belastet hatten? Irgendwie schien sie auf die einfachen, kreatürlichen Dinge reduziert, auf Freude und Lachen und manchmal eben auch auf Tränen und Kummer.

Sie sah ihre Mutter an. Wie konnte der Mensch, der einen auf die Welt gebracht hatte, ein solches Mysterium sein? Nachdem sie die Sache mit Jacob auf sich hatte beruhen lassen, wollte sie wenigstens versuchen, die Sache mit dem Schreiben ihres Vaters zu klären.

»Mum«, sagte Annie, »ich habe den Brief gefunden, den Dads neue Frau dir vor zwei Jahren geschickt hat. Warum hast du mir nie davon erzählt? Du hast ihn immerhin beantwortet.«

Ihre Mutter strickte weiter, als hätte sie es nicht gehört.

»Ich will nicht, dass du dich aufregst, und ich weiß, dass du immer dein Bestes versucht hast, aber all diese Jahre, in denen du mir geraten hast, mir nicht zu viel vom Leben zu erhoffen, nicht studieren zu wollen, immerzu an allen Ecken und Enden zu sparen – vielleicht wären sie nicht nötig gewesen, wenn du selbst mal früher versucht hättest, ihn zu finden und mit ihm zu reden …« Sie schluckte die Tränen runter. »Es war nicht richtig von dir, mir zu sagen, ich solle nicht nach den Sternen greifen – was ist denn so schlimm daran, sich mehr vom Leben zu erhoffen?«

Ihre Mutter reagierte nicht, blickte lächelnd auf ihr Strickzeug. »Weißt du was, Sally, den Pulli werde ich zu dem Tanzabend am Samstag anziehen.«

Annie seufzte. »Das klingt gut, Maureen.«

»Vielleicht wird Andrew Clarke da sein. Glaubst du nicht? Er ist der netteste Junge der Schule.«

»Ja. Ich wette, er kommt.« Annie hielt inne. »Erzähl mir mal ein bisschen mehr über diesen Andrew, Maureen. Wie ist er so?«

## Tag 92: Geh einen Kaffee trinken

George seufzte. »Es fühlt sich einfach nicht richtig an, hier zu sein, ohne sie – ohne dass sie versucht, uns zu irgendwas Idiotischem oder Gefährlichem zu überreden.«

Sie hatten sich auf einen Kaffee getroffen, Annie, George und Costas, aber irgendwas fehlte definitiv.

»Also Jungs, ihr meintet, ihr hättet Neuigkeiten?«

Costas und George lächelten einander strahlend an. »Los, sag du es ihr.«

»Nein, du sollst es tun.«

Costas wirkte nervös. »Annie, ich will dir sagen, dass ich ausziehe, wenn das okay ist, und dass ich in eine Wohnung ziehe mit George.«

»Ihr meint, so richtig zusammen oder mehr WG-mäßig?«

Sie wechselten einen weiteren verlegenen Blick, und bei Annie machte es Klick. Die Wohnung hatte höchstwahrscheinlich nur ein Schlafzimmer.

»Oh ja, natürlich ist das okay für mich, Costas. Das ist toll. Wirklich toll.«

George nippte an seinem Flat White, der einen dünnen Milchbart auf seiner Oberlippe hinterließ, was Annie auf schmerzhafte Weise an Dr. Max erinnerte. »Ich glaube, es wäre schon viel früher passiert, wenn das mit Caleb und Polly und allem nicht gewesen wäre.«

»Sie hätte es befürwortet und sich für euch gefreut, da bin ich mir sicher.«

»Wird mit der Miete okay sein?« Costas in einem eng anliegenden Pullover und grauer Jeans sah aus wie einem Katalog für hippe Herrenmode entsprungen. »Und Buster, erlaubst du uns, ihn mitzunehmen?«

Die Frage versetzte Annie einen Stich. Natürlich war es sinnvoll, sehr gut sogar, denn wenn sie einen neuen Job hatte, dafür aber keinen Mitbewohner mehr, konnte Buster nicht bleiben.

»Das ist in Ordnung, bei euch ist er bestimmt besser aufgehoben, und das mit der Miete werde ich irgendwie hinkriegen. Sobald ich einen Pflegeplatz für meine Mutter gefunden habe, werde ich ihr Haus verkaufen und in ihre Nähe ziehen.«

Während sie das so scheinbar beiläufig erzählte, wurde ihr noch schwerer ums Herz. Würde das fortan ihr ganzes Leben sein: arbeiten gehen und sich um ihre kranke Mutter kümmern, immer älter werden, nie ausgehen? War dieses Zwischenspiel mit Polly lediglich ein kurzes Aufleuchten gewesen, eine Sternschnuppe, die ihr Hoffnung gegeben hatte?

George musterte sie erstaunt. »Hört sich an, als hättest ausgerechnet du Pollys Anweisungen ignoriert und dir nicht den heißen Dr. McGrummel geangelt.«

Traurig schüttelte sie den Kopf. »Hat wohl nicht sein sollen. Ihr habt ja gesehen, was passiert ist. Er konnte es kaum erwarten, von mir fortzukommen. Inzwischen habe ich erfahren, dass er nicht einmal mehr im Krankenhaus arbeitet.«

»Wie bitte? Wo ist er denn hin?«

»Keine Ahnung. Angeblich hatte er so viele Urlaubstage angesammelt, dass er keine Kündigungsfrist einhalten musste.«

»Vielleicht er braucht bloß ein bisschen Zeit«, meinte Costas. »Und dann vielleicht er wird zurückkommen.«

»Da wäre ich mir nicht so sicher«, erwiderte sie bedrückt und dachte an seine letzten Worte, dass er mit allem fertig sei.

George seufzte. »Ich überlege gerade, welchen inspirierenden Los-schnapp-ihn-dir-Ratschlag sie dir wohl gegeben hätte. Leider fällt mir nichts ein.«

»Nein. Mir auch nicht. Ich fühle mich sowieso ohne Polly schrecklich verloren.« Sie trank ihren Kaffee aus und erhob sich. »Ich sollte los.«

»Oh nein, bleib! Wir gehen nachher noch mit Dion und Sandy in einen Club.«

Annie lächelte. »Danke, ich weiß nicht so recht, ob ich der Typ dafür bin. Außerdem muss ich Suze morgen früh dabei helfen, Pollys persönliche Sachen in ihrem alten Haus zu sortieren und einzupacken.«

Tatsächlich war ihr Terminplan neuerdings ziemlich voll: Mittagessen mit Fee aus dem alten Büro, Ausgehen mit Zarah und Miriam, den Freundinnen von einst. Es gab inzwischen Freunde, doch keine Polly. Und keinen Max.

Als Annie sich entfernte, sah sie, dass Costas und George unter dem Tisch Händchen hielten und dass ihr Mitbewohner Pollys Bruder den Milchschaum von der Oberlippe wischte, und sie hörte den hellen Klang ihres Lachens, der im Licht der letzten Sonnenstrahlen zum Himmel emporstieg.

Es würde immer nette Menschen geben. Leute zum Lachen und Spaßhaben und Kaffeetrinken und Reden. Aber gäbe es jemals wieder jemanden allein für sie? Sie freute sich für die beiden und vermochte dennoch das Gefühl nicht abzuschütteln, dass der Rest ihres Lebens so fad sein würde wie eine abgestandene Cola.

## Tag 93: Miste den Kleiderschrank aus

»Es ist wirklich hart«, sagte Suze mit einem Seufzen. »Jedes Mal, wenn ich mir die Sachen anschaue, muss ich an sie denken. Ich meine, allein diese verflixte Yogahose, sie hat praktisch darin gewohnt. Schau dir an, wie abgewetzt sie ist. Ich ertrage es kaum.«

»Ich weiß«, erwiderte Annie sanft.

Sie hatte nicht dieselbe Verbindung zu Pollys Sachen, kannte sie nicht seit Jahren. Trotzdem schmerzte es, die Schuhe zu betrachten, die sich nie wieder an ihre tanzenden Füße schmiegen würden, die verrückten Mützen und Hüte, die nie wieder auf ihren blonden Haaren beziehungsweise auf ihrem kahl gewordenen Kopf sitzen würden.

Was jedoch am meisten schmerzte, war, wie normal all das Zeug war. Sie hatte Polly als wandelnden Regenbogen gekannt, als Kometen, der über den Himmel schoss, aber diese Sachen waren, einzeln betrachtet und ohne dass ihre exzentrische Trägerin sie bunt und wild kombinierte, zum großen Teil ziemlich gewöhnlich und könnten einer recht durchschnittlichen Frau gehören. Von einigen Designerkreationen mal abgesehen.

»Lass uns das lieber hinter uns bringen, bevor Tom mit Fleur aus der Stadt zurückkommt.«

»Hallöchen!« Milly klopfte an die offene Tür und trat ein. »Ich habe es in letzter Minute geschafft, einen Babysitter aufzutreiben. Ich störe hoffentlich nicht, oder?«

»Natürlich nicht.« Suze umarmte ihre Freundin, und für einen klitzekleinen Moment fühlte Annie sich ausgeschlossen, bis Milly ihre Arme ebenfalls in ihre Richtung ausstreckte. Als wäre sie eine von ihnen. Eine Freundin.

»Annie, Süße, wie geht es dir?«, erkundigte sie sich.

»Oh, mir geht's gut, danke. Ich versuche klarzukommen.«

»Und?«, fragte Milly unschuldig, während sie eine Schublade öffnete. »Bereits etwas bezüglich dieses reizenden Herrn Doktor unternommen, der dir vermacht wurde?«

»Na ja. Nein. Er ist nicht mehr in London«, erwiderte sie. »Außerdem bezweifle ich, dass man jemandem testamentarisch vorschreiben kann, was er tun oder lassen sollte.«

Es entstand eine kurze Pause, und Annie sah, wie die beiden einen Blick wechselten.

»Ich jedenfalls habe beschlossen, wieder mit der Arbeit anzufangen«, gestand Milly. »Seb wird einfach seine Wochenstunden reduzieren müssen. Oder er bezahlt eine Nanny.«

»Und ich habe mit Henry Schluss gemacht«, ergänzte Suze. »Ihr wisst schon …« Sie vollführte eine Geste um ihr Kinn herum, um einen langen, buschigen Hipsterbart anzudeuten. »Polly hatte wirklich recht, was das anging. Mir hat's endgültig gereicht, als er mir vorwarf, ich würde ihm mit meinem ständigen Herumjammern voll das Karma verderben.«

Milly kicherte. »Ach du liebe Güte, wo lebt der Typ? Im Jahr 1997? Und tschüss, Schätzchen!«

»Am Anfang war ich allerdings echt sauer auf Polly – ich meine, wie kann sie es wagen, uns alle derart herumzukommandieren? Erst sägt sie uns ab, als sie ihre Diagnose bekommt, legt sich eine neue beste Freundin zu und interessiert sich plötzlich ausschließlich dafür, wie sie hundert Glückstage realisieren und ihr Leben bis zum Letzten auskosten kann.«

»Und jetzt ist sie fort«, sagte Milly traurig. »Und wir können nicht mehr sauer auf sie sein oder mit ihr lachen oder ihr sagen, sie soll sich nicht so wichtig nehmen. Es ist alles einfach zu Ende.«

Annie hatte nie darüber nachgedacht, wie es für die beiden gewesen sein musste, ihre beste Freundin zu verlieren. Sie hatte Milly und Suze bislang lediglich als gepflegte, stylische Frauen betrachtet, die ihr Leben auf die Reihe bekamen.

»Weint ihr wirklich jeden Tag?«, fragte sie verlegen.

Suze nickte. »Bevorzugt in der Dusche.«

»Ich genauso«, fügte Milly hinzu. »Das ist die einzige Zeit, die ich für mich habe. Obwohl ich desgleichen ein paarmal bei *Peppa Wutz* in Tränen ausgebrochen bin.«

»Bei mir muss das Krankenhaus herhalten«, erklärte Annie. »Wenn ich meine Mum besuche. Glücklicherweise kommt sie bald raus.«

»Falls du irgendwie Hilfe brauchst, um sie unterzubringen, sag einfach Bescheid«, bot Suze an. »Polly war immer der Überzeugung, Milly und ich könnten Berge versetzen. Außerdem werden wir wieder einen dritten Musketier an unserer Seite brauchen, weißt du.«

Annie blickte konzentriert auf die hellbraunen Slipper in ihren Händen, bis ihre Augen nicht mehr brannten. »Gurkenscheiben«, sagte sie, als sie endlich wieder ein Wort herausbrachte. »Für die Augen. Wir werden alle noch mehr Gurkenscheiben brauchen. Das ist alles.«

## Tag 94: Bedank dich

»Ganz ehrlich, ich kann Ihnen nicht genug dafür danken, was Sie getan haben.«

»Ich mache nur meine Arbeit, Miss Hebden.«

»Übrigens heiße ich inzwischen wieder Clarke.«

Dr. Quarani bedachte sie mit einem kleinen Lächeln. »Ich werde versuchen, es mir zu merken. Jedenfalls hat Ihre Mutter sehr gut auf das Medikament angesprochen. Ihre lichten Phasen werden häufiger. Leider ändert das nichts an der Langzeitprognose ... Die Krankheit ist hartnäckig. Ich kann nicht dafür garantieren, dass wir sie in Schach halten werden.«

»Das ist mir klar. Dennoch hätte ich nie gedacht, dass Sie meine Mutter überhaupt wieder so hinkriegen.«

Als sie gekommen war, hatte sie sie mit Vornamen angeredet, immerhin – dafür war sie allerdings der Meinung gewesen, dass sie das Jahr 2003 hatten und Tony Blair nach wie vor Premierminister sei.

Die Badezimmertür öffnete sich, und ihre Mutter trat heraus. Ihren Mantel hatte sie bereits angezogen, ihre Handtasche hielt sie fest umklammert. »Vielen Dank, Herr Doktor«, sagte sie förmlich zu Dr. Quarani. Anscheinend hielt sie ihn nicht mehr für Omar Sharif, und das war schließlich auch schon was.

»Es war mir ein Vergnügen, Mrs. Clarke. Ich wünsche Ihnen alles Gute in Ihrem neuen Heim.«

Mit seiner Hilfe hatte Annie einen netten Platz für ihre Mutter in Kent gefunden: in einem Haus mit Grünanlagen, einer Strickgruppe und Patienten, die zumeist unter sechzig und dennoch dement waren, wie Maureen ihrer Erinnerung und ihrer Lebenszeit beraubt. Manchmal fürchtete sich Annie davor, dieses Gen geerbt zu haben, lehnte es jedoch ab, einen entsprechenden Test zu machen. Sie hoffte, dass sie nicht den Ansporn einer finalen Diagnose brauchte, um den Rest ihres Lebens voll auszukosten. Selbst wenn sie noch zwanzig gute, erfüllte Jahre vor sich hätte, wäre das nicht genug, um all die Dinge zu tun, die sie immer hatte tun wollen. Den Machu Picchu in Peru sehen. Die Verlorenen Gärten von Heligan in Cornwall besichtigen und, und, und. Vielleicht sogar eines Tages noch mal ein Baby, sofern ein potenzieller Vater in Sicht war.

»Es tut mir leid, das mit Pollys letztem Abend«, sagte sie. »Es war nicht richtig, Sie da einfach so reinzuziehen. Jedenfalls danke, es hat ihr wirklich viel bedeutet, selbst wenn es ein Fake war.«

Er zuckte verlegen mit den Achseln. »Sie war eine sehr schöne Frau. Wie eine Seifenblase, ein Schmetterling, eine Sternschnuppe – irgendwas Zartes und Schönes, das flüchtig ist, das man nicht festhalten kann. Das hätte ich im Übrigen selbst unter anderen Umständen nicht gewollt. Sie lebte in einer sehr eigenen, sehr besonderen Welt. Immerhin hat mir die Begegnung mit ihr zu denken gegeben: Ich frage mich, ob es nicht an der Zeit ist, mich wieder in die Welt zu wagen. Zumindest ein bisschen.«

»Wirklich?«

»Ich weiß nicht, ob ich es am Ende wirklich bringe. Es liegen noch so viele Sorgen vor mir, so viele Kämpfe. Anfangs kam ich hier überhaupt nicht zurecht. All diese Menschen, die in solcher Sicherheit und solchem Reichtum leben und sich dennoch ständig beschweren, an allem herumkritisieren und immer noch mehr wollen. Das machte mich wütend. Müssten sie nicht vielmehr glücklich und dankbar sein, in einem sicheren Land zu leben, in dem nicht plötzlich eine Bombe vom Himmel fällt?« Er musterte sie eine Weile nachdenklich, bevor er weitersprach. »Inzwischen habe ich ein paar Freunde gefunden, das macht es mir leichter, und vielleicht kann ich mich eines Tages sogar mit dem Gedanken anfreunden, mir hier eine Heimat aufzubauen und zur Ruhe zu kommen, mit der ewigen Suche aufzuhören.«

»Ich hoffe es sehr für Sie«, sagte sie herzlich, bevor sie sich an ihre Mutter wandte. »Komm, Mum, wir sollten langsam los.«

In diesem Moment ging im Kopf der Kranken erneut der Vorhang runter.

»Sind Sie die Krankenschwester?«

»Ich bin's Mum. Annie.«

»Wer?«

»Mum, ich bin's. Vor zwei Sekunden wusstest du es doch noch.« Es war zu viel und zu frustrierend. Nichts, was gut war, war von Bestand, nicht mal eine Minute lang. »Mum, versuch wenigstens, dich zu erinnern. Ich bin Annie, deine Tochter.«

Die Unterlippe ihrer Mutter zitterte. »Es gibt keinen Grund, hier so zu *schreien*. Wer sind Sie? Und wo bin ich überhaupt?«

Annie spürte eine Hand auf ihrer Schulter. Dr. Quarani versuchte, sie mit dieser Geste zu trösten.

»Gerade eben hat sie mich noch erkannt, hat ziemlich normal geredet und jetzt …«

»So wird es immer sein. Sonne und Schatten kommen und gehen, wechseln sich ab. Freuen Sie sich, dass Sie mal wieder einen klaren Moment erwischt haben – man weiß nie, wann der nächste kommt.«

Annie nickte und wischte sich mit der Hand übers Gesicht. »Danke. Danke für Ihre Hilfe. Ich hoffe, wir sehen uns bald mal wieder.«

Er hob zum Abschied eine Hand. »Machen Sie's gut, Miss Hebden. Annie.«

Als sie ihre verwirrte Mutter hinausführte, um ein Taxi herbeizuwinken, warf sie einen kurzen Blick auf die Bushaltestelle: Das kleine Viereck auf dem Boden, wo Johnny immer gesessen hatte, war leer und wieder eins geworden mit dem Asphalt. Als wäre er nie da gewesen.

Hier hatte seit Längerem niemand mehr seine Tage verbracht. Es war nicht richtig, dachte Annie, wie schnell die Welt sich weiterdrehte und einen vergaß. Selbst ein Mensch wie Polly würde bald ganz verschwunden sein, ohne eine einzige Spur zu hinterlassen.

## Tag 95: Geh auf eine Party

Annie blieb zögernd auf dem Bürgersteig stehen, und das riesige Geschenkpaket drohte ihr aus den Händen zu rutschen.

Sie stellte sich vor, wie Polly sie vorwärtsscheuchen würde: *Geh einfach rein. Mach schon. Was hast du denn zu verlieren?*

Glücklicherweise öffnete sich die Tür, während sie noch zögernd davorstand. Miriam trug ein Partyhütchen und ein Eisköniginnenkostüm.

»Habe dich vom Fenster aus gesehen. Kommst du jetzt rein, oder wie? Es gibt Kuchen. Und Kostüme. Und natürlich Elfenflügel.«

»Kuchen klingt gut.«

Annie gab sich einen Ruck und verscheuchte die Erinnerungen an jenen schrecklichen Tag vor zwei Jahren, als sie hier in diesem Haus, auf einem Kindergeburtstag, erst zusammengebrochen und dann ausgerastet war.

Miriam legte den Arm um ihre Schultern. »Hey, es ist alles gut. Heute ist ein anderer Tag, okay?«

»Mummy, Mummy! Darf ich jetzt endlich meinen Kuchen essen? Bitte!«

Hinter Miriam tauchte ein kleines Mädchen auf, das ebenfalls ein Kostüm aus dem Märchen von der Eiskönigin trug. Annies Herz zog sich schmerzhaft zusammen – die Kleine war so wunderhübsch. Große dunkle Augen, ein rotes Band, das in ihr Haar geflochten war. Ohne Polly hätte sie sie nie wiedergesehen, weil sie niemals von alleine den ersten

Schritt zur Versöhnung getan hätte. Sie beugte sich zu ihr runter, das riesige Geschenk unverändert im Arm.

»Hi, Jasmine. Ich bin Annie. Alles Gute zum Geburtstag, mein Schatz.«

Tag 96: Tritt einem Club bei

»Hi«, sagte Annie. »Sind Sie hier die Gruppe vom Guerilla Gardening?«

Sie hatte durch Zufall jenen Zettel wiedergefunden, den sie irgendwann in der Bibliothek entdeckt hatte. Jetzt stand sie ein paar Leuten gegenüber, die sich um ein Stück brachliegenden Rasen hinter einem Bushäuschen versammelt hatten und Unkraut zupften. Und sie wollte mitmachen.

Eine Frau mit Babytragetuch sagte: »Und ob wir das sind. Bist du gekommen, um mitzumachen? Ich bin Kate, und das da ist Finn.«

Annie blickte auf das kleine Gesicht, das aus dem Tuch herauslugte, und bemerkte, dass es nicht mehr so sehr schmerzte wie noch vor Kurzem. Sie konnte das Baby anlächeln, ohne ständig Jacob vor Augen zu haben – seinen kleinen Körper an jenem grauenvollen Morgen, seine Haut, die bereits kalt war. Es würde sie nie loslassen, nicht wirklich. Und das wollte sie auch nicht. Trotzdem war sie froh, dass sie zunehmend wieder wie ein normaler Mensch funktionierte.

»Ich bin Annie. Was kann ich tun?«

»Du könntest vielleicht Geoff dort drüben helfen, das Unkraut auszureißen.«

Geoff war ein älterer Typ mit Rolling-Stones-T-Shirt und weißem Vollbart. Er streifte seinen erdbeschmutzten Handschuh ab, um ihre Hand zu schütteln.

»Herzlich willkommen, Annie. Du kennst dich hoffentlich mit Schaufeln aus, oder?«

»Ich denke schon.«

Sie legte ihre Gartenmatte auf den Boden, kniete sich drauf und spürte die Weichheit der Erde unter sich. Das Rasenstück machte momentan noch nicht viel her – mit Wiesenkerbel und Brennnesseln überwuchert, mit zerbrochenen Flaschen und zweifelsohne noch schlimmeren Dingen übersät, doch sie wusste, mit ein bisschen Mühe würden sie ihm wieder zur Blüte verhelfen.

Tag 97: Mach einen Schritt nach vorn

»Hey, Annie!«

Verdutzt drehte sie sich um und sah einen Mann über die Hauptstraße auf sich zukommen. Er war frisch rasiert, hatte kurzes dunkles Haar, und ohne die blaue Jacke hätte sie ihn nicht wiedererkannt. Sie hatte keine Ahnung gehabt, dass er so groß war, wenn er aufrecht stand.

»Johnny? Sind Sie das wirklich?«

»Ja, ich bin's.« Er lachte sie fröhlich an. »Ich habe bloß geduscht und mich rasiert, das ist alles.«

»Wow! Sind Sie in einer Notunterkunft untergekommen?«

»Für den Moment, ja.« Er verzog das Gesicht. »Ist nicht so einfach, wie Sie sich denken können. Aber wenigstens habe ich eine Dusche.«

»Ich freue mich wirklich sehr für Sie. Zwischendrin habe ich mich bereits gefragt, wo Sie abgeblieben sind.«

»Wie geht es der guten alten Bushaltestelle?«, fragte er beinahe wehmütig.

»Ich war seit ein paar Tagen nicht mehr dort. Habe keinen Grund mehr für Besuche. Meine Mutter ist nämlich mittlerweile aus dem Krankenhaus entlassen worden.«

»Und Ihre Freundin?«

Annie zuckte zur Antwort stumm mit den Schultern, und ihre Augen füllten sich mit Tränen.

»Oh verdammt, das tut mir leid.«

»Ist schon in Ordnung. Wir wussten ja, dass es so kommt.«

»Sie war so ein netter Mensch, so hilfsbereit und freundlich.«

»Ja, das war sie, dabei aber manchmal schrecklich nervig und rechthaberisch. Und durchgeknallt sowieso«, erwiderte sie mit einem traurigen Lächeln.

Es entstand eine kurze, verlegene Pause. »Tja, ich muss dann los«, meinte Johnny. »Wir haben nachts Ausgangssperre. Also danke noch mal.«

»Ich habe ja gar nichts getan.«

»Sie haben mit mir geredet wie mit einem echten Menschen. Das hat mir sehr viel bedeutet, mehr, als Sie ahnen.« Er setzte mit einem gut gelaunten Winken seinen Weg fort, und Annie sah ihm nach, bis er ihren Blicken entschwand.

## Tag 98: Verschönere dein Zuhause

Hätte sie nur nicht so viele Eimer Farbe gekauft, dachte Annie, als sie ihre Einkäufe aus dem Laden nach Hause schleifte.

Aber sie hatte sich nicht entscheiden können zwischen dem pastelligen Grün, dem zarten Blau, Gelb, Rot und Lila. Ihr Vermieter hatte ihr nämlich erlaubt, die Küche zu streichen, natürlich auf eigene Kosten, und so hatte sie sich eine wilde Farbmischung zusammengestellt. Es war das erste Mal, dass sie eine derartige Entscheidung ganz alleine getroffen hatte – erst hatte sie bei ihrer Mutter gelebt, und später, in ihrem eigenen Haus, war fürs Streichen der Wände eher Mike zuständig gewesen.

Jetzt lag es allein bei ihr. Und das war gut so.

Keuchend blieb sie stehen, um sich einen Moment auszuruhen, denn inzwischen lief ihr der Schweiß den Rücken hinunter. Bislang zeigte sich der Sommer von seiner besten Seite. Annie liebte diese Zeit des Jahres, wenn es überall grünte und blühte, wenn es lange hell war und dieser Hauch von Hoffnung in der Luft lag. Bloß dass Polly nicht mehr da war, um es mit ihr zu genießen. Sie hatte gerade noch die Anfänge des Sommers miterlebt, ihres letzten. Annie hingegen hatte hoffentlich noch viele vor sich, und sie sollte schleunigst damit anfangen, das Beste daraus zu machen.

Als sie sich gerade runterbeugen wollte, um die Eimer wieder hochzuheben, sah sie eine bekannte Gestalt aus dem Gemeindehaus auf der gegenüberliegenden Straßenseite treten. Die Frau, die einen mit Hunden bedruckten Kaftan trug, blieb an der Tür stehen und blickte sich verstohlen um, dann zog sie einen Schokoriegel aus ihrer Handtasche, wickelte ihn aus und stopfte ihn sich in den Mund. Es war Sharon. Annie wollte schon weiterlaufen, doch irgendwas bewog sie, die Hand zu heben und zu winken.

Sharon blinzelte irritiert, dann winkte sie zurück. Das musste fürs Erste reichen, fand Annie. Wegen der ehemaligen verhassten Kollegin die Straßenseite zu wechseln, wäre wohl leicht übertrieben. Eins nach dem anderen.

Tag 99: Schreib einen Brief

*Miss Annie Hebden, geb. Clarke.*

Der Brief lag auf der Fußmatte vor ihrer Tür, sah sehr offiziell aus, denn ihre Anschrift stand in professioneller Computerschrift auf dem dicken cremefarbenen Kuvert. Als sie ihn aufhob, erkannte sie die Firmenbezeichnung der Anwaltskanzlei, die Polly vertreten hatte. Mit klopfendem Herzen riss sie den Brief auf. Darin befand sich ein weiterer Umschlag, fliederfarben und mit Sternchen und Herzchen beklebt, als hätte sie soeben Post von ihrer zehnjährigen Brieffreundin bekommen.

Sie setzte sich an den Küchentisch und öffnete ihn, zweifelte nicht daran, dass es sich um etwas Wichtiges handelte. Bestimmt irgendwas Spektakuläres, ein Paukenschlag, darunter hatte Polly es schließlich nie getan.

*Meine liebe aufbrausende Annie,*
*meine liebe Miss Pessimistisch!*
*Keine Angst, ich schreibe dir nicht aus dem Jenseits. Ich habe lediglich veranlasst, dass du den Brief eine Weile nach meinem Ableben zugestellt bekommst, damit deine Erinnerung bezüglich einiger Dinge aufgefrischt wird. Das muss bei dir sein, zumal ich weiß, wie stur ihr beide seid, du und Dr. Max.*
*Die Leute sagen immer, man solle lediglich die Dinge bereuen, die man nicht getan hat. Was totaler Schwachsinn ist. Was ist, wenn gerade der Dritte Weltkrieg angezettelt wurde oder du dir haufenweise Blue-ray-Discs gekauft hast,*

*sollte man das nicht bedauern? Eine Sache allerdings, die ich bereue, ist, dass ich dich nie dazu genötigt habe, mit Dr. Max auszugehen. Ich war ein bisschen eifersüchtig, musst du wissen. Darauf, dass du die Chance hattest, weiterzuleben und dich zu verlieben, während es für mich aus und vorbei war. Du vergibst mir hoffentlich, ja? Du bist sehr traurig, und er ist sehr wütend – trotzdem habe ich das Gefühl, dass ihr beide einander etwas entlasten könntet. Falls ich euch richtig einschätze, hege ich beträchtliche Zweifel, dass ihr momentan überhaupt noch miteinander redet. Deshalb meine Botschaft aus dem Jenseits: Schnapp ihn dir! Sei glücklich, Annie. Du verdienst es. Denn von den anderen Dingen im Leben hattest du bereits mehr als genug.*

*Falls ich mich irren sollte und ihr inzwischen zusammen seid, grüß ihn ganz lieb von mir. Und fang ja nicht an, seine Hemden zu bügeln.*

*Ich bin mir nicht sicher, ob ich an den Himmel glaube oder ob ich überhaupt reinkomme. Falls ja, kannst du deinen hübschen Arsch darauf verwetten, dass ich Jacob und deinen Dad finde und sie ganz fest von dir drücken werde – bestimmt werden sie sich fragen, was du mit dieser schrägen Frau je zu tun hattest.*

*Mit all meiner Liebe und all meinem Leben*
*Polly*

Annie wischte die Tränen weg, die auf den Brief getropft waren und die violette Tinte verlaufen ließen. Diese verflixte Polly, diese schreckliche, unglaubliche, unersetzliche Polly. Was sollte sie je ohne sie tun? Mit wem sollte sie sich jetzt noch streiten? Sie konnte förmlich ihre Stimme hören, die sie antrieb.

*Aber er ist fortgegangen. Er hat Nein gesagt.*
*Er war einfach durcheinander.*
*Und was, wenn er wieder Nein sagt?*
*Annieeeee – was hast du denn zu verlieren?*
*Ich habe ja keine Ahnung, wo er steckt.*
*Wo zur Hölle wird er wohl sein?*

Annie legte den Brief auf den Tisch, griff nach ihrem Handy und begann, Zugverbindungen nach Schottland zu suchen.

## Tag 100: Sag die Wahrheit

Die U-Bahn war wieder mal gerammelt voll und Annie halb eingeklemmt unter der verschwitzten Achselhöhle eines Geschäftsmanns, aus dessen Kopfhörer scheppernde Musik drang.

Sie versuchte, Pollys Mantra zu verinnerlichen: *Flipp nicht aus, steh drüber*, als eine Frau mit Kinderwagen sich hineinquetschte und Annies Knöchel rammte.

»'tschuldigung«, sagte die junge Mutter, die vor Stress ganz gehetzt dreinschaute. »Es ist so voll.«

Das Baby schien sich ebenfalls unwohl zu fühlen. Verängstigt sah es zu den Menschen auf, die über ihm aufragten, in der Hand hielt es einen angelutschten Keks.

Annie tippte den Geschäftsmann an.

»Was ist?«, fragte der gereizt und zog einen Ohrstöpsel raus.

Früher war sie genauso gewesen: ständig entnervt und voll unterschwelliger Aggressionen, die das Leben vergifteten.

»Könnten Sie vielleicht ein klein wenig rutschen, damit die Dame hier den Kinderwagen ein Stück weiter reinschieben kann? Das wäre nett.«

»Sorry, habe ich nicht gesehen«, erwiderte der Mann und machte Platz.

»Kommen Sie her, setzen Sie sich«, meldete sich ein anderer, der zuvor den Blick nicht von seinem Handy gewendet hatte, um nur ja nicht aufstehen zu müssen.

»Oder hier, wenn Sie wollen.« Plötzlich erhoben sich lauter Leute im Waggon, um ebenfalls zu helfen.

»Danke«, sagte die Frau zu Annie, als sie sich erleichtert hinsetzte und das Baby losschnallte.

»Gern geschehen«, erwiderte sie und dachte insgeheim, welche große Wirkung kleine Gesten doch haben konnten.

Da sie schon mal so etwas Verrücktes tat, wie einem Mann hinterherzufahren, hatte Annie noch eins draufgesetzt und sich ein Ticket erster Klasse geleistet. Zufrieden machte sie es sich also auf dem komfortablen Sitz bequem, als der Zug aus London hinausfuhr und an Häusern, Dörfern und Feldern vorbeiflog. Millionen von Leben, die Annie nie streifen würde, Millionen von Herzen, die schlugen und zerbrachen, ohne dass sie es wusste. Die Zugbegleiter brachten ihr Tee und Kaffee, sie genoss das Gefühl, verwöhnt zu werden, während das gleichmäßige Schaukeln zusammen mit dem leisen Rattern der Räder und dem Fahrgeräusch, das wie das Rauschen des Winds klang, sie sanft einlullte und ihre aufgewühlten Gedanken beruhigte.

Als sie endlich ankam, war es bereits spät und stockfinster. Trotzdem wollte sie heute Abend noch zu seinem Haus, sie hatte vorsichtshalber angerufen, aber lediglich seine Mutter erreicht.

Fröstelnd schloss sie ihre Jacke bis zum Hals. Hier oben waren die Sommernächte deutlich kühler als in London. Zum Glück hatte sie sich darauf vorbereitet, nachdem sie gelesen hatte, dass der Juni in Schottland durchaus noch Nachtfröste bringen konnte. Dafür sah man in der sauberen, klaren Luft einen unvergleichlichen Himmel, der mit Myriaden funkelnder Sterne übersät war. Millionen winziger Lichtpunkte.

Sie war dermaßen fasziniert von diesem Anblick, dass sie beinahe die einsame Gestalt nicht gesehen hätte, die dort am Hang saß.

Sie räusperte sich. Was sollte sie sagen? Insofern war es fast als Glücksfall zu betrachten, dass sie stolperte, der Länge nach hinfiel und direkt vor seinen Füßen landete.

Erschrocken sprang er auf. »Himmel, Annie!«

»Hi.«

»Hast du dir wehgetan?«, erkundigte er sich sichtlich verwirrt.

»Nein, alles okay. Mir geht's gut, zumindest physisch.«

»Schön. Allerdings verstehe ich nicht, warum ... Na ja, warum du plötzlich hier bist.«

»Deine Mutter meinte, ich würde dich hier draußen finden.«

»Komm, setz dich zu mir auf die Decke«, sagte er und zog sie hoch. »Sonst wirst du dir auf dem Gras noch den Tod holen.«

»Geht das überhaupt?«

»Nicht wirklich, doch ein nasser Hintern tut niemandem gut.« Er hatte sich von ihr abgewandt, sein Gesicht lag im Schatten. »Ich meinte eigentlich eher, was du generell hier machst?«

»Dich suchen natürlich, nachdem du vor mir weggerannt bist.«

»Hm. Das würde ich so nicht sagen, ich musste einfach fort. Dringend.«

Annie holte tief Luft, sie hatte das, was sie jetzt vorbringen wollte, im Zug wieder und wieder geübt. »Es gab eine Situation, da habe ich geglaubt, du wolltest mich küssen«, packte sie den Stier bei den Hörnern.

»*Aye*, das wollte ich. Leider bist du zurückgewichen.«

»Bin ich nicht! Ich fühlte mich irgendwie überrumpelt – verständlich, wenn man derart aus der Übung ist, oder? Und wenn einem zudem die letzte Katastrophe noch in den Knochen steckt – da ist man eben ein gebranntes Kind und geht einem neuen Feuer aus dem Weg, um im Bild zu bleiben. Und vielleicht kannte ich dich auch nicht gut genug.«

»Dann zählt also die Tatsache, dass ich mein ganzes Leben damit verbringe, Menschenleben zu retten oder es wenigstens zu versuchen, für dich nicht als Persönlichkeits- oder Charaktermerkmal?«

Annie seufzte. »Können wir nicht alles, was schiefgelaufen ist, auf Polly schieben? Praktischerweise ist sie ja nicht mehr da, um sich zu wehren. In ihrem Eifer ist sie wirklich übers Ziel hinausgeschossen. Trotzdem hat sie mich davon überzeugt, dass wir keine Zeit für romantischen Firlefanz haben.«

»Ich habe sie sehr gemocht, doch bei allem Liebenswerten konnte sie verflucht selbstsüchtig sein.« Er sah sie nachdenklich an. »Was ich mich frage, ist, warum sie dir eigentlich so sehr am Herzen lag? Schließlich hast du sie sehr kurz gekannt. Warum also hast du sie gepflegt und auf all ihren Unsinn gehört? Ich *musste* jeden Tag mit ihr umgehen, du hingegen … Du hast es aus reiner Zuneigung getan. Davor habe ich wirklich Hochachtung, Annie.«

*War. Hat.* Die Vergangenheitsform schmerzte nach wie vor, dazu waren die Erinnerungen noch zu lebendig, zu gegenwärtig. Es würde lange dauern, bis sie irgendwann ihre Form veränderten wie jene fossilen Rückstände, die irgendwann zu Bernstein wurden. »Wegen dem, was sie für mich getan hat«, erwiderte Annie. »Ich war ein menschliches Wrack, als ich sie traf, hatte mehr oder weniger aufgehört zu leben, vernachlässigte alle sozialen Kontakte, meine Wohnung und mich selbst. Ganz anders Polly. Sie lebte in diesen letzten Monaten, die ihr verblieben, sehr bewusst. Und das war beschämend für mich, schließlich hatte ich das ganze Leben vor mir und machte nichts daraus. Polly schaffte es, mir das auf ihre nervige Art so ganz nebenbei klarzumachen. So war sie eben.«

»Und ich konnte ihr nicht helfen. Das war quasi der letzte Tropfen, der das Fass für mich zum Überlaufen brachte. Diese wunderbare Frau, so voller Leben und voller Mut, und ich verlor sie. Eins zu null für den Krebs.«

»Du hast getan, was du konntest – das wusste sie.«

»Egal, wie man es sieht, für mich war es eine Niederlage, das ist es in solchen Fällen immer. Besonders natürlich, wenn einem ein Patient sehr ans Herz gewachsen ist.«

»Gehirntumore sind nun mal mächtige Feinde. Und Polly würde nicht wollen, dass du deine Arbeit aufgibst. Es gibt genug Menschen, die dich brauchen. Denk allein an die kleinen Patienten von der Kinderstation.«

»Annie. Bist du den ganzen Weg hierher aus dem einzigen Grund gekommen, damit ich mich noch schlechter fühle?«

»Wer sagt denn, dass ich überhaupt deinetwegen gekommen bin?«, scherzte sie. »Ich habe zufällig Familie hier oben, wie du weißt.«

»Du willst dich tatsächlich mit ihnen treffen? Mit Morag und Sarah?«

»Na ja, ich denke schon. Kommt darauf an.«

»Worauf?«

»Wie lange ich hierbleibe, was wiederum mit davon abhängt, wie der Rest dieses Gesprächs verläuft.«

»Hm. Was hoffst du denn, wie es verläuft?«

Annie zuckte die Schultern. »Schwer zu sagen. Jedenfalls wünsche ich mir, dass du aufhörst, wütend auf mich zu sein, und dass du zurückkommst.« Sie sog tief die Luft ein und verfluchte ihre Sterbebettversprechen. »Na ja, außerdem wollte ich dich sehen, weil ich dich wirklich vermisse. Sehr sogar.«

Eine lange Zeit starrten sie stumm in die Dunkelheit. Als er merkte, dass sie zitterte, legte er, ohne zu fragen, seinen Arm um ihre Schultern.

»Ach, Annie Clarke«, seufzte er. »Was sollen wir tun – jetzt, da sie fort ist? Immerhin war sie eine Art Verbindungsglied zwischen uns – und jetzt ist sie so etwas wie das berühmte Missing Link. Ich meine, was kommt als Nächstes – was bringen die kommenden einhundert Tage, um bei Pollys Zählung zu bleiben? Sind sie beschissen, oder führen sie zurück in die Normalität, inklusive Nickerchen im Pausenraum und eingeklemmten Händen im Snackautomaten?«

Sie lehnte sich an ihn und spürte seinen Herzschlag trotz der Kleidungsschichten, die sie gegen die Kälte trug. »Wie wäre es mit hundert Tagen, in denen wir versuchen, das Beste zu geben – egal ob sie traurig oder langweilig sind und uns die meiste Zeit nach Heulen zumute ist? Ich glaube, das ist es, was das Leben ausmacht. Alles zuzulassen. Glück und Trauer, Schmerz, Wut und Verzweiflung. Und sich dessen jeden Tag bewusst zu sein.«

»Du klingst langsam wie eins dieser motivierenden Selbsthilfebücher.«

»Tja, das wäre dann wohl deine Schuld. Seit du weg bist, gibt es niemanden mehr, der herumgrummelt und mir erklärt, dass sämtliche meiner Ideen mehr Schaden anrichten als alles andere. Costas ist zu nichts mehr zu gebrauchen, seit er zu George gezogen ist, und schwebt beständig auf Wolke sieben. Und wie es aussieht, ist George drauf und dran, ihm in diese Sphären der Glückseligen zu folgen. Wirklich sehr traurig, einen so charmanten Miesepeter zu verlieren.«

»Klingt ganz so, als stünden die Dinge da unten schlimmer, als ich dachte«, räumte er grinsend ein. »Bald seid ihr alle so weit, dass ihr jegliche Bodenhaftung und den Blick für die Realität verliert.«

»Vielleicht solltest du zurückkommen, um uns zu retten«, wagte sie sich vor. »Das bist du Polly schuldig.« Und als er schwieg, ließ sie allen Scherz beiseite und fügte hinzu: »Bitte, komm zurück. Wir brauchen dich – ich brauche dich.«

Seine Hand strich sanft über ihren Nacken. »Du sagtest, ich hätte versucht, dich zu küssen. War das etwa ein Wink, dass ich es noch mal versuche?«

Annie sagte nichts, konnte kaum atmen. Stattdessen griff sie nach seiner Hand und drückte sie. »Max.«

»Hast du mich jemals so genannt, mein Mädchen?«

*Mein Mädchen.*

Wenn es nicht so kalt gewesen wäre, hätte sie dahinschmelzen können. Frierend kuschelte sie sich an ihn. »Sollen wir vielleicht langsam zum Haus gehen?«

»Hältst du noch ein paar Minuten durch? Oder hast du gedacht, ich sitze hier wie ein Idiot für nichts und wieder nichts in Dunkelheit und Kälte einfach so herum? Glaubst du etwa, ich hätte den Verstand verloren?«

»Äh …«

»Annie. Du solltest langsam anfangen, lediglich das Beste von mir zu denken. Ich bin nicht dein komischer Ex, dieser Trottel, der mit deiner Freundin durchgebrannt ist. Ich bin ich. Und schau mal da.«

Er zeigte zum Himmel, der eine ungewöhnliche Färbung angenommen hatte, so als würde er von grünen Flutlichtern bestrahlt. Wie der Widerschein einer Großstadt, nur dass es in dieser Gegend weit und breit keine Stadt gab.

»Ist das …?«

»*Aye.* Habe ich dir nicht gesagt, dass man die hier oben oft sieht?«

»Sie hat es verpasst. Verdammt, Polly hat ihr Polarlicht verpasst.«

Sie spürte, wie er lächelte, als sie sich mit dem Rücken an ihn lehnte, und gemeinsam beobachteten sie die Polarlichter, die in allen Farben des Regenbogens flackerten und flimmerten. Ein Spiel von Lila-, Rosa-, Grün- und Blautönen, die aufstrahlten und sich immer wieder neu formierten. Es war das Schönste, was Annie je gesehen hatte. Einmalig. Überwältigend. So wie Polly, die Regenbogenfrau.

»Eines ihrer inspirierenden Esoterikbücher würde womöglich behaupten, dass sie jetzt genau dort ist. Weit weg und strahlend.«

»Ein wunderbarer Gedanke«, flüsterte Annie leise an seiner Schulter.

»Und selbst wenn man nicht daran glaubt, bleibt es ein außerirdisch schönes Erlebnis, oder etwa nicht? Sogar wenn alles andere scheiße und deprimierend ist und die Leute einem am laufenden Band wegsterben, bleiben uns Wunder wie dieses, an denen wir uns immer wieder hochziehen und erfreuen können. Glaubst du, das ist genug für dich?«

Annie spürte seine Arme, die sie festhielten. Allein sie beide unter dem weiten Himmelszelt mit den Sternen, die ihr Licht von so unfassbar weither sandten, dass es mit menschlichen Maßstäben nicht zu fassen war, und die noch da sein würden, wenn sie längst tot waren, verloschen und vergangen. Sie würden trotzdem weiterscheinen.

Und solange sich noch ein Mensch an sie erinnerte, konnte auch Polly weiterscheinen. Sie war einzigartig gewesen, mehr noch als andere, aber letztlich war jeder Mensch einzigartig auf diesem Planeten. So wie nie ein Fingerabdruck mit einem anderen identisch war, unterschieden sich die Erinnerungen, die man mit sich herumtrug. Annie würde lernen, sich in dieser Einzigartigkeit zu begreifen – und Max ebenfalls.

»Ja«, sagte sie. »Es ist genug.«

## Nachwort

Hi,

vielen, vielen Dank, dass ihr *Wenn du den Regenbogen willst, musst du mit dem Regen leben* gelesen habt. Ich fing an, dieses Buch zu schreiben, weil ich ganz fasziniert war von der »100HappyDays«-Challenge, die meinen Facebook-Feed flutete. Normalerweise hätte ich bei solchen Sachen die Augen verdreht und gewürgt, wann immer ich einen *#blessed*-Hashtag auf einem meiner Social-Media-Profile sah. Ich bin kein von Natur aus positiver Mensch, was wohl auch daran liegt, dass ich in Nordirland aufgewachsen bin und wir dort oben zwangsläufig mit einer Menge Probleme leben müssen. Aber irgendwas an der Idee brachte mich zum Nachdenken. Ist es wirklich möglich, sich selbst glücklich zu machen, indem man jeden Tag das Gute in seinem Leben registriert? Kann man sich selbst aus dem tiefsten Loch ziehen und ganz von vorne anfangen?

Es gab Zeiten in meinem Leben, in denen ich, genauso wie Annie in dem Buch, meinte, den absoluten Tiefpunkt erreicht zu haben. Mit vierundzwanzig wurde bei mir Krebs diagnostiziert. Glücklicherweise wurde er früh entdeckt, und ich konnte vollständig geheilt werden – dennoch hatte ich Schwierigkeiten, wieder in mein Leben zurückzufinden. Später, nachdem meine Ehe den Bach runtergegangen war, landete ich vollkommen pleite auf der Straße – zu allem Überfluss wurde ich zudem von einem Auto angefahren! Beide Male merkte ich, dass ich mich besser fühlte, wenn ich fröhliche, spaßige Dinge tat: eine Tanzstunde nehmen, an den Strand fahren, einen Kuchen backen. Seitdem glaube ich wirklich, es ist, selbst in den dunkelsten Zeiten, durchaus möglich, Hoffnung zu schöpfen und zumindest ein kleines Glück zu finden. Es gibt immer etwas Gutes in der Welt zu entdecken. Falls ihr ebenfalls gerade eine schwere Zeit durchlebt, hoffe ich, dass ihr die gleiche Erfahrung macht.

Danke fürs Lesen. Ich würde sehr gerne eure Meinung zu dem Buch hören – und ob ihr Ähnliches hinter euch habt. Ich bin auf Twitter inktainsclaire, Instagram evawoodsauthor und online auf www.evawoodsauthor.com. Falls die Geschichte euch gefallen hat, wäre es großartig, wenn ihr irgendwo eine kleine Besprechung hinterlasst oder jemandem davon erzählt.

Ich danke euch!
Eure Eva

## Danksagung

Es sind wirklich furchtbar viele Leute daran beteiligt, um ein Buch von einer zufälligen Idee, die jemand auf einer Zugfahrt hatte, in dieses wunderschöne fertige Exemplar zu verwandeln, das ihr vor euch seht. Zuallererst muss ich meiner Agentin Diana Beaumont danken, die mich immer wieder auf den richtigen Kurs bringt, wenn ich mich etwas verloren fühle, und mich gerade dann ermutigt, zehn Prozent draufzulegen, wenn ich glaube, es nicht zu können. Sasha Rankin in New York hat großartige Arbeit mit den ausländischen Lizenzrechten geleistet, und es ist so aufregend zu wissen, dass dieser Roman in verschiedenen Sprachen veröffentlicht wird. Danke auch an alle bei der UTA und Marjacq für ihre Unterstützung, um es auf den Weg zu bringen.

Dieses Buch ist mein erstes, das auf beiden Seiten des Atlantiks veröffentlicht wurde, eine fantastische Erfahrung. Danke sowohl an Sphere als auch Harlequin US/Graydon House, insbesondere an Maddie West und Margo Lipschultz für ihre inspirierenden, scharfsichtigen Anmerkungen. Und ein Riesendank ebenfalls an alle, die bei Lektorat, Covergestaltung, Marketing, Werbung und allem anderen mitgearbeitet haben – es ist wirklich überwältigend zu sehen, wie viel Unterstützung dieses Buch erfahren durfte.

Ich habe das Glück, viele schreibende und nicht schreibende Freunde zu haben, die mir bei jedem Schritt zur Seite standen. Euch und meiner Familie wünsche ich Aberhunderte von Glückstagen. Zu guter Letzt Scott, dem dieses Buch gewidmet ist und der mich an so manchem glücklichen Tag begleitet hat, zu denen jede Menge Kuchen gehörten. Entschuldige, dass ich dich überredet habe, im Februar nach Schottland zu reisen und in einem Schneesturm Ski fahren zu gehen.

Dieses Buch, wie jedes, wäre nichts ohne seine Leser, daher gebührt das größte Dankeschön euch.

# »Eine echt tolle Lovestory, die guttut, weil sie einen (auch) zum Heulen bringt.«

*Grazia*

Vor einem Jahr traf ich die Liebe meines Lebens. Für zwei Menschen, die nicht an die Liebe auf den ersten Blick glauben, kamen wir dem Ganzen doch sehr nah. Lilah McDonald, umwerfend schön, eigensinnig, stur und in vielen Dingen einfach so wundervoll, dass es Worte nicht beschreiben können. Sie half mir, ins Leben zurückzufinden. Meine Lilah, die mir so viel gab und doch ein Geheimnis vor mir hatte, denn sie wusste, dass mir die Wahrheit das Herz brechen würde. Mein Name ist Callum Roberts, und das ist unsere Geschichte.

Lesen Sie mehr unter: **www.blanvalet.de**

# Kann es mehr als eine große Liebe geben?

384 Seiten. ISBN 978-3-7341-0435-0

Herzklopfen, Schlaflosigkeit, Gefühlschaos. Wenn man sich verliebt, steht die Welt Kopf. Aber als Henry auf Grace trifft, ist alles anders. Sie ist so gar nicht, wie er sie sich vorgestellt hat, seine erste große Liebe. Doch ihre Zerbrechlichkeit und ihr Anderssein machen sie in Henrys Augen nur noch schöner. Und er verliebt sich in sie. Unsterblich, bedingungslos. Aber Grace verbirgt etwas vor ihm, ein tragisches Geheimnis, das zwischen ihnen steht ...

Die Hardcover-Ausgabe erschien unter dem
Titel »Unsere verlorenen Herzen« bei cbt.

Lesen Sie mehr unter: **www.blanvalet.de**